dtv

Sie hat ein hübsches Haus, einen netten Mann und eine süße kleine Tochter: Doch das idyllische Leben der Dozentin Emma Greene wird brutal zerstört, als sich eines Abends ein paar Studenten auf ihr Grundstück verirren und es zur Katastrophe kommt ...
Zehn Jahre später wird Emmas Tochter Maggie wieder von Albträumen gequält. Auf die besorgten Fragen ihres Vaters hat die Fünfzehnjährige keine Antwort, sie weiß nur, dass ihr die neue Mathelehrerin irgendwie unheimlich ist. Warum löst die Lehrerin in Maggie diese Ängste aus, die längst überwunden schienen? Eines Tages weiß sie plötzlich, warum ...
»Eine Geschichte voller Wendungen, die den Leser von der ersten Seite an fesselt und in eine Welt voller Abgründe, Spannung, Schmerz und Schuldgefühle entführt.« (Silke Courado in der ›Neuen Rundschau‹)

Laura Brodie studierte Englisch in Harvard und lebt heute mit ihrem Mann und ihren drei Töchtern in Lexington, Virginia, wo sie Englisch an der Washington and Lee University lehrt. Ihr Romandebüt, der Bestseller ›Ich weiß, du bist hier‹ (dtv 21313), wurde mit dem Faulkner Society Grant for Best Novel-in-Progress ausgezeichnet.

Laura Brodie

Stimmen in der Nacht

Roman

Deutsch von
Britta Mümmler

Deutscher Taschenbuch Verlag

Von Laura Brodie
ist im Deutschen Taschenbuch Verlag erschienen:
Ich weiß, du bist hier (21313)

FSC
www.fsc.org
MIX
Papier aus verantwortungsvollen Quellen
FSC® C019821

Ungekürzte Ausgabe 2014
Deutscher Taschenbuch Verlag GmbH & Co. KG,
München

Titel der amerikanischen Originalausgabe:
›All the Truth‹
(Berkley, New York 2012)

Umschlagkonzept: Balk & Brumshagen
Umschlaggestaltung: buxdesign I München
unter Verwendung von Fotos von Corbis
Satz: Greiner & Reichel, Köln
Druck und Bindung: Druckerei C.H. Beck, Nördlingen
Gedruckt auf säurefreiem, chlorfrei gebleichtem Papier
Printed in Germany · ISBN 978-3-423-21482-7

Für Rachel

Die ganze Wahrheit sag, doch mild –
Gewinn liegt im Umkreisen
Zu hell für unsern schwachen Geist
Ist der Wahrheit Gleißen
Wie man den Blitz besänftigend
Erklärt dem kleinen Kind
Darf Wahrheit sachte schillern nur
Sonst werden alle blind –

Emily Dickinson

Prolog

Emma hörte die Stimmen zum ersten Mal, als sie ihrer Tochter gerade liebevoll die Bettdecke über die Schultern zog. Leise Silben zogen draußen durch die Nacht und drangen durch das offene Fenster herein, die langen Vokale durchsetzt von den plätschernden Konsonanten des Bachs in dem weitläufigen Garten hinter ihrem Haus. Gelegentlich erklang das helle Auflachen eines jungen Mädchens, wie ein Kontrapunkt zwischen den tieferen Tönen. Dann war es wieder still.

Sie trat ans Fenster und sah hinaus. Ihr Blick wanderte die Anhöhe hinunter, vorbei am Sandkasten, an der Schaukel und an dem vom Blitzschlag gekrümmten Ahornbaum bis dorthin, wo der Mond seine schimmernden Strahlen ins Wasser tauchte. Und dort sah Emma sie – drei College-Studenten mit silbrig glänzenden Bierdosen in Händen. Um diese Jahreszeit tauchten sie oft hier auf, so wie Marienkäfer oder Kreuzspinnen. Umherziehende Partygänger, die in der letzten Woche vor dem College-Abschluss aus den Studentenwohnheimen ausschwärmten, um im Mondschein des ländlichen Virginia feuchtfröhlich zu feiern.

Eine Meile weiter westlich stellte der alte T. A. Hillyer den Absolventen jedes Jahr ein Stück seines Ackerlands als Zeltplatz zur Verfügung; eine Tradition, die er eingeführt hatte, als sein eigener Sohn aufs College gegangen war. Hillyer sorgte für mobile Toilettenkabinen, und die Studenten brachten Zelte, Bierfässchen und Gitarren mit und heuerten sogar Country-Bands aus der Gegend an, die die Ausschweifungen unter sternklarem Himmel musikalisch untermalten. Schon am frühen Abend waren Melodiefetzen durch die Blätter von Emmas Pappeln gezogen. Sie hatte auf der vorderen Veranda ihres Hauses gestanden und den Akkorden nachgelauscht, wie sie in gefühlvollen Klangwolken gen Osten auf das Blue-Ridge-Gebirge zuschwebten. Gewöhnlich blieben die Studenten in der Nähe der Musik. Die drei, die sich hier auf ihrem Grundstück herumtrieben, gehörten wohl eher zu den Streunenden, zu den Einzelgängern, die sich lieber auf abgelegenen Wiesen trafen.

Ich bin selbst schuld, dachte Emma. In jedem Frühling lud sie die älteren Studenten mit Hauptfach englische Literatur zum Abschluss des Studienjahres zu einem Picknick ein und verteilte detaillierte Landkarten, sodass Unmengen fremder junger Leute sehr genau wussten, wo dieses ruhige Wiesengrundstück mit den Stockenten, den blaugrauen Fischreihern und den nebelverhangenen Bergen in der Ferne lag.

Die Uhr auf dem Nachttisch ihrer Tochter leuchtete: Viertel vor elf. Emma hatte Maggie am Abend länger aufbleiben lassen, weil sie am nächsten Tag keine Schule hatte. Nun drehte sich das Mädchen auf die Seite und murmelte: »Was sind denn das für Stimmen da draußen?«

»Studenten.« Emma drückte ihr einen Kuss auf die Stirn. »Jetzt schlaf schön. Ich schick sie gleich weg.«

Im Erdgeschoss nahm sie eine Strickjacke vom Haken neben der Tür und trat auf die kühle, mit Schieferstein geflieste Veranda hinaus. Rob besuchte seine Mutter in West Virginia, sonst hätte er sich darum gekümmert, wäre mit schweren Stiefeln hinausgestapft und hätte den Baseballschläger geschwungen, der an der Garderobe lehnte. »Sie nutzen dich aus«, sagte er immer. »Du bist viel zu nett zu ihnen.«

»Ja«, erwiderte sie jedes Mal. »Ich bin viel zu nett.« Jetzt lief Emma barfuß die Wiese hinunter. Sie spürte den feuchten Klee zwischen den Zehen.

In den Platanen auf der anderen Seite des Bachs funkelten

die Glühwürmchen. Gleich nach Sonnenuntergang waren sie zu Dutzenden in lautlosen Schwärmen aus dem Gras aufgestiegen, während Maggie ihnen quer durch den Garten hinterherjagte und sie mit hohlen Händen einzufangen versuchte. Maggie sah zu gern, wie die gefangenen Käfer einen Augenblick lang zwischen ihren Fingern herumkrabbelten, dann die Flügel spreizten und unbeeindruckt von der kurzen Unterbrechung ihres nächtlichen Treibens einfach wieder davonflogen. Mittlerweile schwebten die Insekten hoch oben zwischen den Ästen, und Emma vermutete, dass es wohl diese leuchtenden Baumwipfel waren, die die Studenten angezogen hatten – all die Lichter, die blitzten wie Hunderte von Kameras auf einem Rockkonzert.

»Hallo«, rief sie, als sie sich dem zum Bachufer hin abflachenden Gelände näherte. Das Gespräch der jungen Leute verstummte, und sie drehten sich nach ihr um. Emma kannte sie – es waren drei eher mittelmäßige Studenten, die sich im Herbst letzten Jahres durch ihr Überblicksseminar zur britischen Literatur gekämpft hatten. Aber wer weiß, vielleicht war es ja eine Art Wordsworth'scher Impuls, hier durch die Landschaft zu streifen und an mondbeschienenen Bachläufen zu verweilen. Vielleicht waren diese biergetränkten Hirne kurz davor, das Konzept der Erhabenheit doch noch zu begreifen.

Jetzt sei nicht so, ermahnte Emma sich. Als sie im Alter dieser Studenten gewesen war, hatte auch sie Sechserpacks Bier in braunen Papiertüten herumgetragen und in Wäldern und an Flussufern nach Stellen gesucht, die sich am besten für eine Mitternachtsparty eigneten. Manchmal hatten sie und ihre Freunde sich an einem kleinen See niedergelassen, und einmal hatten sie sogar ziemlich angetrunken auf einem Friedhof Flaschendrehen gespielt. Doch Emma hätte nie die Dreistigkeit besessen, einfach auf das Grundstück eines Professors vorzudringen. Aber das schien ja ohnehin der Unterschied zwischen dieser Generation und der ihren zu sein – die unbedingte Anspruchshaltung der jungen Leute, so als wären die Erwachsenen nur dazu da, ihnen zu dienen.

Den einen der Studenten mochte sie ganz gern, den großen mit den braunen Haaren namens Jacob. Den ganzen Herbst über hatte er geredet wie ein Wasserfall, denn er war einer von denen, die stets eine Meinung zu allem parat hatten, ob es um Coleridge ging oder Keats. Wann immer die Diskussion im Seminar einen toten Punkt erreicht hatte, konnte man darauf setzen, dass Jacob sie wiederbelebte. Seine schriftlichen Arbeiten waren allerdings enttäuschend gewesen. Sie hatten zwar immer voll kühner Behauptungen gesteckt, an durchdachten Argumentationen, die seine Thesen dann auch belegten, hatte es aber gemangelt. Letztlich, so fürchtete Emma, war Jacob wohl vor allem ein Blender und ohne echte Substanz – dennoch, an einem langweiligen Nachmittag im Seminar war auch ein Blender nicht zu verachten.

Neben ihm stand ein junges Mädchen, dessen Namen Emma sich nie hatte merken können. Sie war völlig unauffällig in ihren ausgewaschenen Jeans und den unvermeidlichen Flip-Flops, und auch ihr schmales Gesicht und ihr glattes Haar, das weder richtig blond noch braun war, fielen nicht weiter auf. Im Seminar schien sie sich nichts mehr gewünscht zu haben, als mit den sie umgebenden Wänden zu verschmelzen, weshalb Emma versucht hatte, sie mit offenen Fragen aus der Reserve zu locken: »Was bedeutet das für *Sie*: ›Schönheit ist Wahrheit, Wahrheit Schönheit‹?« Doch das Mädchen hatte stets nur die Achseln gezuckt und gelächelt, da sie anscheinend annahm, dass eine Geste der Unterordnung ausreichen würde.

Als auch der dritte Student sich zu ihr umdrehte, zuckte Emma kurz zusammen. Den kannte sie nur allzu gut, diesen lustlosen, trägen Blonden – Kyle Caldwell, der Sohn eines ehemaligen Absolventen des Colleges mit Geld wie Heu. Kyle hatte eine Art an sich, ihr immer viel zu direkt in die Augen zu sehen, gerade so, als wäre jede ihrer Begegnungen ein

Wettkampf im Anstarren, den Emma letztlich doch verlieren würde. Als sie den Blick diesmal senkte, sah sie, dass der junge Mann bleiche, plumpe Beine hatte, die im Mondlicht leuchteten und sie an seine Aufsätze erinnerten – schwammig und von Plattitüden durchsetzt.

Trotzdem hatte sie Kyle aus feiger Großzügigkeit heraus die Note B gegeben. Nur selten fügte sie ihren Bs auch das gefürchtete Minus hinzu, das winzige Zeichen dafür, dass die Leistung eines Studenten unter dem inflationär gebrauchten Durchschnitt des Holford Colleges geblieben war. Vermutlich wollte sie sich damit den nörgelnden Protest der Studenten ersparen oder die Empörung der mit Adleraugen über ihre Kinder wachenden Eltern. Vermeidung von Konfrontation war Emmas Spezialität. Sie sah sich als eine Art intellektueller Hafenlotse, der sich von den roten Warnbojen fernhielt und stets nach der Hauptfahrrinne suchte. Aber wenn irgendwer ihren Zorn verdient hatte, dann dieser Kyle Caldwell, und das nicht wegen seines saft- und kraftlosen Verstandes – so etwas kam oft genug vor –, sondern wegen ihres Verdachts, dass Kyle ein Dieb war.

Einmal war er zu ihr ins Büro gekommen, um über einen Essay zu reden, den er am nächsten Vormittag abgeben sollte. Doch er hatte sich noch nicht einmal ein Thema ausgesucht und wollte, dass sie ihm eins nannte. Emma erschien er wie ein klaffender Schlund, stets bereit, alles, was sich ihm bot, zu verschlingen. Sie hätte ihn am liebsten hinausgeworfen und ihm seine so demonstrativ zur Schau gestellte arrogante Faulheit vorgeworfen. Doch stattdessen hatte sie bloß die übliche Mahnung von sich gegeben, dass die Studenten ihre Essays nicht erst in letzter Minute schreiben sollten. So würde ihm keine Zeit mehr bleiben, den Text noch einmal zu überarbeiten, keine Zeit mehr, ihn zu *verdauen.* Kyle hatte ihre Vorhaltungen hingenommen wie ein angeleinter Pudel, mit konzentriertem Blick und ohne auch nur ein einziges Mal mit der Wimper zu zucken, aber in dem sicheren

Wissen, dass er den Knochen letzten Endes doch bekommen würde.

Als er gegangen war, hatte Emma ihre Pinnwand in der seltsamen Überzeugung angestarrt, dass irgendetwas fehlte. War es ihr Herz oder ihr Mut? Waren es die intellektuellen Standards, die sie vor Jahren schon zugunsten von allerlei Kompromissen aufgegeben hatte? Sie konnte erst benennen, was genau fehlte, als sie das Stück am nächsten Nachmittag an Kyles Rucksack entdeckte – ein blau-weißer Button mit dem Slogan »Krieg ist keine Lösung«. Den musste er von ihrer Pinnwand genommen haben, als sie hinausgegangen war, um ein Gedicht für ihn zu fotokopieren. Es machte ihr nichts aus, dass er diesen Button jetzt hatte – sie waren dazu da, verteilt zu werden. Was sie wurmte, war das Gefühl, dass er sich damit auf subtile Weise über sie lustig machte. Denn neben den alten Bush/Cheney-Buttons, die seinen Rucksack verunzierten, nahm ihr Friedensappell sich klein und geradezu umzingelt aus.

Emma hatte in der Angelegenheit nichts unternommen, nur beruhigend auf ihr vor Wut schäumendes Inneres eingeredet. *Lass los, lass los.* Das war ihr Mantra in diesen Tagen. *Lass einfach alles los.* Sie brauchte ein Mantra, irgendetwas, das den Ärger linderte, der in ihr schwärte. Im Laufe der letzten Jahre hatte sich eine anhaltende Gereiztheit in ihrem Denken breitgemacht, und sie konnte nicht sagen, ob das ein Symptom des Drucks war, unter dem sie wegen der Festanstellung stand, oder eine Haltung, die zurzeit in der amerikanischen Alltagskultur um sich griff. Wut schien der neueste Zeitvertreib der Nation zu sein, wenn man an all die Verkehrsrowdys und den Wahn der Übermütter dachte, an all die hysterischen Superbräute, Extremzicken und Starköche direkt aus der Hölle. Wut war ein Verkaufsschlager geworden.

Emma konnte die Ursache ihrer eigenen Frustration nie genau benennen. Waren es einfach nur die schwierigen Studenten mit ihrer schamlosen Erwartungshaltung? Oder war es ihr

Institutsleiter, der sie immer nach ihrer Kinderbetreuung, aber nie nach ihrer Forschungsarbeit fragte? Oder ärgerte sie sich am meisten über die anonymen vorbeibrausenden Autofahrer, die ihre leeren Bierdosen und Schachteln von McDonald's im hohen Gras entlang der Straße vor ihrem Grundstück entsorgten? Jeden Nachmittag, wenn sie nach Hause fuhr, hingen wieder Plastiktüten in den Zweigen der Judasbäume.

Kyle Caldwell, der jetzt leicht angetrunken von einem Fuß auf den anderen wankte, schien alle drei ihrer Kümmernisse zu verkörpern. Das ganze Semester über hatte er Anerkennung für seine höchst mittelmäßigen Leistungen erwartet und sie noch dazu beharrlich mit »Mrs Greene« angeredet, egal, wie oft sie ihn mit einem »Professor« korrigierte. Und die Bierdose da in seiner Hand – die würde vermutlich in den Blüten der Wilden Möhren ihrer Nachbarn landen.

Diesem jungen Mann gegenüber empfand sie mehr Abneigung, als sie je irgendeinem anderen Studenten entgegengebracht hatte, und das lag nicht nur an dem fehlenden Button – dieses kleine Vergehen wäre leicht zu vergeben gewesen. Doch dann hatte sie, kurz vor den Abschlussprüfungen, plötzlich bemerkt, dass ihr Armband nicht mehr auf ihrem Büroschreibtisch lag. Es war ein loses silbernes Bettelarmband, ein Glücksbringer aus ihrer Jugendzeit, das sie oft neben ihre Tastatur legte. Sie hatte sein Verschwinden nach einer Fakultätssitzung bemerkt. Die Tür ihres Büros hatte offen gestanden, und als sie zurückkam, hatte sie die Veränderung im Raum sofort gespürt. Nachdem sie auf der Suche danach ganze Stapel von Unterlagen und Büchern durchwühlt hatte, fiel Emma ein, dass ihr auf dem Rückweg von der Sitzung Kyle im Flur entgegengekommen war, und zwar aus der Richtung, wo ihr Büro lag.

In einem Anfall von Verbitterung hatte sie sofort beim Sprecher des Ehrenkomitees der Holford-Studenten angerufen. Er studierte im Hauptfach englische Literatur und war ein ehemaliger Student von ihr, einer mit scharfem Verstand, den sie respektierte. Doch als sie ihm ihren Verdacht, Kyle sei Kleptomane, geschildert hatte, reagierte der junge Mann skeptisch.

»Sie haben ihn das Armband also nicht nehmen sehen?«

»Nein, aber ich habe Ihnen doch gesagt, dass er meinen Button hat.«

»Diese Buttons gibt es überall. Woher wollen Sie wissen, dass es Ihrer ist?«

»Beweisen kann ich es natürlich nicht.«

»Hören Sie, wir können ein Auge auf diesen Studenten haben und mal sehen, ob es noch weitere Beschwerden gibt. Aber in der Zwischenzeit ... warum warten Sie nicht einfach eine Weile ab? Vielleicht taucht das Armband ja wieder auf.«

Er hatte recht. Emma hatte nicht gesehen, dass Kyle es mitgenommen hatte. Es gab keinen konkreten Beweis, und um ehrlich zu sein, neigte sie sogar dazu, Dinge zu verlieren. Es wäre peinlich gewesen, eine Anschuldigung zu erheben und dann einen Monat später das Armband hinter dem Schreibtisch wiederzufinden, wo es hingerutscht war. Also hatte sie sich gesagt: *Lass los. Mach nicht so ein Aufhebens darum.*

Doch als sie Kyle jetzt hier auf ihrem Grundstück mit einer Dose Budweiser in der Hand stehen sah – vermutlich hatte er auch schon auf ihre Blumen gepinkelt –, spürte sie, wie die monatelange Spannung plötzlich hochzukochen begann.

»Hallo, Professor Greene«, sagte Jacob. »Sorry, dass wir hier einfach so auftauchen.« Mit einem breiten Lächeln trat er auf sie zu. »Aber es ist eine so wunderschöne Nacht. Als wir hier vorbeikamen und den Schein des Vollmonds auf Ihrem Bach sahen, mussten wir einfach anhalten und den Anblick genießen.«

Jacob strahlte immer sehr viel charmante Höflichkeit aus, wenn er sprach, doch Emma vermutete, dass es reine Fassade war, auch wenn sie es zu schätzen wusste. Seine Aussprache war so klar, dass sie sich fragte, ob Jacob gar nichts getrunken hatte. Aber vielleicht war er auch nur der Typ, dem Bier die Zunge nicht schwer machte und dessen Gedanken bei einem gewissen Blutalkoholspiegel schärfer wurden.

»Ich habe Ihr Auto gar nicht gehört«, sagte Emma. Er wies die Anhöhe hinauf, wo ein Range Rover am Straßenrand parkte. Die Studenten fuhren immer riesige Wagen, ohne je die gravierenden Folgen für Mutter Natur zu bedenken.

Emma sah zum Mond hinauf, der in diesem Moment hinter einer Wolke verschwand. »Ich muss Sie bitten, sich wieder auf den Weg zu machen. Meine Tochter versucht gerade einzuschlafen.«

»Aber sicher.« Jacob lächelte immer noch.

»Würde es Ihnen etwas ausmachen, wenn ich Ihre Toilette benutze, bevor wir fahren?« Das unsichtbare junge Mädchen hatte gesprochen.

»Natürlich nicht.« Emma zeigte auf das Haus. »Sie ist im Erdgeschoss, gleich neben dem Zimmer mit den Spielsachen.«

Kyle schloss sich dem Mädchen an und wankte die Anhöhe hinauf auf die beleuchtete Veranda zu. Noch während Emma ihnen nachsah, legte er dem Mädchen einen Arm um die Schultern, und sie brachen beide in Gelächter aus, sobald sie außer Hörweite ihrer Professorin waren. Emma tat einen Schritt, um ihnen zu folgen, denn sie wollte Kyle nicht unbeaufsichtigt in ihr Haus lassen. Doch Jacob redete immer noch.

»Man kann den Großen Wagen sehen, dort oben, verkehrt herum.« Er zeigte genau über ihre Köpfe in den Nachthimmel hinauf. »Und Mars, und Venus vermutlich.«

Doch Emma war nicht in Stimmung für eine Astronomiestunde. »Wenn mein Mann hier wäre, würde er Sie mit dem Baseballschläger verscheuchen.«

»Wie gesagt, sorry, Professor Greene. Aber das hier ist wirklich ein hinreißender Flecken Erde.«

Emmas Blick folgte dem Bach flussabwärts, über die Wiese ihres Nachbarn hinweg, wo das Skelett einer Scheune Wache hielt am Fuß des mächtigen Elephant Mountain. Die Schönheit der schwarzen Silhouette dieses Berges, die sich vom Rüssel über die Stirn bis zum gewölbten Rückgrat des Dickhäuters abzeichnete, besänftigte ihre Gedanken. Dieser junge Mann war schließlich nicht das Problem. Jacob mochte Shelley.

»Was werden Sie nach dem Abschluss machen?«, fragte sie.

»Kyle und ich« – Emma zuckte zusammen, als sie den Namen des Diebes laut ausgesprochen hörte – »verbringen den Sommer erst mal im Strandhaus seiner Eltern. Und danach fangen wir an der Wall Street zu arbeiten an. Sein Dad ist ein hohes Tier bei einer Bank.«

»Was für ein Glück für Sie.« Abrupt drehte Emma sich um und ging zurück zum Haus. Wie schade, dass Jacob vorhatte, dem unbedeutenderen Stern seines Freundes zu folgen. Sie hatte das Gefühl, als hätte Kyle ihr noch etwas gestohlen.

»Sie und Ihr Freund scheinen ja unzertrennlich zu sein.«

»Ja.« Jacob nickte. »Wir sind schon zusammen zur Schule gegangen. Ohne mich hätte er es wahrscheinlich gar nicht geschafft. Ich hab ihm oft aus der Patsche geholfen.«

Und jetzt zeigt sein Vater sich erkenntlich, sinnierte Emma, aber nicht laut. Niemals laut.

Als sie das Haus betraten, sahen sie Kyle und das junge Mädchen die Treppe herunterkommen. Was hatten die beiden dort oben getan, fragte Emma sich. Etwa ihr Schlafzimmer durchsucht? Über ihre schmutzige Wäsche gelacht? Maggie aufgeweckt? Die Dreistigkeit dieser Studenten kannte wirklich gar keine Grenzen.

Wenigstens dem jungen Mädchen schien es peinlich zu sein. »Danke fürs Toilettebenutzen«, murmelte sie und lief auf die Haustür zu. Kyle folgte ihr schweigend, doch plötzlich sah Emma etwas Lilafarbenes aus seiner Hosentasche hervorblitzen.

»Einen Moment mal.« Sie stellte sich ihm in den Weg. Den Ansatz von Kyles Doppelkinn direkt vor sich, griff Emma ihm in die Gesäßtasche und zog eine etwa zehn Zentimeter große Nixe aus Plastik mit glitzernden lila Haaren heraus. Jacob, der hinter ihr stand, stieß ein langgezogenes »Herrgott« hervor.

»Leeren Sie Ihre Taschen aus«, forderte Emma. Doch Kyle stand nur unbeweglich da.

»Leeren Sie Ihre gottverdammten Taschen aus.« Emmas Stimme war eine halbe Oktave tiefer geworden, ein böses Knurren, das sie normalerweise nur dann einsetzte, wenn ihr Mann Rob sich abends über eine Stunde verspätete und sich nicht einmal die Mühe machte, anzurufen.

Jetzt reagierte Kyle. Er stülpte all seine Hosentaschen nach außen, und etwa ein halbes Dutzend Polly-Pocket-Puppen purzelte auf den Boden, deren winzige nackte Gliedmaßen in elastischen Kleidern steckten.

»Du bist ja so scheißarmselig«, rief Jacob, der sich zu beherrschen versuchte. »Es tut mir leid, Professor Greene. Kyle ist ein Idiot.«

»Was wollten Sie denn damit?« Emma trat bis auf wenige Zentimeter an Kyle heran. »Eine Party steigen lassen? Sie für irgendein perverses Trinkspiel benutzen? Sie wissen doch, dass das Holford College einen Ehrenkodex hat. Ich könnte Sie hinauswerfen lassen.«

»Das könnten Sie sicher.« Jacob hatte seinen Freund am Ellbogen gepackt und führte ihn in einem weiten Bogen um Emma herum. »Aber er ist den ganzen Ärger doch gar nicht wert, oder?«

Sie folgte ihnen zur Tür, wo das junge Mädchen wartete.

»Raus aus meinem Haus«, fauchte Emma.

»Ja, Ma'am. Es tut mir wirklich leid, Professor Greene.« Jacob schob Kyle auf die Veranda hinaus und weiter auf den gepflasterten Gehweg. Als Letztes folgte das Mädchen, das den Arm hob, um die Fliegengittertür aufzuhalten.

Und in diesem Augenblick sah Emma das baumelnde Silber aufblitzen.

»Mein Armband!« Sie lief auf die Veranda hinaus und

packte das Mädchen am Handgelenk. Dann drehte sie sich zu Kyle um und hielt den Arm der jungen Frau in die Höhe, so als hätte diese einen Preisboxkampf gewonnen. »Sie haben mein Armband Ihrer Freundin geschenkt!«

Das Mädchen entwand sich ihrem Griff, rannte, sich das Handgelenk reibend, zu Kyle und warf Emma einen finsteren Blick zu. Jetzt fehlten sogar Jacob die Worte, ihm stand der Mund offen angesichts des Schmuckstücks.

Nur Kyle gelang es zu sprechen, und er murmelte etwas vor sich hin, das klang wie: »Die spinnt doch, die verrückte Schlampe.«

»*Wie* haben Sie mich genannt?« Einen Augenblick lang war Emma ganz benommen, überwältigt von dem Schwall wütender Wörter, die ihr durch den Kopf schossen und sich wie Pistolenkugeln durch ihren Mund Bahn brachen.

»Sie fetter, mieser kleiner Dieb! Ich melde Sie dem Ehrenkomitee! Ihren College-Abschluss können Sie vergessen!« Damit wirbelte Emma herum und riss die Fliegengittertür auf.

»Warten Sie einen Moment.« Jacob sprang die Verandastufen wieder herauf und kam mit versöhnlich ausgestreckten Händen auf sie zu. »Das wollen Sie doch nicht wirklich tun. Nur noch sieben Tage, dann ist Kyle sowieso weg. Und Sie werden ihn nie wieder zu Gesicht kriegen. Warum also all den Ärger auf sich nehmen?« Lächelnd sah er ihr in die Augen, und da erkannte Emma, dass sie den jungen Mann doch falsch eingeschätzt hatte. Er war nicht nur ein charmanter junger Blender, sondern ein ziemlich durchtriebener Kerl, ein Helfershelfer, ein aalglatter Opportunist, der seinem kriminellen Freund stets beistand.

Sie erwiderte sein Lächeln mit einem sarkastischen Grinsen. »Was? Haben Sie etwa Angst, Sie könnten Ihre bequeme Lebensfinanzierung verlieren?«

Jacobs Lächeln schwand.

Emma trat durch die Fliegengittertür ins Haus. Nie wieder würde sie sich so etwas gefallen lassen. Nie wieder würde sie die nette Professorin sein, die lockere B+, die Frau, die Abgabetermine unbefristet verlängerte und einmal im Jahr zum Picknick einlud. »Kyle wird morgen Vormittag vom Ehrenkomitee hören.«

»Das können Sie doch nicht machen«, murmelte Jacob.

»Sie werden schon sehen«, erwiderte Emma und schlug die schwere Haustür hinter sich zu.

Nur dass sie nicht schloss. Nicht ganz jedenfalls. Denn Jacob hatte seinen Fuß in den Türspalt gestellt und drückte jetzt mit seiner Schulter gegen das Holz.

»Ich will nur mit Ihnen reden«, versicherte er.

Emma stemmte sich mit ihrem ganzen Gewicht gegen die Tür und versuchte, den eindringenden Fuß einzuquetschen, auch dann noch, als sie längst spürte, wie die Tür sich langsam immer weiter öffnete.

»Kommen Sie schon«, schmeichelte Jacob mit ölig glatter Stimme. »Lösen wir das Ganze doch auf andere Weise.«

Und plötzlich fiel Emma auf, wie dunkel die Bäume um sie herum waren und wie weit weg vom nächsten Nachbarn sie wohnte. Ihre Gedanken flogen zu ihren Küchenmessern, solide deutsche Klingen, die in einem Holzblock steckten und einladend die Griffe hervorstreckten, und beinahe hätte sie laut aufgelacht. All diese Jahre stummer Akzeptanz, all die Wut, die sie unterdrückt hatte, nur damit sie nun einen neuen Höhepunkt erreichte wegen des Fußes eines Studenten, der mittlerweile auch sein Knie, ja sein ganzes Bein in ihr Haus hereinzudrängen suchte.

»Nur auf ein Wort«, sagte Jacob. Doch durch die sich immer weiter öffnende Tür sah Emma, wie auch Kyle die Stufen zur Veranda wieder heraufkam, im Gesicht – ja, was eigentlich? – einen fast lächelnden Ausdruck.

»Nur auf ein Wort«, wiederholte Jacob, als Emmas Finger nach dem Griff von Robs hölzernem Baseballschläger tasteten. Von oben hörte sie ein ersticktes Wimmern von Maggie, die durch den offenen Spalt ihrer Zimmertür spähte.

ZEUGIN

1

»Überall war Blut – auf dem Boden, auf dem Läufer, auf der Flurkonsole. Es war alles so rot, dass ich dachte, Flammen würden die Wände hinaufzüngeln, und bei dem Gedanken an Feuer wollte ich nur noch eins: fliehen. Denn das war es, was meine Mom mir eingeschärft hatte für den Fall, dass es brennt. Schnellstens raus aus dem Haus.

Ich zog die zusammengelegte Strickleiter unter meinem Bett hervor, die an einem der dicken hölzernen Bettpfosten befestigt war. Mom hatte sie im Jahr zuvor dort angebracht, weil sie immer mit dem Schlimmsten rechnete. Sie war eine Frau mit einem regelrechten Sicherheitswahn, redete dauernd von Fahrradhelmen, Rettungswesten und Wasserfiltern. Wir hatten in jedem Zimmer Rauchmelder. Geräte, die den Kohlendioxidgehalt der Luft maßen. Dreimal hatte sie mir schon erklärt, wie ich aus meinem Zimmer herauskommen könnte, falls es brannte, aber ich war noch zu klein gewesen, um an die Metallhaken heranzureichen, mit denen man das Fenster öffnete. Ich war ja erst fünf.

In jener Nacht damals stand das Fenster bereits offen und ließ eine leichte Brise und fremde Stimmen herein. Ich musste nur noch das Fliegengitter aufmachen. Ich erinnerte mich ganz genau an die Anweisungen meiner Mutter: ›Siehst du diese metallenen Rechtecke? Und siehst du, wie ich sie jetzt mit den Fingern hineindrücke?‹ Ich war überrascht, wie leicht sich das Fliegengitter hochschieben ließ, als ich die magischen Knöpfe drückte.

Als ich die Strickleiter aus dem Fenster warf, schlug sie

hart gegen die Aluminiumverkleidung unseres Hauses, und ich hatte Angst, dass die Studenten auf diese Seite des Hauses gerannt kommen könnten, mich sehen und unten auf mich warten würden. Aber es kam niemand, und so kletterte ich auf die Fensterbank. Das hatte Mom mir nie vorgemacht, und sie hatte auch nie ausprobiert, ob die Strickleiter halten würde. Ihre Feueralarmübungen waren immer nur rein verbal gewesen: ›Krabble auf die Fensterbank, halt dich gut an der Leiter fest. Und dann steig ganz langsam hinaus und klettere die Sprossen hinunter, genau so, wie du es in der Vorschule auf der Strickleiter gemacht hast.‹

Aber es war nicht so wie in der Vorschule. Dort konnte ich den Fuß in die Zwischenräume der Leiter schieben, sodass ich auf den Holzsprossen gleich Halt fand. Hier hing die Strickleiter jedoch direkt an der Hauswand herab, und ich stieß mit den Füßen sofort gegen die Wand. Ich musste die Sprossen auf den Zehenspitzen hinuntersteigen, was besonders schwierig war, weil ich auch noch einen Eisbären trug. Schließlich konnte ich nicht ohne Sophie fliehen, die ich mir unter den rechten Arm geklemmt hatte. Also stieg ich ganz langsam hinunter. Zweimal rutschte ich trotzdem ab. Aber ich konnte mich jedes Mal festhalten. Hinunter, immer weiter hinunter, bis in unsere Rhododendronbüsche hinein, hinter deren dichte Blätter ich mich kauerte, bis ich sicher war, dass die Studenten nicht kamen.

Mom hatte mir eingeschärft, dass ich unter der größten Pappel auf sie warten sollte. Das war unser Treffpunkt für den Fall eines Brands. Aber ich wusste, dass sie nicht kommen würde. Ich musste mich weit weg vom Haus verstecken. Der Wald lag etwa dreißig Meter entfernt zu meiner Linken, schwarz und schrecklich, aber nicht so schrecklich wie dieser Fremde, der sich in unseren Hausflur hineingedrängt hatte. Um die schützenden Bäume zu erreichen, musste ich über offenes Wiesengelände laufen, und wenn die Studenten sich umdrehten, würden sie mich in meinem weißen Nachthemd sehen. Doch ich durfte nicht mehr allzu lange hinter den Rhododendronbüschen hocken bleiben, denn dort würden sie mich auf jeden Fall finden.

Sophie an die Brust gedrückt, schlich ich vorsichtig im Schatten des Hauses an der Wand entlang, und als ich einen Blick um die Hausecke riskierte, sah ich im Verandalicht zwei der Studenten immer noch vor dem Haus stehen. Aber ihre Aufmerksamkeit war zu sehr gefesselt, als dass sie sich nach mir umgedreht hätten. Der Junge stand vor unserer Haustür, den Blick starr in den Flur gerichtet, und das Mädchen ... das Mädchen hockte auf den Knien und erbrach sich ins Gras. Zuerst dachte ich, es wäre der Anblick des vielen Blutes, von dem ihr so übel war. Aber inzwischen glaube ich, dass es das Bier war – das Bier und das Blut und die Furcht.

Da die beiden so abgelenkt waren, sauste ich auf die Bäume zu, hoffte, dass sie den weißen Blitz, der da durch die Dunkelheit schoss, nicht sehen würden. Das Gras war feucht und kalt, und manchmal trat ich auf etwas Hartes, aber ich weinte nicht. Ich verschwand einfach stumm wie ein Komet in der Nacht.«

2

»Und wie ging es dann weiter?«

Maggie öffnete die Augen und setzte sich auf, erschreckt von der tiefen männlichen Stimme. Normalerweise sprach der Arzt so leise, dass sie sich einfach zurücklehnen, die Augen schließen und in ihre Erinnerungen abtauchen konnte, während sie redete und immer weiter redete von »dem weißen Blitz …«, »dem schwarzen Wald …«, »den blutigen Wänden …«. Das Blut schien dem Arzt besonders zu gefallen – er fragte sie immer wieder danach –, und deshalb betonte Maggie diesen Aspekt.

Sie musste wohl am Einschlafen gewesen sein, denn sonst hätte er sie nicht unterbrochen. Maggie wurde am Nachmittag oft schläfrig, und diese Couch war so bequem mit ihrem weichen Wildlederbezug und den dicken Kissen. Sie fuhr mit den Fingern gegen den Strich über den Bezug und hinterließ vier braune Streifen, dann sank sie, wie so oft, wieder zurück an die Lehne. Wie gern würde ich meine Beine hier auf diesem Wildleder ausstrecken, dachte sie, mich auf die Seite rollen und einfach stundenlang schlafen. Das wäre überhaupt die beste Therapie von allen: sich jeden Nachmittag in die Praxis des Arztes zurückziehen und schlafen. Irgendwo hatte sie mal gelesen, dass gerade Teenager besonders viel Zeit zum Dösen brauchten, denn sie waren wie schwangere Frauen, in denen neues Leben heranreifte.

Maggie hatte in den letzten Wochen nicht gut geschlafen. Ihre Träume waren wiedergekehrt; dabei hatte sie gedacht, sie hätte sie schon vor Jahren hinter sich gelassen. Doch nun kamen sie erneut jede Nacht zurück, voll verworrener Fragmente: die Studenten, ihre Mutter, die Dunkelheit des Waldes. Damals mit fünf hatten sie jede Nacht regelmäßig schreckliche Albträume geplagt, in denen die immer gleichen Szenen, Wortfetzen und Farben auftauchten. Die erste Reaktion ihres Vaters war, einen Traumfänger zu kaufen, den er unter den rosa Baldachin ihres Bettes hängte mit den Worten: »Der wird die bösen Träume einfangen und dir die guten lassen.« Diese Vorstellung hatte Maggie so gut gefallen, dass sie sogar jetzt noch Traumfänger-Ohrringe mit kleinen Federn daran trug, die zu ihren langen rotbraunen Haaren passten und ihr bei jeder Kopfbewegung über die Wangen strichen.

Der rosa Baldachin hatte das Ende ihrer Grundschulzeit allerdings nicht überlebt und war durch Johnny-Depp-Poster ersetzt worden, sodass nun von der Decke über ihrem Bett Edward mit den Scherenhänden auf Maggie heruntersah.

»*Das* würde mir Albträume bescheren«, hatte ihr Vater schaudernd gesagt, als sie das Poster anbrachte. Er hatte neben Maggie auf der Bettdecke gelegen und den jungen Mann mit dem wirren Haar und dem dunklen Lippenstift eingehend betrachtet, dessen traurige Augen nun also die ganze Nacht auf seine Tochter herabsehen sollten. Von der Zimmerwand gegenüber spähte anzüglich Sweeney Todd unter einer Frisur hervor, die der Braut Frankensteins würdig gewesen wäre, während sich Jack Sparrow einen mit schweren Ringen bestückten Zeigefinger an die Lippen legte. Rob seufzte. Was faszinierte seine Tochter nur so an diesen Dragqueen-Gestalten? Schon seltsam, dass ein Mädchen, das sich nie schminkte, bei einem Mann mittleren Alters so viel Eyeliner tolerierte.

»Johnny Depp ist cool«, erklärte Maggie. »Wenn der in meinen Träumen auftauchen würde, wären das bestimmt ganz *wundervolle*.«

Und sie hatte sich auf die Matratze gestellt und Edward mit den Scherenhänden noch mit Tesafilm einen Traumfänger an die Brust geklebt, auf dass das über ihrem Bett baumelnde Band ihr Herz mit dem von Johnny verbinden möge. Seither hatte sich der Traumfänger jede Nacht langsam gedreht, mal rechtsherum und mal links, wie eine Wetterfahne, die auf den barometrischen Druck ihrer Wünsche reagierte.

Aber dieses Ding aus Band und Federn hatte die Albträume natürlich nie daran gehindert, sie im Schlaf heimzusuchen. Und deshalb hatte ihr Vater Maggie vor neun Jahren zu einem Arzt gebracht, den er ihr mit den Worten vorstellte: »Er ist ein lebender Traumfänger.« Dieser Arzt würde ihre Erinnerungen am helllichten Tag so filtern, dass sie sich nachts nicht mehr in ihren Schlaf schleichen würden, hatte er ihr erklärt. Und Maggie musste zugeben, dass der Mann von seinem Beruf wirklich etwas zu verstehen schien. Als sie in der ersten Grundschulklasse war, begannen ihre Träume allmählich zu schwinden, bis ihre wöchentlichen Therapiestunden auf eine im Monat reduziert wurden, und dann sogar auf eine jedes Vierteljahr. In den letzten fünf Jahren hatten sie den Arzt gar nicht mehr aufgesucht.

Doch jetzt waren die Albträume wieder da, und deshalb saß Maggie wieder hier auf dieser Couch und durchforstete ihre Vergangenheit, während der Arzt mit leiser Stimme, wie durch einen weichen Vorhang hindurch, mit ihr redete.

»Erzähl mir, wie es dann weiterging.«

»Sie haben den Traum doch schon hundertmal gehört.«

»Erzähl ihn mir noch einmal.«

Maggie fühlte sich an die Kinder erinnert, deren Babysitter sie war und die auch dieselben Gutenachtgeschichten wieder und wieder hören wollten. Vor allem die grausamen – mit Hexen, Wölfen und blutrünstigen Ungeheuern, die ganz wild waren auf das Fleisch kleiner Kinder.

Aber Maggie hatte keine Lust, ihren Traum zu erzählen, und betrachtete stattdessen ihre Fingernägel, die bis zu den blutenden Nagelrändern hin abgekaut waren. Letzte Woche noch waren sie lang und rot angemalt und mit schwarz-weißen Yin-Yang-Symbolen verziert gewesen, doch jetzt waren sie kurz und abgesplittert. Sie ballte die Hände zu Fäusten, verschränkte die Arme vor der Brust und ließ ihren Blick die cremeweißen Wände entlangschweifen, mit den Diplomen, die sie schon als Kind, Buchstabe für Buchstabe, studiert hatte. Kenneth David Riley. Swarthmore College, Columbia University New York, University of Virginia. Bachelor, Master, Doktor. Die akademischen Titel klangen wie Rollen in einem Sexspiel, und Maggie überlegte, dass es an ihr war, den Part der jungen Gespielin zu übernehmen, der Sklavin, der bis auf die Haut nackten Patientin.

Sie hatte nichts dagegen. Als Maggie letzte Woche nach all den Jahren ohne Kontakt wieder zu dem Arzt gekommen war, hatte sie etwas bemerkt, das ihr als Grundschulkind nicht aufgefallen war – nämlich dass Dr. Riley ein gut aussehender Mann war, dunkelhaarig, mit tiefblauen Augen und muskulösen Unterarmen, die sich anspannten, wenn er sich die Hemdsärmel hochkrempelte, was immer ein Anzeichen dafür war, dass sie in der Therapie auf etwas Ernstes zu sprechen kamen. Er war genau Maggies Typ – oder jedenfalls bildete sie sich das ein –, ruhig, intellektuell und von attraktiv grüblerischem Wesen. Wäre er zwanzig Jahre jünger gewesen, hätte er gut in den ›Twilight‹-Filmen mitspielen können, sein blasser Teint, das kantige Kinn und die markanten Wangenknochen waren wie geschaffen dafür.

Setzen Sie sich doch neben mich, hätte sie gern zu diesem liebenswürdigen Arzt gesagt. *Legen Sie Ihren Kopf in meinen Schoß, dann werde ich Ihnen meine Träume ins Ohr flüstern.* Ihr Blick blieb an seinen langsam grau werdenden Schläfen hängen, und sie seufzte. Wie schade. Sterblichkeit war doch etwas Schreckliches.

Der Arzt wartete, bis Maggies Blick über sein Gesicht geglitten war. Dann sah er ihr direkt in die Augen. »Es hilft, den ganzen Traum zu schildern«, sagte er.

Maggie lächelte erbittert. Den ganzen Traum. Die ganze

Wahrheit, und nichts als die Wahrheit. Das war es, was sie alle von ihr wollten – einen Haufen grausamer Wörter –, weil sie das Mädchen mit der Geschichte war, die Zeugin eines Mordes, der sie in seltsamen, verzerrten Träumen immer wieder heimsuchte, sodass es schwierig war zu sagen, wie viel davon real und wie viel Albtraum war.

Maggie hatte nie jemandem die ganze Wahrheit erzählt. Als sie fünf war, hatte sie sich sogar standhaft geweigert, überhaupt etwas zu sagen. Sie hatte kein einziges Wort für die Polizei erübrigt, ja nicht einmal für ihren Vater, und aus dem Abstand von neun Jahren war es schwierig zu sagen, was genau sich in ihrem Vorschulhirn abgespielt hatte, abgesehen von dem vagen Eindruck, dass die Erwachsenenwelt einen Verrat an ihr begangen hatte und ihr Schweigen ein Reinigungsritual war.

Teil von Dr. Rileys Aufgabe war gewesen, die Geschichte freizulegen, all die zerborstenen Splitter zu bergen, die sie zu vergraben suchte. Der Arzt war spezialisiert auf traumatisierte Kinder, meistens Mädchen, die in der Familie missbraucht worden waren – geschlagen, vergewaltigt, in Wandschränke eingesperrt – und deren Körper bis auf die spindeldürre Gestalt einer Harfensaite abgemagert waren. In seinem Sprechzimmer stand eine Holztruhe voller Stofftiere, die nach Zedernholz rochen, und in den Regalen waren, außer Büchern und Farnen, ein Puzzle, ein Teeservice und Schachteln mit Spielknete zu finden, so als hätte der Arzt seine eigene Kindheit nie ganz aufgegeben.

In der Anfangszeit bestand seine Methode darin, mit viel Spielzeug, Buntstiften und jeder Menge scheinbar harmloser Fragen vorzugehen: »Warum brennt das Haus?« und »Was denkt der Eisbär?« Monatelang hatte Dr. Riley jedes noch so kleine Fragment, das Maggie äußerte, jeden Splitter der Erinnerung gesammelt, als wäre diese ein kostbares Fossil, etwas, das abgestaubt, inspiziert und aus all den Teilen wieder zusammengesetzt werden musste, bis das ganze Skelett dieser einen Nacht rekonstruiert war. Im Laufe von zwei Jahren hatte er so viele Wörter von ihr zusammengetragen, dass er schließlich einen vollständigen Brustkorb, einen Schädel und ein Rückgrat beisammenhatte. Alles das, was zurückbleibt, wenn die Seele geflohen ist.

Aber wie bei allen Rekonstruktionen konnte der Arzt auch hier nur einen begrenzten Anteil an Beweisen sammeln – ein Kieferknochen hier, ein Wirbel dort –, der Rest war zwar wohlbegründet, doch Spekulation, und Maggie war stolz, nicht alles verraten zu haben. Sie wusste, dass der Arzt von einigen falschen Annahmen ausging, doch sie hatte es nicht eilig, ihn aufzuklären. Es lag eine Macht darin, die Schlüsselelemente ihres Puzzles zurückzuhalten – auf diese Weise würde dieser gut aussehende Mann sich auch weiterhin für sie interessieren. Und dann war da noch der wesentliche Aspekt ihrer Privatsphäre. Selbst als Vorschulkind hatte Maggie schon gewusst, dass man manche Erinnerungen besser mit niemandem teilt.

»Bleib hier, Maggie.« Dr. Riley hatte seiner Stimme einen tiefen, einschmeichelnden Ton gegeben. »War das, als die Studenten sich auf die Suche nach dir machten?«

Ja. Von ihrer Stelle fünfzehn Meter tief im Wald konnte Maggie sie über die Wiese näherkommen sehen, und der dicke Junge rief: »Hey, kleines Mädchen … Komm raus. Wir tun dir nichts.«

Seine Stimme klang unerträglich süßlich, so als könnte er Freundlichkeit nicht einmal vortäuschen.

Dann sagte das Mädchen, das bei ihm war, etwas. Ihr Gesicht war bleich und ihre Stimme zitterte. »Ich will hier weg … Lass uns endlich abhauen. Bitte.«

Der Junge ignorierte sie. Wieder spähte er in den Wald hinein und lockte: »Na, komm schon, komm raus, wo immer du auch steckst.« Als er an den Waldrand herantrat, erkannte Maggie, dass ihr Nachthemd sie verraten würde. Durch die

Äste drang genug Mondlicht, um die weiße Baumwolle aufleuchten zu lassen, und dem Jungen würde die schimmernde Stelle unter den Baumkronen sicher nicht entgehen. Er hob einen seiner dicklichen Arme und schob einen Zweig beiseite. Dann starrte er mit einem leichten Lächeln genau in ihre Richtung. »Na, was sehen meine Augen denn da ...«, murmelte er leise.

Es war ein Gefühl wie in einem jener Momente, wenn ein Mensch und ein Reh sich im Wald begegnen und beide, Mensch und Tier, vor Schreck erstarren und einander in die Augen sehen. Und dann macht das Reh einen Satz und rennt, den Blick auf sein weißes Hinterteil freigebend, davon. Es war Maggie, die da zwischen den Bäumen wegrannte und nur ein Aufblitzen ihres hellen Nachthemds zurückließ.

»Ist er hinter dir hergelaufen?«, fragte der Arzt.

»Keine Ahnung. In dem Moment bin ich aufgewacht.«

»Und in der Realität ist er nie hinter dir hergelaufen?«

Maggie zuckte die Achseln und sah aus dem Fenster auf den Ahornbaum hinaus, der sich im Oktoberwind wiegte. Für die Realität interessierte sie sich nicht allzu sehr, weshalb auch so viele der Bücher, die sie zu Hause geradezu verschlang, mit Drachen, Zauberern und Dämonen angefüllt waren. J.R.R. Tolkien, Joanne K. Rowling, Philip Pullman – sie alle wussten, dass Fantasy keine Flucht war, sondern vielmehr eine Linse, durch die man die Welt schärfer sehen konnte.

»In der *Realität* haben die Studenten überhaupt nicht nach mir gesucht. Und ich weiß nicht, ob sie gesehen haben, dass ich über die Wiese gelaufen bin. Sie sind einfach in ihr Auto gestiegen und weggefahren.«

»Und du bist im Wald geblieben?«

Ja. Sie war im Wald geblieben.

»Wie hat sich das angefühlt?«

So eine dämliche Frage. Was glaubte er wohl, wie sich das angefühlt hatte? Wie sollte es sich schon anfühlen für eine völlig verängstigte Fünfjährige, die sich allein im dunklen Wald versteckte? Ja, nicht mal allein – sondern umgeben von Opossums, Füchsen und Stinktieren, die um sie herumschlichen, sie aus dem Dunkel mit gefletschten Zähnen anstarrten. Aber es waren nicht die Tiere gewesen, die Maggie in jener Mainacht gefürchtet hatte. Viel größere Angst hatte sie vor den Schattendämonen gehabt, jenen gestaltlosen Ungeheuern, die durch die Wände hindurch in ihr Zimmer eindrangen, wie sie sich oft vorstellte, und am Fußende ihres Bettes standen, sich als Kommode tarnten oder als Jacke über einem Stuhl. Als sie sich dort im Wald versteckte, hatte sie gespürt, wie diese Ungeheuer aus den Baumwipfeln herabstiegen, die Luft mit ihrem schweren Atem füllten und sich ihr bedrohlich näherten. Und so hatte sie sich, angelehnt an eine zehn Meter hohe Esche, auf den Waldboden gekauert, die Stirn auf die angezogenen Knie gelegt und Sophie ganz fest an die Brust gedrückt.

Wie sich das angefühlt hatte? So als würde jede einzelne Faser ihres Körpers schreien. Doch sie hatte nicht gewagt, auch nur einen Laut von sich zu geben.

»Unheimlich«, sagte Maggie laut und sah dem Arzt in die Augen. »Es hat sich unheimlich angefühlt.«

Nichtssagende Adjektive waren die beste Verteidigung, wenn das Gespräch zu schmerzhaft zu werden drohte. Wie aufs Stichwort ließ Dr. Riley dann jedes Mal vom Thema ab, und auch heute fand Maggie ihn wieder so gehorsam wie immer.

»Du hattest letzten Freitag Geburtstag.«

»Ja«, sagte Maggie. »Ich bin jetzt fünfzehn.«

»Hast du irgendwie besonders gefeiert?«

Maggie lächelte. »Mein Dad hat mir erlaubt, einen Tag schulfrei zu machen, und wir sind auf die Jump-Mountain-Hütte gefahren. Wir waren zwei Tage lang in den Bergen wandern und Kanu fahren.«

»War es schön?«

»Klar, richtig schön. Vor allem, dass ich nicht zur Schule musste.«

Der Arzt hielt einen Moment inne. »Wie läuft es denn in der Schule?«

Maggie zuckte die Achseln. »Schule ist Schule, da ändert sich nicht viel.«

»Die Highschool ist schon noch mal ein großer Schritt, findest du nicht?«

Sie seufzte. »Das Gebäude ist riesig, und es sind viel mehr Leute dort. Aber letzten Endes läuft es doch alles aufs Gleiche raus: Klassenzimmer und Klausuren, eine Cafeteria, Sportunterricht. Der gleiche Ablauf wie vorher auch, nur mehr Hausaufgaben und sehr viel mehr Gerenne von Klassenzimmer zu Klassenzimmer.«

»Was hältst du von deinen Lehrern?«

Maggie besah ihre Handfläche und fragte sich, ob diese Verästelungen da unten am Ende ihrer Lebenslinie Kinder, Ehemänner oder viele Todesfälle bedeuteten. »Sie haben mit meinem Dad gesprochen.«

»Ja.«

Maggie lächelte, ohne den Blick zu heben. Eins musste man Dr. Riley wirklich lassen – er war immer offen, wenn man ihn direkt auf etwas ansprach. Sie hätte sich auch nie auf diese Therapiestunden eingelassen, wenn sie nicht das Gefühl gehabt hätte, dass er ihr gegenüber absolut aufrichtig war.

»Dein Dad ist etwas besorgt«, fuhr Dr. Riley fort. »Er sagt, du hättest Probleme mit deiner Mathelehrerin.«

»Nicht wirklich Probleme. Wir wechseln ja kaum mal ein Wort.«

»Aber du magst sie nicht, oder?«

Nein, Maggie mochte Mrs Murdock nicht, und es war schwer zu sagen, warum eigentlich nicht. Die Frau war weder streng noch bösartig oder unfair. Und sie war auch nicht affektiert oder verlogen – Maggies Hauptkritikpunkte an der Welt der Erwachsenen. Ja, sie versuchte noch nicht mal, jemanden mit ihrem Aussehen zu beeindrucken. Maggie hasste es nämlich, wenn Lehrerinnen zu viel Make-up trugen, hohe Absätze oder Blusen, die so weit aufgeknöpft waren, dass man einen Spitzen-BH hervorlugen sah, so als wollten auch sie – wie alle anderen weiblichen Wesen im Schulgebäude – Eindruck schinden bei den Jungs.

Maggie machte sich nicht viel aus Jungs. Sie trug weder Mascara noch Parfüm und frisierte sich ihren Pony nicht zur Seite. Ihr einziges Zugeständnis an die Mode waren ihre sieben Paar farbige Converse mit hohem Schaft, die zum Regenbogen aufgereiht unten in ihrem Kleiderschrank standen, von Rot über Pink bis hin zu Weiß mit schwarzen Karos. Ansonsten hielt sie sich an zerrissene Jeans und T-Shirts mit Rundausschnitt – weshalb sie fand, dass sie Mrs Murdock eigentlich hätte mögen müssen, denn auch die Mathelehrerin schien sich nichts aus Kleidung zu machen. Jeden Tag trug sie knielange Röcke in gedeckten Farben, langärmlige weiße Blusen und ein Paar ausgetretene braune Sandalen. Wenn sie an der Tafel stand, sah sie die Klasse selten mal an. Sie bot den Schülern meist den Anblick ihres blondgesträhnten Haarknotens, den sie mit einem halben Dutzend Haarklammern kreuz und quer so festgesteckt hatte, dass er eher an ein Vogelnest erinnerte.

Maggie vermutete, dass Mrs Murdock schüchtern war, und normalerweise mochte sie schüchterne Menschen. Sie stellte sich immer vor, dass in deren Köpfen sehr viel mehr vor sich ging als in denen der üblichen Schwätzer. Die meisten Leute sprudelten ihre Gedanken hervor wie ein undichter Wasserhahn, und Maggie malte sich aus, dass die Schüchternen noch Tausende ungenutzter Ideen hatten, die sie einem geduldigen Zuhörer offenbaren würden. Deshalb saß sie auch gern mit den eher stillen Mädchen zusammen in der Cafeteria. Ihr Dad hatte ihr erzählt, dass die schüchternen Kinder oft die klügsten Köpfe waren und als Erwachsene später großartige Dinge erreichten.

Zugegeben, das hatte er vor allem gesagt, weil Maggie anfangs in der Schule schrecklich schüchtern gewesen war. Bis zur dritten Klasse hatte sie im Unterricht kaum einmal den Mund aufgemacht. Sie hatte gespürt, dass sie anders war als die anderen Kinder – die einzige Grundschülerin mit einem Therapeuten. Erst im Alter von neun Jahren hatte Maggie begonnen, sich der Welt zu öffnen und sich ähnlich veranlagten Mädchen anzuschließen, die ähnlich schüchtern, klug und desillusioniert schienen – der einzige Freundeskreis, in dem auch sie einmal Königin sein konnte. Mit einsetzender Pubertät hatte sie sich wieder mehr in ihren Kokon zurückgezogen. Aber sie konnte immerhin noch genug Selbstvertrauen aufbringen, um beim Lunch in der Schulcafeteria einfach ein Gespräch zu beginnen.

»Glaubst du, dass das Problem mit einer Abneigung gegen Mathe zu tun hat?«, fragte der Arzt.

»Was meinen Sie damit?«

»Bist du gut in Mathe?«

»Es ist mein schlechtestes Fach.«

»Könnte es also sein, dass du deine negativen Gefühle für das Fach auf deine Lehrerin überträgst?«

Das bezweifelte Maggie. »Mrs Murdock ist einfach bloß seltsam. Irgendwie kriege ich in ihrer Nähe immer eine Gänsehaut. Ich meine, sie weicht ja sogar meinem Blick aus, und wenn Leute einen nicht mal ansehen können, wirken sie schuldig.«

»Augenkontakt ist wichtig«, stimmte der Arzt zu. »Aber du kennst sicher Anna Kennedy, der die Eisdiele gehört. Sie sieht ihren Kunden auch nie in die Augen.«

»Mrs Kennedy hat das Asperger-Syndrom, und darüber spricht sie auch ganz offen. Oder wollen Sie damit sagen, dass meine Mathelehrerin irgendeine Form von Autismus haben könnte?«

»Keineswegs. Ich will nur darauf hinweisen, dass es alle möglichen Gründe für das Verhalten eines Menschen geben kann. In manchen Kulturen gilt direkter Augenkontakt sogar als unverschämt.«

Maggie schüttelte den Kopf und spürte, wie die Federn ihrer Ohrringe ihr über die Wangen strichen. »Das gilt meist nur für den Kontakt zwischen Männern und Frauen.«

Dr. Riley lächelte. »Du bist ein kluges Mädchen, Maggie. Aber du weißt nichts über deine Lehrerin, deshalb kannst du auch ihre Motive nicht verstehen. Mrs Murdock ist noch neu hier, und sie ist vermutlich genauso nervös wie ihre Schüler. Du solltest versuchen, nett zu ihr zu sein.«

Da war sie wieder, dachte Maggie, die soziale Last, die allen stillen Mädchen aufgebürdet wurde – *Nettigkeit.* Die sportlichen Jungs mahnte in der Schule nie jemand, doch nett zu sein. Keiner versuchte sie zu drängen, sich mit neuen nervösen Lehrern anzufreunden oder beim Lunch auch die Außenseiter an ihrem Tisch sitzen zu lassen. Vielleicht rieten ihre Mütter ihnen hin und wieder einmal, etwas mehr Mitgefühl zu zeigen, doch immer in dem Bewusstsein, dass die Rücksichtnahme auf anderer Leute Gefühle die ureigenste Aufgabe *ihres* Geschlechts war, vor allem dann, wenn sie selbst zum stillen Typ gehörten – denn nicht mal von allen Frauen wurde ja Freundlichkeit erwartet. In den Reality-Shows im Fernsehen belohnten Produzenten die Boshaftigkeit von Frauen mit Tausenden von Dollars, und in der Schule waren die beliebten Mädchen viel zu sehr damit beschäftigt, in allen spiegelnden Oberflächen ihre Frisur zu kontrollieren, als dass sie Zeit gehabt hätten, sich um die Gefühle anderer Leute zu kümmern. Und niemand schien es von ihnen zu erwarten. Doch Maggie konnte sich an zahllose Gelegenheiten in ihrem Leben erinnern, als Erwachsene sie aufgefordert hatten, nett zu sein zu anderen Kindern, lieb zu den Kleinen und höflich zu den Alten. War da irgendwas in ihrem Gesicht, das Freundlichkeit erwarten ließ? Stand es vielleicht im Muster ihrer Sommersprossen geschrieben?

Neunzig Prozent der Zeit war sie gewillt, ihnen allen den

Gefallen zu tun, doch zuletzt hatten die restlichen zehn Prozent übernommen und sie hatte die Augen verdreht angesichts der Vorschriften für weibliche Selbstlosigkeit. Es waren vermutlich die Teenagerhormone, die sie so kleinlich werden ließen. Doch was immer auch der Grund dafür war, sie fand, dass es jetzt mal die Aufgabe eines anderen war, nett zu der neuen Lehrerin zu sein. Vielleicht konnte ja einer der Jungs mit einem Faible für Euklid die Mathelehrerin dazu verleiten, ihm in die Augen zu blicken.

»Hm«, sagte Maggie. »Mal sehen.«

3

»Was meinst du, warum hast du wieder diese Träume?«

Maggies Vater stellte immer Fragen auf dem Heimweg von der Therapie. Als sie fünf war, war er bei den Sitzungen dabei gewesen, aber im benachbarten Zimmer, dessen Tür einen Spalt offen blieb, sodass er zuhören konnte, ohne gesehen zu werden. Doch jetzt war sie zu alt, um Spione zu dulden, und er musste versuchen, die Informationen aus ihr herauszulocken, genau wie Dr. Riley. Männer wollten dauernd irgendetwas aus einem herauslocken.

»Keine Ahnung.« Sie drehte sich weg von ihm, bis sie mit der Nase beinah an die Scheibe des Beifahrerfensters stieß. Sie fuhren gerade durch das nur vier Häuserblocks umfassende Stadtzentrum von Jackson, Virginia, wo die Straßen von fast zweihundert Jahre alten Gebäuden aus Backstein gesäumt waren. Dort war ein Laden mit Schnickschnack aller Art, der die Vorübereilenden mit nach Kiefernnadeln riechenden Kerzen anlocken wollte, und dort ein Küchenshop, der in seinem Schaufenster drei verschiedene, zur Pyramide aufgestapelte scharfe Grillsoßen anpries: »Scorned Woman«, »Sudden Death« und – Maggies Lieblingssorte – »Ass in the Tub«. Dann kam die Buchhandlung, wo wie immer die zwei grauen Perserkatzen zusammengerollt in der Auslage vor sich hin dösten, das Fell an die Scheibe gepresst, gefolgt vom Gerichtsgebäude mit den von Spatzen belagerten Kanonen und dem Veteranendenkmal davor, das vom Kleingärtnerverein jedes Jahr wieder patriotisch mit roten Geranien, weißen Stiefmütterchen und blauvioletten Lupinen geschmückt wurde.

Als sie an einer roten Ampel hielten, blieb neben Maggie eine von zwei dunkelbraunen Pferden gezogene Droschke stehen. Diese Droschke hatte nichts an sich von den noblen Cinderella-Kutschen, die sie im Central Park in New York gesehen hatte, mit ihren offenen Verdecks und den roten Samtbezügen, in denen Frischvermählte unter Fleecedecken miteinander schmusten. Dieser einfache rechteckige Kasten mit einem Schutzdach aus Segeltuch hatte drei Holzbänke, auf deren lederbezogenen Sitzflächen unruhig eine Handvoll älterer Touristen herumrutschte. Und im nächsten Moment blinzelten sie alle schon in den Himmel hinauf, weil ein Fremdenführer in der Uniform der Konföderierten sie auf den Kupferturm der Episkopalkirche aufmerksam machte.

Diese Fremden fanden ihre Heimatstadt bestimmt malerisch, dachte Maggie. Vermutlich stellten sie sich das Leben in Jackson als reizend und ungefährlich vor, ein Ort, in dem konservative Familienwerte herrschten; und wenn heute einer ihrer Neunzig-Prozent-Tage gewesen wäre, hätte sie ihnen vielleicht sogar zugelächelt. Zumindest hätte sie zugegeben, dass die Gegend hier ziemlich hübsch war, mit den schmalen Straßen, die sich durch baumbestandene Wohngebiete westwärts zogen, bis sie in die Wiesengründe und Wälder am Fuße der Appalachen mündeten. Zurzeit ging ihr all diese Selbstgefälligkeit jedoch so auf die Nerven, dass sie am liebsten eine Wasserstoffbombe geworfen hätte.

»Der Arzt sagt, dass Albträume von Stress ausgelöst werden können.« Maggie war selbst überrascht, als sie ihre eigene Stimme einen der längsten Sätze sagen hörte, die sie seit Wochen für ihren Dad erübrigt hatte.

»Hast du denn Stress?«, fragte er.

Sie seufzte und lehnte ihre Stirn an die Scheibe. Genau deshalb redete sie mit ihrem Dad in letzter Zeit kaum noch – er war lieb, aber völlig ahnungslos. Natürlich waren diese ersten Monate auf der Highschool der pure Stress für sie gewesen. So was musste man erst mal überleben. Bereits zwei

Wochen vor dem ersten Schultag war ihr zum ersten Mal übel geworden, und das war immer so weitergegangen. Inzwischen war ihr schon seit siebzig Tagen dauernd schlecht, und sie hatte fast drei Kilo abgenommen, unfreiwillig. Maggie war nicht wie die anderen schlanken Mädchen in der Schule, die ständig klagten, wie fett sie seien, in der Eisdiele Brownies mit Eis vertilgten und sich dann die Seele aus dem Leib kotzten, sobald sie zu Hause waren. Sie hätte gern etwas an Gewicht zugelegt, wenn sie nur Appetit gehabt hätte. Aber Maggie hatte in den letzten zwei Monaten gar keinen Hunger verspürt – ein weiterer Grund dafür, dass ihr Vater ihr eine weitere Runde Therapie vorgeschlagen hatte. Sie sei zu dünn und zu blass, hatte er gesagt.

Schau mal in den Spiegel, Daddy, hätte sie am liebsten erwidert. *Da kannst du eine Vogelscheuche sehen.* Aber Maggie brachte es nie fertig, gemein zu ihrem Vater zu sein. In der Schule hatte sie mitbekommen, wie manche andere Kinder über ihre Eltern herzogen und über die runden Kugelbäuche ihrer Väter und die dicken Hinterteile ihrer Mütter lachten. Es hatte sie richtig schockiert, wie grob und gehässig diese Kinder sein konnten, unglaublich bissig in ihrem Urteil und vollkommen überzeugt von ihrer eigenen Überlegenheit.

Sie vermutete, dass die anderen Kinder sich auch über ihren Vater lustig gemacht hatten, wenn sie nicht dabei war – wenn auch nicht wegen seines Gewichts. Ihr Vater war nie dick gewesen, doch sein Körper, einst schlank und kräftig, schien jetzt vor der Zeit zu altern und war knochig und hager. In einer Gruppe von Vätern mittleren Alters wirkte er richtiggehend ausgezehrt. Die meisten einheimischen Männer seines Alters trugen einen Bauch vor sich her, weil ihre Ehefrauen ihnen zu Hause Schmorfleisch mit Stampfkartoffeln und Pfirsichkuchen vorsetzten. Maggie und ihr Vater waren dagegen zwei Skelette, die abends über ihren Makkaroni-Fertiggerichten mit Käse einen *Danse macabre* aufführten.

»Klar hab ich Stress«, sagte Maggie, ohne die Stirn von der Scheibe zu lösen. Heutzutage waren nur die Teenager nicht gestresst, denen das College egal war oder deren Eltern es egal war, denn es waren die Eltern, die den Druck machten. Deren Erwartungen lasteten wie eine zusätzliche Schwerkraft auf ihren Kindern. Die meisten Mädchen, die Maggie kannte, kauten schon seit der fünften Klasse Fingernägel, weil sie genau spürten, wie sie immerzu getestet und ausgesiebt wurden, von Eltern überwacht, die größten Wert darauf legten, dass ihre Sprösslinge sich von der Menge abhoben.

Maggies Vater war besser als die meisten. Wenn überhaupt, so hatte er bislang nur gewollt, dass sie etwas lockerer wurde und ihre Hausaufgaben nicht immer erst so spät abends machte. »Auf die Noten kommt es eigentlich noch gar nicht an«, hatte er gesagt, »erst wenn du auf die Highschool gehst.«

Und jetzt kam es plötzlich auf alles an. Jede schlechte Note konnte gegen sie verwendet werden. Ihre Schulzeugnisse würden Teil einer unauslöschlichen Akte werden, die sich Dutzende von Fremden ansehen dürften, um sie auf der Grundlage alberner Buchstaben des Alphabets zu beurteilen: A, B, C. Nicht, dass Maggie mehr als einmal ein C, oder auch ein B, bekommen hätte. Noten waren für sie nicht das Problem. Nein, sie fürchtete, dass sie sich nicht genug an Aktivitäten außerhalb des regulären Lehrplans beteiligte. Denn auch darauf würden diese gesichtslosen Auswahlgremien der Colleges achten. Eine Leidenschaft fürs Bücherlesen allein würde nicht ausreichen, um zu überzeugen. Da würde sie schon in der Lage sein müssen, sich als wohlabgerundete Persönlichkeit zu präsentieren. Doch Maggie war eine einzige Ansammlung von Ecken und Kanten.

Die meisten klugen Kinder waren gut in Musik und konnten auf der Geige glänzen oder auf der Posaune. Auch Maggie hatte versucht, diesem Bild zu entsprechen, und sich sieben Jahre lang am Klavier abgemüht. Doch außer einer ziemlich abgehackten Version der ›Mondscheinsonate‹ hatte sie nicht viel vorzuweisen. Sie würde nie irgendwelche Wettbewerbe gewinnen oder den Schulchor begleiten, doch genau darum würde es den Leuten in diesen überkritischen Auswahlgremien gehen. Sieben Jahre Klavierspiel und keine Preise? Keinen Plattenvertrag? Nichts, was sie außergewöhnlich machte – jeder, der sich an einem College bewarb, musste außergewöhnlich sein.

Sport war noch schlimmer. In der Grundschule hatte Maggie sich wie alle anderen unsportlichen Mädchen beim Kickball und Softball stets irgendwo hinten auf dem Spielfeld postiert, war etwas hin und her gelaufen und hatte ansonsten gebetet, dass keiner der hoch geschlagenen Bälle auf sie zukommen möge. Auf dem Fußballfeld konnte sie mit der Mannschaft läuferisch zwar meist mithalten, aber auch hier vermied sie jeden Ballkontakt. Letzten Endes war sie den männlichen Sportlehrern später dann regelrecht dankbar, als diese sich nicht mehr um die Mädchen bemühten und sie in der Turnhalle mit Schrittzählern am Hosenbund Runden laufen und über ihre Pläne fürs Wochenende plaudern ließen, während die Jungs Basketball spielten.

Was also sollte sie in ihrem Aufnahmeessay fürs College schreiben? Dass sie Mitglied im Schach-Club war? Was sogar stimmte, sie war einige Zeit Schriftführerin des Clubs gewesen – nicht, dass sie Schach besonders mochte. Je öfter sie spielte, desto klarer erkannte sie, dass ihr das Spiel in all seinen Einzelheiten eigentlich ziemlich egal war. Es machte ihr nichts aus, wenn ihr jemand den Läufer wegnahm, diesen plumpen Langweiler – oder die großspurigen Springer. Und die Bauern taten ihr im Grunde leid, so gefangen in ihren kleinen Vorwärtsschritten und nur dann in der Lage, eine neue Richtung einzuschlagen, wenn sie jemanden ausschalten wollten.

Aber die Königin – die gefiel Maggie. Sie ärgerte sich, wenn der blöde Springer irgendeines Jungen sie bedrängte.

Frauen sollten mächtig sein, aber die Welt der Männer verschwor sich gegen sie. Das Militär, die katholische Kirche, sie alle hatten es darauf abgesehen, die Macht der Frauen zu vernichten. Schalt ruhig meinen König aus, dachte Maggie, aber lass die Königin überleben.

Ein einziges Mal hatte Maggie all diese Sorgen ihrem Dad anvertraut, eine Woche vor Beginn der Highschool. Doch er hatte bloß gesagt, dass es noch viel zu früh sei, um wegen des Colleges schon in Panik zu geraten. Sie solle sich erst mal in der neuen Schule eingewöhnen, Freundschaften schließen und Spaß haben. In vier Jahren könne eine ganze Menge passieren – und vielleicht nehme ihr Leben ja noch eine neue Richtung, vielleicht entwickle sie plötzlich völlig andere Interessen.

»Und wenn du ein Betätigungsfeld suchst«, fügte er hinzu, »warum machst du nicht bei der Schülerzeitung mit? Du bist eine der besten Aufsatzschreiberinnen in deiner Klasse.«

Sie wusste, dass er ihre Mutter vor Augen hatte, die glänzend schreiben konnte, und etwas in Maggie sehnte sich danach, so zu sein wie ihre Mom, so auszusehen wie sie, so zu schreiben wie sie, ein Echo ihrer Stimme aufs Papier zu bringen. Aber meistens ertrug sie es gar nicht, sich ihre Mutter vorzustellen. Außerdem war der Gedanke grässlich, alberne Artikel über lahme Schulereignisse zu schreiben: Footballergebnisse, Cheerleader-Proben, Abschlussbälle.

»Du könntest irgendwann Chefredakteurin werden, wenn du dich hocharbeitest.« Das brachte Maggie kurz ins Grübeln. Die Vorstellung gefiel ihr, jede Woche ein Forum zu haben, in dem sie gegen das Schulessen, zu schwere Klausuren und den Sexualkundeunterricht wettern konnte, in dem immer bloß Enthaltsamkeit gepredigt wurde und nie von Verhütung die Rede war. In den Leitartikeln könnte sie ihrem Zehn-Prozent-Anteil Ausdruck verleihen und ihre Unzufriedenheit in etwas Produktives für ihren Lebenslauf verwandeln. Und wer weiß, wenn es ihr gelingen würde, die anderen klugen, stillen Mädchen der Schule um sich zu scharen, könnten sie zusammen vielleicht sogar eine radikalfeministische Gruppe bilden.

Doch Maggie war auch klar, wie viel Arbeit der Job als Chefredakteurin mit sich bringen würde – organisatorische Pflichten, Aufgabenverteilung an die Mitarbeiter und – am schlimmsten von allem – das Korrekturlesen der Artikel der anderen Schreiber. Maggie hatte keine Lust, die kindischen Texte schlampiger Mitschüler zu korrigieren. Ihre eigenen Artikel und die Texte einiger besonderer Freunde jederzeit; aber sie wollte nicht dafür zuständig sein, dass auch alle anderen gut wegkamen. Eher würde sie deren Artikel noch in ihrer grotesken Ungeheuerlichkeit veröffentlichen: kindliche Satzkonstruktionen aus Subjekt, Prädikat und Objekt, falsch gesetzte Kommata und fehlende Apostrophe. Warum wollten die faulsten Schüler eigentlich immer, dass irgendwer alles für sie in Ordnung brachte? Ihr Satz-Chaos. Ihr Cafeteria-Chaos. Das ganze verdammte Chaos. Solche Typen hinterließen immer Chaos.

Maggie nahm die Stirn von der Seitenscheibe, lehnte sich in den Autositz zurück und schloss die Augen. Ihre Gedanken waren wieder da angelangt, wo sie begonnen hatten, bei dem Hauptproblem, das sie in den letzten paar Wochen geplagt hatte – dem wahren Grund dafür, vermutete sie, warum ihre Träume wiedergekehrt waren, den sie ihrem Dad aber nicht erzählen konnte. Gleich am ersten Tag der Highschool hatte sie es ganz stark empfunden, in den Korridoren und bei den Spinden, umgeben von den anderen Schülern, die lachten und flirteten. Die greifbare Nähe ihrer Körper hatte sie getroffen wie ein stechender Geruch. Sie sahen schon aus wie College-Studenten – die Mädchen hatten alle schon Busen genug, die Jungs waren schon Arschloch genug – und Maggie hasste College-Studenten. Sie sah sie überall in der Stadt: beim Sonnenbaden auf dem Rasen ihrer Wohnheime und beim Volleyballspielen vor den gediegenen Häusern ihrer

Studentenvereinigungen; sie gaben Nachhilfekurse in Spanisch, Französisch und Algebra an der Mittelschule; und sie kauften bei Safeway ein – die Erstsemester schoben Einkaufswagen voll Limonade vor sich her und die älteren Studenten kauften Bier. Maggie wollte nicht zur Universität gehen und eine von ihnen sein, eigentlich hatte sie nie aufs College gehen wollen, aber versuch *das* mal dem Erziehungsberechtigten zu sagen. Wie sollte sie ihrem Vater erklären, dass ihre Highschool-Zeit nichts anderes war als die Vorbereitung auf ein Ziel, das sie verabscheute?

»Hast du Lust auf Pizza?«

Maggie öffnete die Augen, als ihr Vater auf eine Filiale von Domino's Pizza vor ihnen auf der rechten Straßenseite zeigte – ihre dritte Pizza in sieben Tagen.

»Nein«, murmelte sie. »Wie wär's mit mexikanisch?«

4

Maggies Traum kam schnell in dieser Nacht. Sie schlief erst seit einer Stunde, da hörte sie draußen vor ihrem Fenster Stimmen – wie aus weiter Ferne, kaum wahrnehmbar, nur als eine weibliche und eine männliche auseinanderzuhalten, und während sie still abwartend dalag, näherten sie sich dem Haus.

Den Kopf auf dem Kissen starrte Maggie den rosa Baldachin ihres Bettes an. Sie drehte sich zur Seite und betrachtete auf den Ellbogen gestützt das Puppenhaus auf dem Fußboden, das voller Plüschfiguren war: winzige Katzen, Pandabären und Nagetiere, die alle gekleidet waren wie Schulkinder in den 1950er Jahren. Ihr Blick wanderte zum offenen Fenster, als die Stimmen deutlicher wurden und Wörter wie »betrunken« und »total besoffen« sagten.

Die beiden hatten die Stufen der Veranda erreicht. Maggie hörte das Schlappen von Flip-Flops auf den Schiefersteinen. Als Nächstes das schrille Geräusch der Fliegengittertür, die mit einem Quietschen aufging und dann zufiel, gefolgt von dem dumpfen Knarren von Holzdielen, als die Studenten den Flur unten betraten. »Nettes Haus«, sagte die weibliche Stimme, und an der Richtung, die ihre Schritte nahmen, erkannte Maggie, dass die beiden das Spielzimmer hinten im Haus betraten.

Ein Gefühl der Scham durchfuhr sie, als sie daran dachte, wie ihre Mutter sie am frühen Abend noch ausgeschimpft hatte, weil sie das Zimmer nie ordentlich aufräumte. Ihre nackten Barbies und Polly Pockets lagen immer noch verteilt auf dem Tisch und den Stühlen herum, während der Fußboden mit Legosteinen übersät war, den Überresten eines Zoos, der einst zehn Zentimeter große Plastikdinosaurier beherbergt hatte.

Maggie lauschte auf das Gekicher der Studenten und fragte sich, ob die beiden darüber lachten, dass sie ihren Barbies das Haar zu stoppeligen Igelfrisuren schnitt, oder über die Vorschulbilder an den Wänden: Bäume mit kreisrunden Kronen vor einem knallblauen Himmel. Sie hörte einige Töne ihres Alligator-Xylophons erklingen, zuerst noch ohne Melodie, dann mündeten sie in eine nachlässig gespielte Version von ›Mary hat ein kleines Lamm‹. Die Toilettenspülung rauschte, und die Stimmen kamen zurück in den Flur, die Schritte bewegten sich wieder auf die Haustür zu, ehe sie innehielten.

»Nein«, sagte die weibliche Stimme.

»Das dauert doch nicht lange.«

»Ich will aber nicht.«

»Ich will aber nicht.« Die männliche Stimme äffte die weibliche in einem hohen, sarkastischen Tonfall nach. »Nur ganz kurz. Na, komm schon.«

Das Knarren der Stufen verriet Maggie, dass die Studenten die Treppe heraufkamen. Instinktiv drehte sie sich zur Wand um und zog sich die Bettdecke bis über Nase und Wangen, sodass nur noch ihre Augen heraussahen. Die Schritte hielten am Treppenabsatz inne, dann gingen sie den Flur entlang und ins Schlafzimmer ihrer Eltern hinein. Kommodenschubladen wurden aufgezogen und wieder geschlossen, und Maggie hörte die blechernen Akkorde der edelsteinbesetzten Spieldose ihrer Mutter, ein winziger Flügel, der ›Für Elise‹ spielte.

Die Sprungfedern des Bettes ächzten.

»Das sollten wir nicht tun«, protestierte die weibliche Stimme.

»Nur ganz kurz«, erwiderte die männliche. Noch ein Ächzen, gefolgt von einem glucksenden Lachen. Wieder Schritte im Flur, die Studenten begannen, von Zimmer zu Zimmer zu gehen, Schubladen aufzuziehen und in Schränke hineinzuspähen. Immer weiter näherten sie sich dabei ihrer Tür. Maggie drückte Sophie an die Brust und hatte nur den einen inständigen Wunsch, dass diese Fremden wieder gehen mögen.

»Schhhhhh«, wisperte ihre Tür, als sie über den Teppich strich. Die Deckenlampe wurde eingeschaltet. Im grellen Licht blinzelnd sah Maggie einen großen Jungen in braunen knielangen Shorts und schwarzen Sandalen, dessen stämmige weiße Beine mit rotblonden Härchen übersät waren. Auf dem T-Shirt, das ihm über den gewölbten Bauch hing, war die Cartoonzeichnung eines Hais zu sehen, der kurz davor war, einen ahnungslosen Taucher zu fressen. Sogar mit der eingeschränkten Lesefähigkeit einer Vorschülerin konnte Maggie den Aufdruck entziffern: »Das Leben ist scheiße.« Der Student schien Maggie nicht zu bemerken. Er ging geradewegs auf die Kommode zu und öffnete die violette Schachtel voller Bänder und Haarspangen, dann hob er ihre Welpen-Sparbüchse hoch und ließ die Münzen darin klimpern. Schließlich nahm er ihre violette Bürste zur Hand, sah in den Spiegel und kämmte sich mit einem selbstgefälligen Lächeln die blonden Haare, bis seine Hand plötzlich innehielt. Im Spiegel hatte er, über seine rechte Schulter hinweg, den rosa Baldachin entdeckt und darunter die großen dunklen Augen, die ihn anstarrten. Einen Moment lang erwiderte er den Blick im Spiegel und sah Maggie direkt in die Augen, gerade so, als wollte er sie herausfordern: *Na, was willst du jetzt tun?* Maggie blinzelte nicht ein einziges Mal. Ihre Augen wurden größer und immer größer, bis der Student schließlich den Blick abwandte, einen Schritt rückwärts taumelte und dann plötzlich zur Tür hastete, ohne sich noch einmal nach ihr umzudrehen. Es wurde wieder dunkel im Zimmer, als er das Licht ausschaltete und die Tür hinter sich zuzog.

Im Flur fragte die weibliche Stimme: »Was ist das für ein Zimmer?« Die Tür ging wieder auf und das kichernde Gesicht eines Mädchens spähte herein. Als die Studentin

Maggie sah, verstummte sie, und sie blickten einander in die Augen. Maggie meinte, die Worte »Tut mir leid« auf den Lippen der Studentin lesen zu können, als diese die Tür leise wieder zuzog, bis nur noch ein schmaler Lichtstreifen auf Maggies Gesicht fiel.

Draußen vor dem Fenster stiegen neue Geräusche auf, und schließlich konnte Maggie die Stimme ihrer Mutter erkennen, die das Wort »unzertrennlich« sagte.

»Scheiße.« Der dicke Junge lief zur Treppe, und Maggie hörte die beiden die Stufen hinuntergehen.

Sie erwachte in dem Moment, als die Fliegengittertür sich quietschend öffnete.

Am Tag darauf knabberte Maggie zum Lunch ein bisschen an ihrem Erdnussbutter-Marmeladen-Sandwich herum und aß ein paar Karottensticks, bevor sie die Arme verschränkt auf den Cafeteriatisch legte und den Kopf daraufsinken ließ. Sie musste ihrem Dad unbedingt sagen, dass er aufhören sollte, ihr diese Lunchpakete zu machen. Erdnussbutter-Marmeladen-Sandwich war einfach peinlich und kindisch. Sie war doch keine acht mehr. Meistens durchweichte die Marmelade das Brot auch noch oder quoll zu beiden Seiten heraus und verschmierte die verschließbaren Plastiktüten, die ihr Dad jeden Tag recycelte, indem er sie auswusch und ein weiteres matschiges Sandwich hineinpackte. Die meisten Schüler an der Highschool kauften sich etwas zum Lunch, auch wenn das Essen schrecklich schmeckte – tiefgefrorene Pizza, abgepackte Frikadellen und labbrige Tortilla-Salate.

»Alles okay?« Kate McConnell, Maggies beste Freundin, setzte sich neben sie, vor sich ein oranges Plastiktablett mit einem Teller Fisch-Nuggets mit Pommes frites. Die anderen Schüler nannten sie »die korpulente Kate« oder, wenn sie so richtig gemein wurden, »Kate die Kuh«, wegen der Extrazentimeter Fleisch, die über ihren ganzen Körper verteilt waren. Normalerweise hatte Kate glattes braunes Haar, das ihr bis über die Schultern fiel. Doch in letzter Zeit experimentierte sie mit Lockenwicklern, sodass sich jetzt, als sie ihren Stuhl an den Tisch heranzog, Dutzende Korkenzieherlocken um ihre Wangen ringelten.

»Schicke Frisur«, murmelte Maggie, als sie sich zu Kate umdrehte und zusah, wie diese einen ankerförmigen Fisch-Nugget in Ketchup tauchte.

Kate verdrehte die Augen. »Ja, klar.« Sie musterte Maggie einen Augenblick lang, zog dann zwei ihrer Locken links und rechts von ihrem Gesicht herunter, bis sie die Schultern berührten, und ließ sie wieder los, sodass sie hochschossen und dann auf- und abfederten. »Ich habe einen ganzen Kopf voller Springteufel und kann bloß hoffen, dass die sich beruhigen, wenn ich sie immer schön bürste ... Aber egal.« Sie zuckte die Achseln. »Du siehst noch schlimmer aus als ich.«

»Danke.«

»Wieder Albträume?«, fragte Kate, und Maggie nickte.

Kate wusste alles über Maggies Träume. Ihre Freundschaft ging zurück bis in die Vorschulzeit, was Kate eine besondere Bedeutung in Maggies Welt verlieh. Maggie teilte ihr Leben ein in vor und nach »der Nacht«, und da Kate auf beide Seiten des Kalenders gehörte, v. d. N. und n. d. N., war sie die Freundin, der Maggie am meisten vertraute. Kate wusste zum Beispiel von den Sitzungen bei Dr. Riley. Es war sogar Kate gewesen, die als Erste feststellte, dass der Arzt richtig gut aussah. Kate nannte ihn bloß Maggies »Beau«. Jede Sitzung war ein Date.

»Hast du Dr. Beau von deinen Träumen erzählt?«

»Klar.« Maggie nickte.

»Was hat er gesagt?«

»Er hat gesagt, dass ich nett sein soll zu Mrs Murdock.«

Kate schob drei Pommes frites auf einmal in den Mund. »Was hat denn das eine mit dem anderen zu tun?«

Maggie seufzte. »Er glaubt, dass ich Stress habe wegen der Schule.«

»Oh, wow.« Kate verdrehte noch einmal die Augen. »Hast du ihm gesagt, was für ein Genie er ist? Willst du diese Oreos da nicht essen?«

Maggie schob Kate ein paar in Frischhaltefolie gewickelte gefüllte Doppelkekse zu. Kate bekam jeden Tag irgendetwas von Maggies Lunch ab – Apfelschnitze, die schon leicht braun geworden waren, eine Banane mit zu vielen dunklen Flecken oder auch eine Nektarine mit einer weichen Stelle, von der Saft in Maggies Lunchpaket getröpfelt war. Maggie hatte Hunderte Gründe, ihr Essen nicht anzurühren, doch Kate schmeckte einfach alles. Noch ein paar Jahre, dachte Maggie, und Kate und sie könnten als Dick und Doof durchgehen.

»Dr. Riley glaubt, dass ich vielleicht an einer pathologischen Mathe-Abneigung leide.«

Kate schüttelte den Kopf, dass ihre Locken wippten. »Du hast in Mathe doch immer nur die besten Noten, so wie in allen anderen Fächern.«

»Nicht dieses Jahr.« Maggie setzte sich auf und zog den Reißverschluss des Rucksacks auf, der an ihrer Stuhllehne hing. Sie holte zwei Blätter weißes Papier heraus und hielt sie Kate unter die Nase, die einen Blick auf die oben eingekreiste rote Note warf: *78 Punkte – C.*

»Oh. Tut mir echt leid. Aber *ein* C wird dich vermutlich nicht gleich umbringen.«

»In der letzten Klausur hatte ich auch schon ein C«, erwiderte Maggie. »Und weißt du, wofür zwei Cs stehen?«

»Nein, wofür?«

»Chaoten-College.«

»Autsch.« Kate zog einen Oreo-Keks auseinander und kratzte die weiße Füllung mit ihren Zähnen ab. »Wird dein Dad deswegen ausflippen?«

»Mein Dad sagt immer, er will bloß, dass ich glücklich bin – aber so was sagt sich natürlich leicht, wenn deine Tochter immer mit einem A nach Hause kommt.«

»Glaubst du, dass du die Klausur verhauen hast, weil du nicht schlafen kannst?«

Maggie zuckte die Achseln. »In meinen anderen Fächern läuft alles bestens. Nur in Mathe kann ich mich nicht konzentrieren, weil diese Mrs Murdock so seltsam ist. Ich glaube, manchmal beobachtet sie mich sogar, wenn ich eine Klausur schreibe. Also sehe ich dauernd zu ihr hin und versuche, sie dabei zu ertappen. Aber immer dann ist ihr Blick gesenkt, so als wäre sie mir gerade noch mal ausgewichen.«

»Das hast du eben davon, wenn du den Geometriekurs für Streber belegst.« Kate öffnete mit einem Drehen einen weiteren Oreo-Keks. »Wärst du Durchschnitt so wie wir anderen, könntest du dich für Algebra bei Mr Wheeler eintragen. Er geht mit uns raus zum Kickballspielen und verteilt Süßigkeiten, wann immer man eine Frage richtig beantwortet.«

»Beim Kickball bin ich noch mieser als in Mathe.« Maggie seufzte. »Egal. Willst du wissen, was das Schlimmste ist? Gestern nach dem Unterricht hat Mrs Murdock mich gebeten, heute nach der Schule noch etwas dazubleiben. Sie will mit mir über meine Leistungen reden ... Ich habe schon gedacht, ob ich nicht vielleicht einfach meinen Dad anrufe und ihm sage, dass ich krank bin – dass ich irgendwelche schlimmen Krämpfe habe oder so was.«

Kate schüttelte den Kopf. »Besser, du bringst es gleich hinter dich.«

Maggie lehnte sich in ihren Stuhl zurück und starrte quer durch den Raum.

Kate musterte Maggie, während sie ihre Schokoladenmilch trank. »Soll ich nach der Schule zu ihrem Klassenzimmer kommen und dich abholen? Als moralische Unterstützung quasi?«

»Ja, klar«, sagte Maggie. »Aber komm besser nicht rein. Warte lieber vor der Tür. Das wäre super.«

Um drei Uhr suchte sich Kate durch das Labyrinth von Gängen ihren Weg zu Mrs Murdocks Klassenzimmer. Die Jackson Highschool war ein trostloses Gewirr von Korridoren mit niedrigen Decken, Neonröhren und rot-goldenen Streifen an den Betonwänden, den Spinden und sogar auf dem Linoleumboden. Mit Tesafilm befestigte Poster warnten an allen Treppenabsätzen und Toilettentüren vor den Gefahren von Drogen und Alkohol, und eckiges Gekrakel, das in orange gestrichene Pfeiler geritzt war, verkündete die Namen der Mädchen, die vor kurzem ihre Jungfräulichkeit verloren hatten.

Als Kate Mrs Murdocks Tür erreichte, winkte sie Maggie durch die Scheibe zu, hob aufmunternd die Daumen und sah sich dann erst einmal vorsichtig um, ob auch kein Lehrer in der Nähe war, bevor sie ihr Handy aus der Tasche zog und eine SMS zu schreiben begann. Maggie saß schweigend in der letzten Reihe des Klassenzimmers. Die Geometriestunde war Mrs Murdocks letzte Unterrichtsstunde des Tages gewesen, sodass Maggie danach gar nicht erst von ihrem Platz aufgestanden war. Sie hatte gehofft, dass sich vielleicht eine Gruppe von Schülern mit ähnlichen Noten wie sie zusammendrängen würde, alle bereit, eine Belehrung über sich ergehen zu lassen. Doch die anderen Schüler waren nach dem Klingeln hinausgeströmt, bis sie und die Lehrerin allein gewesen waren. Mrs Murdock war ganz vertieft in die Papiere auf ihrem Schreibtisch, und sie hob den Blick auch nicht, als sie sagte: »Komm doch mal her, Maggie.«

Der Schreibtisch der Lehrerin stand am anderen Ende des Klassenzimmers, und als Maggie über das rot-gold gefleckte Linoleum ging, fiel ihr auf, dass das Zimmer sie genauso irritierte wie die Lehrerin. Weil Mrs Murdock neu an der Schule war, hatte sie eins der düsteren Löcher bekommen, das auch durch die Gummibäume und die Poster von Griechenland (dem Geburtsland der Geometrie!), die sie an den Wänden aufgehängt hatte, kaum schöner wurde. Dieses deprimierende Klassenzimmer hatte vielleicht schon ungute

Auswirkungen auf Mrs Murdocks geistige Verfassung gehabt, dachte Maggie. Der Mangel an Sonnenlicht und frischer Luft musste doch ähnlich tödlich wirken wie Kohlenmonoxid.

Vor dem Schreibtisch ihrer Lehrerin blieb sie stehen und dachte, dass die Frau wenigstens jetzt mal den Kopf heben müsste, um ihrer Schülerin ins Gesicht zu sehen.

Oder auch nicht. »Stell dich bitte hier neben mich.« Wieder sprach Mrs Murdock, ohne aufzublicken.

Maggie trat rechts neben ihre Lehrerin und war ziemlich überrascht zu sehen, dass Mrs Murdock weder Klausuren noch Hausaufgaben korrigierte. Sie löste Sudokus – drei auf einmal. Große Briefbeschwerer aus Quartz hielten die Rätselbücher offen.

»Ist es nicht verwirrend, mehr als ein Rätsel auf einmal zu machen?«, fragte Maggie.

Mrs Murdocks Bleistift hielt zögernd über einem leeren Quadrat inne. »Liest du nie mehrere Bücher parallel?«

Gutes Argument, dachte Maggie und sah den Stapel Romane vor sich, der auf ihrem Nachttisch wartete.

»Wenn ich ein richtig gutes Buch finde«, erwiderte Maggie, »lese ich es, ohne zwischendurch zu etwas anderem zu greifen. Aber meistens lese ich zwei oder drei Bücher parallel.«

»So ist es bei mir mit Sudoku«, erklärte Mrs Murdock. »Wenn mich ein Rätsel gefangen nimmt und ich Fortschritte mache, dann bleibe ich dabei. Aber meistens bleibe ich mittendrin stecken, und wenn ich mir dann eine Weile lang ein anderes Rätsel vornehme, sehe ich das alte mit anderen Augen, sobald ich es wieder zur Hand nehme ... Magst du Sudoku?«

»Manchmal«, sagte Maggie. »Ich lese vorm Schlafengehen gern. Aber wenn ich nicht einschlafen kann, hilft Sudoku mir, runterzukommen.«

»Genau.« Mrs Murdock tippte mit ihrem Bleistift auf das leere Rätselquadrat. »Zahlen beruhigen meinen Geist. Sie haben ein Muster, eine Logik, eine Ordnung, und sie füllen den Kopf nicht mit so vielen beunruhigenden Bildern. Deshalb habe ich auf dem College Mathematik als Hauptfach studiert. Alle meine Seminare in Geschichte, Englisch und Naturwissenschaften beschäftigten sich stets mit schlechten Nachrichten – überall viel zu viele Menschen, die sterben, oder Tiere, die ihren Lebensraum verlieren … In mathematischen Gleichungen gibt es keine Tragödien.«

Seltsam, Maggie hatte Mathe immer als eine Quelle des Kummers betrachtet – der dunkle Fleck in ihrem Stundenplan. Aber wenn sie darüber nachdachte, ja, es waren tatsächlich ihre Schulbücher für Geschichte und Naturwissenschaften, die das echte menschliche Leid auf der Welt enthielten: Klimakatastrophe, Völkermord und Ausrottung. In Mathe gab es wenigstens Lösungen für die Probleme.

»Bei welchem Schwierigkeitsgrad bist du bei Sudoku?«, fragte Mrs Murdock.

»Ich habe schon ein paar ziemlich schwierige gelöst.«

»Hier, dann nimm das.« Die Lehrerin reichte Maggie ein rotes Taschenbuch, auf dessen Umschlag der Titel ›Extrem-Sudokus‹ prangte.

Maggie verdrehte die Augen angesichts der Flammen, die aus den Großbuchstaben E und S schlugen. »Extrem-Sudokus« klang wie ein Widerspruch in sich. Sudoku war kein Bungee-Springen oder Freiklettern an gefährlichen Felsen. Es war, wie Mrs Murdock gesagt hatte, in Mathe starben keine Menschen.

»Wann wollen Sie es wiederhaben?«

»Du kannst es behalten.« Die Lehrerin tippte immer noch mit ihrem Bleistift auf dem leeren Quadrat herum.

»Danke.« Während Maggie schweigend wartete, musterte sie die gerahmten Bilder auf dem Schreibtisch. Das also waren die Gesichter, die Mrs Murdock ansah, wenn sie zur Klasse sprach – sie nahm ja nur selten Blickkontakt mit den Schülern auf. Stattdessen konzentrierte sie sich auf eins dieser

Fotos, und Maggie sah auf dem linken Bild ein kleines Mädchen mit hellbraunen Zöpfen, vielleicht vier oder fünf Jahre alt, das zurückhaltend lächelnd auf einer Schaukel saß.

»Die ist ja süß«, sagte sie, und Mrs Murdocks Bleistift hielt inne.

»Was meinst du?«

Maggie deutete auf das Foto.

»Oh ja ... Das ist meine Tochter Lily.«

Das Bild an der anderen Seite des Tisches überraschte Maggie. Es war gar kein Foto, sondern ein gemaltes Bild von Jesus, eins von der Sorte, die man für fünf Dollar an jeder Tankstelle kaufen konnte, mit einem sehr gut aussehenden blonden Christus in weißen Gewändern, der die Arme weit geöffnet hielt, so als wollte er Mrs Murdock jeden Moment ungestüm umarmen. Normalerweise ignorierte Maggie das religiöse Brimborium hier im provinziellen Süden einfach: im Sommer die Zeltmissionen, im Winter die weihnachtlichen Krippenspiele oder die riesigen Kreuze, die neben den Autobahnen aus den Wiesen aufragten. Sich selbst sah sie als eine Art Buddhistin in der Ausbildung, da sie als Kind nichtgläubiger Eltern geboren, aber dazu erzogen worden war, die Natur zu ehren. Nach allem, was sie in der Bibel so gelesen hatte, war Jesus schon okay, aber sie hatte es noch nie erlebt, dass ein Lehrer Christus mit ins Klassenzimmer brachte. Sie fragte sich, ob der Schuldirektor das wusste.

»Sie mögen Jesus?«, fragte sie.

Mrs Murdock richtete den Blick auf das Bild. »Ja, ich glaube, das kann man sagen.«

»Auf Facebook gibt es jede Menge Fanclubs.«

»Ach, wirklich?«

Maggie sah kein Bild eines Ehemanns auf dem Schreibtisch, keinen Hinweis auf Lilys Vater. Sie warf einen Blick auf Mrs Murdocks ringlose Finger und fragte sich, ob Lily ein Versehen gewesen war oder eine unbefleckte Empfängnis. Aber wahrscheinlich war die Mathelehrerin geschieden und trug deshalb keinen Ring mehr, was sie in Maggies Augen ein bisschen menschlicher erscheinen ließ.

»Neun«, sagte sie, und Mrs Murdock hörte auf, mit dem Bleistift zu tippen.

»Was?«

»In dieses Feld kommt die Neun rein.«

»Na, sieh mal einer an. Stimmt.« Mrs Murdock trug die Neun ein, dann schloss sie das Buch.

»Weißt du, warum ich dich hergebeten habe, Maggie?«

Maggie zuckte die Achseln. »Ich kann's mir denken.«

»Was hältst du denn selbst von deiner letzten Klausur?«

Maggie steckte die Hände in die Taschen ihrer Jeans. »Ziemlich mies.«

»*Mies* würde ich nicht sagen.« Mrs Murdock zögerte. »Eher nachlässig. Ich habe mir deine Noten aus der achten Klasse angesehen, die waren hervorragend, und diese Klausur war nicht viel mehr als eine Wiederholung des Stoffes vom letzten Jahr. Hast du eine Ahnung, was das Problem ist?«

Ja, dachte Maggie. *Sie und Ihr seltsames Verhalten machen mich ganz verrückt.* Doch stattdessen seufzte sie nur. »Ich war irgendwie abgelenkt, die neue Schule und all das.«

»Wir wollen, dass du auch hier an der Highschool so gute Noten hast«, sagte die Lehrerin.

Maggie hasste es, dass Lehrer dauernd den Pluralis Majestatis benutzten, so als wären sie alle eine Horde von Marie Antoinettes.

»Du kannst viel bessere Arbeiten schreiben, glaube ich«, fuhr Mrs Murdock fort, »deshalb möchte ich, dass du die Klausur nächste Woche noch einmal schreibst. Du kannst dir aussuchen, an welchem Nachmittag. Wenn deine neue Note besser ist, dann streichen wir die alte.«

Da war es wieder, das »Wir«, so als würde eine Handvoll Lehrer ihre letzte Klausur in den Müll werfen.

»Danke«, sagte Maggie, auch wenn sie keine Dankbarkeit empfand. Ein C war immer noch besser als eine weitere

Stunde in dieser deprimierenden Höhle, eingesperrt mit einer Verrückten, die von sich selbst in der Pluralform sprach. Aber trotzdem, irgendwie schien Mrs Murdock nett sein zu wollen, vielleicht weil auch sie zu den Frauen gehörte, die ihr ganzes Leben lang dazu angehalten worden waren, es immer allen anderen recht zu machen. Womöglich sah Mrs Murdock in Maggie eine entfernt verwandte Seele.

»Ich habe am nächsten Donnerstag Zeit«, sagte Maggie.

»Gut – richte dich darauf ein, dass es eine Stunde dauern wird. Soll dich danach jemand nach Hause bringen?«

»Nein. Mein Dad kommt mich bestimmt abholen.«

»Schön. Bis dahin also.«

»Und, was ist passiert?« Kate steckte ihr Handy ein, als Maggie aus dem Klassenzimmer kam.

»Sie hat mir das hier gegeben.« Maggie reichte ihr das rote Sudoku-Taschenbuch, und Kate drehte es in den Händen.

»Was ist Suhdockuh?«

»Japanische Logikrätsel.«

»Oh-kay ...« Kate gab ihr das Buch zurück, und die beiden gingen den Korridor entlang. »War das alles, was sie wollte? Dir was schenken?«

»Sie will, dass ich nächste Woche die Klausur wiederhole. Sie streicht mein letztes C, wenn ich beim zweiten Mal eine bessere Note habe.«

»Aber das ist doch super, oder?«

Maggie schüttelte den Kopf. »Es kommt mir irgendwie seltsam vor. Ich meine, wenn Mathelehrer sonst eine Klausur wiederholen lassen, geben sie ein Datum bekannt, und dann kommen alle Schüler zur selben Zeit. Aber Mrs Murdock hat es mir überlassen, wann ich die Klausur schreiben will, so als wäre es eine private Sache nur für mich, und ich weiß, dass auch andere in der Klasse ein C bekommen haben. Arthur Smith hat die Klausur total verhauen, und ich glaube nicht, dass er sie noch mal schreiben darf.«

»Arthur Smith ist ein Arschloch.« Kate zuckte die Achseln. »Das weiß Mrs Murdock wahrscheinlich.«

»Arschloch hin oder her, er wäre ganz schön angefressen, wenn er wüsste, dass ich eine zweite Chance kriege.«

»Ich würde es an deiner Stelle keinem erzählen. Nimm's einfach als einen Glücksfall.«

»Das habe ich vor.« Maggie stieß die Metalltür auf, die zu einem der Treppenhäuser führte. »Aber es ist trotzdem irgendwie unheimlich. Ich meine, warum hat sie gerade mich herausgepickt?«

»Glaubst du, sie mag dich?«

»Was meinst du damit?«, fragte Maggie.

»Na ja, du sagst, sie beobachtet dich dauernd, wenn du nicht hinsiehst, sie hat dir das da geschenkt« – Kate wies mit einem Kopfnicken auf das Sudoku-Buch – »und jetzt kriegst du bei dieser Klausur eine zweite Chance. Vielleicht hat die Dame ja ganz besondere Gefühle für dich?«

»Du meinst, sie ist lesbisch oder so was?«

»Es gibt Schlimmeres.«

Maggie schüttelte den Kopf. »Ich glaube nicht ... Sie hat ein Bild ihrer Tochter auf dem Schreibtisch stehen und sogar eins von Jesus.«

»Vielleicht ist sie einer dieser christlichen Gutmenschen und du bist ihre gute Tat der Woche?«

Inzwischen hatten sie die Eingangshalle der Schule erreicht und gingen an der Aula vorbei.

»Wahrscheinlicher ist«, sagte Maggie, »dass die sehr guten Schüler in den Klausuren alle ein A kriegen sollen, damit sie selbst eine gute Bewertung bekommt. Die meisten Lehrer wissen zu Anfang des Schuljahrs wohl ziemlich schnell, wer gut ist und wer nicht. Mrs Murdock hat sich meine Noten aus der achten Klasse angesehen, und sie will, dass ich den Klassendurchschnitt hebe.«

Sie traten aus dem Gebäude in das strahlende Licht des Herbstnachmittags hinaus. Maggies Dad saß schon wartend auf einer der roten Metallbänke vor der Schule, und als er aufstand, verzog Maggie beim Anblick seines braunkarierten Flanellhemds das Gesicht. Seine Garderobe bedurfte dringend weiblichen Rats, aber das würde sie nicht freiwillig übernehmen. Kate und sie redeten schon seit Monaten davon, dass er sich eine geschiedene Frau suchen sollte, die seine Krawatten auswählen, ihm etwas Anständiges zum Essen kochen und seine Aufmerksamkeit von Maggie abziehen könnte. In den letzten Jahren hatte er sich nur auf ein halbes Dutzend Dates eingelassen, und nie war etwas Festes daraus geworden. Maggie überlegte manchmal, wie er wohl zurechtkommen würde, wenn sie nach der Highschool auszog.

»Hallo, ihr beiden.«

»Hallo, Mr Greene.« Kate lächelte. »Wie geht's?«

»Prima. Seid ihr noch aufgehalten worden?« Er nahm Maggie den Rucksack von der Schulter, als sie über den Parkplatz auf seinen alten grauen Toyota zugingen.

»Ich musste nach dem Unterricht noch zu einem Treffen«, erwiderte Maggie, ohne ihn anzusehen.

»Was für ein Treffen denn?«

»Mathe-Club.«

»Ah. Schön, dass du dich für einen Club interessierst.« Er öffnete die Heckklappe des Autos. »Wann trefft ihr euch denn wieder?«

»Nächsten Donnerstagnachmittag«, erwiderte Maggie. »Da werde ich wohl nicht vor halb fünf rauskommen.«

»Kein Problem, ich hol dich dann ab.«

»Klar, ich weiß.«

Maggies Dad holte sie immer von der Schule ab. Seit dem Kindergarten bestand er mit einer solchen Regelmäßigkeit darauf, dass es bereits zum Streit darüber gekommen war. Während die anderen Mädchen nach dem Unterricht fünf Blocks weit in die Stadt liefen, um sich ein Eis oder einen Kaffee zu kaufen und noch ein bisschen im Park zu sitzen, hatte Maggies Dad sie stets abgeholt und zum Coffee-Shop oder in die Bibliothek gefahren, offenbar vor lauter Angst, dass sie zwischen Punkt A und Punkt B verschwinden könnte. Sie verstand seine Gründe – ihr Vater war in der einen Nacht, in der seine Frau und seine Tochter ihn wirklich gebraucht hätten, nicht da gewesen, und das versuchte er seither dadurch zu kompensieren, dass er permanent Präsenz zeigte, mehr als alle anderen Eltern. Er kam zu allen Schulkonzerten und -aufführungen, zu jeder Tombola und jedem Kuchenbüfett. Es war Maggie peinlich, einen Stalker-Dad zu haben. Sie hatte sogar schon eine Bemerkung gemacht, dass sein Chef doch sicher nicht begeistert über einen Mitarbeiter war, der jeden Nachmittag für vierzig Minuten verschwand. Aber ihr Vater arbeitete als Computertechniker am Holford College, wo er flexible Arbeitszeiten hatte und alle Verständnis für ihn zeigten. Wenn der einzige alleinerziehende Vater unter den Mitarbeitern seine Tochter im Auge behalten wollte, würde keiner etwas dagegen einwenden.

Als er einmal zehn Minuten zu spät kam, war Maggie einfach mit den anderen Mädchen in die Stadtbibliothek gegangen und hatte ihrem Dad erst, nachdem sie dort angekommen war, eine SMS geschrieben. Inzwischen war er schon eine halbe Stunde lang panisch durch die Stadt gefahren und hatte sämtliche Teenagertreffpunkte abgesucht. Mit roten Augen und verletzter Miene hatte er die Stadtbibliothek schließlich erreicht, und Maggie hatte sich nicht nur schuldig gefühlt, sondern sich auch für ihn geschämt. Er hatte sie vor den anderen fest in die Arme geschlossen, denen angesichts dieser übertriebenen Vater-Tochter-Liebe fast die Augen aus dem Kopf gefallen waren. Seitdem wusste Maggie, dass sie sich besser im Auto verkroch, als noch einmal eine öffentliche Demütigung zu riskieren. Weshalb Kate und sie es sich jetzt auch ganz so, als hätten sie einen Chauffeur, auf der Rückbank bequem machten, beide mit den Stöpseln ihrer iPods im Ohr, und nickten, als Rob Greene sie im Rückspiegel ansah und fragte: »Wollt ihr noch ein Eis essen gehen?«

5

Ein paar Nächte später war Maggie wieder im Wald und saß an die Esche gelehnt da. Die Knie hatte sie bis ans Kinn gezogen und das Nachthemd darübergespannt, sodass sie den Stoff bis unter die Zehen ziehen konnte und ihre nackten Füße den schmutzigen Boden nicht berührten. Sie war aus den Ärmeln geschlüpft und drückte unter dem weißen Zelt ihres Nachthemds Sophies weichen Plüsch an ihre nackte Haut. Mit geschlossenen Augen und so klein wie möglich zusammengekauert hockte Maggie da, bereit, die Dunkelheit auszuhalten.

Die Wälder Virginias um sie herum dröhnten vom heiseren Zirpen der Zikaden, und gelegentlich ertönte auch das hohe, traurige Geheul einer Kreischeule. Maggie hörte eine Fliegengittertür schlagen, und sie steckte die Arme wieder in die Ärmel, stand auf und trat an den Waldrand, um durch das Gewirr von Ästen, Blättern und Büschen zu spähen. Eine Frau lief über die Wiese, ihr langes Haar wehte ihr um die Schultern. Vermutlich die Studentin, die ihr in die Augen gesehen und sich mit lautlosen Worten bei ihr entschuldigt hatte, dachte Maggie. Ihre Gestalt hob sich vor dem Licht auf der Veranda ab, und auch jetzt lag ihr Gesicht im Schatten, so wie zuvor im Licht des Flurs, sodass Maggie nur einen vagen Eindruck von Wangen, Kinn und Augen hatte und von ihrem Mund, der sich jetzt langsam wie eine dunkle Höhle öffnete.

»Liebling? Wo bist du?«

Maggie erstarrte. Das war nicht die Stimme einer Fremden. Das war die ängstliche Stimme ihrer Mutter, die in den Wald hineinrief: »Es ist alles gut, mein Kind. Sag mir, wo du bist.«

Ihre Mutter war vollkommen weiß – weiße Hände, weißes Kleid, weißes Gesicht. Sogar ihr Haar, das sonst glänzend rot war, hatte einen blassen metallischen Glanz, so als hätte es sich durch einen mysteriösen alchemistischen Vorgang von Kupfer zu Silber gewandelt. Maggie trat ein paar Schritte zurück und verbarg sich wieder ganz hinter den Blättern, ohne auch nur eine Erwiderung zu flüstern. *Das ist der Geist meiner Mutter,* dachte sie, *so leuchtend wie der Mond,* abgesehen von einigen dunklen Blutflecken auf ihren nackten Füßen. Maggie blickte an ihrem eigenen weißen Nachthemd hinab, an ihren blassen Unterarmen und Händen, und sah, dass auch sie zu einer geisterhaften Gestalt wurde. Sie und ihre Mutter waren ein Paar phosphoreszierender Steine.

»Du kannst herauskommen, Maggie. Du brauchst keine Angst mehr zu haben.«

Doch Maggie wusste es besser. Trotz des instinktiven Wunsches, auf ihre Mutter zuzulaufen, sich an sie zu klammern und nie wieder loszulassen, wusste sie, dass es viele Gründe gab, Angst zu haben. Unter diesem schimmernden Äußeren lag etwas Unheimliches, eine unbestimmte Möglichkeit von Gewalt. Sie sah, wie der Geist ihrer Mutter einen Ast zur Seite bog, und als der erste blutbefleckte Fuß in den Wald trat, zwang Maggie sich aufzuwachen.

»Das ist ein Traum«, sagte sie sich. »Wach auf, Maggie. *Wach jetzt auf.*«

»Was bedeutet das Ihrer Meinung nach?«, fragte Maggie Dr. Riley in der nächsten Sitzung. »Warum taucht meine Mutter gerade jetzt in meinen Träumen auf?«

»Das musst du dir selbst beantworten.«

»Ich verstehe nicht, warum Sie nicht wenigstens eine Vermutung haben. Freud hat auch Träume gedeutet.«

»Hast du irgendwelche dieser Deutungen gelesen?«

»Ein paar, für die Schule.«

»Findest du, dass er die Träume richtig interpretiert hat?«

Maggie zuckte die Achseln. »Ich glaube, Freud hatte ziemlich verquere Vorstellungen von Frauen.«

»Welchen Wert hat es also, wenn jemand anders deine Träume interpretiert?«

Wert? Maggie hasste dieses Wort. »Zahlt mein Dad Ihnen nicht zweihundert Dollar pro Stunde? Welchen *Wert* hat das?«

»Es ist an deinem Vater und dir, zu entscheiden, ob diese Sitzungen einen Wert haben oder nicht. Die Antworten finden sich alle in deinem Kopf, Maggie. Du musst nur bereit sein, sie herauszulassen.«

»Haben Sie noch nie von der Büchse der Pandora gehört?«, erwiderte sie.

Der Arzt lächelte. »Ich glaube nicht, dass du alle Übel dieser Welt in dir hast.«

Maggie sah auf die herbstlich verfärbten Ahornbäume hinaus, die orangefarben glühten. *Nur ein paar bestimmte Übel.*

Dr. Riley schlug die Manschetten seines Hemdes um und krempelte die Ärmel auf. »Warum erzählst du mir nicht, was dich wirklich quält?«

Maggie fragte sich, wie lange sie wohl schon die Hände rang. Sie musste lernen, diese unbewussten Gesten, die immer ihre Gefühle verrieten, zu kontrollieren. »Morgen muss ich nach dem Unterricht in der Schule bleiben und eine Matheklausur wiederholen, weil meine Note so schlecht gewesen ist.«

»Deine Lehrerin irritiert dich immer noch?«

Maggie nickte. »Erst gestern ist mir wieder was Seltsames aufgefallen … Einer der Jungs ist zu ihr nach vorne an den Schreibtisch gegangen, um ihr eine Frage zu stellen, und sie hat den Kopf gehoben und ihm direkt in die Augen gesehen.

Ich war total schockiert. Das macht sie bei mir nie. Also bin ich auch zu ihr nach vorne gegangen und habe ihr irgendeine Frage gestellt. Und wissen Sie was? Sie hat die ganze Zeit, während sie mir antwortete, ihre Unterlagen sortiert, so als wäre sie zu beschäftigt, um auch nur einmal aufzusehen. Finden Sie das nicht auch seltsam?«

»Ich glaube, du lässt dich hier durch die Verschrobenheiten eines Menschen vom Lernen abhalten. Du solltest dich lieber auf den Stoff konzentrieren und nicht so sehr auf deine Lehrerin. Versuch, was zu lernen.«

Na gut, dachte Maggie, und sie beschloss, sich wirklich gleich hinzusetzen, wenn sie nach Hause kam.

Als sie abends im Bett noch einmal ihre Hausaufgaben herausholte, versuchte Maggie, sich in den Zahlen zu verlieren. Sie konzentrierte sich auf die Beziehungen der Geradenabschnitte statt auf die Beziehungen der Menschen. Denn trotz ihres seltsamen Verhaltens hatte Mrs Murdock in einem doch recht: Mord und Totschlag gab es in der Mathematik nicht. Mochten Mathematiker auch beim Bau der Atombombe geholfen oder die Nazis die Zahlen ihres Völkermordes in Tabellen festgehalten haben, der Missbrauch der Mathematik unterschied sich immer noch von den Zahlen als solchen. Diese schwarzen Symbole waren so unschuldig wie das weiße Papier, auf das sie geschrieben wurden.

Maggie schlief mit dem offenen Geometriebuch auf dem Kissen ein, und wieder befand sie sich im Wald und wieder näherte sich ihr über die Wiese langsam eine weibliche Gestalt. Diesmal rief die Frau nicht nach ihr. Sie war genauso still wie Maggie, ihre Füße glitten lautlos über das Gras, und als Maggie diese lautlosen Füße ansah, waren sie weder nackt noch blutbefleckt. Sie steckten in bequemen Sandalen unter einem knielangen Rock.

»Wach auf«, sagte Maggie zu sich selbst. »Mach, dass du hier rauskommst.« Aber sie konnte nicht aufwachen. Sie war verdammt dazu, die Bewegungen einer seltsam roboterartig wirkenden Mrs Murdock zu beobachten, die Begriffe aus der Geometrie vor sich hin murmelte: »Kollinear ... koplanar ... Perspektive-Theorem.« Seltsamerweise ging die Frau nicht direkt auf Maggie zu. Sie näherte sich dem Wald in einiger Entfernung, ohne je in die Richtung des Mädchens zu sehen. Und als sie die Bäume erreichte, trat sie, ohne zu zögern, in deren Schatten und verschwand in der Dunkelheit, als ob auch sie einen Platz brauchte, um sich zu verstecken.

Am nächsten Morgen war Maggie zu unruhig, um zu frühstücken, und mittags gab sie ihr ganzes Lunchpaket an Kate weiter.

»Nervös wegen der Klausur?«, fragte Kate, aber Maggie schüttelte den Kopf.

»Nicht wegen der Klausur, wegen der Lehrerin.« Sie erzählte Kate nicht von ihrem Traum – dass sie bereits eine Stunde allein mit Mrs Murdock im Wald verbracht hatte und dass die Lehrerin an einen Baum gelehnt dasaß, die Knie an die Brust gezogen und die Stirn daraufgelegt. Maggies schlafendes Hirn hatte Mrs Murdock zu einem Abbild ihrer selbst gemacht.

Als es um drei Uhr klingelte, drängten die Schüler durch die Korridore aus dem Schulgebäude hinaus, mit ihnen Kate, auf dem Weg zu ihrer wöchentlichen Chorprobe. Maggie stand mit grimmiger Entschlossenheit von ihrem Tisch auf und gestand sich noch eine kurze Pause an ihrem Spind zu, wo sie einen Schluck Wasser trank und ein paarmal tief Luft holte, bevor sie zum Klassenzimmer der Mathelehrerin ging.

»Deine Aufgaben liegen dort.« Mrs Murdock zeigte auf einen Tisch in der hinteren Ecke, weit weg von ihrem eigenen Schreibtisch. Wollte auch Mrs Murdock jeden engeren Kontakt vermeiden? War es ihr ganz recht, dass Maggie in der letzten Reihe saß?

»Keine Bücher auf dem Tisch«, sagte die Lehrerin. »Du hast eine Stunde Zeit.«

Konzentrier dich auf den Stoff, dachte Maggie, als sie ihren Rucksack auf den Boden stellte. *Sieh die Lehrerin nicht an und denk verdammt noch mal nicht an deine Träume. Konzentrier dich einfach auf die Aufgaben.*

Die Problemstellungen erschienen ihr recht einfach, und doch geisterten so viele Bildfetzen durch ihre Gedanken, dass sie die Aufgaben kaum richtig lesen konnte. Die roten und goldenen Streifen, die an den Wänden des Klassenzimmers verliefen, glichen horizontalen Flammen, die ganze Schule schien eine einzige feurige Todesfalle mit ihren hohen, schmalen Fenstern, die sich nicht öffnen ließen, und mit ihrem Labyrinth an Korridoren, die nie zu einem Ausgang führten. Maggie brauchte einen Fluchtweg, eine Chance, hinauszuklettern und wegzurennen vor den Dreien auf ihrem Papier, die jetzt zu Achten wurden, vor den Vieren, die sich zu Neunen formten, während die Nullen ihre großen schwarzen Mäuler öffneten. *Ich halte das nicht aus,* dachte sie. *Ich kann hier nicht bleiben.*

Doch dann tat Mrs Murdock etwas Seltsames. Sie stand von ihrem Schreibtisch auf, ordnete die Papiere in ihrer Hand und verkündete: »Ich gehe in die Bibliothek. Leg die Klausur einfach auf meinen Tisch, wenn du fertig bist.« Sie nahm ihre Handtasche und ihren Ordner mit und verließ das Zimmer, ohne Maggie noch einmal anzusehen.

Ihr Abgang kam so überraschend, dass Maggie einen Moment brauchte, um damit klarzukommen. Hatte Mrs Murdock die Spannung im Raum auch gespürt? Ließ Maggies Nähe der Frau die Haare zu Berge stehen?

Maggie hatte noch nie eine Klausur geschrieben, ohne dass ein Lehrer anwesend gewesen wäre. Jetzt gab es nichts mehr, was sie vom Schummeln abhalten könnte, außer ihrem Gewissen. Mrs Murdock vertraute ihr wohl, dachte sie, oder aber sie stellte sie in mehr als einer Hinsicht auf die Probe. Maggie sah zur offenen Tür hin, halb in der Erwartung, ihre Lehrerin dort stehen zu sehen, die überprüfte, ob Maggie auch ehrlich war. Aber dort war niemand. Sie war allein, nur das elektrische Summen der Neonröhren hätte sie noch ablenken können. Nach einer Weile spürte sie, wie ihr Herzschlag langsamer wurde und ihre Atmung sich beruhigte. Die seltsame Frau war weg; die Matheaufgaben waren einfach; sie musste sich keine Sorgen machen.

Nach einer halben Stunde war sie mit den Aufgaben fertig, und sie legte die Klausur auf Mrs Murdocks Schreibtisch. Einen Augenblick lang blieb sie stehen und betrachtete das Bild mit dem Mädchen auf der Schaukel, in dessen schmalem, unscheinbarem Gesicht ein verhaltener Ausdruck stand, so als ob es um Erlaubnis bäte zu lächeln. Dann kehrte Maggie an ihren Tisch zurück, schwang den Rucksack über die Schulter und lief hinaus auf den Korridor. Sie wollte noch zur Toilette zwei Türen weiter gehen, bevor sie ihren Dad anrief, um ihm zu sagen, dass der Mathe-Club schon früher als geplant zu Ende sei. Sie hatte den metallenen Türgriff der Toilette fast schon in der Hand, da öffnete sich die Tür und Mrs Murdock kam heraus. Sie rannte beinahe in Maggie hinein und hatte keine Zeit mehr, den Blick zu senken. Stattdessen sah sie Maggie direkt in die Augen. »Tut mir leid«, sagte sie. Einen kurzen Augenblick lang starrten die beiden einander an, dann trat die Lehrerin zur Seite und ging davon, nicht zu ihrem Klassenzimmer, sondern den Korridor hinunter, bis sie im Treppenhaus verschwand.

Maggie rührte sich nicht. Mit angehaltenem Atem stand sie vor der geschlossenen Tür und dachte nur: *Oh mein Gott.* Als sie schließlich in die Toilette hineingegangen war, glitt ihr der Rucksack von der Schulter, und sie beugte sich vor, als hätte ihr jemand in den Magen getreten. »Oh mein Gott.«

Nach einigen Augenblicken richtete sie sich wieder auf, zog zwei Papierhandtücher aus dem Metallbehälter und ließ kaltes Wasser darüberlaufen. Die Feuchtigkeit auf Stirn, Augenlidern und Lippen tat gut, Maggie drückte sich die Tücher fest aufs Gesicht. Schließlich warf sie sie weg und betrachtete ihr tropfnasses Bild im Spiegel.

Was jetzt?, dachte sie. *Was soll ich jetzt tun?* Sie zog ihr Handy aus der Hosentasche und rief ihren Dad an.

»Ich brauche dich jetzt schon, okay? Kannst du sofort kommen?« Zum ersten Mal war Maggie regelrecht froh, einen Fahrer auf Abruf zu haben.

»Was ist los?« Er klang erschrocken.

»Mir ist übel, und ich muss unbedingt nach Hause.«

Als sie die Toilette verließ, sah Maggie sich nach rechts und nach links um, vergewisserte sich, dass Mrs Murdock nirgends zu sehen war. Im Korridor zögerte sie kurz. Sie wusste, dass das Treppenhaus, das ihre Lehrerin benutzt hatte, der kürzeste Weg zum Haupteingang war. Doch sie beschloss, den hinteren Ausgang zu nehmen, der am Probenraum vorbei zu den Schulbussen führte. Sie wollte schon in diese Richtung davoneilen, als sie noch einmal einen kurzen Augenblick innehielt und die Lippen aufeinanderpresste. So schnell sie konnte, lief sie in Mrs Murdocks Klassenzimmer zurück und ging zum Schreibtisch der Lehrerin, auf dem noch immer ihre Klausur lag. Hastig nahm sie ihren Rucksack ab, machte ihn auf, zog einen Spiralblock heraus und schrieb einen einzigen Satz darauf. Dann riss sie das linierte Blatt Papier ab, ließ die zerfetzte Lochperforierung am Rand stehen und legte es auf ihre Klausur. Sie hatte den Reißverschluss ihres Rucksacks kaum wieder zugezogen, da rannte sie auch schon aus dem Klassenzimmer hinaus und den Korridor entlang.

Zwanzig Minuten später kehrte Mrs Murdock in ihr Zimmer zurück, nahm das Blatt Papier von ihrem Schreibtisch und las fünf karge Worte:

Ich weiß, wer Sie sind.

KOMPLIZIN

6

Grace Murdock faltete Maggies Zettel zusammen und steckte ihn in das Seitenfach ihrer Handtasche. Jetzt waren die Dinge in Bewegung geraten, nach Monaten der Anspannung. Der Kurs, den sie mit ihrer Rückkehr nach Jackson eingeschlagen hatte, war nun unumkehrbar, es gab kein Zurück mehr.

Es überraschte sie vor allem, dass das Mädchen sie nicht schon früher erkannt hatte. Grace hatte gedacht, dass Maggie sie gleich am ersten Schultag bloßstellen würde. Wenn sie in den unruhigen Augustnächten wach gelegen hatte in der schwülen Hitze, die der Fensterventilator über ihren Körper blies, hatte sie sich die Szene immer wieder vorgestellt – wie Maggie das Klassenzimmer betreten und erstarren würde. Das Mädchen würde sie anstarren und auf sie zeigen, vielleicht auch schreien oder fluchen, und Grace würde es hinnehmen, mit gesenktem Blick, und sich von Maggie beschuldigen und beschimpfen lassen. Sie würde das Mädchen allen erzählen lassen, wer sie war und was sie war. Die Komplizin. Die Lügnerin.

Sie hatte gedacht, dass die öffentliche Schande auch ihr Gutes haben könnte. Aus einer solchen Demütigung würde ihre Seele vielleicht am Ende gereinigt hervorgehen. Nicht, dass Grace sich danach sehnte; sie hatte keine masochistische Freude empfunden bei den Bildern, die sie sich in jenen schlaflosen Augustnächten ausmalte. De facto hatte sie den Job an der Jackson Highschool angetreten, weil sie annahm, dass Maggie Greene nicht auf diese Schule ging. Vor neuneinhalb Jahren hatte Maggies Familie draußen am Wade's Creek gewohnt, acht Meilen außerhalb der Stadt, was bedeutete, dass die Mount Wilson Highschool für das Mädchen zuständig war. Hätte Grace gewusst, dass Maggie und ihr Vater in die Stadt gezogen waren, hätte sie diese Stelle wahrscheinlich nicht angenommen – auch wenn sie sich innerlich gedrängt fühlte, an den Ort ihres Verbrechens zurückzukehren, in die Stadt, in der sie das College besucht hatte, zu dem Campus mit den zwei Millionen Backsteinen und den hundert weißen Säulen, zu den Landstraßen, die sich durch eine gebirgige Flusslandschaft und Wiesen schlängelten. Sie hatte nie Maggie Greenes Mathematiklehrerin werden, sie jeden Tag sehen, Autorität über sie ausüben wollen. Es erschien ihr jedes Mal wieder geradezu grotesk, wenn sie eine Note unter Maggies Arbeiten schrieb, und vor allem dann, wenn diese Note irgendetwas anderes war als ein A für Abbitte.

Grace hatte sich die ideale Begegnung mit Maggie Greene als eine einmalige Angelegenheit vorgestellt, als Gespräch in einem leeren Restaurant oder auf einer einsamen Parkbank – an irgendeinem Ort, der als eine Art moderner Beichtstuhl herhalten konnte. Als sie im Juli Maggies Namen auf der Liste ihrer Klasse gesehen hatte, war Grace versucht gewesen, ihre neue Stelle gleich wieder aufzugeben. »Das war's«, hatte sie zu sich selbst gesagt. »Die Scharade ist vorbei.«

Sie hatte überlegt, eine plötzliche Krankheit vorzutäuschen, zu behaupten, dass der harte Klumpen der Schuld, der in ihrer Brust wuchs, ein Tumor sei, ein realer und bösartiger, denn genauso fühlte er sich an, handfest und tödlich. Doch dann hatte sie es sein lassen, und als Maggie sie nicht gleich am ersten Tag erkannt hatte, hatte Grace geglaubt, dass ihr eine Galgenfrist gewährt worden sei, eine kurze Zeit, um ihre Gedanken zu sammeln.

Es war verständlich, dass Maggie nicht sofort wusste, wer sie war. Grace hatte sich ziemlich verändert seit ihren College-Tagen und die üblichen Jeans und Flip-Flops gegen ein Sortiment von Röcken und Blusen eingetauscht, die alle cremefarben, weiß oder grau waren und »in jeder Hinsicht akzeptabel« – genau das war die Formulierung gewesen, die ihr durch den Kopf schoss, als sie die Sachen bei Target kaufte. Und auch ihr glattes sandfarbenes Haar trug sie nicht mehr bis auf den Rücken hinabfallend, was sie als Studentin ausgewiesen hatte. Vor ein paar Jahren hatte sie es auf Schulterlänge abschneiden lassen, schon um sich einen seriösen Anstrich zu geben. Aber das Kürzen des Haars war auch das einzige Ritual des Erwachsenwerdens, das Grace wirklich kontrollieren konnte.

Die Ehe war ein weiteres Ritual gewesen, das ihrem Leben mehr Reife hatte verleihen sollen. Doch im Laufe der Jahre hatte sich die Beziehung zwischen ihr und ihrem Mann zu einem unbeholfenen Schlagabtausch von Vorwürfen und Gegenvorwürfen entwickelt und Grace mit einem Ehenamen zurückgelassen, den sie nicht mit sich selbst in Verbindung brachte, auch wenn sie ihn behielt, weil sicher niemand eine Mrs Murdock in Jackson wiedererkennen würde. Zusammen mit ihren Kleidern, ihrer Frisur und ihrem Namen hatte sich auch ihre Seele verändert, jedenfalls hoffte sie das. Als sie Maggies hingekritzelte Behauptung las – *Ich weiß, wer Sie sind* –, hätte Grace ihr am liebsten auf einem eigenen Notizzettel geantwortet: *Du kennst das Äußere eines unreifen Menschen von vor neun Jahren – mich kennst Du nicht.*

Während sie die Klausur an sich nahm, ihre Bücher und Stifte einsammelte und den Computer herunterfuhr, fragte Grace sich, wie sie ihre Situation einem fünfzehnjährigen Mädchen vermitteln sollte. Mehr als alles andere schuldete sie Maggie Erklärungen, die ganze Geschichte, warum sie jetzt hier war, und vor allem, warum sie vor neun Jahren im Haus des Mädchens gewesen war. Aber Erklärungen waren kompliziert, jeder Augenblick im Leben war bedingt durch alles Vorangegangene. Wenn Maggie die Kette von Ereignissen verstehen sollte, die sie beide verband, müsste sie etwas über Graces Vergangenheit und Gegenwart erfahren, über ihre Familie und Freunde, über das ganze Netz von Beziehungen, das die Schnittpunkte im Leben der Menschen bildet.

Vor allem müsste Maggie von Lily erfahren, Graces vier Jahre alter Tochter. Lily war der Hauptgrund, der Grace nach Jackson zurückgebracht hatte, die Schwerkraft, die Tag für Tag die Lebensbahn ihrer Mutter bestimmte. Grace erinnerte sich noch ganz genau an den Augenblick, als die Hebamme ihr das ungewaschene Neugeborene auf den Bauch gelegt hatte. Sie hatte erwartet, dass ein Neugeborenes ein zappliges, schwaches Etwas sei. Doch Lily hatte entschlossen den Kopf gehoben und ihrer Mutter mit einer solchen Intensität im dunklen kindlichen Blick in die Augen gesehen, dass Grace in diesem Moment die Schrecken des Verlustes kennengelernt hatte. Das hier war der heiligste Schützling ihres Lebens – ein so kostbarer Mensch, so bereit, die Liebe seiner Mutter mit warmem, zärtlichem Gefühl anzunehmen und zu erwidern, dass Grace von dem Wunder des Lebens und der Angst vor dem Tod gleichermaßen überwältigt war. Lilys erste zwei Lebensjahre hatte sie wie ein Schatten neben dem Kinderbett verbracht und zugesehen, wie die Brust des Babys sich hob und senkte, auf die fast lautlosen Atemgeräusche gelauscht und manchmal sogar die flache Hand auf das schlafende Kind gelegt, um den raschen Herzschlag zu spüren und sich zu vergewissern, dass dieser zarte Hauch von Leben über Nacht nicht einfach verschwunden war.

Erst nach Lilys zweitem Geburtstag war Grace langsam zuversichtlicher geworden, zum einen, weil Kleinkinder so viel widerstandsfähiger waren als Babys, zum anderen, weil sie mittlerweile überzeugt davon war, dass es einen vorherbestimmten Grund für Lilys Existenz gab, eine Absicht, die ihr garantierte, dass ihr das Kind so bald nicht genommen werden würde. Lily war nicht nur auf die Welt gekommen, um Grace eine Freude zu bereiten, sondern auch als mahnende Erinnerung an das Schlimmste, was Grace je in ihrem Leben getan hatte: Sie hatte dazu beigetragen, dass eine Mutter und eine Tochter getrennt wurden.

Mutter zu sein hatte Grace veranlasst, sich mit ihrer Vergangenheit auseinanderzusetzen. Und jetzt, da Lily fast fünf war, so alt wie Maggie Greene vor neuneinhalb Jahren, hatte Grace begonnen, die beiden Mädchen in ihren Gedanken miteinander zu verbinden und den Aberglauben zu nähren, dass auch sie von ihrer kleinen Tochter getrennt werden könnte, wenn sie Maggie gegenüber nicht bald etwas wiedergutmachte.

Grace legte die Klausur in einen großen Hefter, den sie in ihre Tasche stopfte. Dann warf sie noch einen letzten Blick auf ihren Schreibtisch. Die zwei in Holz gerahmten Bilder von Jesus und Lily an den oberen Ecken des Tisches dienten ihr als Anker, Jesus rechts und Lily links, zwei Punkte in dem Dreieck, das ihre gefährdete Welt zusammenhielt. Sie schrieb es Jesus zu, dass Lily in ihr Leben getreten war. Nicht Gott. Der Vater hatte sie nie so interessiert wie der Sohn, wohl vor allem, weil ihr eigener Vater sie in ihrer Kindheit immer nur zum Schweigen angehalten hatte. Er war ein Mann mit wenig Geduld für die weiblichen Wesen um sich herum gewesen, die ihm ständig bloß mit Nichtigkeiten wie Plaudereien und Einkaufen beschäftigt schienen.

»Dein Vater liebt dich«, hatte Graces Mutter ihr immer versichert. »Er hat nur Schwierigkeiten, es auch zu sagen, weil er so zurückhaltend ist.«

Grace schaltete das Licht in ihrem Klassenzimmer aus und ging dann, entlang an den Reihen rot-goldener Betonziegel, den Korridor hinunter. Sie winkte Mr Beaufort zu, dem Erdkundelehrer, der noch an seinem Schreibtisch saß und las, als sie an seiner Tür vorbeikam.

»Bleiben Sie nicht mehr zu lange, Sam«, rief sie.

»Bestimmt nicht«, erwiderte er.

Sam war Anfang sechzig, seine Schläfen wurden langsam

grau, sein Haaransatz zeigte tiefe Geheimratsecken und er trug eine Lesebrille mit Metallgestell, genau wie ihr Vater. Grace fragte sich, ob er wohl Töchter hatte, und wenn ja, ob er sie liebte? Nahm er sie in den Arm und sagte ihnen, dass sie hübsch waren? Liebe war nichts, was man zurückhalten sollte; sie sollte nicht dreißig Jahre lang unausgesprochen bleiben. Liebe sollte wie ein beständiger Regen niedergehen und den Geist zum Erblühen bringen.

Grace trat ins Treppenhaus und verzog leicht das Gesicht wie immer angesichts der Wandgemälde dort mit den römischen Tempeln, den in Togen gekleideten Göttern und dem in einem wolkigen Himmel schwebenden Pegasus. Irgendetwas an Merkur mit seinem geflügelten Helm und den schlanken, muskulösen Beinen erinnerte sie an Maggies Dad, den Vater, der am Einführungsabend für die neuen Schüler am stärksten aus der Menge hervorgestochen war. Mr Greene hatte an einem Tisch ganz hinten in Graces Klassenzimmer gesessen, während Maggie stehend neben ihm Wache hielt, so als hätten Kind und Elternteil die Rollen vertauscht. Es waren noch ein Dutzend weitere Eltern und Schüler da gewesen, die Graces sechsminütiger Zusammenfassung ihres Geometriekurses zuhörten, aber nur Mr Greene war sachkundig genug gewesen, die Hand zu heben und zu fragen: »Wie viel Zeit werden Sie denn auf Beweise und Theoreme verwenden?«

Gott segne jeden Menschen, der etwas von Mathematik verstand. Die meisten anderen Anwesenden waren ehrgeizige Mütter gewesen, die sich mehr für das Benotungssystem als den Unterrichtsgegenstand interessierten, die jetzt schon versuchten, die Fächer ihrer Kinder an den Aufnahmekriterien der Elite-Universitäten auszurichten, und sich fragten, ob die neue Mathematiklehrerin ihnen dabei in die Quere kommen könnte. Die einzigen beiden anderen Väter im Raum schienen irgendwie verlegen, so als wären sie nur irrtümlich auf diesem Einführungsabend gelandet und nun leider dazu verdonnert, wie Exilanten in dieser unangenehmen fremden Umgebung auszuharren. Sie hatten zu jener Sorte Männer gehört, die mit dem Alter weicher und fülliger wurden. Mr Greene jedoch erschien Grace noch hagerer, als sie ihn von damals in Erinnerung hatte. Maggies Dad sah aus, als wäre er in den letzten zehn Jahren täglich einen Marathon gelaufen.

Als sie seine Frage beantwortete, blickte sie ihm nicht in die Augen. Grace wusste, dass sie sich noch nie begegnet waren – nur Maggie und ihre Mutter hatten Grace gesehen. Aber sie wusste nicht, welche Bilder von ihr in den Zeitungen abgedruckt worden waren, und sie betete, dass er sie nicht erkennen möge. Mit dem hochgesteckten Haar und dem älter gewordenen Gesicht ähnelte sie den schwarz-weißen Presseausschnitten aus der Vergangenheit sicher nicht mehr. Trotzdem sah sie Maggies Vater nur kurz an, als er sprach, und richtete den Blick auf die anderen Eltern, während sie seine Frage beantwortete.

Als es klingelte und die Familien in andere Klassenzimmer weitergingen, war ihr aufgefallen, wie Mr Greene Maggie den Arm um die Schultern legte, nachdem er aufgestanden war. Die anderen Eltern fassten ihre Kinder nicht an – nur wenige Teenager hätten wohl eine solche Gefühlsäußerung in aller Öffentlichkeit geduldet. Doch dieser Vater und seine Tochter schienen ein Team zu sein. Grace hatte den Blick schnell wieder gesenkt, da sie das Gefühl hatte, dass es schon zu aufdringlich war, sie auch nur anzusehen.

Jetzt trat sie aus dem Treppenhaus in die Eingangshalle der Schule, die sich bis zum Büro des Direktors erstreckte. Zu ihrer Linken sah sie hinter einer Glaswand, nur teilweise verdeckt von Jalousien, zwei Sekretärinnen an dunklen Holzschreibtischen sitzen und mit dem Basketballtrainer plaudern. Der Beratungslehrer für die Schüler, die neu an der Schule waren, gesellte sich zu dem Trio. Als er kurz aufsah, winkte er Grace zu, und Grace erwiderte den Gruß, ehe sie die Metalltüren in die Vorhalle aufstieß, die als eine Art

Handy-Lounge diente und wo ein halbes Dutzend Schüler ihre Daumen trainierten.

»Tschüss, Mrs Murdock«, sagte ein Junge, ohne aufzusehen.

»Tschüss, Eddie«, erwiderte sie und drückte die nächste Tür auf, die sie in die helle Oktobersonne hinausführte, eine echte Befreiung nach dem Neonlicht in der Schule, das ihr immer das Gefühl gab, als wäre sie den ganzen Tag unter Wasser. Vor ihr standen um ein Blumenbeet mit einer bronzenen Sonnenuhr einige rote Metallbänke. Die Schüler des Kurses für Gartenbau wechselten die Blumen zu jeder Jahreszeit – jetzt im Herbst blühten dort gelbe und rote Chrysanthemen.

Der Parkplatz für Lehrer und Schüler erstreckte sich rechts und links jeweils fünfzig Meter weit. Grace konnte die langen Reihen von Autos jeden Tag von ihrem Klassenzimmer aus sehen und hatte gelegentlich auch schon Maggies Dad bemerkt, der dort oft an der Tür seines Autos lehnte, das ein alter grauer Toyota Camry zu sein schien. Wann immer seine Tochter kam, beeilte Mr Greene sich, ihr den schweren Rucksack von der Schulter zu nehmen, ihn ins Auto zu stellen und ihr die Tür aufzuhalten. Wenn Grace das sah, musste sie an das höfliche Verhalten ihres eigenen Vaters denken und daran, dass er einem die Tür mit kalter Förmlichkeit aufhielt, die so gar nichts von Mr Greenes Gesten liebevoller Zuneigung hatte. Sie konnte nicht sagen, ob ihr Vater je Gefühle echter Zärtlichkeit für sie empfunden hatte. Vielleicht hätte er einen Sohn mehr geschätzt – einen Sportler oder Soldaten, der aus einem ausländischen Krieg hätte zurückkehren und die Schlachten seines Vaters an der Heimatfront schlagen können, die täglichen Kämpfe nämlich zwischen dem Eisenwarengeschäft seines Dads und den ihn umzingelnden feindlichen Truppen des Marktriesen Home Depot.

Grace war es nie gelungen, Begeisterung für Bolzen und Schraubenschlüssel vorzutäuschen. Sie war immer das Kind ihrer Mutter gewesen und hatte stets eifrig beim Backen von Zitronenkuchen und Weihnachtsplätzchen geholfen oder beim Abfüllen von übrig gebliebenen Speisen, die ihre Mutter in Tupperware-Behältern einfror. Bis sie dreizehn war, hatte Grace die meisten Nachmittage unter der Woche in der Küche ihrer Mutter verbracht und den Nachbarsfrauen zugesehen, die sich am Resopaltisch der Küche zum Stricken, Plaudern und Durchblättern von Bestellkatalogen trafen, während sie Irish Coffee tranken. Mrs Higgins, Mrs Sellers und Mrs Stone hatten ein unermüdliches Interesse an den Hochzeiten, Krankheiten und Insolvenzen all ihrer Bekannten. Sie hatten das Glück, in einer Kleinstadt voller familiärer Tragödien zu wohnen, und Verstand genug, leise durch die Hintertür zu verschwinden, wenn sie Graces Vater um Viertel vor sechs die Auffahrt herauffahren hörten.

Es hatte Geborgenheit geherrscht in dieser Küche – Geborgenheit, Wärme und Wohlbehagen, und auch wenn Graces Mom keine überschwängliche Frau war, so war ihre Liebe für ihre Tochter doch immer vorbehaltlos gewesen. Und es belastete Grace, dass Maggie Greene ohne diese tägliche Fürsorge einer Mutter aufgewachsen war. Ein Mädchen brauchte eine Mom, die ihr das Backen, das Zöpfeflechten und die Grundlagen der Körperpflege beibrachte. Jedes Mal, wenn sie Maggie mit fettiger Haut, zerrissenen Sneakers und Pseudo-Gothic-Shirts in ihr Klassenzimmer kommen sah, wusste Grace, dass sie für vieles Sühneopfer zu leisten hatte.

»Sühneopfer« war allerdings ein recht ausgefallenes Wort und zu hochgestochen für Graces Leben. Es erklärte kaum, warum sie hier auf dem Parkplatz einer Highschool stand, einen grünen Ford Taunus aufschloss und ihre Tasche auf einen Rücksitz fallen ließ, der voller Flecken von Happy Meals war. »Sühneopfer« gab es nicht in einer Welt, in der Freude mit einer Extraportion Ketchup erkauft werden konnte. Wenn sie sich Maggie erklären wollte, musste sie Worte so banal wie ihre Existenz finden und mit dem Eingeständnis beginnen, dass der Hauptgrund für ihre Rückkehr nach Jackson ein rein selbstsüchtiger und materieller war. Denn sie hatte diesen Job angenommen, weil sie Geld brauchte.

Maggie würde das verstehen – sie und ihr Dad schienen auch nicht im Geld zu schwimmen. Die Greenes würden wissen, was es für eine Familie bedeutete, ständig unter Geldmangel zu leiden, und zu welchen Kompromissen dieser tägliche Druck einen Menschen verleiten konnte.

Grace fuhr vorbei am Footballfeld, dem Basketballplatz und den Tennisanlagen, hielt kurz an der Ampel neben der Exxon-Tankstelle an und bog dann rechts ab. Sie zählte laut mit, als sie mit höherer Geschwindigkeit an 5-Guys-Burgers, dem Motel 6 und einem 7-Eleven-Laden vorbeifuhr. Alles, was dieser Stadt noch fehlte, war ein Super-8-Hotel. Als Nächstes kamen ein Applebee's Grill & Bar, ein Waffle House Diner, Wal-Mart und das halb leere Einkaufscenter, das einen Antiquitätenladen beherbergte, vor dem lauter nackte Amorstatuen und steinerne Vogelbäder herumstanden. Nach einer weiteren halben Meile verengte sich die wirtschaftlich nur mäßig erfolgreiche Kommerzstrecke der Stadt zu einer zweispurigen Landstraße, der Grace vierzig Minuten lang durch Wiesen und bewaldete Hügel folgte und die sie schließlich in das Blue-Ridge-Gebirge hinaufführte und wieder hinunter in die Außenbezirke von Placid Springs, einer Stadt, die zweimal so groß war wie Jackson und die eine Plastikfabrik, ein medizinisches Versorgungszentrum und einen Bahnhof besaß, aber dennoch nicht so groß war, dass Grace sie als Großstadt bezeichnet hätte.

Placid Springs war die Stadt, in der ihre Eltern wohnten, die Stätte ihrer Geburt, ihrer schwierigen Kindheit, ihrer unglücklichen Teenagerjahre und der Ort, an den sie, eine einunddreißigjährige Mutter, vor elf Monaten zurückgekehrt war, nachdem sie sich von ihrem Ehemann getrennt hatte. Seitdem war ihr Leben eine einzige Reise zurück in ihre Vergangenheit gewesen. Sie wohnte wieder in demselben Haus, in derselben Küche, in demselben Zimmer, das sich nur wenig verändert hatte seit ihrer Schulzeit, abgesehen davon, dass ihre Eltern ein Kinderbett für Lily hineingestellt hatten, sodass Mutter und Tochter nun wie in einem Wohnheim zusammenwohnten. *Nur übergangsweise,* hatte sie ihren Eltern versichert, als sie mit Lilys Spielzeugkiste und ihren Kleidern angekommen war. Bei ihren Eltern einzuziehen, ermöglichte ihr, Geld zu sparen, während sie sich in ihren neuen Job einarbeitete und nach einem bezahlbaren Zuhause suchte. Aber wenn sie ehrlich war, konnte sie nicht sagen, wie lange sie dort feststecken würde.

Geld war schon immer das Hauptproblem in Graces Leben gewesen, und es würde auch weiterhin ein Problem bleiben, wenn sie an staatlichen Schulen unterrichtete. Sie hatte gehofft, dass die Ehe eine Lösung wäre – dass ein Ehemann mit festem Einkommen sie von der Angst vor der finanziellen Pleite befreien könnte, die wie ein Damoklesschwert über ihrer Kindheit gehangen hatte. Doch als ihr zehn Jahre alter Ford Taunus jetzt ächzend den Weg auf den Humpback Mountain hinauffuhr, schossen ihr wie in einer grotesken Pantomime Szenen ihrer Ehe durch den Kopf.

Sie musste Maggie von dem beschämenden Verlauf ihres Liebeslebens erzählen, wenn sie wollte, dass das Mädchen verstand, warum sie eines Nachts zusammen mit zwei widerwärtigen College-Studenten bei ihr zu Hause aufgetaucht war. Alle Schwierigkeiten in Graces Leben hatten sich um Geld und Männer gedreht – oder Moneten und Männer, wie sie um der Alliteration willen immer sagte, um dieser fatalen Alliteration willen, die sich jetzt unablässig in ihren Gedanken wiederholte, während sie den gewundenen Weg, eine Kurve nach der anderen, durch das Blue-Ridge-Gebirge fuhr: *Moneten und Männer, Moneten und Männer.* Und jetzt fügte ihr Hirn sogar noch eine weitere Alliteration hinzu: *Maggie und Moneten und Männer.* Was war ihr Leben anderes als eine Abfolge abschreckender Beispiele?

7

Oben auf dem Humpback Mountain waren die Bäume, die am dichtesten an der Straße standen, so stark umrankt von Kudzu, dass weder Stamm noch Äste zu sehen und sie unter dem wuchernden Blättergewirr der Kletterpflanze zum Ersticken verurteilt waren – was Grace vorkam wie ein allgegenwärtiges Schicksal: dass ein Leben ausgelöscht wurde von einer rücksichtslosen Gruppe anderer, die alles Sonnenlicht stahl. Vielleicht sollte sie Maggie von den Bäumen erzählen, oder vielleicht hatte Maggie diese voluminösen smaragdgrünen Riesen sogar schon gesehen und wusste, dass im Schatten dieser Roben aus grüner Spitze Leben starb.

Grace brauchte eine Metapher, um sich die Leiden der eigenen Jugend vom Leib zu halten, denn wie sollte sie Maggie sonst erklären, was es für ein Gefühl gewesen war, das Mädchen zu sein, das in der Highschool nie einen Freund hatte, das Mädchen, das nie von einem Jungen zu einem Schulball eingeladen wurde oder zu einem Abendessen oder zu einem Picknick? Nicht, weil sie hässlich war. Nein – in all den qualvollen Jahren ihrer Highschool-Zeit kam ihr das Wort »hässlich« nie in den Sinn, wenn sie in den Spiegel sah und ihre dünnen aschblonden Haare, ihre verhalten blickenden Augen und ihr schmales Gesicht mit dem leicht kantigen Kinn betrachtete. Sie war weder unattraktiv noch schön, weder atemberaubend noch abstoßend. Sie war ein durch und durch mittelmäßiges Mädchen – die nüchterne Norm. Der einzige körperliche Vorzug, auf den sie stolz war, war ihre makellose Haut, die gegen Akne anscheinend immun war und auch keine Sommersprossen oder Muttermale aufwies. Aber vielleicht wäre sie mit einem Makel in der Highschool eher aufgefallen – ein Leberfleck am Mundwinkel, eine Narbe, die nach einer Erklärung verlangte, das hätte vielleicht einen Jungen veranlasst, einen zweiten Blick auf sie zu werfen. So wie es war, konnte ihr Gesicht jedoch in fünf Sekunden abgeschätzt und verworfen werden, und sie hatte nie den Mut besessen, mit künstlichen Hilfsmitteln Aufmerksamkeit zu erregen – mit grellem Make-up, einem Tattoo oder violetten Strähnen im Haar. Und um es noch schlimmer zu machen, war ihre Persönlichkeit genauso durchschnittlich wie ihr Gesicht. Sie war weder übermäßig intelligent noch besonders dumm – ein bescheidenes Talent in einer Reihe von Flötenspielern, eine mäßige Läuferin beim Querfeldeinrennen. Sie war das verlässliche Mitglied der Gruppe, das Mädchen, an dessen Namen die Leute sich nie erinnern konnten.

Sandra McCluskey – so hatte sie als Kind geheißen – war der Name der Mutter und der Großmutter ihres Vaters, ein Name aus der Arbeiterklasse, ein gewöhnlicher Name, dessen übliche Abkürzung Sandy eher für einen Golden Retriever zu passen schien als für ein junges Mädchen, das verzweifelt wünschte, von jemand Besonderem bemerkt zu werden. Grace war ihr zweiter Vorname, den sie selten benutzt hatte, bis sie sich zwei Jahre nach dem College zum ersten Mal dem Christentum zuwandte, als einem Mittel gegen ihre Einsamkeit und weil sie meinte, Jesus könnte womöglich der einzige liebevolle Mann in ihrem Leben sein. Sie hatte zusammen mit ein paar Hundert Südstaatenbaptisten in einem riesigen weißen Zelt ›Amazing Grace‹ gesungen und gedacht, wie seltsam es doch war, dass die gestreiften Zirkuszelte ihrer Kindheit durch dieses sakrale Riesenzelt ersetzt worden waren, als ihr plötzlich die Stimme versagte und ihr zu ihrer eigenen Überraschung ein paar Tränen über die Wangen liefen. Eine Frau links neben ihr nahm ihre Hand und drückte sie, und in diesem Augenblick, ausgelöst durch die erste liebevolle Geste, die ihr ein fremder Mensch erwiesen hatte, erkannte sie, dass »Grace« der Name ihres wahren inneren Wesens war. »Sandy« war zu oberflächlich, ein unpassendes Adjektiv, ein Silbenpaar, das nicht für ein Herz stehen konnte, das sich unter Tränen dem christlichen Glauben geöffnet hatte. Die Änderung ihres Namens konnte der erste Schritt vorwärts sein, um auch ihr Leben zu ändern.

Vielleicht würde Maggie diesen Wunsch nach Veränderung verstehen, den dringlichen Wunsch, das eigene Leben auf eine höhere Ebene zu heben, es aufregender zu gestalten, ein beliebter und geliebter Mensch zu werden. Soweit Grace es beurteilen konnte, war auch Maggie ein unscheinbares Mädchen, ein Mädchen, das weiter nicht aufgefallen wäre, wenn es nicht durch diese eine traumatische Nacht eine traurige Berühmtheit erlangt hätte. Maggie war nicht mit dem glänzend roten Haar ihrer Mutter gesegnet oder mit den grüblerischen Augen ihres Vaters. Sie schien sehr klug zu sein, würde es aber vermutlich dennoch nicht unter die ersten fünf ihrer Klasse schaffen. Sie war weder Bienenkönigin noch Einzelgängerin, Grace hatte sie mit ein paar Freundinnen reden sehen, doch selten mit Jungen, und wahrscheinlich zweifelte sie schon, ob sie eines Tages zu einem Schulball eingeladen werden würde.

Das war die wichtigste Frage in Graces Highschool-Zeit gewesen, und der nahende Schulball hatte ihr jedes Jahr wieder die Wochen davor vergällt. Während andere Mädchen sich ganz auf die Fragen konzentrierten, wer mit wem dorthin gehen würde, welches Kleid sie tragen und welche Schuhe dazu passen könnten, hatte Grace das Treiben jeden Frühling nur aus einsamer Ferne beobachtet. In ihrem ersten und zweiten Highschool-Jahr hatte sich keiner der älteren Jungen für sie entschieden – was sie auch nicht erwartet hatte. Doch im dritten Jahr hatte sie vor dem Ball einen ganzen Monat lang versucht, Jungen anzulächeln, hallo zu sagen, sie auf ihre Existenz aufmerksam zu machen und vor allem darauf, dass sie für jeden, der eine weibliche Begleitung brauchte, zur Verfügung stand. Sie hatte sich gefühlt, als würde sie mit einem Schild auf der Brust herumlaufen: *Bin zu allem bereit.* Manche der anderen Mädchen, die auch keinen Tanzpartner hatten, luden ihre Cousins ein oder wurden von Freunden der Familie begleitet, die ihre Eltern rekrutiert hatten. Grace dagegen verbrachte den Abend des Schulballs allein mit einem Riesenbecher Eiscreme zu Hause.

Auch im vierten Highschool-Jahr wurde es nicht besser – den ganzen Herbst und Winter über lud kein einziger Junge sie ins Kino ein oder zu einer Party oder auf eine Cola. Weshalb also hätte jemand sie zum Schulball einladen sollen? Und so dachte sie sich einfach etwas aus, um der Demütigung zu entgehen. Zwei Monate vor dem Ball erzählte sie ihrem kleinen Kreis von Freundinnen, dass die Familie ihres Onkels in North Carolina sie eingeladen habe, im Mai zusammen mit ihnen an den Strand zu fahren, und wie schade es doch sei, dass das genau auf das Wochenende des Abschlussballs falle! Diese Geschichte wiederholte sie in den nächsten Wochen regelmäßig und verhinderte so, dass irgendwer sie fragte, ob sie schon von einem Jungen eingeladen worden war. Und als das Wochenende des Schulballs da war, versteckte sie sich zu Hause und bat ihre Mom jedem, der anrief, zu sagen, dass sie weggefahren sei – nicht, dass irgendwer angerufen, ihr Fehlen bemerkt oder sich auch nur darum geschert hätte.

So hatte sie begonnen, Graces Karriere als Lügnerin – die Laufbahn, die sie schließlich an Maggie Greene binden würde. Nach diesem schmerzlich einsamen Wochenende stellte Grace fest, wie leicht es war, Lügen zu erzählen, und es machte ihr sogar Spaß. *Das Wetter an der Atlantikküste war zu wolkig gewesen, um sich zu sonnen, aber die Sanddünen bei Kitty Hawk waren voller Drachenflieger gewesen.* Grace entdeckte, dass sie ein Talent dafür hatte, Geschichten zu erfinden. Die Lügen kamen ihr leicht über die Lippen, in allen Einzelheiten, und schufen eine andere Welt voller Freunde.

Und so erzählte sie in den folgenden Monaten ganz ohne Schuldgefühle und voll Hingabe immer wieder neue Lügen, sprach von ihren Reiseplänen für den Sommer und beschrieb den Jungen, den sie bei einem Wochenend-Mathekurs kennengelernt hatte. Warum sollte sie sich treu an die Fakten halten, wenn die Realität ihr nie freundlich gesinnt war?

Maggie Greene war der erste Mensch, dem sie die Wahrheit schuldete, weil Maggies Leben das erste war, dem Graces Lügen Schaden zugefügt hatten. Bevor das Mädchen auftauchte, hatte Grace immer gedacht, ihre Lügen würden den Menschen in ihrer Umgebung helfen; schließlich nahmen sie ihnen doch das Unbehagen in ihrer, Graces, Gesellschaft, und sie mussten Grace auch nicht mehr bedauern. Ihre Geschichten machten Grace zu einer angenehmen Freundin, und sie meinte, dass ihre Freundinnen jedes Wort ihrer Geschichten glaubten, so ernst waren deren Mienen, in denen sich Neugier und Neid spiegelten. Erst Jahre später fragte sie sich, ob die Mädchen damals mit ihren Fragen nach dem Strandurlaub und dem Jungen und dem Mathekurs sich nicht insgeheim für sie geschämt hatten.

Das College hätte Graces Elend beenden sollen. College – das gelobte Land nach dem allzu langsamen Exodus aus der Highschool. Der Ort, an dem auch die mittelmäßigen Mädchen ihre Nische finden und sie mit einem Jungen teilen konnten, der ihnen den ersten, längst überfälligen Kuss geben würde. Jedenfalls hatte Grace sich das so erträumt, als sie vor dreizehn Jahren aufs Holford College ging – sie hatte sich vorgestellt, dass nun eine lange hinausgeschobene Jugend beginnen würde. Im College würde auch sie all die Freuden erleben, die die anderen Mädchen schon seit langem kannten.

Und so war es eine Enttäuschung, als sie feststellte, dass die Freundeskreise in Holford genauso exklusiv waren wie die Cliquen an ihrer Highschool. Trug sie die richtigen Kleider? Kannte sie die richtigen Leute? War sie ein Mitglied der richtigen Studentinnenvereinigung? Die Antworten lauteten

Nein, Nein und *Soll das ein Witz sein?*. Es gelang Grace im ersten College-Jahr, ein paar wenige Kontakte zu knüpfen. Hin und wieder ging sie mit einem jungen Mann Kaffeetrinken und gelegentlich sogar ins Kino. Außerdem trat sie dem Outdoor-Club bei, was bedeutete, dass sie mit einem Studenten zusammen drei Stunden lang in einem Kanu saß, und sie redete sich ein, dass auch das als ein Date galt.

Grace hätte sich mit diesen gelegentlichen Verabredungen zufriedengegeben, hätte in Holford nicht jedes Jahr im April der Frühlingsball stattgefunden. Ihre Mutter rief Grace Wochen vor dem Ball fast täglich an, um zu fragen, ob Grace hingehen werde. Mrs Higgins habe einen Neffen, der wirklich ein ganz lieber Kerl sei (was so viel hieß wie hässlich, aber nett). Ob Grace den nicht kennenlernen wolle?

Ihre Mutter schien schwer enttäuscht zu sein, dass Grace nicht zum Ball ging, so als läge darin die größte Bewährungsprobe für die erfolgreiche Zukunft ihrer Tochter. Und deshalb beschloss Grace im darauffolgenden Jahr, wieder auf ihre bewährte Methode zurückzugreifen. Sie erzählte ihrer Mutter, dass sie diesmal auf den Frühlingsball gehen werde, und zwar mit einem Studenten namens Tom aus ihrem Geschichtsseminar. Nein, er sei nicht ihr Freund, aber sehr nett, und sie werde sicher viel Spaß mit ihm haben. Ein paar Tage später erzählte Grace ihrer Mutter dann von dem großartigen Restaurant, das Tom fürs Abendessen ausgesucht hatte, und auch von der Party, auf die sie nach dem Ball gegangen waren, und dass Tom der perfekte Gentleman gewesen sei und sie wohlbehalten um zwei Uhr nachts an ihrem Wohnheim abgesetzt habe.

Im dritten College-Jahr wurden die Lügen noch schlimmer. Routiniert erzählte Grace ihrer Mom zwei Wochen vor dem Frühlingsball, dass sie einen Begleiter habe, nur um deren alljährliche Sorge im Keim zu ersticken. Doch das erwies sich als Fehler, denn ihre Mutter bestand darauf, mit ihr nach Charlottesville zu fahren, um ein neues Kleid zu kaufen, und sie gab zweihundert Dollar aus – ein Vermögen für eine Familie, die vom Eisenwarenhandel lebte. Während des Einkaufs erzählte Grace weitere Geschichten über ihren erfundenen Begleiter: Ian Campbell war ein großer junger Mann mit rotblondem Haar, Sommersprossen und Sinn für Humor, der im Hauptfach Geschichte studierte. Ihre Mom wollte nach Holford kommen und Ian kennenlernen, da sie doch nur eine Autostunde vom College entfernt wohnte. Aber Grace lehnte ab. Junge Männer, die zum ersten Mal mit einem Mädchen verabredet waren, wollten nicht gleich deren Eltern kennenlernen. Und so bat Mrs McCluskey ihre Tochter, dann aber auf jeden Fall Fotos zu machen, und nach dem Ball entschuldigte Grace sich, dass sie das leider vergessen habe.

Am Ende ihres dritten Jahres hätte Grace am liebsten das College gewechselt, nur um den Peinlichkeiten des Frühlingsballs zu entkommen. Das College schien ihr noch die beste Chance zu bieten, einen Mann kennenzulernen, und sie fürchtete, wohl nie zu heiraten, wenn es ihr nicht binnen der nächsten zwölf Monate gelang, wenigstens für kurze Zeit einen Freund zu finden. Vielleicht sollte sie es wirklich an einer größeren Universität mit mehr Studenten versuchen. Vielleicht hatte sie in einem größeren Teich bessere Chancen. Aber wer wechselte schon kurz vor dem Abschluss noch mal die Universität?

Doch dann geschah mitten im Herbstsemester in Professor Greenes Überblicksseminar zur britischen Literatur ein Wunder. Die Studenten hatten eine Interpretation von Keats' ›Ode auf die Melancholie‹ geschrieben, und dann hatte Professor Greene sie in Zweiergruppen eingeteilt mit der Aufgabe, sich über die Arbeit des jeweils anderen zu äußern. Grace war mit Kyle Caldwell zusammengekommen, einem jungen Mann, mit dem sie noch nie geredet hatte, auch wenn sie wusste, wer er war.

Grace hatte sich für das, was sie geschrieben hatte, geniert, denn sie hatte in dem Gedicht lauter sexuelle Anspielungen gesehen und diese auch geradeheraus beschrieben, weil sie angenommen hatte, dass ihre Interpretation nur für die Augen ihrer Professorin gedacht sei. Und da saß nun dieser Typ, den sie kaum kannte, und ließ sich ganze zehn Minuten Zeit, um Graces Seite zu lesen, als würde er jedes Detail über die weiblichen Genitalien geradezu aufsaugen. Erst später erfuhr sie, dass Kyle an einer leichten Form von Legasthenie litt und deshalb immer so langsam las. Doch als er fertig war, sah Kyle sie ernst an und sagte: »Das ist die tollste Interpretation eines Gedichts, die ich je gelesen habe.«

Sie dachte, er würde sich über sie lustig machen, aber Kyle versicherte ihr aufrichtig: »Alles, was du da über den Tempel höchsten Glücks schreibst und darüber, dass der Dichter die Traube des Glücks an seinem Gaumen sprengt – also ehrlich, mir ist das alles nicht mal aufgefallen.« Als Grace Kyles Interpretation gelesen hatte, der jeder eigene Gedanke fehlte und die von grammatischen Fehlern wimmelte, wusste sie, warum er so leicht zu beeindrucken war. Kyle entschuldigte sich bei ihr, aber sie versicherte ihm, dass Englisch auch nicht ihr stärkstes Fach sei. Zahlen ergaben für Grace sehr viel mehr Sinn als alles, was Keats geschrieben haben mochte.

Aber Kyle war auch in Mathematik nicht viel besser als in Englisch. Er gestand ihr, dass er in Buchhaltung wegen Mathe ein C bekommen würde, und fragte Grace, ob sie nachmittags nicht bei ihm vorbeikommen und ihm bei den Hausaufgaben helfen könnte. *Ja, klar*. Sie war früher schon von Jungs gebeten worden, ihnen bei den Hausaufgaben »zu helfen«, was normalerweise hieß, dass sie die ganze Arbeit allein machen durfte, während die Jungs fernsahen oder zu einer Party gingen. Andererseits war sie noch nie in seinem Wohnheim gewesen – es war das luxuriöseste auf dem Campus –, und so erschien sie dort zur verabredeten Zeit, um sich die Perserteppiche und die ledernen Sessel anzusehen. Sie und Kyle saßen auf einer überdachten Veranda hinter dem Gebäude, die mit den braunen Weidenkorbmöbeln und den goldenen Satinkissen, umgeben von Bromelien, hängenden Farnen und Deckenventilatoren Graces Vorstellung von einem marokkanischen Café entsprach.

Kyle schien an Graces Erklärungen von Aktiva und Passiva wirklich interessiert zu sein und erledigte den Großteil seiner Hausaufgaben selbst. Sie machte ihm nur Vorschläge, wenn er nicht mehr weiterwusste, und als er fertig war, bot er ihr zwanzig Dollar an. *Wie einer Streber-Nutte,* dachte sie und lehnte das Geld ab. Also lud Kyle sie auf ein Eis ein.

Von da an gab Grace Kyle regelmäßig Nachhilfe in Mathe und traf sich zweimal in der Woche mit ihm. Wie sich herausstellte, hatten Kyles Eltern von Anfang an Nachhilfelehrer für ihn engagiert – in der Grundschule, damit er Lesen lernte, später für Mathe und Spanisch und in der Highschool, um seine Noten für den College-Aufnahmetest zu verbessern. Infolgedessen war er überzeugt, dass er hoffnungslos dumm war und immer jemanden brauchte, der ihm die Hand hielt. Grace war der Ansicht, dass Kyle viel klüger war, als er sich selbst eingestand. Er konnte seine Aufgaben in Buchhaltung selbst lösen, sie musste die Arbeiten danach nur auf Flüchtigkeitsfehler durchsehen.

Nach einem Monat hatten sich seine Noten in Buchhaltung deutlich verbessert, und diesen Erfolg sah er als Graces Verdienst an. Kyle war denn auch der Erste, der sie ermutigte, Mathematiklehrerin zu werden. Grace liebte Geometrie und Analysis und konnte sich sogar mit Algebra abfinden, aber sie hatte stets geglaubt, dass sie mit Menschen nicht besonders gut umgehen könne und deshalb für den Lehrerberuf nicht geeignet sei. Für die Kinder wäre sie ein leichtes Opfer. Kyle Caldwell jedoch gab ihr das Gefühl, sympathisch und kompetent zu sein und – zum ersten Mal in ihrem Leben – etwas Besonderes. Nach einem Monat waren die Nachhilfetreffen der beiden in eine Beziehung gemündet.

Kyle war weder brillant noch gut aussehend, aber schon seine reine Existenz freute Graces Mutter. Jede Woche wollte sie in allen Einzelheiten erfahren, was Grace und Kyle unternommen hatten. In welchem Restaurant waren sie gewesen? Zu welchen Partys waren sie gegangen? Und vor einem Abendessen ließ Grace ihre Mom einmal zu Besuch kommen, nur damit Mrs McCluskey Kyle die Hand schütteln konnte, als er Grace abholen kam. Sie wohnte inzwischen in einem eigenen Apartment, gleich neben dem Tauchsportcenter, und als Kyle in seinem BMW-Cabrio vorfuhr, hatte Mrs McCluskey beeindruckt aus dem Fenster gesehen.

»Ich habe dir doch gesagt, er ist ein Caldwell«, flüsterte Grace. »Starr bitte nicht so raus.« Kyle lud Mrs McCluskey ein, sie zum Abendessen zu begleiten, doch sie lehnte ab, sie müsse zurück nach Hause zu ihrem Mann, und Grace lächelte bei dem Gedanken daran, wie ihre Mutter von den freudigen Neuigkeiten berichten würde. Von diesem Zeitpunkt an war sie die goldene Tochter, und all ihre vergangenen Misserfolge verblassten vor der reinigenden Realität von Kyles Existenz.

Grace hatte ihrer Mutter nie erzählt, dass Kyle ein Dieb war. Dieses Detail kam eines Nachmittags ans Licht, als Grace und Kyle an der Selbstbedienungskasse bei Safeway Bier kauften. Eine Angestellte kam, um Kyles Ausweis zu überprüfen, und sobald sie sich umgedreht hatte, nahm er eine Packung Kaugummi aus dem Süßigkeitenständer. Er griff nicht hastig danach und blickte sich auch nicht um, ob jemand hersah, sondern nahm ihn einfach, so als gehörte ihm der Kaugummi sowieso, und steckte ihn in die Tasche. Grace war schockiert, aber nachdem sie diesen kleinen Diebstahl erst einmal bemerkt hatte, fiel ihr auf, wie oft er in anderen Geschäften irgendetwas mitgehen ließ. Bei Wal-Mart füllte Kyle den Einkaufswagen und zog alles bis auf ein Teil über die Selbstbedienungskasse. Wenn auf dem Display die Frage auftauchte, ob er noch etwas in seinem Wagen habe, drückte er die Nein-Taste. Es war, als meinte Kyle, jedes Mal, wenn er einkaufen ging, einen Anspruch auf ein zusätzliches Geschenk zu haben: einen Schokoriegel, Pfefferminzbonbons, eine Schachtel Tic Tac.

Grace vermutete, dass Kyles Gewichtsproblem mit diesem Diebstahl von Süßigkeiten zu tun hatte; sein Übergewicht ließ ihn wie ein stämmiges, zu groß gewachsenes Kleinkind aussehen. Vielleicht versuchte er so, Entbehrungen der Kindheit zu kompensieren. Seine Mom hatte ihm vermutlich alle Süßigkeiten verboten. Doch dann sah Grace ihn auch andere Dinge stehlen – CDs, Lippenbalsam, ein Feuerzeug –, und er schien seinen Diebstahl gar nicht als solchen anzusehen. Seiner Ansicht nach gab er in all den Geschäften so viel Geld aus, dass er Anspruch auf ein paar Gratiszugaben hatte.

Dieselbe Haltung legte er auch Holford gegenüber an den Tag; angeblich schuldete ihm das College mehr, als er im Gegenzug erhielt. Als er eines Tages einen Hefter brauchte, um die Blätter eines Essays für Englisch zusammenzutackern, spazierte er einfach in das Büro der Institutssekretärin, während sie beim Lunch war, und »borgte« sich ihren aus, ohne ihn je zurückzubringen. »Mein Dad hat diesem College so viele Millionen gespendet«, erklärte Kyle, »da haben wir sehr viel mehr verdient als nur einen Hefter.«

Grace sah ihn aber auch Leute bestehlen, die ihm nichts schuldeten. Auf einer Party in einem Haus, das drei Holford-Studentinnen zusammen gemietet hatten, ging sie mit Kyle durch eines der Schlafzimmer, um zur Toilette zu gelangen. Plötzlich blieb er stehen und nahm das Make-up, die Parfümflakons und den Schmuck auf einer Kommode in Augenschein. Nachdem er an einigen der Flakons gerochen hatte, steckte er einen kleinen grünen in seine Jackentasche. »Ein Souvenir«, sagte er lächelnd zu Grace. Sie hatte keine Ahnung, was er mit diesem Parfüm wollte – er schenkte es ihr nicht –, doch am meisten verwunderte sie, dass Kyle mit all seinen Diebstählen immer durchkam. Überall, wohin sie gingen, klaute er etwas.

Sie wollte nicht dabei sein, wenn Kyle irgendwann einmal

kein Glück mehr hatte, und so begann Grace, im Auto zu warten, wenn er ein Geschäft betrat. Sie dachte sogar daran, Schluss zu machen, schließlich war Diebstahl eine größere Sünde als ihre Neigung zum Lügen. Doch Graces schwache moralische Grundsätze konnten ihren Wunsch nach einem festen Freund nicht besiegen. Und jetzt im April näherte sich der Frühlingsball wieder, und sie war fest entschlossen, wenigstens einmal in ihrem Leben daran teilzunehmen. Außerdem war auch ihre Mutter schon ganz aufgeregt. Mrs McCluskey hatte sie Ende März besucht und Kyle und Grace zum Abendessen zu Applebee's eingeladen, was sie als etwas ganz Besonderes ansah. Da Kyles Eltern nie in Restaurants aßen, die zu einer Kette gehörten, schien er sich zu wundern, dass eine Mutter ein Lokal mit laminierten Menükarten aussuchte. Ihr Auto hatte ihn auch schon schockiert – Grace sah es in seinen Augen. Wahrscheinlich hatte er noch nie jemanden gekannt, der einen Buick fuhr.

Auf dem Ball trug Grace dann das Kleid, das ihre Mom ihr im Jahr zuvor gekauft hatte, und bat eine Freundin, ein paar Fotos von Kyle und ihr zu machen, in der Hoffnung, alle früheren Lügen auslöschen zu können. Immerhin wurden ihre Geschichten jetzt in ihrem letzten College-Jahr doch noch wahr. Kyle und sie aßen in einem französischen Restaurant und vergnügten sich danach bei einigen langsamen Tänzen im säulenverzierten Speisesaal des Holford Colleges, der mit einem Dutzend herbeigeschaffter Palmen und mit Lichterketten geschmückt worden war, um dem Karibik-Motto gerecht zu werden. Es gab nichts zu stehlen für Kyle, nur ein paar Seidenorchideen von einem Tisch, die er sich wie ein Ansteckssträußchen ans Revers heftete.

Wäre Grace klug gewesen, hätte sie sich kurz nach dem Frühlingsball endlich von Kyle getrennt. Es gab für sie ohnehin keine gemeinsame Zukunft. Kyle würde nach dem College-Abschluss nach New York gehen, um in einer Bank zu arbeiten, und Grace war bei ihrem einzigen Besuch in Manhattan von den vielen Menschen und dem Lärm nur genervt gewesen. Sie könnte nie in einer Metropole Lehrerin sein – ein netter Vorort einer mittelgroßen Stadt, das wäre ideal.

In den letzten Jahren war Grace in ihren Tagträumen oft zu jenen Tagen im April nach dem Ball zurückgekehrt und hatte sich ausgemalt, sie hätte ihre erste Liebesaffäre erhobenen Hauptes beendet und Kyle einfach alles Gute für seinen weiteren Lebensweg gewünscht. Dann hätte sie nie einen Fuß auf Professor Greenes Grundstück gesetzt, hätte Kyle nie die Puppen eines fünfjährigen Mädchens stehlen sehen und nie die Konfrontation erlebt, als er schließlich erwischt wurde. Wer hätte gedacht, dass Kyle nach all den Ladendiebstählen nicht von einem Angestellten bei Wal-Mart gestellt werden würde, sondern im Haus einer Professorin? Und sie hätte auch nie die furchtbaren Dinge erlebt, die darauf folgten – die Eskalation von Geschrei über Drohungen bis hin zu blutiger Gewalt –, die zusammengenommen zu den schlimmsten Lügen ihres Lebens geführt hatten. Zu den Lügen der Polizei gegenüber, zu den Lügen ihrer Familie gegenüber, zu den Lügen, die Maggie Greene schadeten.

Als sie den Kamm des Humpback Mountain erreicht hatte und auf der anderen Seite wieder hinunterfuhr, fühlte Grace sich wie beschützt von den Lorbeerrosensträuchern und den Rhododendronbüschen, von den Moosflecken, den weichen Kiefernnadeln und den Farnen. Sonnenlicht flackerte über die Motorhaube ihres Autos, und als sie es aufblitzen und wieder entschwinden sah, fragte Grace sich, ob sie Maggie von zu Hause aus anrufen sollte. Sie mussten einen Zeitpunkt ausmachen, um sich zu treffen, aber sie wollte nicht mit Maggies Dad sprechen. Grace empfand eine Verpflichtung der Tochter gegenüber, nicht dem Vater. Mr Greene war vor neun Jahren nicht da gewesen, nicht er hatte Grace von seinem Bett aus mit angsterfülltem Blick angestarrt. Wenn sie anrief und ohne weitere Erklärung nach Maggie fragte, würde Mr Greene annehmen, dass seine Tochter Schwierigkeiten hatte – dass ihre

Noten schlecht waren oder es irgendein Problem im Unterricht gegeben hatte; vielleicht würde er sogar gleich um eine Sprechstunde bei der Lehrerin bitten.

Sie konnte Maggie natürlich immer eine E-Mail schicken, aber wenn Maggie nicht antwortete, konnte Grace nicht sicher sein, ob die Nachricht das Mädchen überhaupt erreicht hatte. Sie fragte sich oft, ob ihre Wörter sich im virtuellen Raum des Internets wohl einfach in nichts auflösten, sobald sie *Senden* anklickte. Es gab so viele Leute, die nie antworteten.

Bei einer so heiklen Angelegenheit musste Grace Maggie in die Augen sehen, um nach Verständnis, ja vielleicht sogar nach einem Anflug von Mitgefühl Ausschau zu halten. Es war riskant, ihren Seelenfrieden von dem Wohlwollen eines Kindes abhängig zu machen, vielmehr eines Teenagers, der vermutlich keinem Erwachsenen gegenüber sonderlich gütig eingestellt war. Aber sie hatte dieses Schicksal selbst gewählt. Morgen nach dem Unterricht würde sie Maggie bitten, noch ein paar Minuten zu bleiben, um Zeit und Ort für ein ausführliches Gespräch mit ihr zu vereinbaren.

Nach weiteren zehn Minuten hatte Grace die Ausläufer der Appalachen erreicht, wo die Wälder allmählich von Wiesen, Weiden und entlegenen Farmhäusern verdrängt wurden, bis das Land schließlich aus komplett erschlossenen Flächen bestand – grüne Grundstücke von zwei bis drei Hektar Größe, auf denen Häuser standen und ein paar Ahornbäume und Hartriegelsträucher angepflanzt waren, die mehr als nur kleine Flecken Schatten spenden sollten, wenn sie erst einmal gewachsen waren. Immer kleiner wurden die Grundstücke, bis es nur noch einzeln stehende Häuser mit Garage, aber ohne Garten waren und die Straße noch ein Stück weiter in eine vierspurige Fahrbahn überging, die gesäumt war von McDonald's, Wendy's und Burger King sowie Exxon-, Citgo- und Shell-Tankstellen und das gleiche trostlose Willkommen bot wie die meisten Städte überall in Amerika.

Grace bog rechts ab, dann links und fuhr in ein von Bäumen bestandenes Wohnviertel mit bescheidenen Häusern, meist einfache zweistöckige Holzbauten mit schmalen Veranden, aber auch einige Backsteinhäuser im Ranchstil, deren unansehnliche Anbauten zu allen Seiten wie Kröpfe hervorquollen. Sie bog in die Auffahrt eines kleinen olivgrün angestrichenen Hauses mit Dachgiebeln ein, dessen Fenster- und Türrahmen weiß abgesetzt waren – seit dreißig Jahren immer die gleichen Farben, zwar stets erneuert, aber nie verändert.

Die Schultasche in der Hand stieg Grace aus dem Auto und ging ums Haus herum zum hinteren Eingang, der in die Waschküche und von dort aus in die Küche mit dem beigefarbenen Küchentresen führte. Die Szenerie, die sich Grace bot, erinnerte sie an ihre Kindheit. Mrs Higgins saß da, trank Kaffee und las die aktuelle Ausgabe der Frauenzeitschrift ›Redbook‹, während Graces fast sechzigjährige Mutter sich am Küchentresen über Lily beugte, mit ihren alt gewordenen Händen die rosa Finger des Kindes umschloss und der Kleinen half, den elektrischen Mixer über einer großen Schüssel aus Metall gerade zu halten.

»Wir backen Kekse!«, verkündete Lily stolz, als sie sich lächelnd zu ihrer Mom umdrehte.

»Das sehe ich.« Grace nickte und trat auf die beiden zu, um ihnen einen raschen Kuss auf die Wange zu geben. »Welche Sorte macht ihr denn?«

»Schokoknöpfchen!« Das war zurzeit Lilys Lieblingswort.

»Und wer darf die Rührhaken ablecken?«

»Ich!«

»Du auch.« Mrs McCluskey entfernte die Rührhaken aus dem Mixer und reichte Grace und Lily jeweils einen. »Ich hole jetzt die Backbleche, und dann darfst du sie einfetten«, versprach sie ihrer Enkelin, ehe sie sich an Grace wandte.

»Wie war's in der Arbeit?«

»Prima.«

»Gibt's irgendwas Interessantes an der Highschool?«

»Nicht viel.« Grace zuckte die Achseln. »Die älteren Schüler wollen einen Schulkönig und eine Schulkönigin wählen, die dann am Freitag beim Footballspiel gekrönt werden.«

»Also, mir kommt das albern vor.« Mrs Higgins schüttelte den Kopf, ohne aufzusehen. »Welcher Junge will bei so was denn mitmachen?«

Wer wollte es nicht?, dachte Grace. Auch wenn der Schulkönig eigentlich ein König der Narren war, der aus der Riege der am wenigsten unansehnlichen Streber der Schule gewählt wurde, hatten die Jungs aus dem Mathe-Club, die nominiert waren, Grace erzählt, dass sie die Idee klasse fänden. Sie nahmen das Ganze von der komischen Seite und freuten sich schon darauf, am Samstag in der Halbzeit des Footballspiels die Königin samt ihrem Hofstaat über das Feld zu geleiten. Wann sonst bot sich ihnen die Gelegenheit, Arm in Arm mit der Crème de la crème der Schule zu gehen, den Mädchen mit der reinsten Haut, den weichsten Kaschmirpullovern und den teuersten Zahnregulierungen?

»Hört sich für mich mehr wie Mädchenkram an«, fuhr Mrs Higgins fort. »Aber ich bin ja auch ein Dinosaurier in diesen Dingen. Möchtest du eine Tasse Kaffee?«

Grace schüttelte den Kopf. »Nein, danke. Ich will vor dem Abendessen noch Klausuren korrigieren.«

Mrs Higgins entließ sie mit einer Handbewegung, und Grace drückte Lily noch einmal an sich, bevor sie sich in ihr Zimmer zurückzog.

Im zweiten Stock des Hauses befanden sich zwei Zimmer mit einem kleinen, voll ausgestatteten Badezimmer dazwischen. Grace und Lily bewohnten das Zimmer nach Osten hinaus, während ihre Eltern in dem nach Westen schliefen, und das war genau richtig so, wie ihre Mutter ihr erklärt hatte, denn die jüngere Generation sollte die Sonnenaufgänge und die ältere die Sonnenuntergänge sehen können. Auch wenn weder das eine noch das andere von einem der beiden Zimmer aus wirklich möglich war, weil die Fenster auf die Dachschindeln der Nachbarhäuser hinausgingen und auf vorhanglose Räume, in denen Kinder allein vor dem Fernseher saßen.

Beide Zimmer hatten schräge Wände, sodass Graces Zehen sich bedenklich der Dachschräge näherten, als sie sich jetzt auf ihrem Bett ausstreckte. Nur Lily konnte aufrecht am Ende des Zimmers stehen, und es machte ihr Spaß, sich auf die Zehenspitzen zu stellen und mit den Fingern so lange die Dachschräge entlangzuspazieren, bis sie nicht mehr hinaufreichte. Dann kletterte sie aufs Bett und folgte der Schräge weiter, vom Fußende hin zur Mitte des Bettes, bis sie erneut zu klein war. Doch wann immer Grace die nackten Füße ihrer Tochter über die rosa-grün bestickte Tagesdecke trippeln sah, versetzte es ihr einen Stich. Was für eine Ironie, sie war aus einer gescheiterten Ehe nach Hause zurückgekehrt, und ihre Mutter hatte einen mit Eheringen gemusterten Quilt für sie auf ihrem Bett ausgebreitet.

Grace strich mit dem rechten Zeigefinger über das Muster, fuhr einen Ring entlang, bis er in den nächsten überging und dann wieder in den nächsten – viele Ehen, dachte sie, nicht die eine monogame lebenslange Verbindung. Seufzend drehte sie sich zu ihrem Nachttisch um und griff nach dem Rätselbuch ›Sudoku für Experten‹, so als könnten Quadrate voller Zahlen alles andere auslöschen; und sie hatte schon alle Achten und Siebenen eingetragen, ehe sie Lily die Treppe heraufrennen hörte. Die Tür sprang auf, und da stand das Kind in seiner vierjährigen Perfektion, mit den dunklen, zu Zöpfen geflochtenen Haaren und den rosigen Lippen mit etwas Keksteig in den Mundwinkeln. Lily kam auf sie zugerannt, hüpfte aufs Bett und kuschelte sich an ihre Mom.

»Ich dachte, du wolltest die Backbleche einfetten und Kekse backen«, sagte Grace.

»Ich bin müde«, lamentierte Lily. »Oma sagt, sie macht es selber. Kannst du mir was vorlesen?«

»›Madeline‹ oder ›Coco, der neugierige Affe‹?«

»Beide.«

Am nächsten Tag aß Grace nichts zum Frühstück, und die zwei Tassen Kaffee auf leeren Magen machten sie ganz nervös, sodass sie auf ihrer morgendlichen Fahrt mit Bleifuß aufs Gaspedal trat. Sie überquerte den Berg in Rekordzeit und hörte sich dabei Nachrichten über Selbstmordattentäter, Flugzeugabstürze und die Wirtschaftskrise an, bis ihr auch die bevorstehende Begegnung mit Maggie wie ein Teil eines riesigen düsteren Wandteppichs erschien – so viel Tod und Achtlosigkeit und schwere Schuld.

Als der Schultag schließlich begann, war sie völlig zerstreut. In ihrem Unterricht schrieb sie falsche Zahlen an die Tafel, korrigierte sie und entschuldigte sich, nur um erneut Fehler zu machen. Die beiden Sätze, die sie sich am letzten Abend immer wieder vorgesagt hatte – *Ich glaube, dass Jesus all das geplant hat. Er will, dass wir uns versöhnen* –, erschienen ihr jetzt lächerlich. Maggie war vermutlich gar nicht religiös und würde schon bei der leisesten Erwähnung von Jesus verächtlich schnauben. Und außerdem klangen diese Worte wie eine Entschuldigung, so als wäre sie eine gehorsame Dienerin, die gegen ihren Willen handelt.

In der Mittagspause versuchte es Grace im Lehrerzimmer mit einer nichtreligiösen Version. In ein Notizbuch mit breit liniertem Papier schrieb sie den Satz: »Ich glaube, dass das Schicksal all das arrangiert hat – und dass es uns beiden vorherbestimmt war, uns wiederzusehen.« Das Wort »vorherbestimmt« gefiel ihr besonders gut, vor allem die Art, wie es auf der zweiten Silbe betont wurde, die einen rhythmischen Dreiklang einleitete. Doch der Rest des Satzes klang so, als wollte sie dem Mädchen einen Heiratsantrag machen. Grace riss die Seite heraus und zerknüllte sie.

Vielleicht konnte sie das »vorherbestimmt« in einem besseren Satz unterbringen, in einem über die seltsam verschlungenen Wege, die das Leben oft nahm. Grace aß ein paar Bissen von ihrem Thunfisch-Sandwich und musste daran denken, dass sie einmal ein lateinamerikanisches Mädchen namens Destinee, »Schicksal«, in ihrer Klasse gehabt hatte, das von den Jungen der Schule grausame Witze über sich ergehen lassen musste. Ihr farbloses Gesicht, ihre arme Familie und ihre schlechten Noten ... ihr erschien kein anderes Schicksal vorherbestimmt als ein Job bei McDonald's.

Und plötzlich schrieb Grace die einfachsten, direktesten Sätze aufs Papier, die ihr einfielen: *Wir müssen über das reden, was vor neun Jahren passiert ist. Ich habe Dir so viel zu erzählen, Dinge, die Du vielleicht nicht weißt. Wann können wir uns treffen?* Dann riss sie das Blatt aus dem Notizbuch heraus, faltete es sorgfältig zusammen und steckte es in ihre Rocktasche.

Als am Nachmittag die Schüler des Geometriekurses langsam hereingeschlendert kamen, konnte Grace ihre Hand kaum noch ruhig genug halten, um eine Acht an die Tafel zu schreiben. Die Rundungen waren zittrig wie ein sich windender Faden, also setzte sie sich an den Schreibtisch und konzentrierte sich auf ihr Bild von Jesus: *Herr, gib mir Kraft.* Als es klingelte und die Schüler zu flüstern und zu kichern begannen, sah sie zu Maggies Tisch hinüber, doch deren Stuhl war leer.

»Hat jemand Maggie Greene gesehen?« Grace versuchte, ganz beiläufig zu klingen.

»Ich glaube, sie ist krank«, erwiderte ein Mädchen. »In Englisch und Naturwissenschaft hat sie heute auch schon gefehlt.«

Natürlich. Maggie brauchte einen Tag, um den Schock zu verdauen. Grace holte einmal tief Luft und trat an die Tafel, erleichtert, dass sie noch einen weiteren Abend Zeit hatte, um ein paar Worte der Reue zu formulieren.

Am Donnerstag fehlte Maggie jedoch noch immer, und am Freitag, als die Schüler sich zu ihrer letzten Stunde des Tages bei ihr einfanden, stand Grace am Fenster, erstarrt vor Furcht.

Mr Greene war auf den Parkplatz gefahren und stieg jetzt aus seinem Auto aus.

Es war ihr gar nicht in den Sinn gekommen, dass Maggie

ihren Dad schicken würde – dass Grace ihre Geschichte dem Vater erzählen müsste, statt dem Kind. Sie hatte sich immer vorgestellt, dass Maggie und sie aneinander gebunden waren. Das Mädchen würde sich noch erinnern, wie sie beide sich vor neun Jahren in die Augen gesehen hatten, und würde verstehen, dass sie irgendwann einmal miteinander reden mussten.

Grace trat einen Schritt zurück, als Mr Greene das Auto abschloss. Er sollte nicht bemerken, dass sie ihn vom Fenster aus beobachtete, wenn er zufällig aufschaute. Stattdessen sah sie aus sicherer Entfernung zu, wie er im Schulgebäude verschwand. Schon bald würde sich das Sekretariat über die Sprechanlage in ihrem Klassenzimmer melden und sie nach unten bitten. Und dort gäbe es dann keine Möglichkeit mehr, unter vier Augen mit Mr Greene zu sprechen und ihm zu erklären, warum sie jetzt an dieser Schule war und damals bei ihm zu Hause. Wenn er zuerst mit dem Direktor sprach, würde sie sich den beiden gemeinsam erklären müssen, und diese zwei Männer würden das ausgeprägt weibliche Dilemma ihres Lebens nie verstehen, und wie es kam, dass sich ein bescheidenes Mädchen in die Gesellschaft so gefährlicher junger Männer hatte begeben können, die mitten in der Nacht bei fremden Leuten vor der Tür standen.

Die Sprechanlage unterbrach knisternd ihre Gedanken.

»Mrs Murdock?«

Grace holte langsam Luft. »Ja.«

»Könnten Sie wohl jemanden mit den Hausaufgaben für Maggie Greene herunterschicken? Ihr Vater ist hier, um sie abzuholen.«

Grace starrte schweigend auf ihre Hände.

»Mrs Murdock?«

»Ja, ich schicke gleich jemanden hinunter.«

Wie dumm von ihr, dass sie gar nicht an die Schulordnung gedacht hatte. Wenn ein Schüler an zwei aufeinanderfolgenden Tagen fehlte, musste ein Elternteil ins Schulsekretariat kommen und die Hausaufgaben für das Kind abholen. Das war die Methode des Direktors, gegen das Schuleschwänzen vorzugehen – er wollte sichergehen, dass die Eltern auch wussten, wie viel unerledigte Arbeit sich jeden Tag anhäufte, wenn ihr Kind fehlte. Eltern, die selbst Hausaufgaben abholten, warfen vielleicht auch einmal einen Blick darauf und fühlten sich verantwortlich dafür, dass sie vollständig gemacht und abgegeben wurden – das hoffte der Direktor wenigstens.

Grace sah ihre Ordner durch, nahm zwei Arbeitsblätter heraus und befestigte mit einer Büroklammer noch eine Notiz daran: *Löse die Aufgaben auf den Seiten 56–57 im Mathebuch und dann die Aufgaben mit den geraden Zahlen auf diesen beiden Blättern. Bereite Dich auf eine Klausur am Dienstag vor. Und melde Dich so schnell wie möglich bei mir.* Als kleines Geschenk für Vater und Tochter klemmte sie noch Maggies wiederholte Klausur an die Rückseite, mit einem großen roten A versehen. *Hervorragend.*

»Melissa?« Sie rief ihre zuverlässigste Schülerin herbei. »Bring das bitte ins Sekretariat hinunter.«

Ein paar Minuten später, als ihre Klasse mit der Lösung einer Textaufgabe beschäftigt war, schaute Grace wieder aus dem Fenster und sah zu, wie Mr Greene davonfuhr. Es beunruhigte sie, dass Maggie ihretwegen nun schon drei Schultage versäumt hatte. Die Schüler waren vormittags ins Theater gegangen und hatten sich eine Aufführung von ›Viel Lärm um nichts‹ angesehen. Maggie versäumte also nicht nur Geometrie, ihr war auch eine schöne Unternehmung entgangen, und vielleicht fiel sie sogar im Lernstoff zurück. Wieder einmal schadete Grace dem Mädchen durch ihre schlichte Anwesenheit.

Als es ein letztes Mal an diesem Tag geklingelt hatte und sich die übliche Wochenendödnis in der Schule auszubreiten begann, blieb Grace noch da und schrieb eine E-Mail.

Maggie,
ich mache mir Sorgen, dass Deine Abwesenheit Deine Noten beeinträchtigt.

Nein, zu offiziell. Sie löschte die ganze Nachricht mit der Backspace-Taste und begann noch einmal.

Maggie,
wir müssen miteinander reden. Bitte melde Dich.
Grace Murdock

Sie runzelte die Stirn über ihre Unverblümtheit. Zahlen waren das einzige Vokabular, das Grace je beherrscht hatte. Mathematische Gleichungen waren ihre Sätze, Beweise waren ihre Kurzgeschichten. Im Vergleich dazu erschien ihr diese kleine Notiz geradezu kurz angebunden und primitiv.

Grace seufzte. So viel Stress wegen einer Handvoll Silben. Sie warf dem Jesus auf ihrem Schreibtisch noch einen letzten flehenden Blick zu, dann klickte sie auf *Senden*.

8

»Hey, Maggie, da kommt gerade eine Mail.«

Kate saß an Maggies Schreibtisch in deren Zimmer und sah sich auf dem Notebook ihrer Freundin YouTube-Videos an. Der Tisch, ein Exemplar aus weiß angestrichenem Holz mit Goldrändern und unechten Kristallknäufen an den Schubladen, war zu klein für Kates kräftige Beine; in seiner gedrungenen Verschnörkelung wäre er eher für eine achtjährige Prinzessin ideal gewesen. Oder vielleicht für eine entthronte Prinzessin, dachte Maggie, als sie die abgewetzten Rosen betrachtete, die in die Rückenlehne des Stuhls geschnitzt waren. Der dazupassenden Frisierkommode auf der gegenüberliegenden Seite des Zimmers fehlte die Hälfte der Knäufe, und der Spiegel war trübe geworden, sodass Maggie jedes Mal, wenn sie hineinsah, meinte, darin aufzutauchen wie in einer Filmrückblende.

Seit einer halben Stunde lag sie nun im Bett und tat so, als wäre sie erschöpft. »Ich glaube, ich hab die Schweinegrippe oder so was – dauernd Schüttelfrost und am Nachmittag immer Fieber, und meistens ist mir auch noch übel. Ich weiß nicht, ob es gut ist, dass du hier bist. Ich meine, ich freue mich natürlich, dass du mich besuchen kommst, aber das ist vielleicht ansteckend.«

»Du hast die Shakespeare-Aufführung verpasst«, erwiderte Kate, unbekümmert von Schüttelfrost und Fieber. »Mrs Blake hat uns erzählt, dass das ›nichts‹ im Titel auf ein Loch anspielt und dass damit eigentlich das Loch einer Frau gemeint ist, weißt du. Das hat bei den Jungs so viel Interesse geweckt, dass sie während der Aufführung die Klappe gehalten haben. Aber sie haben jedes Mal gekichert, wenn die Schauspieler das Wort ›Hure‹ sagten. Danach fühlten sie sich dann allerdings veräppelt, weil es keine Sexszenen gab.«

Die E-Mail landete, begleitet von zwei dünnen hohen Tönen, die in Maggies Ohren klangen wie ein »O-oh«, im Posteingang.

»Die ist von deiner komischen Mathelehrerin«, sagte Kate.

»Nicht aufmachen!« Maggie richtete sich kerzengerade auf.

»Zu spät ... Keine Sorge, sie ist ganz kurz und harmlos. Da steht nur, dass sie mit dir reden will. Das hätte sie dir eigentlich auch persönlich sagen können. Ich meine, ich habe noch nie eine Mail von einem Lehrer gekriegt.«

Maggie zuckte die Achseln und tat so, als wäre sie völlig gefesselt von der neuesten Ausgabe der ›Vogue‹, die Kate als Genesungsgeschenk mitgebracht hatte. »Ich hab dir doch gesagt, dass sie seltsam ist.«

»Dann kann ich das also löschen?«

»Klar.«

Kate begann, ein fünf Minuten langes Video herunterzuladen. »Gehst du zum Homecoming-Spiel heute Abend?«

»Wie kann ich zum Footballspiel gehen, wenn ich die Schweinegrippe habe?«

Kate drehte sich um und sah Maggie an. »Aber du gehst doch auf den Ball morgen, oder? Du *musst* auf den Ball gehen.«

Maggie ließ sich wieder in die Kissen fallen und starrte zu Johnny Depp hinauf. »Warum sollte ich auf den Ball gehen? Ich hab ja nicht mal einen Begleiter.«

»Auf den Homecoming-Ball geht man doch sowieso als Gruppe. Holly und Beth kommen zum Abendessen zu mir, und dann brezeln wir uns alle zusammen auf. Du *musst* kommen! Das Kleid, das du vor zwei Wochen gekauft hast, ist heiß. Und du weißt doch, dass Mike auch da sein wird.«

Maggie hatte zwar null Interesse an Bällen, aber einer der älteren Schüler, die als Schulkönig nominiert waren, Mike Hodges, wohnte nur drei Häuser weiter, und sie hoffte, dass er beim Footballspiel gekrönt werden würde. Er war den ganzen Sommer über sehr nett zu ihr gewesen. Einmal hatte er sie sogar zu sich nach Hause eingeladen, sein Labor anzusehen – was sie für eine Art Anmache gehalten hatte, nach dem Motto: »Komm doch mit in den Keller, dann zeig ich dir meinen Vulkan.«

Maggie war allerdings enttäuscht gewesen, als Mike sie bis zum Ende des Sommers nicht ein einziges Mal angerührt hatte. Er war ihr nicht mal nahe genug gekommen, um den Duft ihres Haars wahrzunehmen, das sie extra für ihn mit Kokos-Shampoo gewaschen hatte. Bloß die Tür zum Keller hatte er ihr aufgehalten, als sie die fünf Stufen in die kühle, feuchte Luft hinabstiegen. An den Betonwänden lehnten Gartengeräte, und in den Regalen, aus Ziegelsteinen und Holzbrettern selbst gebaut, standen Dutzende halb leerer Farbkanister. In der Mitte des Kellers waren auf Sperrholzplatten, die auf Holzböcken lagen, eine ganze Reihe von Experimenten aufgebaut: von elektrischen Stromkreisläufen über ein Labyrinth für Wüstenrennmäuse bis hin zu Maggies Lieblingsversuch – einer Landschaft aus Quarzkristallen, die Mike seit vier Jahren wachsen ließ. Die erinnerte sie an den Bryce Canyon in Utah und die Reise Richtung Westen, die sie mit ihrem Dad gemacht hatte, als sie zehn war. Es war eine Welt aus fünf Zentimeter hohen Kristallsäulen, die rot und golden glitzerten, wenn Mike einen Schalter anknipste und an der Decke Hunderte kleiner batteriebetriebener Weihnachtskerzen aufleuchteten. Bei den Lichtern musste Maggie immer an Ralph Ellisons ›Der unsichtbare Mann‹ denken, 1369 Glühbirnen im Keller eines Wahnsinnigen, aber das sagte sie nicht laut.

Mike sollte nicht wissen, dass sie viele der Klassiker in den Bücherregalen ihrer Mutter gelesen hatte – alle Bücher der Brontë-Schwestern sowie die Dickens- und Austen-Bände, auf deren Rückseite der gelbe Schriftzug DOZENTENEXEMPLAR, NICHT FÜR DEN VERKAUF prangte. Sie war mit dem Finger über die Notizen ihrer Mutter am Seitenrand von ›Stolz und Vorurteil‹ gefahren – hingekritzelte Gedanken über Frauenbildung, die Frauenrechtlerin Mary Wollstonecraft und die Französische Revolution. Sogar ein paar Kapitel Tolstoi und Dostojewski hatte sie gelesen. Aber warum sollte sie Mike Hodges davon irgendetwas erzählen? Vielleicht mochte ein Naturwissenschaftsfreak keine Literaturfreaks.

»Na gut, ich geh mit auf den Ball«, sagte Maggie zu Kate, »wenn mein Dad nichts dagegen hat.«

»Komm zu mir zum Abendessen, okay? Ich werde dich ein bisschen schminken.«

Maggie verdrehte die Augen. Kate fuhr den Computer herunter und griff nach der ›Vogue‹. »Was meinst du, worüber Mrs Murdock mit dir reden will?«

»Keinen Schimmer.« Maggie hatte ihrer Freundin nichts vom letzten Dienstagnachmittag erzählt – wie sie weggerannt war, nachdem sie erkannt hatte, dass Mrs Murdock ebenjene College-Studentin war, deren hohes Lachen damals vor neun Jahren vom Bach hinter dem Haus zu ihr heraufgeweht war. Maggie hatte nicht vor, es irgendjemandem zu erzählen – das hatte sie zumindest am ersten Tag, den sie von der Schule zu Hause geblieben war, beschlossen. »Ruh dich etwas aus«, hatte ihr Dad zu ihr gesagt. »Du arbeitest zu viel.« Ihr bleiches Gesicht und ihr Verlangen, schnellstens nach Hause zu kommen, hatten ihn beunruhigt. Sie hatte nicht eine Silbe der Erklärung von sich gegeben; die letzten neun Jahre hatten ihrem Vater genug Leid beschert, sodass Maggie ganz instinktiv bemüht war, den Schaden zu begrenzen. Inzwischen versuchte sie, ihrem Vater nur noch gute Nachrichten zu überbringen: hervorragende Zeugnisse und Auszeichnungen, keine Karieslöcher beim Zahnarzt, kein Krebs beim Allgemeinarzt. Sie beanspruchte kaum Geld für Kleidung oder elektronische Geräte, und sie belastete ihn auch nicht mit den Alltagsschwierigkeiten in der Schule, denn sie war der Auffassung, dass die meisten ihrer Probleme sowieso wieder verschwinden würden, wenn sie nur lange genug wartete.

Aber Mrs Murdock würde nicht wieder verschwinden. Sie erschien ihr unverrückbar, wie eine Wand, gegen die Maggie jeden Tag in der letzten Stunde krachen würde. Und was konnte ihr Vater daran schon ändern? Sie auf eine andere Schule schicken? Die staatlichen Highschools in erreichbarer Nähe waren drogenverseucht und von miesem Unterrichtsniveau, und Privatschulen waren zu teuer und zu weit weg. Ihr Dad könnte darauf bestehen, dass Maggie einen anderen Mathelehrer bekam oder Mrs Murdock gefeuert wurde, was aber nur peinlich wäre. So oder so würde dann die Vergangenheit aufgerührt werden, und jeder an der Schule würde wieder über ihre familiären Probleme tratschen.

Und Maggie hatte am ersten Tag, den sie von der Schule zu Hause geblieben war, auch beschlossen, Kate nichts davon zu erzählen. Ihre Freundschaft beruhte auf dem Einvernehmen, dass sie über die Vergangenheit nicht redeten – was Maggie mit am meisten schätzte. Andere Mädchen, die Maggie in den letzten Jahren zu Hause besuchen kamen, hatten unangenehme Fragen gestellt. Wo ist deine Mom? Was ist passiert, als du klein warst? Warum gehst du zu einem Therapeuten? Sie waren noch zu klein gewesen, als sich vor neun Jahren der Fall der Familie Greene vor aller Augen entfaltete. Vorschüler lasen keine Zeitung – diese farblosen rätselhaften Geschichten für Erwachsene –, und ihre Mütter hatten die Fernseher und Radios ausgeschaltet, wenn von Gewalt die Rede war. Und so waren Maggies erste Freundinnen glücklicherweise ahnungslos gewesen und hatten sich mehr für Fahrräder, Barbies und Welpen interessiert als für die schmutzigen Einzelheiten des Lebens anderer Leute.

Die Neugierde kam später, in der Grundschule, als die

Kinder begannen, Fragmente des Wissens der Erwachsenen aufzuschnappen. Ihre Eltern erzählten mit gesenkter Stimme verzerrte Versionen der Wahrheit, einzelne Splitter, die irgendwann mal in der Zeitung von Jackson gestanden hatten. College-Professoren erinnerten sich an Details aus der ›Washington Post‹ und Szenen mit Reportern, die vor Maggies altem Zuhause einen Medienzirkus veranstaltet, ihre Übertragungswagen mit den Satellitenschüsseln im Gras am Straßenrand geparkt und die Berge, den Bach und die Veranda gefilmt hatten, während ihr Dad diese Meute hinter heruntergelassenen Jalousien wüst beschimpft hatte. In einer Stadt mit achttausend Einwohnern kannten die meisten Leute irgendeine Version der Geschichte, und jahrelang hatte Maggie die forschenden Blicke von Ladenbesitzern und Angestellten ertragen, deren Klatsch und Tratsch in den Worten ihrer Kinder wieder auftauchte und Geburtstagsfeste und Pyjama-Partys überschattete.

Kate hatte zu diesen Schatten allerdings nie beigetragen. Sie schien instinktiv zu begreifen, dass manche Teile des Lebens schmerzvoll sind und nicht angerührt werden sollten. Maggie vermutete, dass die Sensibilität ihrer Freundin von deren eigener schwieriger Kindheit herrührte. Katerina Poroskowa war die Tochter einer alkoholsüchtigen unverheirateten Minderjährigen und im Alter von zwei Jahren in einem russischen Waisenhaus abgegeben worden. Dort war sie von halbwüchsigen Rowdys gequält worden, bis eines Tages eine kinderlose Amerikanerin, die eigentlich ein Baby adoptieren wollte, sah, wie Katerina auf einer Bank saß und schweigend die Stöße und Knuffe eines dürren Teufels mit Igelfrisur erduldete. Ob sie wohl mit diesem kleinen Mädchen mal spazieren gehen dürfte, hatte sie gefragt.

Dem Sturm einmal entronnen, hatte sich das defensive Kind in ein gesprächiges kleines Mädchen verwandelt, das zwei Monate später in den Montessori-Kindergarten von Jackson kam. Immer noch schrecklich schüchtern, aber staunend hatte sie das Zimmer betreten, in dem die Jungen und Mädchen lasen, malten und mit roten Bauklötzen Türme bauten, ohne einander zu treten und zu schlagen.

Maggie hatte schon über Kates Herkunft Bescheid gewusst, bevor das Mädchen überhaupt in Amerika ankam, denn Kates verwitwete Adoptivmutter Sarah unterrichtete englische Literatur am Holford College und hatte ein Büro gleich gegenüber dem von Maggies Mutter gehabt. Sie hatte Emma stets über alle Entwicklungen in Russland auf dem Laufenden gehalten – die Korruption und Bestechung, das versprochene Baby, das nie auftauchte, das süße kleine Mädchen, das gerettet werden musste.

»Sei lieb zu der Kleinen, sie spricht kein Englisch«, hatte Emma Maggie gebeten, als sie Kate und ihre Mom zum ersten Mal zu sich nach Hause einlud. Die dreijährige Maggie hatte sich gefragt, wie ein russisches Mädchen wohl aussehen mochte. Würde sie stahlblaue Augen wie ein sibirischer Husky haben?

Nein, Kate hatte sanfte braune Augen, und es war einfach gewesen, lieb zu einem Mädchen zu sein, das sich über alles freute. Kate war entzückt gewesen von dem Bach hinter Maggies Haus, war in ihren lila Crocs darin herumgestapft und hatte versucht, mit bloßen Händen die kleinen Fische zu fangen. Sie war entzückt gewesen von Maggies Puppenhaus und den Bauklötzen und dem blauen Mondsand, und sie war dankbar gewesen für jeden einzelnen Keks und Apfel. Im Laufe eines Jahres war ihre knochige Gestalt »erfreulich pummelig« geworden, und Maggies Mom nannte Kate scherzhaft Scarlett, weil das Mädchen ebenso entschlossen wie die Romanheldin war, nie wieder Hunger zu leiden.

Kate und Maggie waren beste Freundinnen geworden, aber Freundinnen, die sich nicht über tiefgreifende Themen unterhielten. In der Schule hatte sich ihr ernsthaftestes Gespräch um ›Schwanensee‹ gedreht und darum, ob es für einen Menschen nicht besser wäre, sein halbes Leben als

Vogel zu verbringen. Kates Mutter kaufte aus Achtung vor der russischen Herkunft ihrer Tochter dauernd Karten für Tschaikowsky-Ballette, lieh den Film ›Doktor Schiwago‹ aus oder versuchte, ihre Tochter dazu zu bewegen, Tschechow oder ›Anna Karenina‹ zu lesen, auch wenn Kate nie über den ersten Absatz hinauskam. *Alle glücklichen Familien ähneln einander,* dachte Maggie, als sie ihre Freundin jetzt ansah, die die Modefotos in dem Hochglanzmagazin betrachtete. Dann warf sie einen Blick quer durchs Zimmer und sah ihr eigenes Gesicht im Spiegel – *jede unglückliche Familie ist auf ihre Art unglücklich*.

Nein, Maggie würde Kate nicht von Mrs Murdock erzählen – oder jedenfalls so lange nicht, bis sie einen eigenen Plan hatte. Vorerst würde ihr einziger Vertrauter Dr. Riley sein, das leere Gefäß, in das sie Tausende von Gedanken schüttete. Bei ihm konnte sie sicher sein, dass er ihrem Dad die bizarre Neuigkeit so lange vorenthielt, bis die Zeit reif dafür war.

Dr. Riley würde sie allerdings drängen, etwas zu tun. »Sprich mit Mrs Murdock«, würde er insistieren. »Hör dir an, was sie zu ihrer Rechtfertigung zu sagen hat, und entscheide dann, wie du reagieren willst.« Im Moment konnte Maggie sich das noch nicht einmal vorstellen. Ihr einziger Impuls war, diesem Gesicht, dieser Stimme, diesem dunklen Schatten mit dem lautlosen »Tut mir leid« auf den Lippen auszuweichen. Gestern Nacht war die Lehrerin wieder in ihren Träumen aufgetaucht, immer noch mathematisches Zeug vor sich hin brabbelnd, sodass Maggie aufgewacht war, die Bettdecke über ihren Kopf gezogen und sich ganz klein zusammengerollt hatte.

Aber lange konnte sie sich nicht mehr verstecken. Heute Morgen hatte sie mitangehört, wie ihr Dad ihren Hausarzt angerufen und ihm ihre Schweinegrippe-Geschichte erzählt hatte. Er hatte einen Termin für Montag um 13 Uhr gemacht, was bedeutete, dass Maggie wieder zur Schule gehen musste. Sonst würde ihr Dad fünfunddreißig Dollar Zuzahlung beim Arzt leisten müssen, nur um sich wieder die üblichen Warnungen wegen ihres niedrigen Gewichts und der Gefahr einer Anämie anzuhören.

»Ich geh dann mal«, sagte Kate und warf die ›Vogue‹ ans Fußende von Maggies Bett. »Mom möchte, dass ich vor dem Footballspiel noch zu Hause Abendbrot esse. Soll ich dich morgen früh wegen dem Ball anrufen?«

»Klar«, sagte Maggie. »Mein Dad fährt uns dann bestimmt nach Hause.«

An der Zimmertür blieb Kate noch einmal stehen. »Du wirst uns heute Abend fehlen.«

»Ja, sicher.« Maggie scheuchte sie mit einer Handbewegung hinaus.

Als Kate das Haus verlassen hatte, hievte Maggie sich aus dem Bett und trottete in ihrem extralangen T-Shirt und den Gürteltier-Hausschuhen die Treppe hinunter. Ihr Dad saß auf dem Wohnzimmersofa und sah fern, also gab sie ihm einen Kuss auf die Wange und lümmelte sich daneben.

»Was gibt's zum Abendessen?«, fragte sie, da sie nur zu gut wusste, dass er den Grad ihrer Gesundheit nach ihrem Appetit bemaß.

»Ich habe nichts vorbereitet, weil ich dachte, du hättest sowieso keinen Hunger. Geht's dir besser?«

»Ja, ich verhungere gleich.«

»Soll ich was vom Chinesen holen?«

»Super. Für mich Mie-Nudeln mit Shrimps und Wan Tan.«

Als ihr Dad weg war, griff Maggie nach der Fernbedienung und zappte eine halbe Stunde lang durch die Känale. ›Law & Order‹, ›Bones – die Knochenjägerin‹, ›Medical Detectives – Geheimnisse der Gerichtsmedizin‹. Mord und Totschlag überall. Sie schaltete den Fernseher aus und nahm das Telefon zur Hand, das neben dem Sofa stand, um einen Termin bei Dr. Riley zu vereinbaren. Ihre Sitzung am Donnerstag hatte sie wegen ihrer »Krankheit« verpasst, und die nächste war erst in zwei Wochen – das war zu lang, um allein mit so einem großen Geheimnis zu leben.

Das Privattelefon des Arztes klingelte nur einmal, dann meldete sich schon eine Frau.

»Hi, Mrs Riley, hier ist Maggie Greene.«

»Hallo, Maggie. Wie geht es dir denn?«

»Ganz gut, glaube ich. Ich habe Sie hoffentlich nicht beim Abendessen gestört?«

»Oh nein, die Jungs essen unten im Hobbykeller Pizza.«

Ah, dachte Maggie. So viel also zu ihren detailreichen Vorstellungen von den gutbürgerlichen Schmorbraten-Abendessen anderer Familien. »Ist Dr. Riley da?«

»Nein, er ist heute nach San Francisco geflogen, zu einer Konferenz. Mittwoch kommt er zurück. Kann ich dir irgendwie weiterhelfen?«

Maggie zögerte. »Nein, ich glaube nicht.«

»Kens Kollegin, Dr. Clark, wird die ganze Woche in der Praxis sein. Sie ist wirklich gut, falls du sofort mit jemandem reden möchtest.«

»Nein, schon okay«, sagte Maggie. »Es hat Zeit.«

Als sie auflegte, hörte sie das Geraschel von Plastik hinter sich und sah ihren Dad die Tüten des Take-aways auf dem Küchentresen auspacken.

»Mit wem hast du telefoniert?«, fragte er.

»Nur Kate. Sie hat was vergessen.« Maggie hasste es, ihren Dad anzuschwindeln. Zurückhaltung war üblich unter ihnen, aber Unehrlichkeit war unbekanntes Terrain. Doch wenn sie ihrem Dad erzählte, dass sie eine Sitzung außer der Reihe bei ihrem Therapeuten haben wollte, würde er sich Sorgen machen. Sie hatte sich noch nie freiwillig um einen Termin bemüht.

Zusammen trugen sie alles ins Wohnzimmer, pulten die Essstäbchen auseinander, aßen und sahen fern. Maggie täuschte Begeisterung vor, fand aber, dass vier Wan-Tan-Teigtäschchen und die Hälfte der Mie-Nudeln mit Shrimps, gefolgt von einem großen Frühstück am nächsten Morgen, ausreichen sollten, damit sie zum Ball gehen durfte.

»Was hat dir die Schule eigentlich an Hausaufgaben mitgegeben?« Maggie langte zum Teller ihres Vaters hinüber und nahm sich ein Stück von seinem Hähnchengericht.

Er zeigte auf einen Papierstapel auf der Konsole im Flur. »Latein, Physik, Geschichte und Geometrie. Aber du musst nicht alle machen, finde ich. Sie sollten kranken Schülern nicht so viele Hausaufgaben geben.«

»Kein Problem«, sagte Maggie. »Das kriege ich schon hin. Ich fange gleich nach dem Abendessen an.«

Aber auch das war eine List. Wenn ihr Dad sie an einem Freitagabend stundenlang Hausaufgaben machen sah, würde er darauf bestehen, dass Maggie am Samstag mal rauskam. Gute Eltern waren eben ziemlich durchschaubar, und ihr Dad war immer gut.

Als Maggie am nächsten Abend zu Kate zum Essen kam, trug sie ein rotes, knielanges Satinkleid mit Spaghettiträgern, das lose an ihr herabfiel. Sie hatte sich geweigert, eins dieser Stoffungetüme mit enger, trägerloser Korsage im Nuttenschick zu kaufen, die den meisten Mädchen in ihrer Klasse als Inbegriff von Eleganz galten. Die knapp drei Zentimeter hohen Absätze der Sandaletten, die Kate ihr lieh, fand sie gerade noch akzeptabel, höher wollte sie definitiv nicht hinaus. Beim Schminken ihres Gesichts ließ sie Kate freie Hand und duldete Eyeliner, Rouge, burgunderrotes Lipgloss und braunen, goldgesprenkelten Lidschatten.

»Du siehst fantastisch aus«, sagte Kate. »Du solltest wirklich öfter Make-up tragen. Wenigstens Mascara und etwas Lippenstift.«

Als Maggie in den Spiegel sah, blickte ihr eine Gothic-Prinzessin entgegen. »Na ja«, meinte sie und verzog den Mund.

Schon eine Stunde später hatten viele Mädchen ihre High Heels an den Wänden der Turnhalle abgelegt. Dekoriert war sie nur mit weißen, um die Türen drapierten Weihnachtslichterketten und mit Bündeln roter und goldener Luftballons, die an den äußeren Enden der Tribünenbänke festgebunden waren. Die meisten der klugen Schüler saßen auf diesen Tribünenbänken, so als wäre der Ball lediglich ein weiteres Sportereignis und ihre Rolle die von Zuschauern, die den Sportlern und Cheerleadern zusahen.

An der gegenüberliegenden Wand hatte man einen Tisch mit Erfrischungen aufgestellt: Schüsseln voller Chips und Wasserflaschen – alles, was weder mit Marihuana noch mit Alkohol versetzt werden konnte. Von ihrem Posten in der dritten Tribünenreihe aus hatte Maggie einen guten Blick auf Kate, die ausgelassen in einem Kreis von Mädchen tanzte, und auf Mike Hodges, der neben den Doritos stand. Er trug einen blauen Blazer und eine karminrote Krawatte, die vermutlich seine Mutter ausgesucht hatte, dachte Maggie, und wirkte irgendwie schlaksig und unbeholfen, aber auf attraktive Weise, ein bisschen wie James Stewart. Er war beim Footballspiel nicht zum Schulkönig gekrönt worden. Die Schüler hatten sich für den dicksten Jungen auf dem Platz entschieden – Dave Huffner, der trotz seines Gewichts ein beeindruckendes Talent für Steptanz besaß. Bei der Talentshow im letzten Frühling hatte er stürmischen Beifall geerntet, als er zu einem Medley aus ›Singing in the Rain‹ und ›It's Raining Men‹ steppte.

Maggie sah, wie Mike das braune Haar immer wieder übers rechte Auge fiel und wie er es immer wieder zurückstrich, während er sich mit einem Freund unterhielt, der neben ihm stand.

»Er ist echt süß«, sagte ein Mädchen vor Maggie.

»Ja, aber irgendwie auch seltsam«, erwiderte eine andere.

»Und wenn schon. Er bleibt immer noch süß. Ich fordere ihn mal zum Tanzen auf.«

Maggie setzte sich kerzengerade auf und sah ihr nach. Das Mädchen schlidderte auf bloßen Seidenstrümpfen hinüber zu Mike, legte ihm von hinten eine Hand auf die Schulter und fuhr sich beim Sprechen immer wieder mit den Fingern durch das lange blonde Haar. Maggie fragte sich, wie ihr eigenes dickes Haar wohl aussehen würde, wenn sie so oft mit den Fingern hindurchfahren würde; ihre rötlich braunen Locken würden ihr wahrscheinlich trapezförmig vom Kopf abstehen.

Zu ihrer Überraschung kam das Mädchen zu ihrer Freundin auf der Tribüne zurück.

»Hast du ihn gefragt?«

»Ja.«

»Und was hat er gesagt?«

»Dass er mit mir tanzen würde, wenn ich ihm das Newton'sche Trägheitsgesetz nennen könnte.«

»Oh mein Gott, ich hab dir doch gesagt, der ist seltsam.«

»Mehr als seltsam.« Sie brachen in Gelächter aus.

Maggie lächelte, dann stand sie auf und ging zu dem Tisch mit den Erfrischungen hinüber. Sie wollte keine Chips, aus Furcht vor Dorito-Atem und orangeverfärbten Zähnen, aber sie nahm sich einen Tostito und knabberte daran, bis Mike sich zu ihr umdrehte.

»Echt schade, dass du nicht Schulkönig geworden bist.«

»Ist schon okay.« Mike lächelte und kam auf sie zu. »Dave steht die Krone sowieso viel besser. Ich hab gehört, dass er nach dem Ball bei sich zu Hause noch eine Party gibt. Gehst du hin?«

Maggie wurde rot. »Die ist bestimmt bloß für ältere Schüler wie dich. Und außerdem glaubt mein Dad, dass ich mich in einen Kürbis verwandle, wenn ich um Mitternacht nicht zu Hause bin.«

Auf der Tanzfläche neben ihnen endete die schnelle Musik, und Maggie sah, dass Kate die Tribüne nach ihr absuchte.

»Jetzt gehen wir's mal etwas langsamer an«, murmelte der DJ, »mit einer Ballade von Adele.«

Maggie holte einmal tief Luft. »Übrigens, Mike.«

»Ja?«

»Ein Körper im Zustand der Ruhe verharrt im Zustand der Ruhe.«

Ein breites Lächeln ließ sein Gesicht erstrahlen, und er presste beide Hände aufs Herz. »Wenn er nicht durch einwirkende Kräfte zur Änderung seines Zustands gezwungen wird.«

Und dann griff er nach Maggies Hand und führte sie unter den erstaunten Blicken der Blondinen auf der Tribüne mitten auf die Tanzfläche, legte ihr eine Hand an ihre Taille und verschränkte die Finger der anderen mit Maggies zu einem altmodischen Stehblues. Maggie, die Paare zu langsamer Musik bislang nur engumschlungen hatte tanzen sehen, stand einen Augenblick lang verwirrt da, verlegen und unsicher.

»Leg deine linke Hand auf meine Schulter«, sagte Mike lächelnd. »Ich führe.«

9

Am Sonntagmorgen lag Maggie wach im Bett und versuchte, die Berührung von Mikes Hand an ihrer Taille noch einmal zu spüren. Als der Song gestern Abend geendet hatte und der Raum wieder zu einem Meer zuckender Leiber wurde, war Maggie errötet ob des gebrochenen Zauberbanns, hatte nur danke gesagt und war zurück zu Kate geeilt. Jetzt bedauerte sie ihre Hast. Wenn sie einfach stehen geblieben wäre und mit ihm geredet hätte, wären sie dann hinausgegangen und hätten ein langes, nachdenkliches Gespräch geführt? Hätte ein einziger wunderbarer Augenblick ihren Lebensweg verändern können?

Als es Abend wurde, hatte das Bild von Mrs Murdock bereits alle Vorstellungen von Mike verdrängt. Am Montagmorgen hatte Maggie nur noch den einen Gedanken, dass sie eine geeignete Höhle finden musste, um darin den Rest des Jahres zu überwintern. Das würde sie nicht nur vor Mrs Murdock retten. Wenn sie die neunte Klasse, die erste an der Highschool, nicht bestand, würden sich vielleicht auch die College-Erwartungen auflösen, die so schwer auf ihr lasteten.

»Willst du nichts frühstücken?«, fragte ihr Dad, als sie lustlos in ihren schon ganz matschigen Cornflakes herumrührte.

»Ich habe keinen Hunger.«

»Fühlst du dich wieder krank?« Er legte ihr die Hand auf die Stirn.

»Vielleicht ein bisschen mulmig.«

»Ich habe den Termin beim Hausarzt heute Mittag noch nicht abgesagt.«

»Ist schon in Ordnung.« Sie schob seine Hand weg.

Als ihr Dad sie an der Schule abgesetzt hatte, ging sie zwar hinein, blieb dann aber im Vorraum stehen und sah sich um. Vielleicht lauerte Mrs Murdock im Korridor und plante irgendeinen Hinterhalt, doch Maggie konnte sie nirgends entdecken. Und als sie schließlich weiterging, erreichte sie ihren Spind, ohne aufgehalten zu werden. Die Wege zu den meisten ihrer Kurse führten an Mrs Murdocks Klassenzimmer vorbei – Maggie musste außen ums Schulgebäude herumgehen, was bedeutete, dass sie zu einigen Unterrichtsstunden atemlos und ein paar Minuten zu spät kam. Aber das war eben nicht zu ändern.

Es gelang ihr, Mrs Murdock bis zur Mittagspause nicht zu Gesicht zu bekommen, und die Cafeteria, die alle Lehrer schon wegen des Lärms, der Gerüche und der Unmengen von Schülern abschreckte, war sowieso immer ein sicherer Hafen. Aber am Endes des Tages wartete noch Mathe, und auch wenn sie die anderen Kurse überstand, würde sie es doch nicht ertragen, Mrs Murdocks Klassenzimmer zu betreten, sie unterrichten und Noten vergeben zu sehen, so als wäre sie eine ganz normale Lehrerin, die ein ganz normales Leben führte.

»Willst du die Kroketten nicht?« Kate griff nach Maggies Teller.

»Du kannst alles haben.« Maggie schob ihr das Tablett hinüber.

Am liebsten hätte sie ihren Dad angerufen und ihm gesagt, dass ihr wieder übel sei. Aber das würde seinen Arbeitstag zerreißen, und er würde sich vermutlich auch ärgern, dass er den Arzttermin nun bereits abgesagt hatte. Stattdessen beschloss sie, die siebte Unterrichtsstunde einfach in der »Mädchen-Lounge« zu verbringen – einer kaum frequentierten Toilette im Nordwestflügel der Schule. Mädchen mit unbestimmten Beschwerden, mit Krämpfen oder Kopfschmerzen versammelten sich regelmäßig dort und saßen auf den

Waschbecken herum oder schlossen sich in eine der Kabinen ein, wo sie eine halbe Stunde lang SMS schrieben.

Die stellvertretende Direktorin Mrs Walker machte alle paar Tage eine Razzia dort und schickte die Mädchen mit einem »Ja, ja« als Antwort auf deren Geschichten von PMS-Beschwerden oder Nervenzusammenbrüchen zurück in den Unterricht. Ersttäterinnen bekamen eine harsche Verwarnung, Zweittäterinnen mussten eine Stunde nachsitzen. Wer dreimal erwischt wurde, musste damit rechnen, einen Tag lang Schulverweis zu bekommen. Mrs Walker inspizierte die Toilette jede Woche zu einer anderen Tageszeit, sodass niemand ihr Erscheinen vorhersagen konnte. Aber laut den Gerüchten in der Cafeteria hatte es heute Vormittag bereits eine Razzia gegeben. Daher hoffte Maggie, dass die »Lounge« in der siebten Stunde sicher war.

Sie hatte nicht geahnt, wie lächerlich es sich anfühlte, eine Dreiviertelstunde lang in einer Toilettenkabine zu hocken und die ›Klopapierzeitung‹ zu lesen, ein laminiertes Blatt mit Cartoons und Anekdoten, das innen an der Tür klebte und die Schülerinnen vor dem Rauchen, vor Alkohol und vor der Gefahr einer Vergewaltigung beim Date warnte. Irgendwer hatte »Ich liebe Joints!« quer darübergeschrieben, mit einem schwarzen Kugelschreiber, der sich so stark in das Plastik eingegraben hatte, dass selbst ein Blinder die Worte mit den Fingern hätte entziffern können. In der Behindertentoilette gleich neben Maggies Kabine redeten zwei Schülerinnen über den Schulball: Wer kam schon betrunken an, wer ging betrunken weg, wer tanzte wie eng mit wem.

»Oh mein Gott, hast du gesehen, dass Dave Huffner seine Krone heute Morgen mit in die Schule gebracht hat? Er klammert sich dran fest, als wäre der Witz nicht längst vorbei.«

»Wie peinlich.«

»Ultrapeinlich.«

Maggie hielt sich die Ohren zu, schloss die Augen und hätte am liebsten all ihre Sinne ausgeschaltet: taub gegen das

Gerede der Mädchen, blind für die Kabine, unempfindlich für das harte Porzellan des Toilettensitzes. Am schlimmsten aber war der Gestank, ein Potpourri aus Urin und Lysol, Marihuana und verstopften Toiletten, mit einem Hauch von Erbrochenem. Sie versuchte, durch den Mund zu atmen, konnte aber den Rauch schmecken. Nach zehn Minuten waren ihr die Gerüche in Haar und Kleidung gedrungen und setzten sich auch in den Poren ihrer Haut fest, sodass sie die Toilette vorzeitig verließ und zu ihrem Spind ging, um ihre Bücher und ihren Pullover zu holen. Als die Schulglocke klingelte, rannte sie hinaus und hoffte, sich ein wenig auslüften zu können, ehe ihr Dad ankam.

Morgen brauchte sie eine bessere Idee, und Maggie überlegte, sich in der siebten Stunde einfach ins Dairy-Queen-Eiscafé ein Stück die Straße hinunter zu verziehen. Die Zwölftklässler gönnten sich am Nachmittag manchmal zu zweit oder zu dritt eine Eiscreme-Pause und kamen dann mit Waffeln oder Bechern voll Eis zurück in die Schule. Schüler, die am Selbststudienprogramm teilnahmen, durften auch kommen und gehen, wann sie wollten, und die Mitarbeiter der Schülerzeitung gingen ständig ein und aus, etwa um Interviews außerhalb der Schule zu führen. Neuntklässler jedoch mussten auf dem Schulgelände bleiben, und Maggie fürchtete, sie würde zu jung und schuldbewusst aussehen, wenn sie allein am Sportplatz und den Tennisanlagen vorbeiging.

Am nächsten Tag in der Cafeteria hatte sie schließlich eine bessere Idee. Es blieb nicht mehr viel Zeit bis zur siebten Unterrichtsstunde. Maggie hatte insgeheim schon eine Liste aller Hausmeisterschränke aufgestellt, die sich als Versteck eignen würden, da blickte sie von ihrer Himbeergötterspeise auf und sah durch das schmutzige Fenster, dass die Rückseite der Highschool ein weiträumiges U formte, mit einem Anbau rechts, der Turnhalle links und einer großen Grünfläche mit einem halben Dutzend Picknicktischen geradeaus, hinter der ein Fußballfeld lag, und dahinter ein Wald.

Dieser Wald war nicht nur eine schmale, kiefernbestandene Grundstücksgrenze oder ein Puffer zwischen der Schule und einer anderweitig genutzten Fläche Land. Er zog sich meilenweit hin bis zum Jefferson National Forest und verwischte die Grenze zwischen Stadt und Wildnis. *Anheimelnd, dunkel, tief die Wälder,* dachte Maggie. Dort könnte sie verschwinden, genau so wie sie es als kleines Kind gemacht hatte – geh der College-Studentin aus dem Weg, indem du eins wirst mit dem Wald.

Die einzige Frage war, wie sie das Fußballfeld unbemerkt überqueren sollte. Andererseits, wer würde sie von dieser Seite des Gebäudes aus schon sehen? Weder die Turnhalle noch der Anbau hatten Fenster in diese Richtung, und in der siebten Stunde würde auch keiner mehr in der Cafeteria sitzen. Und außerdem, wer würde sich schon Gedanken über ein Mädchen machen, das spazieren ging?

Als in der Pause zwischen der sechsten und siebten Stunde alle noch einmal die Klassenzimmer wechselten, schlich sich Maggie hinunter ins Erdgeschoss in die Nähe der Turnhalle und drückte sich dort herum, bis die Korridore beinahe leer waren. Als es zum Unterricht klingelte, öffnete sie die schwere Tür, schlüpfte hinaus und ließ sie metallisch dröhnend wieder ins Schloss fallen, während die Schulglocke das Geräusch überdeckte. Maggie rannte nicht, und sie sah sich weder um, noch blickte sie nach rechts oder nach links. Sie richtete den Blick konzentriert auf die Bäume und näherte sich ihnen so zielstrebig, als würde sich ihr nächster Kurs im Wald treffen und sie wäre einige Minuten zu spät dran.

Als sie in den Wald trat, spürte sie, dass sie in eine andere, authentischere Welt eintauchte, in der es keine flackernden Neonröhren und lauten respektlosen Menschen gab. Der Wald, der auf sie als Kind so dunkel und furchteinflößend gewirkt hatte, hieß sie jetzt mit leuchtend roten Armen willkommen. Sie stellte sich vor, sie wäre die erste Schülerin, die diese Bäume entdeckt hatte, das einzige Mädchen, das je die

Finken aufstörte, die im herabgefallenen Laub herumhüpften – eine Illusion, die sogleich zerstört wurde, als sie zehn Meter weiter auf ein benutztes Kondom trat. Noch zehn Meter weiter, und Maggie traf auf verstreute Zigarettenstummel und leere, halb vergrabene Bierdosen, samt einem umgestürzten Baum, der wohl als provisorische Sitzbank gedient hatte: der legendäre »Raucher-Club«, vor Jahren der Lieblingstreffpunkt der wildesten Teenager der Schule. Heutzutage bevorzugten sie Verstecke mit WLAN-Anschluss.

Sie wandte sich nach links und ging tiefer in den Wald hinein, weg von den Tabakabfällen, bereit, vierzig Meilen bis nach West Virginia zu wandern und dann weiter nach Kentucky und Illinois – solange sie nur um Viertel nach drei zurück auf dem Parkplatz war, wo ihr Dad sie abholte. Hundert Meter weiter traf Maggie auf drei Felsblöcke, die aneinanderlehnten wie ein Trio erschöpfter Frauen. Es waren die typischen Gesteinsbrocken, die hier überall in der Landschaft verstreut lagen – Überbleibsel aus der Eiszeit, die, so besagte es ein Mythos, die gehärteten Seelen der Indianer beherbergten. Neben dem Felsen, der am weitesten weg war von ihr, tauchten plötzlich zwei Rehe auf, hielten kurz inne und starrten sie an, bevor sie davonsprangen. Ihr verschreckter Blick sagte Maggie, dass sie einen Punkt erreicht hatte, an den andere Schüler sich nur selten verirrten. Sie ließ ihren Rucksack fallen, kletterte über die zerklüftete Seite auf den größten der Felsen, legte sich auf den Rücken und sah in das Blätterdach der Bäume hinauf.

Sonnenlicht fiel in tausend kleinen Flecken auf ihre Haut, was sie an die Geschichte ihres Lateinlehrers über Zeus erinnerte, der Danaë mit einem Goldregen schwängerte. War das ein Regen aus Licht oder aus Wasser gewesen, oder etwas ganz anderes? Und hatte die Jungfrau Maria Gott als einen Lichtregen erlebt? Ob diesen Frauen je das Wort »Vergewaltigung« durch den Kopf gegangen war, fragte sie sich.

Maggie gefielen Geschichten von Schwangerschaften nicht,

ihr war eine körperlose Erzählung lieber. Sie stellte sich den Wald von einer reinigenden Flamme erleuchtet vor, und sie war der souveräne Phönix, der sich aus der Asche erhob. Warum war sie nicht schon vorher auf die Idee gekommen, in diesen Wald zu gehen? Dieser Fels war viel friedvoller als jedes Versteck in der Schule. Sie könnte jede siebte Unterrichtsstunde auf ihm verbringen, die Geometrie vergessen und stattdessen die Botanik studieren – Botanik, Geologie und transzendentale Meditation.

Ein Rascheln im Laub lenkte Maggies Aufmerksamkeit nach links, wo sie noch ein Reh zu sehen erwartete, das sie mit feuchten Augen anstarrte. Doch stattdessen blickte sie in das Gesicht eines Mannes mit Sonnenbrille – eines schwarzen Mannes in blauem Hemd und anthrazitgrauen Hosen, der sie ohne ein Lächeln auf den Lippen ansah und nun langsam die Arme vor der Brust verschränkte.

10

Zehn Minuten zuvor hatte Carver Petty am Fenster seines Büros gestanden, zugesehen, wie die Schatten der Tore im Gras des Fußballfelds immer länger wurden, und sich gefragt: »Wohin will denn die Kleine da?«

Das Mädchen trug modisch zerrissene Jeans, Flip-Flops, ein dunkellila T-Shirt und einen blau karierten Rucksack über die rechte Schulter geschlungen. Ihr Gesicht konnte er nicht sehen, nur die rötlichen Flecken, die das Sonnenlicht in ihrem welligen braunen Haar aufleuchten ließ, während sie auf den Wald zuging. Sie beeilte sich, als käme sie zu spät zu einer Verabredung – vermutlich ein per SMS arrangiertes Rendezvous.

Carver seufzte. Bis zu diesem Augenblick hatte er die Beschaulichkeit des Tages genossen. Jeder ruhige Tag war ein Maßstab seines Erfolgs, bedeutete er doch: keine Schlägereien, keine Waffen, die konfisziert werden mussten, kein von einer Toilette heranwehender Geruch von Marihuana und keine Anrufe bei geplagten Eltern, denen er erklären musste, dass ihr nichtsnutziger Sprössling schon wieder in Schwierigkeiten steckte. Als Carver den Job als Highschool-Polizist übernommen hatte, stand die Schule offenbar am Rande des Abgrunds, gebeutelt nicht nur vom üblichen Alkohol-, Zigaretten- und Drogenmissbrauch der Schüler, sondern auch von ersten Anzeichen des Gang-Unwesens wie speziellen Graffiti und besonderer Kleidung. Zumindest hatte Buddy Blair das behauptet, der zuvor vier Jahre lang Polizist an dieser Schule gewesen war. Die Angehörigen der mexikanischen Familie, die das neue Café El Tequila aufgemacht hatte, waren angeblich die Störenfriede.

Carver hatte nicht ein einziges Wort von dem geglaubt, was aus Buddy Blairs Mund kam. Sicher, Gang-Aktivitäten waren etwas, das man an jeder Highschool überwachen musste – in Richmond und Roanoke wurde seit zehn Jahren von Problemen in dieser Hinsicht berichtet –, doch Blair gehörte zu den Typen, die immer gleich von illegalen Immigranten zu schwadronieren begannen, wenn eine neue lateinamerikanische Familie in die Stadt zog. Die Polizei von Jackson hatte sich doch immer einen Dreck um Gang-Aktivitäten gekümmert. Wie war das denn mit dem Ku-Klux-Klan? Solange die hingeschmierten Sprüche an der Highschool »Scheiß-Nigger« lauteten oder Hakenkreuze an die Toilettentüren geschmiert wurden, hatte sich keiner darum geschert. Irgend so ein Einwanderer mit der mexikanischen Flagge auf seiner Baseballkappe galt als Bedrohung, aber es war okay, wenn die weißen Jungs die Sterne und Balken der Konföderierten auf ihren Gürtelschnallen zur Schau stellten.

Carver sah zu den zwei Tischreihen am anderen Ende des Raums hinüber, wo ein Junge in Tarnfarben-Jacke, Jeans und Springerstiefeln über ein Blatt mit Matheaufgaben gebeugt dasaß: Bobby Lee Grant, ein Sechzehnjähriger mit der Lesefähigkeit eines Drittklässlers, auf dessen Pick-up wahrscheinlich auch ein Sticker mit der Kriegsflagge der Konföderierten klebte.

»Kommst du mit deinen Matheaufgaben voran, Bobby?«, fragte er.

Der Junge beugte sich noch tiefer über sein Blatt. »Nicht so richtig.«

Carver sah wieder hinaus Richtung Fußballfeld, wo das Mädchen jetzt in den Wald trat. Er merkte sich die Stelle, an der sie verschwand, zwischen den verdorrten Brombeerbüschen und dem Sumachbaum.

Er ging an seinen Schreibtisch, fuhr den Computer herunter und griff nach seinem Schlüsselbund. Sieben Jahre war es mittlerweile her, dass Buddy Blair die Polizei von Jackson verlassen hatte, um Wärter im Bezirksgefängnis zu werden, und Chief Miller Carver dessen Job anbot. Carvers erste Reaktion war stille Empörung gewesen. *Ja, klar,* hatte er gedacht. Wenn der größte Trottel der Dienststelle seinen Job hinschmeißt, warum den nicht an den Quotenschwarzen weiterreichen? Er war der einzige Sergeant, der dunkler war als ein Salzcracker in einem Bezirk mit fünfundneunzig Prozent weißer Bevölkerung, und zehn Jahre lang hatte er sich geduldig all die Witze über »Dunkelziffern« und »dunkle Kanäle« angehört, so als wäre alles Dunkle sein Spezialgebiet. Warum ihm also nicht auch den Job mit den düstersten Aussichten zuweisen: Babysitter für einen Haufen jugendlicher Straftäter?

»Ehe Sie ablehnen, möchte ich, dass Sie darüber nachdenken«, hatte Miller gesagt. »Das ist nicht irgendein Scheißjob. Tatsache ist, dass in einer Stadt dieser Größe an der Highschool mehr Drogendelikte begangen werden als an allen anderen Orten, und Sie haben von allen Kollegen hier am meisten Erfahrung mit jungen Leuten.«

Das stimmte. In den zehn Jahren zuvor hatte Carver sich die Hälfte seiner Abende um betrunkene College-Studenten gekümmert, auf Beschwerden über lautstarke Partys reagiert und taumelnde Studentinnen zurück in ihre Wohnheime begleitet. Dabei hatte er sich unter den Studenten den Ruf eines anständigen Menschen erworben, eines Polizisten, dem die jungen Leute nicht so auf die Nerven gingen wie den anderen Bullen in Jackson. Die meisten seiner Kollegen sahen in den Studenten nichts weiter als eine verwöhnte reiche Brut, die es verdient hatte, mal eins auf den Deckel zu bekommen.

»Die Highschool-Schüler dieser Stadt sind doch ein ganz anderer Schlag als die College-Studenten«, hatte Carver zu seinem Vorgesetzten gesagt.

»Richtig.« Miller nickte. »Aber Sie haben eine Tochter an

der Highschool, deshalb kennen Sie die Schule momentan besser als irgendwer sonst von uns.«

Zu der Zeit hatte Carvers Tochter Jessie gerade die neunte Klasse besucht. Ihre Mutter war mit einem anderen Mann nach Atlanta verschwunden, als sie sechs Jahre alt war, und er hatte sie allein aufgezogen. Seitdem war sie der Mittelpunkt seines Lebens, und Chief Miller hatte recht – die Highschool benötigte eine gute polizeiliche Überwachung. Jeden Tag kam Jessie mit Geschichten über Jugendliche nach Hause, die im Englischunterricht hinten in der letzten Reihe Joints verkauften, in der Cafeteria zum Lunch ein paar Gläser Whiskey kippten und in den Toiletten Oralsex hatten.

Der Highschool-Job war ursprünglich eine Halbtagsangelegenheit für Polizisten kurz vor der Rente gewesen, die vor allem darin bestand, vor den neuen Schülern den Einführungsvortrag über die Gefahren von Drogen und Alkohol zu halten, gelegentlich die Spinde zu inspizieren und die Schüler bei Bällen und Footballspielen zu beaufsichtigen. Doch dann passierte der Amoklauf an der Virginia Tech, dem ein halbes Jahr später Schüsse in der Highschool in Jackson folgten: Grüße vom Sohn eines Jägers, der in einem letzten Akt vor seinem Schulabbruch das Gewehr seines Vaters mit in die Schule gebracht und es zwar nicht auf Menschen, aber auf die Statue des Schulmaskottchens in der Eingangshalle gerichtet hatte, einen brüllenden Löwen, der den Schülern jeden Tag entgegensah, wenn sie das Gebäude betraten. Der Junge hatte schon fünf Patronen in das Maul des Löwen abgefeuert, ehe der Schulpsychologe ihn zur Rede stellen konnte.

Danach hatten die Eltern in Jackson darauf bestanden, dass die Sicherheitsvorkehrungen erhöht wurden, und das bedeutete Metalldetektoren, vierteljährliche Übungen zum Verhalten bei Amoklauf, Schäferhunde zum Aufspüren von Drogen und eine Vollzeitstelle für einen Polizisten, der mit Teenagern umgehen konnte. Carver hatte einer auf drei Jahre begrenzten Verpflichtung zugestimmt und versprochen, so lange dabeizubleiben, bis seine Tochter den Schulabschluss hatte. Er hoffte, in dieser Zeit einigen der Jugendlichen helfen zu können. Auf dem College war es oft schon zu spät – zu viele Erstsemester hatte er bereits als chronische Alkohol- oder Drogenkonsumenten in der Stadt ankommen sehen. Bei gefährdeten Fünfzehnjährigen hatte er vielleicht noch eine Chance, sie in eine andere Richtung zu lenken.

Als Carver jetzt nach seiner Sonnenbrille griff, fragte er sich, ob dieses Mädchen wohl zu den gefährdeten zählte. Weder das rötlich braune Haar noch der nachlässige Gang kamen ihm bekannt vor, aber es war auch noch früh im Schuljahr, sodass er noch nicht alle der neuen Schüler gesehen hatte. Das Mädchen, das da in den Wald gelaufen war, war vermutlich eine Neuntklässlerin, die sich mit ihrem ungeduldigen Freund treffen wollte.

Er hoffte, das Mädchen aufhalten zu können, ehe es sich die Kleider auszog – Carver hasste es, Teenager beim Sex zu unterbrechen. Buddy Blair hatte es ja vielleicht jedes Mal einen Kick versetzt, wenn er die Jugendlichen auf frischer Tat ertappte, aber auf Carver wirkten die Schüler wie eine Horde Giraffen mit ihren knubbeligen Knien, den langen Zungen und der pickeligen Haut, und an ihr Sexualleben wollte er nicht einmal denken. Als er hier anfing, war es sogar Carvers vordringlichstes Bemühen gewesen, dem sexualisierten Klima an dieser Highschool einen Riegel vorzuschieben – all die Knutschereien in den Korridoren und die sich begrapschenden Pärchen in den Treppenhäusern, denen man nicht entkam. Als Polizist tolerierte er keinerlei illegale Drogen, als Vater war seine Liste der unzulässigen Dinge jedoch weitaus länger und schloss Obszönitäten, störendes Benehmen im Unterricht und jede öffentliche Zurschaustellung von Liebesbeweisen, die übers Händchenhalten hinausging, mit ein. »Kein Knutschen, kein Fluchen«, lautete Carvers Motto, und mit der Erlaubnis des Schuldirektors war er in seinen ersten paar Wochen während der Pausen in den Korridoren Patrouille gelaufen und hatte jedes Paar, das sich vor aller Augen ungeniert miteinander vergnügte, in dramatisch dröhnender Manier angefahren. »Junger Mann, Hände weg da! ... Junge Dame, das ist ein Ort des Lernens und kein Bordell!«

Carver hatte den Lehrern erklärt, dass in den Klassenzimmern so lange keine Disziplin herrschen würde, wie es in den Korridoren an Disziplin mangele. Schließlich hatten sich fast alle Lehrer bereit erklärt, in den Pausen aus ihren Klassenzimmern zu kommen und den Bereich in unmittelbarer Nähe im Auge zu behalten. Denn schon die Anwesenheit eines Erwachsenen im Umkreis von fünf Metern reichte aus, um das Begrapschen, Schikanieren und Fluchen zu unterbinden.

Allerdings waren die Toiletten zu den notorischsten Orten der Schule geworden – doch Carver war stolz darauf, auch das innerhalb eines Schulhalbjahrs in den Griff bekommen zu haben. Er hatte die stellvertretende Direktorin Mrs Walker gebeten, sich um die Mädchentoiletten zu kümmern, während er die der Jungen übernahm, die als Drogenhöhlen berüchtigt waren. Der Direktor hatte schwer geschluckt angesichts der vielen temporären Schulverweise während der ersten beiden Monate, die Officer Carver Petty da war – dreimal mehr als in Buddy Blairs Amtszeit –, doch Carver hatte ihm erklärt, dass sich die Jugendlichen schon an die Standards halten würden, wenn sie erst einmal eingeführt waren.

Carver war in diesen ersten Wochen seiner Toiletten-Patrouillen in einige Sexszenen hineingeplatzt, hetero- und homosexuelle. Die Wiederholungstäter hatten darauf mit einem Rückzug in entlegene Räume und leere Klassenzimmer reagiert, aber schließlich hatte Carver jede Ecke und jeden Winkel ausfindig gemacht, wo Teenager und gelegentlich auch Lehrer es miteinander trieben. So war es ihm gelungen, den meisten Sex aus dem Gebäude zu vertreiben, und deshalb nahm er jetzt an, dass dieses Mädchen in den Wald gelaufen war, weil ihr Freund dort auf sie wartete. Der Wald war der letzte Außenposten für einen ungestörten Blowjob.

Carver steckte die Sonnenbrille in die Hemdtasche und griff nach seinem Schlagstock, nicht weil er eine unmittelbare Gefahr sah, sondern weil gute Polizeiarbeit eine theatralische Note brauchte, vor allem, wenn es um Teenager ging. Die Uniform, der Schlagstock, die dröhnende Stimme – all das zielte ganz auf die dramatische Wirkung. Seine Autorität beruhte zur Hälfte auf reiner Show, auch wenn er fast nie seinen Hut aufsetzte – das barg zu viele Erinnerungen an weiße Streifenpolizisten auf den Highways, die ihn als jungen Mann schikaniert hatten. Buddy Blair hatte seinen Hut immer getragen, drinnen und draußen, und tief in die Stirn gezogen, wenn er morgens den Schülern zusah, wie sie durch die Metalldetektoren gingen. Was für ein Idiot.

Carver war schon auf dem Weg zur Tür, als er sich noch einmal kurz nach Bobby Lee Grant umdrehte.

»Bobby?«

Der Junge hob kaum den Blick.

»Siehst du die Überwachungskameras da?« Carver zeigte auf die vorderen Ecken des Raums. »Diese Kameras zeichnen alles auf, was du sagst und tust, während ich weg bin. Wenn ich zurückkomme und herausfinde, dass du ein Wort gesprochen hast oder von deinem Stuhl aufgestanden bist, wirst du den Rest der Woche in diesem Raum verbringen, verstanden?«

Bobby nickte.

Die Kameras funktionierten eigentlich gar nicht. Sie waren Teil von Carvers Show, vermittelten aber mit den alle sechzig Sekunden blinkenden roten Lichtern überzeugend die Illusion einer Überwachung. Dadurch hatte er jeden Tag ein paarmal Gelegenheit, in den Korridoren herumzulaufen, die Toiletten zu inspizieren und Anwesenheit zu demonstrieren. Und er brauchte diese regelmäßigen Pausen von seiner Aufsichtspflicht beim Schularrest auch – was aber nicht hieß, dass es ihm etwas ausmachte, Jungen wie Bobby zu beaufsichtigen.

Als er in den ersten Tagen seines Jobs am Schreibtisch gesessen und über die enorme Größe seines Büros nachgedacht hatte – das früher ein Aufenthaltsraum für Lehrer gewesen war –, hatte er beschlossen, es als Maßregelungsraum zur Verfügung zu stellen. Das wäre doch die beste Methode, fand er, die schlimmsten Störenfriede der Schule kennenzulernen, und gleichzeitig hatte Carver sich damit beim Schuldirektor und den strapazierten Lehrern beliebt gemacht. Jetzt musste ein Lehrer nur noch in Carvers Büro anrufen, ihm den Namen des Störenfrieds des Tages nennen und den Telefonhörer dann an den fraglichen Schüler weiterreichen. »Harris?« Carvers laute Stimme hallte auch über die Leitung dröhnend nach. »Du bist aus deinem Klassenzimmer verwiesen worden. Du hast genau sechzig Sekunden Zeit, um hier in meinem Büro aufzuschlagen, ehe ich deine Eltern anrufe, und zwar von jetzt an. Eins ... zwei ... drei ...«

»Carvers Klassenzimmer« – so nannten die Lehrer das Büro des Polizisten. Die Schüler brachten ihre Aufgaben mit und arbeiteten schweigend unter Carvers Blick für den Rest der Unterrichtsstunde, gelegentlich gemeinsam mit den besonders aufsässigen Missetätern, die den ganzen Tag im Schularrest verbringen mussten. Ehe sie zu ihrem normalen Stundenplan zurückkehrten, forderte Carver jeden Schüler auf, in fünf Sätzen aufzuschreiben, was er oder sie in Zukunft zu tun gedenke. Und Carver stand Rechtschreib- und Grammatikfehlern genauso intolerant gegenüber wie Drogen und Tabak. Hatten sie sein Beharren auf absolutes Schweigen und perfekte Zeichensetzung erst einmal erlebt, wollten die meisten Schulhäftlinge niemals wiederkommen.

Carver trat in die Eingangshalle, spazierte an Cafeteria und Turnhalle vorbei zum hinteren Eingang der Schule, stieß die Tür mit einer Hand auf und war draußen im herrlichen Sonnenschein. Er konnte es dem Mädchen nicht verdenken, dass sie an einem Tag wie diesem die Schule frühzeitig verlassen wollte – fünfundzwanzig Grad, ein klarer Herbsthimmel und eine Luft, die sauber roch. Die frische Luft schätzte Carver am allermeisten, da sein Büro direkt neben der Cafeteria lag und sich darin jahrzehntelang die fettigen Gerüche von Bratkartoffeln und Hähnchen-Nuggets gesammelt hatten. Geöffnete Fenster und Unmengen von Raumspray hatten dem fettigen Geruch nur eine leicht zimtige Note verliehen. Carver duschte jeden Tag erst einmal, wenn er nach Hause kam, und warf seine Uniform sofort mit einem vollen Becher Pulver in die Waschmaschine.

Nachdem ein Jahr vergangen war, erklärte Carver Chief Miller, dass er eine spezielle Uniformzulage benötige, weil seine Hemden vom vielen Waschen bereits fadenscheinig wurden. Erstaunlicherweise hatte Miller ihm zugestimmt, wohl weil er wusste, dass Carver peinlich genau auf Körperpflege achtete – er war die Sorte Mann, dem eine regelmäßige Rasur, ordentlich geschnittenes Haar und saubere Fingernägel wichtig war. Der fettige Geruch an seinem Hemdkragen widerte Carver besonders an, weil er die schlimmsten Stereotype über Schwarze fortschrieb – dass sie schmutzig wären und zur Unterschicht gehörten. Er hasste es, wie ein Jugendlicher zu riechen, der bei McDonald's arbeitete.

Als Carver jetzt über die Außenlinie des Fußballfeldes ging, konnte er das Dach des Bezirksgefängnisses sehen, eine Viertelmeile die Straße hinunter. Das Gefängnis war ein weiterer Teil von Carvers Show. Er nutzte es für eine spezielle Methode, die er Wiederholungstätern gegenüber anwendete: »Dreimal hier, und du bist dort.« Nach drei Besuchen im Schularrest musste ein Schüler Officer Carver Petty nach dem Unterricht zusammen mit seinen Eltern auf eine ganz besondere Schulexkursion begleiten – ins Gefängnis, »um schon mal eine Zelle für dich zu reservieren«, wie Carver dann sagte. Nach Besichtigung der komfortablen Räumlichkeiten, des Essens und des Innenhofs gab Carver den Eltern eine Kopie der Sätze, die der Schüler über seine Pläne für die Zukunft geschrieben hatte. »Das will Ihr Kind mit seinem Leben anfangen«, sagte er. »Aber das hier« – mit einer Geste auf den Stacheldrahtzaun – »ist, worauf es zurzeit hinausläuft.«

Einige Eltern beschwerten sich beim Schuldirektor über den neuen Polizeistaat an der Schule, und einige Schüler hörte man »Nigger-Nazi« vor sich hin murmeln, aber Carver erzielte Ergebnisse. Am Ende seines ersten Schulhalbjahrs war die Anzahl der Schüler, die im Schularrest landeten, von einem alle Viertelstunde auf einen alle drei Stunden gesunken. In den Korridoren fanden kaum noch Schlägereien und Knutschereien statt, und selbst die Noten profitierten leicht, was Carver auf die verbesserte Disziplin im Unterricht zurückführte, auch wenn manche Lehrer das anders sahen.

Als sein Vertrag nach drei Jahren endete, beschloss Carver, weiterzumachen. Er hatte an der Schule eine Atmosphäre geschaffen, mit der er leben konnte, und er wusste, dass kein anderer Polizist auch nur halb so viel Mühe investieren würde. Außerdem hatten die Schüler ihm eine Seite im Highschool-Jahrbuch gewidmet, die er eingerahmt und an der Wand hinter seinem Schreibtisch aufgehängt hatte. Mittlerweile sah sich Carver als oberste Instanz dieser Schule, weshalb es ihn auch so sehr ärgerte, ein Mädchen im Wald verschwinden zu sehen. Als Neuntklässlerin war sie aber wohl noch zu neu an der Highschool, um schon gehört zu haben, dass Officer Carver Petty auch Augen im Hinterkopf hatte.

Als Carver in den Wald trat, blieb er kurz stehen, um sein Taschentuch herauszuholen und sich über die Stirn zu wischen. Fünfundzwanzig Grad war warm genug, um ihm den Schweiß auf die Stirn zu treiben, und er wirkte gern cool und gefasst, wenn er einem Teenager gegenübertrat. Er nahm seine Sonnenbrille ab, als er sich unter den Zweigen des Sumachbaumes hindurchduckte, und ertappte sich bei dem stillen Wunsch, dass er das Mädchen nicht mit Drogen erwischen möge. Wenn sie irgendeinem Jungen einen Blowjob verpasste, würde sie nicht der Schule verwiesen werden, nur gedemütigt. Carver bestand bei jedem Schüler, den er beim

Sex erwischte, auf Gespräche zwischen Polizist und Eltern. Im Beisein der Schulkrankenschwester als rechtlicher Absicherung stellte er den Eltern gern sehr direkte Fragen. Praktiziert Ihr Kind Safer Sex? Haben Sie mit diesem Kind über Verhütung geredet? Wussten Sie, dass zehn Prozent der Teenager eine sexuell übertragbare Krankheit haben, wenn sie aufs College kommen? Dann gab die Krankenschwester den Eltern einen Packen Broschüren über Chlamydien, Gonorrhoe und Genitalwarzen mit. Und einen schönen Tag noch.

Inzwischen stand Carver an der Stelle des alten Raucher-Clubs, roch aber keinen Rauch. Die verstreuten Zigarettenstummel und halb eingegrabenen Bierdosen wirkten einige Jahre alt, was er sich als einen weiteren Erfolg zuschrieb. Die einzigen Fußabdrücke führten ostwärts, weg von den meist moosbewachsenen Rendezvous-Stellen, an denen er früher schon Teenager in flagranti erwischt hatte. Lohnte es sich überhaupt, diesem Mädchen weiter zu folgen, fragte Carver sich, wenn sie nicht auf dem Weg zu einem der üblichen Verstecke gewesen war. Dieser Wald zog sich meilenweit hin, und sie konnte in jede Richtung gegangen, ja sogar umgekehrt und zur Schule zurückgelaufen sein, ohne dass er es mitbekommen hatte. Sie hatte ihren Rucksack dabei, vielleicht war sie auf dem Weg nach Hause gewesen. Oder sie war doch eine Zwölftklässlerin mit der Erlaubnis, früher gehen zu dürfen, obwohl Carver das bezweifelte. Wenn es etwas gab, das er nach zwanzig Jahren als Polizist sofort erkannte, dann war es ein schlechtes Gewissen. Niemand verließ die Schule durch den Wald, wenn er nicht etwas zu verbergen hatte.

Er beschloss, dem Mädchen wenigstens noch eine kurze Strecke zu folgen, geführt von einem abgebrochenen Zweig und zertretenem Laub. Doch er war kein Fährtensucher. Er wollte gerade aufgeben und umkehren, als er zwei Rehe entdeckte, die nördlich von ihm aufgeschreckt davonsprangen.

Da haben wir sie ja, dachte er.

11

Als Carver die drei Felsblöcke erreichte, sah er zuerst die rechte Hand des Mädchens lässig, mit der Handfläche nach oben, am äußeren Rand des einen Felsens liegen. Darin hielt sie weder Zigarette noch Bier, noch eine Spritze. Stattdessen hatte sie die Arme so ausgebreitet, als wäre sie bereit für die Kreuzigung.

Carver sah sich nach einem Jungen um, entdeckte aber keinen. Leise trat er ein paar Schritte näher, um zu sehen, ob das Mädchen weinte. Mädchen rannten manchmal aus dem Unterricht weg, wenn Mitschüler gemein zu ihnen gewesen waren oder wenn ihr Freund mit ihnen Schluss gemacht hatte. Vielleicht hatte dieses Mädchen auch eine gehässige SMS bekommen. Sie schien in die Baumkronen hinaufzublicken, also hob auch Carver den Blick und sah, dass dieses Laubdach es tatsächlich wert war, angeblickt zu werden – gelbe und rote Blätter, mit ein paar hellgrünen Flecken hier und da.

Er fragte sich, ob er das Mädchen einfach in Ruhe lassen sollte. Von der Seite konnte er ihr Gesicht nicht erkennen, aber er wusste, dass sie keiner der Störenfriede war. Bevor sie in die Highschool kamen, hatte sich meist herausgestellt, wer die problematischen Jugendlichen waren. Sie hatten oft schon eine lange Akte, und auch wenn Carver bereit war, jedem Teenager eine neue Chance zu geben, wusste er, wen er im Auge behalten musste.

Soweit er es beurteilen konnte, gehörte dieses Mädchen nicht auf seinen Radar. Vielleicht hatte sie einen guten persönlichen Grund, hier zu sein, vielleicht wollte sie einfach nur mal allein sein. Die meisten privilegierten weißen Teenager hatten nicht genug Zeit für sich selbst. Sie brachten ihre Tage damit zu, von einer Aktivität zur nächsten zu eilen, von der Schule zum Sport, zu hastigen Mahlzeiten, zum Musikunterricht am Spätnachmittag, gefolgt von drei Stunden Hausaufgaben, die dann von überehrgeizigen Müttern penibel geprüft wurden. Vielleicht war das Mädchen einer dieser Teenager, überbehütet und überlastet.

Aber wie immer ihre Situation auch sein mochte, Carver konnte nicht einfach wieder gehen. Schließlich bestand die Möglichkeit, dass das Mädchen kurz davor war, eine Dummheit zu begehen – von zu Hause wegzulaufen etwa, oder vielleicht war sie unglücklich verliebt, wartete auf einen Freund, der nie auftauchen würde, und zog in dem Moment, in dem Carver ihr den Rücken kehrte, Drogen aus der Tasche.

Er setzte seine Sonnenbrille wieder auf, schob die Zweige beiseite, die ihn verdeckten, und trat noch einige Schritte näher. Das Mädchen drehte sich zu ihm um, und als ihre Blicke sich trafen, verschränkte Carver die Arme vor der Brust. Diese kleine Geste reichte meist, um die Teenager weglaufen, fluchen, in Tränen ausbrechen oder mitleiderregende Entschuldigungen stammeln zu lassen. Doch nicht dieses Mädchen. Sie richtete den Blick wieder hinauf ins Laubdach und sah die Blätter an.

»Wie lange willst du dort oben liegen bleiben?«, fragte Carver.

»Ich dachte, so dreißig Minuten«, erwiderte sie. »Aber jetzt gerade hätte ich auch nichts gegen dreißig Jahre einzuwenden.«

Sie sprach nicht mit dem schweren Akzent der Südstaaten, der so typisch war für die meisten Kinder vom Land. So deutlich, wie sie jede Silbe aussprach, vermutete Carver, dass sie eine der Schülerinnen aus der Stadt war, vielleicht die Tochter eines College-Professors.

»Nun«, sagte er, »ich wollte fast schon Schluss machen für heute, aber jetzt stecke ich hier fest und muss auf dich warten.«

Das Mädchen stützte sich auf einen Ellbogen, sah ihn noch einmal an und seufzte. Dann setzte sie sich auf, robbte bis an den Rand des Felsens, ließ die Beine einen Moment lang baumeln und sprang auf den Boden, wobei sie kurz auf den Knien landete, sich aber gleich wieder aufrichtete und ihm ins Gesicht blickte.

Als sie ihn so direkt ansah, war Carver überrascht. Er kannte diese Schülerin – jeder Polizist in der Stadt kannte Maggie Greene. Sie war das kleine Mädchen, das vor neun Jahren dem Sheriff gegenüber beharrlich geschwiegen hatte, in einem Fall, der wahrscheinlich das berühmteste Tötungsdelikt in den letzten zwanzig Jahren hier gewesen war. Die Polizei von Jackson hatte die Ermittlungen nicht übernommen, da das Verbrechen außerhalb der Stadt geschehen war, und deshalb war Carver nie im Haus der Greenes gewesen oder hatte dieses Mädchen als kleines Kind gesehen. Er kannte nur die Einzelheiten, die die Kollegen erzählt hatten, von denen einige selbst versuchten, die Fünfjährige zum Reden zu bewegen. Aber der einzige Satz, den sie bei den vielen Befragungen geäußert hatte, war anscheinend: »Ich habe das Recht, zu schweigen.«

Carver respektierte das. Nach all dem, was er so hörte, hatte Maggie Greene sich gut entwickelt – sie war eine der intelligenten Jugendlichen, die gute Noten hatten und sich von Schwierigkeiten fernhielten. Warum also war sie hier und versteckte sich im Wald?

Manchmal fingen die Schwierigkeiten aber auch erst in der Highschool an. Kindern, die in jungen Jahren traumatisiert wurden, gelang es oft, den Kopf über Wasser zu halten. Erst wenn sie in die Pubertät kamen, stürzte alles über ihnen ein.

»Welchen Kurs hättest du jetzt?«, fragte Carver.

»Geometrie.«

»Wer ist dein Lehrer?«

»Mrs Murdock.«

»Schreibt ihr eine Klausur oder so was?«

Maggie schüttelte den Kopf.

»Fühlst du dich krank?«

Wieder schüttelte sie den Kopf.

»Warum bist du dann nicht im Unterricht?«

Maggie sah zu Boden, ohne ihm zu antworten, und in der Reglosigkeit ihres Körpers konnte Carver einen Blick auf das erhaschen, was die Kollegen wohl vor neun Jahren erlebt hatten – ihre Fähigkeit, völlig zuzumachen, so als hätte sie eine Klappe heruntergelassen.

»Du willst es mir nicht erzählen, stimmt's?«

Maggie rührte sich nicht und sagte kein Wort.

»Was sollen wir jetzt also tun?«

Den Blick immer noch gesenkt, hielt Maggie ihm langsam und mit herabhängenden Händen die Handgelenke hin, bereit, sich Handschellen anlegen zu lassen.

Carver vermutete, dass sie sich über ihn lustig machen wollte, doch irgendetwas an ihrer ergebenen Resignation ließ ihn lächeln.

»Ich glaube, die Handschellen brauchen wir heute nicht. Komm einfach mit.«

Maggie griff nach ihrem Rucksack und ging dann hinter ihm durch den Wald zurück zur Schule, wich den klebrigen Spinnennetzen aus, die Carver ins Gesicht bekam, und sagte nicht ein einziges Wort, bis er am Waldrand einen Zweig beiseiteschob und ihr den Weg frei hielt.

»Danke schön«, murmelte sie.

Dieses Mädchen war wirklich gut erzogen.

Fünf Minuten später hatte Maggie sich an einen Tisch in Carvers Klassenzimmer gesetzt. Sie war nicht die übliche Sorte Missetäter, doch er blieb bei seiner Routine. »Nimm ein Blatt

Papier heraus und schreib in fünf Sätzen auf, was du tun willst, wenn du mit der Highschool fertig bist.«

Jetzt war es an Maggie, die Arme vor der Brust zu verschränken. Sie hob die Augenbrauen und lümmelte sich in ihren Stuhl hinein, als wollte sie sagen: »Das soll wohl ein Scherz sein.«

»Du hast fünf Minuten Zeit.« Carver ging an seinen Schreibtisch und griff nach dem Hörer der Sprechanlage. »Mrs Murdock ist deine Lehrerin, hast du gesagt?« Maggie nickte. Carver suchte sich an seinem Anschlagbrett die Durchwahl heraus, dann drückte er ein paar Tasten der Sprechanlage.

»Mrs Murdock?«

Hintergrundgeräusche des Geometriekurses drangen durch das Knistern der Sprechanlage, und man konnte einen Schüler den Lehrsatz von der Dreiecksungleichung aufsagen hören: *In einem Dreieck ist die Summe der Längen zweier Seiten a und b stets mindestens so groß wie die Länge …*

»Ja?« Die zögerliche Stimme einer Frau legte sich über die Geräusche.

»Hier ist Officer Petty. Würden Sie mich bitte auf meinem Handy zurückrufen?«

Die Sprechanlage verstummte, und dann hörte Maggie einen Klingelton, der wie Stevie Wonders Song ›Overjoyed‹ klang.

»Ja, ich habe eine Ihrer Schülerinnen hier bei mir im Büro. Maggie Greene. Das ist richtig … Ich habe sie im Wald hinter der Schule gefunden … Nein. Sie will mir nicht sagen, was los ist. Aber sobald es Ihnen möglich ist, sollten Sie herkommen und mit ihr sprechen, denke ich … Gut. Danke.«

Carver legte sein Handy weg. »Sie kommt in ein paar Minuten. Schreib weiter.«

Maggie sah nicht auf, aber Carver erkannte daran, wie ihr Stift zitterte, dass sie nicht gerade glücklich war. Wenn er hätte raten sollen, hätte er gesagt, dass das Mädchen Angst hatte, was ihm komisch vorkam. Er hatte Mrs Murdock erst ein einziges Mal getroffen, am Einführungsabend für die neuen Lehrer, und auf ihn hatte diese Mathelehrerin ganz und gar nicht einschüchternd gewirkt. Er erinnerte sich noch, dass er dachte, dieser Frau würde er ein paar Tipps geben müssen, damit die Schüler ihr nicht allesamt auf der Nase herumtanzten.

Ein paar Minuten später hörte er auch schon die leichten Schritte einer Frau im Korridor. »Officer Petty?«

»Kommen Sie herein.« Er stand vom Schreibtisch auf und ging auf Grace Murdock zu, um ihr die Hand zu schütteln. Herrgott, die Frau sah ebenfalls aus, als hätte sie Angst. Unstet wie ein Eichhörnchen, und die Hand kühl und feucht. Carver hatte manchmal diese Wirkung auf neue Lehrer, sie reagierten auf seine Uniform mit schreckhaftem Unbehagen. Aber als er sah, wie Mrs Murdock zu Maggie hinüberblickte, wusste er, dass es weder seine Dienstmarke noch sein Schlagstock waren und noch nicht einmal seine schwarze Hautfarbe, die hier ein Problem verursachten. Zwischen diesen beiden ging eindeutig etwas vor sich, aber er wusste nicht was, bis die Lehrerin sich von Maggie abwandte und Carver ins Gesicht blickte.

Das ist ja nicht zu fassen, dachte er. Sandra McCluskey. Das College-Mädchen, das in die Tragödie der Familie Greene verwickelt war. Ein anderer Haarschnitt und ein neuer Name, aber dennoch Sandra McCluskey.

Wie hatte der Sheriff sie vor neun Jahren genannt? *Ein Sack voller Lügen.* Carver erinnerte sich noch, wie der Sheriff sich in Chief Millers Büro beschwert hatte: »Ich habe ein kleines Mädchen, das nicht reden will, und eine College-Studentin, die mit der Wahrheit nicht herausrückt.« Und jetzt waren die beiden gemeinsam hier an der Jackson Highschool.

Carver saß an seinem Schreibtisch und tat so, als wäre er in Büroarbeiten vertieft, beobachtete aber sorgfältig jede Bewegung der beiden. Mrs Murdock sah Maggie einen Moment lang an, während das Mädchen die Augen auf den Tisch gerichtet hielt und die eingeforderten Sätze schrieb. Dann trat die Lehrerin auf Carver zu. »Könnte ich ein Blatt Papier haben und etwas zum Schreiben?«

Carver riss eine Seite aus seinem gelben Notizblock und reichte ihr einen Bleistift. Sie legte das Blatt auf einen der Tische, beugte sich darüber und schrieb rasch ein paar Worte. Nicht mehr als einen Satz oder zwei, soweit Carver sehen konnte. Dann faltete sie das Blatt dreimal und gab ihm den Bleistift zurück. Sie ging zu Maggie hin, murmelte ein paar Worte, die so leise waren, dass Carver sie nicht verstehen konnte, und legte die Notiz auf den Tisch des Mädchens.

Und damit drehte Mrs Murdock sich um und verließ den Raum.

Carver öffnete den Mund, um zu protestieren. Eigentlich erwartete er, dass die Lehrer ihre Schüler mit zurück in ihre Klassenzimmer nahmen. Maggie Greene gehörte in den Geometriekurs, nicht in den Schularrest. Aber vielleicht gehörte sie nicht in den Kurs von Sandra McCluskey.

Carver sah das Mädchen an, während es das gelbe Papier anstarrte. Schließlich hob Maggie die Notiz grazil auf, genau so, wie er seine Tochter Jessie tote Schmetterlinge hatte aufheben sehen, mit Daumen und Zeigefinger. Maggie faltete das Blatt auseinander und las die Worte, und zu Carvers Bestürzung trat ihr das Wasser in die Augen, bis ihr zwei große Tränen die Wangen hinabrollten.

Normalerweise hatte er kein Mitleid mit den Mädchen, die im Schularrest weinten. Selbst ein Mann der Show, wusste er nur zu gut um die manipulative Kraft von Tränen, und so hatte er jahrelang stoisch danebengestanden, wenn sie wegen Strafzetteln oder Ladendiebstahl oder Schulverweisen geweint hatten. Schülerinnen zum Weinen zu bringen war Teil seines Jobs.

Aber die Tränen dieses Mädchens waren etwas anderes, weil sie ihr offensichtlich peinlich waren. Maggie wischte sie so schnell weg, wie sie kamen, bis Carver zu ihr ging und eine Schachtel mit Papiertaschentüchern auf den Tisch stellte.

»Maggie«, sagte er und sprach ihren Namen zum ersten Mal aus, »ich kann mir ziemlich gut vorstellen, warum du deinen Mathekurs geschwänzt hast, und wenn du deinen Stundenplan ändern möchtest oder irgendetwas anderes, dann kann die Schule das arrangieren.«

Maggie faltete das Blatt Papier wieder zusammen, steckte es sich in die vordere Hosentasche und schüttelte den Kopf. »Danke, schon gut. Kann ich jetzt gehen?«

Es waren nur noch fünf Minuten bis zum letzten Klingeln. »Sicher.« Carver nickte.

Als sie gegangen war, las er den Absatz, den sie zurückgelassen hatte.

Wenn ich mit der Highschool fertig bin, möchte ich frei sein. Frei von der Gefangenschaft in diesem Gebäude. Frei von der Enge einer Kleinstadt, wo alle über die Angelegenheiten ihrer Nachbarn reden. Frei von den Blicken der Lehrer, Eltern und Fremden, die zu wissen glauben, was in meinem Kopf vor sich geht, obwohl sie gar nichts wissen. Ich möchte irgendwohin gehen, wo ich keine Vergangenheit habe und keinen Namen und wo keine Erwartungen auf mir lasten. Ich möchte noch einmal ganz von vorne anfangen.

12

Als Maggie Officer Pettys Büro verlassen hatte, lief sie direkt zum Haupteingang der Schule, sie wollte unbedingt hinaus, ehe es klingelte. Sie sah sich einfach nicht imstande, tausend durch die Korridore wimmelnden Schülern entgegenzutreten, die alle ihr gerötetes Gesicht und ihre verweinten Augen anstarrten. Und sie könnte es auch nicht ertragen, wenn Kate sie bei der Schulter fasste und ausrief: »Oh Gott, was ist los?«

Maggie holte noch auf dem Weg ihr Handy heraus und spähte vorsichtig die Korridore hinunter, ob auch kein Lehrer in der Nähe war.

»Hey, Dad. Wie gut, dass ich dich erreiche. Kates Mom holt uns ab, ich fahre mit zu ihr nach Hause und komme dann zu Fuß in dein Büro. Okay? Ich bin um fünf Uhr da.«

Noch mehr Lügen, noch mehr Schuldgefühle. Doch sie konnte auch ihrem Vater nicht entgegentreten, bevor sie über alles nachgedacht hatte. Wenn er sie jetzt so sehen würde, kurzatmig und mit rasendem Puls, würde er annehmen, sie sei wieder krank. Aber die Empfindung, die da durch ihre Adern schoss, rührte von keiner Krankheit her. Es war Aufregung und Verwirrung, zusammen mit einem Anflug von Hoffnung, was sie zwang, durch die Korridore hinaus aus der Schule zu laufen. Sie rannte schon quer über den Parkplatz, als das Klingeln ertönte, das den Schultag beendete.

Wie grotesk, dass ausgerechnet die Frau, die in ihre Träume eingedrungen war und deretwegen sie sich auf den Schultoiletten und im Wald versteckt hatte, fähig gewesen war, dieses Gefühl der Befreiung in ihr auszulösen. Sie fragte sich, ob Mrs Murdock überhaupt wusste, was sie getan hatte, als sie einfach ein kleines Stück gelbes Papier auf Maggies Tisch legte und murmelte: »Ich habe deine Nachricht an mich gelesen … Tu mir den Gefallen und lies bitte auch meine Nachricht an dich.«

An der Straße blieb Maggie stehen, unschlüssig, wohin sie gehen sollte. Rechts wartete in zwei Meilen Entfernung das Büro ihres Vaters. Die Straße dorthin führte an Motels und Fast-Food-Restaurants vorbei, den Hügel hinab und über die Betonbrücke, die den Shannon River überquerte, und dann wieder hügelaufwärts auf den nördlichen Teil des College-Campus zu. Die meisten Schulbusse und Autos nahmen diese Route; sie würden an ihr vorbeifahren, und die Schüler würden ihr aus dem Fenster blöde Sprüche zurufen. Niemand ging zu Fuß von der Schule nach Hause – entweder fuhr man selbst mit dem Auto oder man wurde von einem Elternteil oder einem Freund abgeholt, oder man nahm den Bus bis ins Zentrum und stieg dort um. Laufen war seltsam.

Wenn sie nach links ging, könnte sie den meisten Blicken ausweichen und sich auf verschlungenen Wegen langsam dem College nähern, über Nebenstraßen, die am Waldrand, weißen Farmhäusern und baufälligen grauen Scheunen entlangführten. Nach einer Viertelmeile käme sie an der Gärtnerei vorbei, dann an der großen Festwiese und der Autowerkstatt, und danach lagen an diesem Weg nur noch ein paar alte Häuser, die als Antiquitätenläden firmierten. Eine Hängebrücke für Fußgänger führte ein Stück weiter südlich über den Shannon River, und von dort gelangte man über Fußwege zur Westseite des Campus, wo das Sportinstitut Seilgärten und Kletterwände hatte und ganz oben an dem Steilhang über dem Shannon eine Abseilstelle. Auf diesem Weg würde sie das Büro in etwa anderthalb Stunden erreichen.

Die alte Supertramp-CD ihres Vaters klang ihr in den Ohren, *Take the long way home … take the long way home,* als Maggie sich nach links wandte.

Gelbe Eichenblätter wehten über die Straße und wurden von ein paar Autos überfahren, die auf dem Weg zu ländlichen Abzweigungen und in Dörfer namens Brindleburg, Possum Hollow und Tinkerville waren.

Maggie legte die erste halbe Meile in sechs Minuten zurück und nickte grüßend einer Frau zu, die mit einem Tablett roter und rosafarbener Topfgeranien aus der Gärtnerei kam. Nach einer weiteren halben Meile war Maggie immer noch aufgeputscht vom Adrenalin in ihrem Blut, auch wenn der Rucksack ihr langsam in die Schultern zu schneiden begann. An das Gewicht der Latein-, Biologie- und Geometriebücher hatte sie nicht gedacht, als sie beschloss, die Strecke zu Fuß zu gehen, und an einem ruhigen, von Blauem Lattich und Goldrute gesäumten Straßenabschnitt warf sie ihren Rucksack unter einen Baum und machte eine Pause, um sich auszuruhen. Maggie fischte das kostbare gelbe Blatt aus der vorderen Hosentasche, faltete es auseinander und sah nach, ob die Wörter immer noch dieselben waren oder ob Schwarze Magie sie verändert hatte, bevor jemand anders sie lesen konnte.

Die Nachricht stand immer noch da, in ihrer ganzen nackten Schlichtheit. Zehn Wörter, die Maggies ruhelosen Geist aufwühlten:

Es war richtig, dass Deine Mutter Jacob Stewart getötet hat.

OPFER

13

Emma Greene lehnte sich hinter den Stapeln überquellender Papphefter in ihren Bürostuhl zurück und schloss die Augen.

Das unsichtbare junge Mädchen war also zurückgekehrt, und das nicht nur sichtbar, sondern auch lautstark und extrem nervtötend.

Sie hatte Maggies E-Mail fünfmal gelesen und die Worte nahmen erst jetzt langsam Gestalt an:

Hi Mom,
es ist was richtig Seltsames passiert, und ich muss Dich um einen Gefallen bitten. Ich habe Dir doch von meiner Mathelehrerin erzählt, oder? Ich weiß jetzt, warum sie mich so verwirrt hat. Es hat sich herausgestellt, dass Murdock ihr Ehename ist und sie eigentlich Sandra McCluskey heißt.
Wir haben gestern ein langes Gespräch geführt. Sie hat mir alles erzählt von vor neun Jahren, und dass es richtig von Dir war, uns gegen Jacob Stewart zu verteidigen. Jacob war anscheinend richtig gefährlich, und sie wollte sich schon lange für all die Lügen entschuldigen, die sie erzählt hat.
Könntest Du dieses Wochenende kommen, damit ich Dir alles erzählen kann, und würdest Du mit ihr sprechen?
Maggie

Herrje. Emma schüttelte den Kopf, als sie die Augen wieder öffnete. Wie zum Teufel konnte es sein, dass Sandra McCluskey Mathelehrerin an der Jackson Highschool war?

Sie griff nach dem Telefon und wählte Robs Büronummer.

»Hallo, Computer-Service.«

Emma konnte hören, dass ihr Exmann viel zu aggressiv auf die Tastatur eintippte. Das Anzeichen für einen schlechten Tag.

»Ich bin's, Emma«, sagte sie.

»Hi, Emma. Was gibt's?«

»Ich habe gerade von der Sache mit Sandra McCluskey erfahren.«

Das Getippe verstummte. »Wovon redest du?«

»Ich rede von Maggies Mathelehrerin – hat sie dir nichts erzählt?«

»Maggie sagt, dass sie ihre Mathelehrerin nicht mag. Aber was hat das mit Sandra McCluskey zu tun?«

Emma seufzte. »Moment – ich leite dir mal die Mail weiter, die Maggie mir gerade geschickt hat.«

»Okay … habe sie bekommen.«

Emma wartete schweigend ab, bis sie eine unerwartete Reaktion vernahm – ein dunkles Stöhnen. »Hast du es nicht gewusst?«, fragte sie.

»Natürlich habe ich es nicht gewusst. Wer hätte denn erwartet, dass Sandra McCluskey hier wieder auftaucht?«

»Ich dachte, du warst auf dem Einführungsabend der Schule und hast Maggies Lehrer kennengelernt.«

»War ich auch, aber …« Rob zögerte. »Ich meine, Mrs Murdock sieht Sandra McCluskey überhaupt nicht ähnlich. Sie hat eine andere Frisur, ist anders gekleidet.«

Emma verdrehte die Augen. »Wow, Rob, du bist wirklich auf Zack. Was ist in Maggies Leben denn sonst noch so los, von dem du keinen blassen Schimmer hast? Nimmt sie Drogen oder so was?«

Gar nicht gut. Ihr Exmann war nicht in Stimmung für Sarkasmus.

»Wie zum Teufel kommst du dazu, mich zu kritisieren?« Selbst zweihundert Meilen entfernt konnte sie spüren, wie er den Telefonhörer umklammerte und seine Ohren rot anliefen wie immer, wenn er wütend war. »Wenn du nicht drei Autostunden weit weggezogen wärst, wüsstest du vielleicht etwas mehr über das Leben deiner Tochter.«

Er hatte recht. Sie war nicht gerade die Mutter des Jahres.

»Kommst du also her?«, fragte Rob

»Natürlich komme ich. Ich werde Sandra McCluskey sagen, dass sie verdammt noch mal unsere Tochter in Ruhe lassen soll.«

»Mach keine Dummheiten«, warnte Rob sie.

»Was soll das denn heißen?«

»Komm nicht hierher, um einen Streit anzufangen.«

»Du meinst, werde nicht wütend und töte jemanden?«

»Das habe ich nicht gesagt.«

»Ja, klar.«

»Jetzt fängst du also Streit mit mir an?« Robs Stimme war messerscharf. »Es ist nicht so, dass jeder auf der Welt es auf dich abgesehen hat, Emma.«

Warum passierte das jedes Mal, wenn sie mit Rob redete? Sie konnten kein einziges Gespräch mehr führen, ohne sich Beschimpfungen an den Kopf zu werfen. »Wir reden darüber, wenn ich in Jackson bin. Ich komme Freitag nach der Arbeit.«

Nachdem sie aufgelegt hatte, holte Emma zwei Aspirintabletten aus ihrer Handtasche und schluckte sie mit den kalten Resten ihres Nachmittagskaffees. Dann schaltete sie das Licht aus, lehnte sich in ihren Drehstuhl zurück und schloss wieder die Augen. Sie konnte die ersten Anzeichen der Migräne schon spüren, und die einzigen Maßnahmen, ihr auszuweichen, waren Ruhe und Dunkelheit. Sie presste Daumen und Mittelfinger auf die Nasenwurzel und strich sich dann mit der Hand übers Gesicht, bis vor ihrem geistigen Auge langsam ein Bild von Sandra McCluskey erschien, so wie sie auf der Veranda des alten Hauses am Wade's Creek gestanden hatte, zwei Schritte hinter Kyle Caldwell. Sandras Mund öffnete sich zu einem Schrei, der sich so tief in Emmas

Gedächtnis eingebrannt hatte, dass die Erinnerung daran auch Jahre später noch von jedem schrillen Ton ausgelöst werden konnte. Das Quietschen von Reifen, der Ruf eines Habichts, das plötzliche Kreischen eines Babys, all das ließ den Schrei in ihrem Kopf ertönen. Emma hatte gelernt, Horrorfilme und Fernsehshows zu meiden, in denen geschrien wurde, weil sie wusste, dass die Gesichter der Frauen zu Sandras wurden, wie sie ins Haus hereinstarrte, entsetzt über das Grauen zu Emmas Füßen.

Jedes Mal, wenn Emma sich an diese Szene erinnerte, folgte ihr Blick dem des jungen Mädchens hinunter auf den Boden, wo Jacob Stewart lag, nun keine Bedrohung mehr, kein aalglatter Opportunist mehr, der seinem kriminellen Freund stets zu Hilfe kam, nur noch ein bewusstloser junger Mann. Emma öffnete die Augen und las noch einmal die seltsamsten Worte in Maggies E-Mail: »Jacob war anscheinend richtig gefährlich.« Es war schwer zu glauben, dass der zusammengesackte Körper zu ihren Füßen in jener Nacht gefährlich gewesen war. Emma war doch vielmehr die Gefährliche, die Frau, die den Baseballschläger umklammert hielt und rasend war vor Adrenalin.

Vor der Fliegengittertür hatte Sandra McCluskey »Oh Gott, oh Gott« gekeucht, und die Worte waren verschmolzen mit Emmas Gedanken: Oh Gott, was habe ich getan? Sie ließ den Baseballschläger los, kniete sich neben Jacob und streckte eine Hand aus, um ihm das lange braune Haar aus dem Gesicht zu streichen. Dann war ihre Hand ganz warm und rot von dem Blut, das in einem dünnen Rinnsal Jacobs Hals hinunterlief, und sie wusste noch, dass sie dachte, es sieht aus wie ein rotes Walkman-Kabel, so als wäre die scharlachrote Blase in seinem Ohr nur ein leuchtender Ohrstöpsel. Emma erhob sich und schwankte plötzlich, stützte sich mit der rechten Hand an der Flurkonsole ab, bis ihr Blick wieder fest war. Ihre Hand hinterließ einen rötlich braunen Fleck auf dem Holz.

In der Küche griff sie nach dem Telefon.

»Wir brauchen einen Krankenwagen, sofort, in der Wade's Creek Road 1634. Es war ein Unfall … Ein College-Student. Er wurde mit einem Baseballschläger am Kopf getroffen. Ein Schläger … Am Kopf … Nein, er ist bewusstlos … Ich muss die Blutung stoppen … Schnell … Ja, Wade's Creek Road 1634 … Ich muss die Blutung stoppen … Nein.« Sie legte auf, riss die zwei Geschirrhandtücher vom Griff ihres Backofens und rannte dann zurück zu Jacob, dessen Blut sich in einem blumenkohlartigen Fleck auf dem beigefarbenen Perserläufer ausbreitete. Sanft hob sie seinen Kopf, legte ihn auf ihren Schoß, ein Geschirrhandtuch fest an jedes Ohr gepresst, und dachte immer nur: *Bitte, lieber Gott, lass ihn nicht sterben. Lass ihn nicht sterben.*

Als sie aufblickte, sah sie Kyle vor der Fliegengittertür stehen, der starrte, wie er immer starrte, aber diesmal in fasziniertem Schrecken und wie hypnotisiert von dem Anblick von Jacobs Kopf in ihrem Schoß. Holz strich über Teppich, und als Emma den Kopf hob, sah sie gerade noch, wie die Tür von Maggies Zimmer langsam zugeschoben wurde. Jahre später erschien ihr dieses Türschließen wie ein Sinnbild – als Zeichen eines Mädchens, das seine Mutter ausschloss, die Tür zu einem Kapitel seiner Kindheit schloss und sie nie wieder vollständig öffnete.

Sie hatte zu Maggie gehen wollen – ihre Tochter in die Arme schließen und ihr versichern wollen, dass alles wieder gut werden würde. Und vielleicht wäre ihr Leben anders verlaufen, wenn sie es getan hätte; vielleicht hätte sie Maggie vor all den Schwierigkeiten beschützen können, die auf sie zukamen. Aber sie konnte in diesem Augenblick nicht zu ihrer Tochter laufen, nicht mit dem blutenden Jacob hier in ihrem Schoß. Kyle und Sandra hatten sich bereits umgedreht und waren weggerannt, und sie war mit einem jungen Mann zurückgeblieben, der nicht allein sterben sollte.

Und während sie dort auf dem Boden hockte und Jacobs

Kopf so zart hielt, wie ihre zitternden Hände es zuließen, beschlichen Emma Zweifel und Selbstvorwürfe. Warum hatte sie das getan? Wie war es so weit gekommen? Sie versuchte, sich an Jacobs Worte zu erinnern, als er sich in ihr Haus hineindrängte: »Ich will nur mit Ihnen reden ... nur auf ein Wort.« Was war daran so furchterregend gewesen?

Die Worte waren es nicht, Jacobs Ausdrucksweise war immer geschmeidig und beruhigend gewesen. Es war die Kraft seiner Schulter, mit der er hereindrängte, und das anzügliche Grinsen in Kyles Gesicht, was ihr schließlich die Stärke nahm, sodass sie von der Tür zurückwich. Mit einem unheilverkündenden Lächeln war Jacob in ihren Hausflur hereingestolpert, mit der rechten ausgestreckten Hand schon ihr Haar berührend, so als wäre er ein Geliebter, der sie zu einem Kuss an sich ziehen wollte. Aber nein – Emma hatte gespürt, dass er ihr ins Haar greifen, ihren Kopf mit einem Ruck zurückreißen und sie von den Füßen holen wollte. Er war mindestens zwanzig Zentimeter größer als sie und um einiges schwerer. In seinen Händen wäre sie nichts weiter als eine Stoffpuppe gewesen.

Zu spät sah Jacob den Baseballschläger, der auf seine Beine zielte und ihn oberhalb der rechten Kniescheibe traf. Er fiel auf die Knie, was doppelt schmerzhaft gewesen sein musste, und streckte beide Hände nach ihren Oberschenkeln aus. Zu dem Zeitpunkt hatte Emma gedacht, er griffe nach dem Baseballschläger und versuchte, sie zu entwaffnen. Aber hinterher hatte sie sich gefragt, ob er sich nur selbst vor dem zweiten Schlag schützen wollte oder die Hände in einer bittenden Geste hob. Hatte Jacob sie um Gnade gebeten – und sie sie ihm verwehrt?

Zehn Minuten nach ihrem Notruf fuhr das erste Fahrzeug in Emmas Auffahrt – kein Krankenwagen oder Polizeiauto, sondern ein verbeulter Pick-up mit übergroßen Rädern und einem rot flackernden Licht auf der Motorhaube, eins der Sorte, die ein Fahrer je nach Belieben anbringen konnte.

Zwei junge Männer in Jeans, Tarnjacken und mit Baseballkappen auf dem Kopf sprangen heraus und kamen bis zu den Verandastufen heran, nahe genug, um die groteske *pietà* im Flur zu sehen. »Der Krankenwagen kommt gleich«, sagte einer von ihnen, und dann traten beide deutlich verlegen wieder ein paar Schritte zurück. Emma hatte von diesen Jugendlichen schon gehört, den achtzehn oder neunzehn Jahre alten freiwilligen Helfern der Sanitätsmannschaften mit speziellen Radios, die auf den Notrufsender des Bezirks eingestellt waren, sodass sie auch an Unfallorte fahren und gaffen konnten, wenn sie nicht im Dienst waren. Vermutlich war es das einzig Aufregende hier in dieser ländlichen Gegend, dachte sie: Autokarambolagen, Jagdunfälle und Leute mit eingeschlagenem Schädel. Ein weiterer Pick-up mit einem flackernden Licht kam und brachte einen dritten Gaffer, der kaum älter als sechzehn aussah. Emma fragte sich, ob die Sanitäter auch so jung und ahnungslos wie diese Teenager sein würden.

Der Krankenwagen näherte sich zur selben Zeit wie die Bezirkspolizisten, in Stereo kam das Sirenengeheul aus Norden und Süden heran. Emmas Pappeln blitzten rot und blau auf, als der Krankenwagen an den Pick-ups vorbei bis auf den Rand der Wiese fuhr. Der leitende Sanitäter, der auf ihre Veranda trat, hatte zu ihrer Erleichterung einen grauen Schopf.

»Was ist passiert?«, fragte er, als er, eine Tasche mit einem roten Kreuz über der Schulter, die Fliegengittertür öffnete.

»Er wurde mit einem Baseballschläger am Kopf getroffen«, sagte Emma, »hier.« Sie ließ das rechte Geschirrhandtuch los und klopfte mit der Hand an den eigenen Hinterkopf, was einen Blutfleck hinterließ, der übergangslos mit ihrem roten Haar verschmolz.

Der Sanitäter kniete sich neben Jacob und hielt ihm die Finger an den Hals, um seinen Puls zu fühlen. »Hol die Trage!«, rief er seiner Kollegin hinter sich zu, und einer der unbeholfenen Jugendlichen eilte ihr zu Hilfe. In der Zwischenzeit hob der Sanitäter vorsichtig Jacobs Kopf von Emmas Schoß, legte ihn auf den Läufer und nahm sein Stethoskop heraus. Dann spürte Emma auf einmal eine ruhige Hand auf ihrem Arm, und als sie aufblickte, sah sie in die sanften braunen Augen eines jungen Deputys, der eine beigefarbene Polizeiuniform trug und seinen Hut an die Brust gedrückt hielt wie ein bescheidener Verehrer. Langsam half er ihr auf und zog sie weg von dem Verletzten; und als ihre Beine, die vom langen Knien ganz steif geworden waren, wankend unter ihr nachzugeben drohten, ergriff er sie fest am Ellbogen. »Hier entlang, Ma'am«, murmelte er und führte sie in die Küche.

Emma hielt die beiden Geschirrhandtücher hoch, als wollte sie ihm das Blut präsentieren.

»Die können Sie auf den Küchentresen legen«, sagte er. »Soll ich Ihnen ein Glas Wasser bringen?«

Emma schüttelte den Kopf, als sie sich auf den Stuhl setzte, den er für sie hervorgezogen hatte. »Mein Mann«, sagte sie. »Irgendwer muss Rob anrufen.« Der Deputy wies mit einem Kopfnicken auf seinen Kollegen. »Geben Sie Fletcher die Nummer, er wird ihn anrufen.«

In den nächsten Minuten begann Emma, ihre Geschichte zu erzählen – dass sie vom Bach her Stimmen gehört hatte und die Studenten von Maggies Fenster aus sehen konnte. Sie tranken Bier, erklärte sie, und sie war ans Wasser hinuntergegangen, um ihnen zu sagen, dass sie gehen sollten. Sie nannte den Polizisten die Namen der beiden jungen Männer und beschrieb auch die Schwierigkeiten, die sie mit Kyles Diebstählen in der Vergangenheit gehabt hatte. Und dann hatte das namenlose junge Mädchen darum gebeten, die Toilette benutzen zu dürfen.

Ein weiterer Deputy kam in die Küche hinein. »Brennt es hier irgendwo?«

»Nein«, erwiderte Emma verwirrt. »Wie kommen Sie darauf?«

»Aus einem der oberen Fenster hängt eine Strickleiter heraus«, sagte er. »So eine, mit der man bei einem Brand aus dem Haus flieht.«

Emma sprang von ihrem Stuhl auf, rannte durch den Flur und dann immer zwei Stufen auf einmal nehmend die Treppe hinauf. Als sie die Zimmertür ihrer Tochter aufschob, sah sie das leere Bett, das offene Fenster und die Strickleiter. »Maggie!« Sie lehnte sich aus dem Fenster und spähte in die Rhododendronbüsche hinunter. »Maggie, wo bist du?« Emma rannte an dem Deputy vorbei, der ihr bis an die Zimmertür gefolgt war. »Meine Tochter«, murmelte sie, als sie die Treppe wieder hinuntereilte und um die Sanitäter herum, die Jacob auf eine Trage geschnallt und mit einer Infusion, einer Sauerstoffmaske und einer Cervikalstütze versehen hatten.

Emma lief die Stufen der Veranda hinunter und suchte mit Blicken das Grundstück nach rechts und nach links ab. »Maggie!« Zwei weitere Polizeiautos waren eingetroffen, sodass es nun insgesamt vier waren, und sie erkannte den Sheriff Albert King, der erst noch seinen Hut zurechtrückte, ehe er seine schwere Gestalt aus dem Fahrersitz hievte. Ihre Auffahrt glich einem Jahrmarkt mit all den sich drehenden Lichtern, und Emma wandte sich von den vielen Menschen ab und rannte auf das kleine weiße Gästehaus hinter den Eichen am anderen Ende der Auffahrt zu. Maggie benutzte das Gästehaus manchmal als Spielplatz, deshalb rannte Emma dort hinein und suchte im Wandschrank, unter dem Bett und hinter dem Wohnzimmersofa. Sie sah sogar in die Schränke der kleinen Küche, weil sie Maggie dort einmal bei einem Versteckspiel hineingezwängt gefunden hatte. Aber diesmal fand sie nichts. Emma rannte wieder hinaus und weiter zum Bach hinunter.

Im Mondlicht wirkte das Wasser so friedlich, und sein silbriges Schimmern und die murmelnde Strömung bildeten einen angenehmen Kontrast zu den grellen Farben und den schroffen Worten beim Haus. Doch Emma wusste, wie gefährlich der Bach sein konnte mit seinen tiefen Stellen, in denen jedes Kleinkind schnell ertrinken konnte. Als Maggie noch ganz klein war, war Emma mit ihr durchs Wasser gewatet, hatte Steine angehoben, um ihr die rückwärtskrabbelnden Flusskrebse zu zeigen, und hatte ihre Tochter nie weiter als bis auf Armeslänge von sich weggehen lassen. Jetzt konnte die fünfjährige Maggie schwimmen, und bei Tageslicht erkundete sie den Bach allein, während Emma von der Veranda aus zusah. An den meisten Tagen war das Wasser ein zuverlässiger Freund, aber heute Nacht war nichts sicher.

Emma stand auf dem länglichen Felsen, auf den Maggie sich gern mit einem Küchensieb hockte, um kleine Fische einzufangen. »Komm raus, Maggie!«

Als sie sich umdrehte, sah sie den freundlichen Deputy mit Sheriff King herankommen. »Vermisstes Kind«, hörte sie ihn sagen.

»Wie alt ist Ihre Tochter?«, fragte der Sheriff, als Emma von dem Felsen stieg und im Gras flussaufwärts ging.

»Sie ist fünf.«

»Glauben Sie, dass sie weggelaufen ist?«

»Sie muss Angst bekommen haben.«

»Aus dem Fenster ihres Zimmers«, erklärte der Deputy, »hängt eine Strickleiter heraus.«

»Sagen Sie Sensabaugh, er soll eine Suche starten«, erwiderte der Sheriff. »Und setzen Sie auch diese Jungs ein.« Er zeigte auf die drei Teenager, die immer noch oben beim Haus standen und zusahen. »Als Erstes der Bach und die Straße. Danach der Wald.«

Binnen sechzig Sekunden streiften die drei Jugendlichen am Bach entlang, während zwei Deputys die Straße abgingen und mit Taschenlampen in den Graben am Rande des Asphalts hineinleuchteten. Unterdessen war der Sheriff ins Haus gegangen, um noch mit den Sanitätern zu reden, ehe der Krankenwagen Jacob abtransportierte. »Rufen Sie die Dekanin an«, sagte er zu dem Deputy neben sich. »Sie muss die Eltern verständigen. Sagen Sie, es hat einen Unfall gegeben und ein Student wurde mit einem Baseballschläger am Kopf verletzt. Keine weiteren Details, nur das. Und erzählen Sie ihr, dass er ins Krankenhaus von Jackson gefahren wurde, aber höchstwahrscheinlich noch mit dem Hubschrauber in die Universitätsklinik in Charlottesville geflogen wird. Und fragen Sie, ob sie die Telefonnummer und Adresse von diesem Kyle Caldwell hat. Fletcher soll den auftreiben.«

»Verdammt, ich habe hier draußen nirgends ein Signal.« Der Deputy steckte sein Handy wieder ein. »Wo steht der Festnetzapparat?«

Draußen suchte Emma weiter nach Maggie, an allen Lieblingsverstecken – in dem Hohlraum unter der vorderen Veranda und in dem breiten Schlupfwinkel hinter dem Traktor im Sperrholzschuppen. Sie sah unter die Äste der riesigen Magnolie, die zeltartig bis auf den Boden hingen. Durch das dichte Laub drang nur wenig Mondlicht. Der Sheriff, der sich ihr angeschlossen hatte, leuchtete mit seiner Taschenlampe in die Krone hinauf. »Klettert sie?«

»Manchmal«, erwiderte Emma.

»Hat sie irgendwelche Lieblingsbäume außer diesem hier?«

»Die Eiche dort drüben.« Emma zeigte auf den Baum, als sie beide aus der Magnolie hervortraten. »Und die große Weide am Bach.«

»Die sehe ich mir mal an«, sagte der Sheriff. »Danach suchen wir im Wald.«

Emma sah zum Wald hinüber, als der Sheriff wegging, und meinte, ganz kurz etwas Weißes aufblitzen zu sehen, wie ein Glühwürmchen. Der Wald wäre der letzte Ort, wo sie Maggie vermutete – so schwarz und furchteinflößend und weit weg von zu Hause. Und dennoch, da war es wieder, dieses kurze Aufblitzen von Weiß. Langsam überquerte sie die Wiese und rief: »Maggie, bist du dort drinnen? ... Hab keine Angst, Liebling ... Es ist alles wieder gut.«

Am Rande des Waldes schob sie einen Hartriegelstrauch beiseite und entdeckte ein paar mehr weiße Flecken, einige

Hundert Meter vor sich. »Maggie?« Immer noch barfuß lief Emma auf Zehenspitzen über die Zweige und Blätter am Boden. Ohne Taschenlampe war sie schnell von Finsternis umgeben, nur dünne Streifen Mondlicht fielen durch die Baumkronen. Doch es war genug, um das weiße Nachthemd ihrer Tochter auszumachen, das immer größer wurde, je näher Emma kam.

Als sie Maggie erreichte, rannte das Mädchen nicht auf sie zu, es stand auch nicht auf. Maggie blieb an den Baum gelehnt sitzen, das Nachthemd über die Knie gezogen in dem fragilen Versuch, sich einen Schutz zu schaffen. Das Mädchen hob den Kopf lange genug von den Knien, um ihrer Mutter in die Augen zu sehen, und Emma kniete sich vor sie hin. »Oh Maggie, es tut mir so leid«, sagte sie und sah schon in diesem Augenblick voraus, dass es ihr noch viele Jahre lang leidtun würde – dass ihre Tochter alles hatte mit ansehen müssen, dass sie nicht sofort nach dem Notruf in ihr Zimmer geeilt war, dass ihr fünfjähriges Kind sich eine traumatisierende halbe Stunde lang im Wald versteckt hatte. Welchen endlosen Strom des Schmerzes würde das nach sich ziehen?

Emma hob das stumme Mädchen auf, das die Wange auf die Schulter seiner Mutter legte, und zusammen verließen die beiden den Wald.

14

Emma starrte auf Maggies E-Mail, blind für die Worte, sie sah nur das weiße Nachthemd, das ihre fünfjährige Tochter über die knochigen Knie gezogen hatte. Sie verspürte kein Verlangen danach, Sandra McCluskey wiederzusehen – keinen Wunsch, der Frau gegenüberzutreten, deren Lügen ihr Leben verpfuscht hatten. Es hatte sie Jahre gekostet, die Trümmer zu beseitigen und nach und nach wieder etwas aufzubauen und zu vergessen, doch die Wut schwelte noch immer unerbittlich in ihr. Wenn sie Sandra gegenübertreten musste, dann durfte Maggie bei dieser Begegnung auf keinen Fall dabei sein. Und doch wusste Emma, dass sie Maggie nichts abschlagen konnte; ihre Tochter hatte sie um so gut wie nichts gebeten in den letzten neun Jahren.

Nach jener traumatischen Nacht schien Maggie ihre Mutter nicht mehr belasten zu wollen, sie bat um nichts und war stets besonders gehorsam. In den Monaten nach Jacobs Tod hatte Emma Maggies plötzliche Vorliebe für Sauberkeit und ihr sofortiges Zubettgehen zur Schlafenszeit als Zeichen der Angst angesehen. Die kleinen Splitter von Rebellion, die dem Mädchen geblieben waren, richteten sich alle gegen ihren Vater: Nein, sie kam nicht vom Spielplatz, wenn Rob rief. Nein, sie ging nicht in die Badewanne, wenn er sie darum bat. Doch was Emma anging – sie musste nur kaum die Augenbraue heben, und schon gehorchte Maggie.

Gehorsamkeit war nicht der Zug an einem Menschen, den Emma am meisten schätzte. Sie wollte keine ängstliche Tochter aufziehen, die sich leicht von Lehrern, Freunden und

Ehemännern einschüchtern ließ, und so erklärte sie sich ein paar Jahre später, als ihre Ehe nur noch ein Bündel abgerissener Fäden war, damit einverstanden, Rob das Sorgerecht zu überlassen. Wenn Maggie erst einmal aus dem Schatten ihrer Mutter heraus war, würde sie vielleicht lernen, sich durchzusetzen.

Emma hatte noch andere Gründe, einem Sorgerechtsstreit aus dem Weg zu gehen – vor allem die Gewissheit, dass sie gar nicht gewinnen konnte. Welcher Richter hätte schon einer Mörderin das Sorgerecht zugesprochen? Und welche hässlichen häuslichen Geheimnisse wären darüber hinaus zum Vorschein gekommen, wenn sie sich mit Rob vor Gericht gestritten hätte? Zehn Jahre lang hatte er ihre bittersten Bemerkungen ertragen und schweigend die verbalen Angriffe hingenommen, die sie bei ihren Wutanfällen aus tiefer Frustration über ihre Ehe, die Elternschaft und Probleme mit ihrer College-Laufbahn hinausgeschleudert hatte. Einmal, als Maggie und sie gleichzeitig einen Wutanfall bekamen, hatte Rob die Augen verdreht und gefragt: »Wer von euch beiden ist eigentlich das Kind?« Eine Bemerkung, die Emma ihm nie ganz verziehen hatte. Und sie hatte auch nie vergessen, wie prüfend Rob sie betrachtet hatte, als sie ihm zum ersten Mal ihre Begegnung mit Jacob Stewart schilderte, und dann die Sekunden des Zögerns, bis er ihr versicherte, dass es richtig war, was sie getan hatte. Nein – sie hätte nie einen Sorgerechtsstreit gegen einen Mann gewinnen können, der sie so gut kannte.

Emma fragte sich, ob Maggie wusste, wie schwer es ihr gefallen war, auszuziehen – wie sehr all ihre Instinkte dagegen rebelliert hatten. Als sie beschloss, einen Job in Washington, D.C., anzunehmen, hatte Emma die Wochen davor damit zugebracht, Maggie zu versichern, dass sie sie nicht verlassen würde. Während des Schuljahrs würde Maggie jeden Monat ein Wochenende in Washington verbringen, und Emma würde mit derselben Regelmäßigkeit nach Jackson kommen.

Und im Sommer könnte Maggie dann sechs Wochen lang in Emmas Eigentumswohnung im Stadtteil Dupont Circle wohnen und die ideale Mischung aus Stadt- und Landleben genießen. In Jackson könnte sie in den Bergen wandern gehen, Kajakfahren lernen und auf eine der kleinen, sicheren Schulen mit großen, üppig grünen Spielplätzen gehen. In Washington könnte sie Museen, Konzerte und Festivals besuchen und jede Sorte Essen ausprobieren. Klang das nicht wunderbar?

Aus der Rückschau betrachtet, hätte Emma sich wohl gar nicht so viel Mühe geben müssen, den Schock ihres Auszugs abzumildern, denn Maggie zeigte keinerlei Anzeichen von Traurigkeit oder Angst, als ihre Mutter ihre Kleidung und Bücher in Kartons verpackte. Emma hatte heimlich einen der Stoffbären ihrer Tochter ganz unten in ihrem Koffer verstaut, während Maggie draußen im Garten spielte, weil sie etwas brauchte, an dem sie sich nachts festhalten konnte, etwas, das nach dem Haar und der lieblichen Haut ihrer Tochter roch. Und als sie später dann ihre Sachen ins Auto lud und Maggie ihr von der Veranda aus zusah, hatte Emma den Eindruck, dass ihre unergründliche Tochter vor allem ein Gefühl der Erleichterung ausstrahlte. Oder war es doch nur Emmas Schuldgefühl, das ihr den Blick trübte?

Rob schwor danach monatelang, dass Maggie ihre Mutter vermisste, dass sie zwei Wochen lang in Robs Bett schlief, nachdem Emma ausgezogen war, nicht weil sie ihrem Vater nahe sein wollte, sondern weil Emmas Geruch noch in den Laken hing. Er hatte gesehen, wie Maggie ein Foto von Emma aus dem Familienalbum nahm und es unter ihr Kissen legte, und manchmal sah Rob sie im Bett liegen und es ansehen.

Emma selbst fiel auf, dass die Kette, die sie Maggie bei deren erstem Besuch in Washington geschenkt hatte, auch drei Wochen später noch, als Emma sie in Jackson besuchen kam, um den Hals ihrer Tochter hing.

»Sie nimmt sie nie ab«, erklärte Rob. Neugierig geworden, schenkte Emma Maggie am nächsten Tag ein Armband und einen Monat später noch einen Ring und beobachtete, wie jedes dieser Schmuckstücke zu einem festen Bestandteil ihrer Tochter wurde. Und Emma hoffte, dass so ihre Liebe den Hals, das Handgelenk und die Finger ihrer Tochter berührte, auch wenn sie Maggies Herz noch nicht wieder erreichen konnte.

Jetzt schenkte Emma ihrer Tochter nur ein paar magere Worte:

Du kannst etwas irgendwann am Samstag ausmachen. Ich komme Freitagabend nach Jackson.

Es klopfte an Emmas Tür, und ihre Assistentin Ruth steckte den Kopf herein. »Ich sollte Ihnen Bescheid sagen, wenn Maria Cortez da ist.«

»Ja.« Emma schaltete ihren Computer aus und versuchte, sich zu konzentrieren. Die Vergangenheit war ein tiefer Brunnen, in den sie oft kopfüber hineinfiel, und es dauerte immer einen Augenblick, bis sie ihren geistigen Halt wiederfand. Sie betrachtete das Büro um sich herum – eierschalfarben gestrichene Betonwände, ein dünner brauner Teppich, der an den abgewetzten Teddybären eines Kindes erinnerte, ein Holztisch und metallene Aktenschränke, gestiftet von den Privatschulen in Washington. Wieder ein Mittwochnachmittag im North Capitol Center, Washingtons größtem Zufluchtsort für Frauen und Kinder, und die zierliche Frau, die da zögernd durch ihre Tür hereintrat, war eine von Emmas Stammgästen.

Maria Cortez war fünfundzwanzig Jahre alt, sah aber aus wie sechzehn mit ihrem langen schwarzen Zopf und dem Kleid im Empirestil, das lose über eine gestreifte Leggings fiel. Jedes Mal, wenn Emma Maria sah, musste sie an eine schöne Puppe denken, kaum einen Meter sechzig groß, mit mokkafarbener Haut und Augen wie Ahornsirup. Aber Maria war die Puppe eines unachtsamen Besitzers; einmal war sie mit einem gebrochenen Arm in Emmas Büro erschienen, ein andermal mit Brandwunden von Zigaretten. Heute kam sie mit einer aufgesprungenen Lippe und einem blauen Auge, das von Tränen glitzerte, als Emma sie zärtlich in die Arme schloss, bemüht, ihre blauen Flecken nicht zu drücken.

»Ich bin froh, dass Sie hier sind. Setzen Sie sich doch.«

Emma zeigte auf das blaue Sofa ihrem Schreibtisch gegenüber, das sogenannte »Seelentröstersofa«, auf dem schon Hunderte von misshandelten Frauen ihre Geschichten erzählt oder auch geschwiegen hatten, ganz so, wie sie wollten. Emma glaubte an die heilende Kraft des Wortes, aber sie wusste auch um den Wert des Schweigens, wenn sie nur still dasaß und der Frau die Hand hielt.

»Er hat gesagt, er bringt mich um, wenn ich noch mal herkomme«, murmelte Maria.

»Glauben Sie, dass er diese Drohung ernst meint?«, fragte Emma und dachte bereits daran, dass sie Maria dann morgen in ein kleines anonymes Frauenhaus schicken musste, dessen Adresse an niemanden herausgegeben wurde.

»Wahrscheinlich schon.« Maria nickte. »Aber es macht mir nichts mehr aus. Ich habe es so satt, soll er es doch tun. Ich mache mir nur solche Sorgen um Christian.«

Christian war Marias zehnjähriger Sohn, das Kind eines Kindes, mit einem namenlosen Vater und einem brutalen Stiefvater – ein Junge, dessen Wohlergehen ganz von dieser kleinen, alles erduldenden Frau abhing, die einst davon geträumt hatte, Krankenschwester zu werden, dann aber die Highschool abgebrochen hatte, weil sie schwanger wurde, und nun stundenweise als Putzfrau arbeitete.

»Ich bin hier, weil Carlos sich jetzt auf Christian konzentriert.«

Emma nickte. *Konzentrieren.* Ein Lieblingswort in ihrem früheren Leben. Ihr Essay sollte sich stärker auf seine These konzentrieren. Sie schweifen ab, Sie müssen sich besser konzentrieren. Warum konzentrieren Sie sich nicht auf Ihr Hauptargument?

Für Maria Cortez war »konzentrieren« ein Euphemismus für Schlagen, Treten, Ohrfeigen und außerdem für Brandwunden. Ihr Mann Carlos war fasziniert von verkohlter menschlicher Haut, was er manchmal an sich selbst auslebte, indem er sich mit glimmenden Streichhölzern groteske Flecken an Armen und Beinen zufügte. Doch noch häufiger »konzentrierte« er sich auf Maria. Emma warf einen Blick auf Marias Leggings und fragte sich, welche Schrecken sich darunter verbargen. Als sie die damals zweiundzwanzigjährige Frau zum ersten Mal traf, lag Maria im Krankenhaus mit Verbrennungen dritten Grades an den Armen, die offenbar von einer Pfanne voll heißem ausgelassenem Speck stammten.

»Wo ist Christian jetzt?« Aus jahrelanger Erfahrung wusste Emma, dass die Mütter sich nie sicher fühlten, wenn ihre Kinder nicht außer Gefahr waren. Zu oft schon hatte sie Frauen zu gewalttätigen Männern zurückkehren sehen, die unter dem Schutzschild der Vaterschaft ein Kind als Geisel genommen hatten.

»Christian ist bei meiner Schwester Christina. Sie ist seine Patentante.«

»Sie wohnt im selben Haus wie Sie, oder?«

Maria schüttelte den Kopf. »Christina ist zu ihrem Freund gezogen.«

»Wo wohnen die beiden?«

»Ein Stück die Straße runter.«

»Kennt Carlos die Adresse?«

Maria nickte schweigend.

Emma seufzte. »Christian sollte auch hier sein, zusammen mit Ihnen, damit Sie auf ihn aufpassen können und wissen, dass es ihm gut geht.«

Maria starrte ihre Hände an. Dieses Gespräch hatten Emma und sie früher schon geführt. Die junge Frau wollte nicht, dass ihr Sohn seine Mutter in einem Heim für obdachlose und misshandelte Frauen sah – und dass sich in sein

Gedächtnis das Bild eingrub, wie die Bewohnerinnen in der Cafeteria mit orangefarbenen Plastiktabletts in Händen auf ihre Portion grüne Bohnen oder gekochtes Hähnchen warteten, die jüngeren mit Make-up im Gesicht, um die blauen Flecken zu verdecken, während ein paar der älteren, psychisch kranken Frauen laut über Syphilis und Gonorrhoe vor sich hin schimpften.

Emma respektierte Marias Wunsch, den Jungen zu schützen. Aber was glaubte sie eigentlich, was Christian jeden Tag zu Hause oder auf der Straße zu sehen bekam? Gangs, Drogen, der gewalttätige Stiefvater. Dagegen war das North Capitol Center ein Luxushotel, ausgestattet mit einem Basketballplatz, einem renovierten Spielplatz und einer neuen Kletterwand, die von ehrenamtlichen Helfern bewacht wurde. Hier gab es warme Mahlzeiten, saubere Betten und sechs extra für Kinder eingerichtete Computer, an denen Christian Lernspiele spielen oder auf kindergesicherten Webseiten surfen konnte. Maria wollte die Illusion aufrechterhalten, dass Christian in einer normalen Familie lebte, mit liebenden Eltern, in einer sauberen, sicheren Wohnung und mit einer fröhlichen Tante in der Nähe, die ihn manchmal zu unangekündigten Übernachtungen bei sich zu Hause von der Schule abholte.

»Weiß Christian, was er tun muss, wenn Carlos auftaucht?«, fragte Emma.

»Carlos arbeitet heute bis neun«, erwiderte Maria. »Er wird erst mitkriegen, dass ich nicht zu Hause bin, wenn er aus der Arbeit kommt.«

»Carlos ist unberechenbar«, sagte Emma sanft. »Vielleicht geht er einfach nicht zur Arbeit oder kommt früher nach Hause. Und er vermutet, dass Sie hier sind, oder? Er hat Ihnen doch gedroht?«

Maria verstand. »Wenn er bei Christina auftaucht, ruft sie die Polizei.« Emma warf Maria einen strengen Blick zu, und die junge Frau senkte den Blick und gab mit einem stummen Achselzucken zu, dass die Polizei wohl gar nicht erst kommen würde, vor allem dann nicht, wenn die Gewalt nur angedroht und noch nicht ausgeübt worden war. In Marias Viertel waren häusliche Streitereien so üblich wie regnerische Tage.

»Christinas Freund kommt um sieben nach Hause. Er ist groß, und er mag Carlos nicht.«

»Das ist gut.« Emma nickte. Carlos terrorisierte gern zierliche Frauen und Kinder, doch in der Gegenwart erwachsener Männer verfiel er normalerweise in unterdrücktes Grollen.

Emma griff quer über ihren Schreibtisch nach dem Telefon und stellte es auf den Beistelltisch neben Maria. »Ich möchte, dass Sie Christina anrufen. Sagen Sie ihr, sie soll mit Christian in den Park oder eine Cola trinken gehen, und sagen Sie ihr, dass sie so lange von zu Hause wegbleiben soll, bis ihr Freund da ist. Sie soll die Lokale meiden, in die sie sonst immer geht, weil Carlos dort vielleicht nach ihr suchen wird. Am besten ist es, wenn sie sich an belebten Orten aufhält. Während Sie telefonieren, gehe ich nachsehen, ob Ihr Bett bezogen und Ihr Spind sauber ist.«

Sie öffnete ihre Bürotür und winkte Ruth herbei. »Helfen Sie Maria bitte, wenn Sie irgendetwas braucht.« Emma drehte sich noch einmal zu Maria um. »Möchten Sie einen Kaffee oder eine Limo?«

»Eine Cola, bitte«, erwiderte Maria, und Ruth nahm eine Flasche aus dem kleinen Kühlschrank.

Unterdessen griff Emma nach der Platte mit Gebäck, die auf Ruths Schreibtisch stand, kehrte noch einmal in ihr Büro zurück und reichte sie Maria. »Nehmen Sie sich von dem selbst gebackenen Kürbiskuchen.«

Zweimal in der Woche gaben ehrenamtliche Helferinnen aus der Umgebung den Bewohnerinnen des Heims Unterricht im Backen, und wenn die Cafeteria geschlossen war, durften die Frauen die große Küche benutzen, um sich in der Kunst des Blätterteigs und steifer Baisers zu üben. Emma warb fürs Backen als Arznei für die Seele. In einer Welt, in der eine Frau so vieles nicht kontrollieren konnte, bot das Backen eine gewisse Stabilität. Und sie hoffte auch, dass es den Kindern im Heim den Eindruck eines Zuhauses vermittelte und vielleicht Trost spendete, ihren Müttern beim Backen von Bananen- und Zitronenkuchen helfen zu können. Emma sagte den Kirchengemeinden in der Umgebung oft, dass das Heim Mehl und Zucker genauso nötig brauche wie Decken und Bettbezüge, und sie betrachtete es als ein gewisses moralisches Defizit, wenn sie selbst manchmal am Abend zu Hause rohen Keksteig aus der Packung aß.

»Ich bin gleich wieder da«, sagte sie zu Maria, und an der Bürotür murmelte sie Ruth noch zu: »Holen Sie den Erste-Hilfe-Koffer und versuchen Sie, herauszufinden, ob sie noch weitere Verletzungen hat.« Ihre Assistentin war ausgebildete Krankenschwester und kümmerte sich neben ihren Aufgaben in der Verwaltung in leichteren Fällen auch um die medizinische Versorgung der Bewohner.

Als Emma auf den Korridor hinaustrat, blieb ihr Blick an den Messingbuchstaben an der Holztür hängen: »Direktor«. Ihre offizielle Berufsbezeichnung lautete »Heimleiterin«, aber sie hatte den Schriftzug nie austauschen lassen, weil sie »Direktor« ganz passend fand. Das North Capitol Center war in einer ehemaligen Grundschule untergebracht, einem zweistöckigen Backsteingebäude mit weißen Säulen am Haupteingang und einer halbrunden Buchsbaumhecke, die einen zehn Meter hohen Mast umschloss, an dem die Kinder des Heims jeden Tag die Flagge hissten und wieder einholten. Die Schule hatte vor fünf Jahren eigentlich abgerissen werden sollen, um Platz zu schaffen für neue Eigentumswohnungen, doch noch ehe die Baufirmen anrücken konnten, war der Bürgermeister von Washington eingeschritten. Aufgrund der wirtschaftlichen Rezession war der Anteil der Obdachlosen an der Bevölkerung auf zwanzig Prozent gestiegen, und der Bürgermeister hatte unter großem öffentlichem Druck gestanden, darauf zu reagieren. Die Zehn-Millionen-Dollar-Spende eines anonymen ehemaligen Schülers ebendieser Grundschule hatte schließlich genug bürgermeisterliches Mitgefühl erkauft, dass nun Pläne verkündet wurden, die alte Schule solle in ein Obdachlosenheim umgebaut werden.

Die Nachbarn hatten erbittert protestiert. North Capitol war ein Stadtteil, der großem Wandel unterworfen war, noch hin- und hergerissen zwischen Gentrifizierung einerseits und städtischer Verelendung andererseits. Man hatte auf schön herausgeputzte Wohnanlagen gehofft, und nicht auf ein Heim für Penner und Drogensüchtige, die überall auf dem Grundstück herumlungern und sich wie Läuse auch in dem sie umgebenden Wohngebiet ausbreiten würden. Die lautstärksten Nachbarn hatten sich mit der Immobilienfirma zusammengetan, die den Neubauplan umsetzen wollte, und ein Triumvirat von Anwälten angeheuert, die damit drohten, das Heimprojekt auf unabsehbare Zeit zu blockieren.

Zu diesem Zeitpunkt trat Emma auf den Plan. Vor ihrem Wechsel zum North Capitol Center hatte sie fünf Jahre lang erst als stellvertretende Leiterin und dann als Leiterin in Kelly's House gearbeitet, einem Zwanzig-Betten-Heim für misshandelte Frauen, das in einer großen viktorianischen Villa am Rande des Stadtteils Adams Morgan untergebracht war. Die Zeitschrift ›Mother Jones‹ hatte Kelly's House in einem Artikel als ein Vorzeigeheim beschrieben, in dem nicht nur Sauberkeit und Mitgefühl herrschten, sondern das auch eine hervorragende Erfolgsquote vorweisen konnte bei der Vermittlung eigener Wohnungen und fester Jobs an seine Bewohner. Daraufhin hatte die ›Washington Post‹ Emma als vielversprechende Interessensvertreterin des Gemeinwesens gefeiert, was ihr eine Auszeichnung beim alljährlichen Abendessen des Bürgermeisters für die Leiter gemeinnütziger Einrichtungen einbrachte und einen Sitz im Ausschuss für Sozialdienste.

Letztlich war es auch Emma gewesen, die den Bürgermeister davon überzeugt hatte, dass man das North Capitol Center den Nachbarn sicher schmackhafter machen könnte, wenn man es ausschließlich Frauen und Kindern widmete. Und damit wäre der Bürgermeister auch moralisch auf der sicheren Seite. Welcher Anwalt würde schon auf CNN auftreten und gegen einen sicheren Hafen für misshandelte Frauen wettern wollen?

Den Nachbarn stellte Emma die Idee als ein Projekt der Hilfe zur Selbsthilfe für Frauen vor. »Wir haben ein Haus der Barmherzigkeit vor Augen«, hatte sie auf öffentlichen Anhörungen gesagt, »eine sichere, saubere Einrichtung mit einer Kindertagesstätte und Aktivitäten nach der Schule, damit die am stärksten gefährdeten Kinder unserer Stadt nicht den gefährlichen Einflüssen der Straße ausgesetzt sind.« Sie hatte ihre Reden mit weichen weiblichen Wörtern wie »Mütter«, »Großmütter« und »Babys« gespickt und versprochen, dass dies ein weiteres Vorzeigeheim werden sollte, in dem Frauen Zugang zu medizinischer Versorgung und gesundem Essen haben würden. Und die meisten Arbeiten rund um das Haus würden von den Bewohnern selbst geleistet, die sauber machen, kochen und das Grundstück pflegen würden.

Der Bürgermeister war stillschweigend davon ausgegangen, dass Emma das neue Heim leiten würde, auch wenn sie das nie gesagt hatte. Ihr gefiel es in Kelly's House, in dem alle Bewohnerinnen in einem großen Esszimmer an zwei runden Tischen gemeinsam aßen. Adams Morgan war ein lebendiges Viertel voll schöner, leicht heruntergekommener Wohnhäuser und alter Stadtvillen mit schiefen Holzveranden, auf denen sich an den Sommerabenden die Familien versammelten und über die Luftfeuchtigkeit lamentierten. Eine kubanische Tapas-Bar war nur zwei Blocks entfernt, und brasilianische, thailändische und äthiopische Lokale waren gut zu Fuß zu erreichen.

Verglichen damit lebten in North Capitol mehr ältere und mehr weiße Leute, und es wirkte langweiliger. Zwei Monate lang war Emma von Tür zu Tür gegangen, hatte Broschüren über erfolgreiche Frauenheime in anderen Städten verteilt und dabei immer wieder gespürt, dass ihre weiße Hautfarbe das Passwort war, das ihr in diesen Backsteinreihenhäusern zehn Minuten auf dem Wohnzimmersofa verschaffte. Genau wie der Bürgermeister nahmen auch die Bewohner an, dass sie mit der zukünftigen Heimleiterin sprachen. Emmas Bereitschaft, die Stelle zu übernehmen, war schließlich zu einer Voraussetzung für die Zustimmung der Leute geworden. Und je länger Emma in die Augen der Frauen und Männer schaute, desto stärker fühlte sie sich verpflichtet, ja hatte sie das Bedürfnis, ihnen zu versichern, dass dieses Heim keine Bedrohung für ihr soziales Ansehen bedeutete. Viele hier hatten geradezu eine Bunkermentalität – Ehepaare in Rente klammerten sich verzweifelt an die Ehrbarkeit des Mittelstandes, den sie durch harte körperliche Arbeit errungen hatten, waren misstrauisch einer jungen Generation gegenüber, die nur noch vor dem Bildschirm hockte, und ganz besonders auf der Hut vor den farbigen Familien ein paar Blocks entfernt, wo die Zwölfte Straße die Grenze zwischen weißer Abstiegsparanoia und schwarzem Aufstiegsehrgeiz bildete.

»Ein Heim für Frauen wird Ihrem Viertel nicht schaden«, hatte Emma den Leuten von North Capitol versprochen. Die Bewohnerinnen würden sich besser benehmen als die lärmenden Fünft- und Sechstklässler der Grundschule, die nach dem Unterricht durch die Straßen gezogen waren und Klingelstreiche gemacht hatten.

Man könnte eine Ecke der Rasenfläche zu einem Garten umwandeln, in dem die Bewohnerinnen dann Gemüse anbauen. Man könnte die Küche der Cafeteria nutzen, um die geernteten Nahrungsmittel zuzubereiten, und zweimal in der Woche könnte man Kochkurse anbieten. Außerdem würde die Bibliothek mit Büchern, Zeitschriften und alten Computern aus den Verwaltungsbüros der Bezirksregierung bestückt, und ehrenamtliche Helfer würden Lese- und Schreibunterricht erteilen, Geschichten vorlesen und die Kinder bei ihren Hausaufgaben unterstützen. Die Bibliothek war Emmas Lieblingsargument, und sie sprach mit der Begeisterung der einstigen Literaturprofessorin, wenn sie die Nachbarn bat, doch auf jeden Fall ausgelesene Bücher zu spenden.

Von Woche zu Woche schmückte Emma ihre Vision vom idealen Heim mit noch mehr Merkmalen des gehobenen Mittelstandes aus, einschließlich Kompostierung im Garten, Kunsttherapie und einem Treffen des Buchclubs alle zwei Wochen. Natürlich murrten die Nachbarn immer noch – ein Frauenheim würde die Immobilienpreise nicht gerade in die Höhe treiben. Doch Emma wies mit großer Ruhe darauf hin, dass gerichtliche Schritte das Projekt lediglich verzögern könnten. Denn wegen der anonymen Spende von zehn Millionen Dollar war klar, dass schließlich ein Heim eingerichtet werde. Das Viertel aber würde mit einem Frauenheim vermutlich besser zurechtkommen als mit einem gewöhnlichen, von Männern dominierten Obdachlosenheim.

Was Emma öffentlich nicht ansprach, auch wenn sie es nur zu gut wusste, war, dass selbst in einem Heim für Frauen Männer auftauchen würden, meistens nachts – Ehemänner, die um ein Uhr morgens nach ihren Frauen riefen, trügerisch reumütig und voller Liebesschwüre und Versprechen, sich ändern zu wollen. Ihre zuckersüßen Fassaden erinnerten Emma oft an Jacob Stewart, obwohl sie versuchte, ihre Gedanken zu disziplinieren und ihr heutiges Urteil nicht von der Last der Vergangenheit überschatten zu lassen. Doch es war unmöglich, nicht an Jacob zu denken, wenn sie sah, wie die Mienen der Männer sich verdüsterten, sobald sie verstanden, dass Emma ihre Lügen durchschaute und entschlossen war, sie nicht hereinzulassen. Sie hatte in Kelly's House schon etliche Verwandlungen von Jekyll zu Hyde miterlebt, und die anhaltenden Drohungen wurden durch die verzerrten Gesichtszüge im gelborangen Straßenlicht nur noch grässlicher. Normalerweise stellte Emma sich mit vor der Brust verschränkten Armen auf die Eingangsstufen vor dem Haus, flankiert von zwei jungen ehrenamtlichen Helfern aus den Colleges der Stadt. Ihre Taktik hing von der Geschichte des prügelnden Mannes ab. Oft reichte eine Zurechtweisung, um diese Männer nach Hause zu schicken; aber gelegentlich, wenn sie ein Vorstrafenregister hatten oder bekannt war, dass sie eine Waffe trugen, verriegelte Emma Türen und Fenster, sobald sich Schwierigkeiten abzeichneten, rief die Polizei und wies ihre Bewohnerinnen an, sich auf den Boden zu legen, um sich vor Scherben zu schützen, sollten Steine oder Pistolenkugeln die Fensterscheiben zerschlagen. »Tornado-Alarm« nannte sie diese seltenen Vorkommnisse. »Sieht aus, als hätten wir einen Sturm vor unserer Tür. Einen Hurrikan namens Rodney.«

Als sie für das neue Heim warb, hatte Emma nicht geahnt, dass die respekteinflößende Fassade eines Schulgebäudes dazu beitragen würde, Probleme solcher Art zu minimieren. In den folgenden Jahren machte sie die Erfahrung, dass Männer, die ohne jeden Skrupel an die Tür eines alten Wohnhauses hämmerten oder versuchten, durch Fenster im ersten Stock einzusteigen, nur widerwillig eine öffentliche Institution betraten. Der Flaggenmast, die weißen Säulen, die schwere metallene Tür, der mit Linoleum ausgelegte Korridor dahinter, das Büro der Heimleiterin in unmittelbarer Nähe – all das rief bei ihnen einschüchternde Erinnerungen an die eigene Schulzeit wach.

Seit der Öffnung des Heims hatten sich nur drei Männer draußen herumgetrieben und krakeelt, aber selbst da hatte das Gebäude sie abgewehrt. Sie hatten keine Ahnung gehabt, wo ihre Ehefrau oder Freundin untergebracht war – und an welcher Hausseite sie schreien sollten –, und waren sich auch nicht sicher gewesen, ob ihre Stimmen überhaupt durch diese dicken Backsteinwände drangen. Die Männer, die es einmal versucht hatten, kamen normalerweise kein zweites Mal mehr.

Als Emma jetzt den Korridor entlanglief, fühlte sie sich wie eine Mutter Oberin, die ein mittelalterliches Nonnenkloster betreute. Vor achthundert Jahren hätte ihr diese Rolle sicher gefallen, wenn sie denn mit dem Zölibat zurechtgekommen wäre. Fast zweihundert Frauen und siebzig Kinder wohnten innerhalb dieser Mauern, zehn Prozent mehr, als Emma erwartet hatte. »Wenn Sie es aufmachen, werden sie kommen«, hatte sie zum Bürgermeister gesagt. Aber sie hatte nicht vorausgesehen, wie groß der Andrang sein würde und wie viele Frauen sie in andere Einrichtungen weiterschicken musste. Manche Beobachter beklagten, dass Emma das North Capitol Center zu einem allzu gemütlichen Heim gemacht hatte; und in einem Leitartikel der ›Washington Times‹ wurde sie beschuldigt, eine verbitterte geschiedene Frau zu sein, die Familien zerstöre und andere Frauen ermuntere, ebenfalls ihre Ehemänner zu verlassen. Die Anschuldigungen waren natürlich lächerlich. Wie sollte das Wohnen in einer Grundschule jemals gemütlich werden, in Feldbetten, zu zwölft in einem Klassenzimmer, mit einem einzigen Spind für die ganze Habe einer Frau? Sie hatte eine Erwiderung geschrieben, in der sie die Behauptung dieser Verleumder, sie würde es den Frauen zu leicht machen, ihre Ehemänner zu verlassen, mit spitzer Feder aufgriff: »Wenn ein Mann seiner Frau die Rippen bricht, wer würde es ihr da noch schwer machen wollen, ihn zu verlassen?«

Mütter mit kleinen Kindern hatten oberste Priorität im North Capitol Center, und als Emma jetzt an den offenen Türen des alten Kindergartenraums vorbeikam, sah sie, dass neben dem Feldbett jeder Frau ein Kinderbettchen oder eine Wiege stand. Das war die Kinderstube des Heims für Frauen mit Babys, die jünger waren als zwei Jahre. Wenn die Kleinen nachts aufwachten, konnten die Frauen mit ihnen über den Korridor in den Aufenthaltsraum der Lehrer gehen, der neu ausgestattet worden war mit Sofas, Schaukelstühlen zum Stillen und einem Herd, auf dem sie Milchfläschchen wärmen konnten. Im Aufenthaltsraum stand einer der wenigen Fernseher des Heims. Im Allgemeinen war Emma dagegen, doch sie erinnerte sich noch an die durchwachten Nachtstunden in Maggies ersten Lebensmonaten, als sie im dunklen Wohnzimmer umherlaufend versuchte, ihre Tochter in den Schlaf zu wiegen, und Gott für die nächtlichen Wiederholungen von ›Law & Order‹ dankte, die mit gedämpfter Lautstärke in der Ecke flimmerten.

Emma lief eine der Treppen hinauf, an den ehemaligen Klassenzimmern vorbei und bis ans andere Ende des Gebäudes. Das war der sicherste Platz im Heim, in der zweiten Etage. Zu hoch, als dass jemand durchs Fenster hätte sehen können – zu hoch für Carlos Cortez, um seine Nase an die Scheibe zu drücken. Emma betrat einen Raum, der kaum noch als einstiges Klassenzimmer zu erkennen war, denn die Tafeln waren mit Wandbehängen aus Stoff verdeckt und die nackten Steinwände mit Postern impressionistischer Landschaften geschmückt. Drei Stockbetten für Kinder und sechs Feldbetten für Frauen waren wohnlich auf blauen und grünen Teppichen arrangiert, und die weißen alten Nachttischlampen von der Heilsarmee machten die Neonbeleuchtung an der Decke überflüssig. Den letzten Schliff verliehen dem Raum aber die Spitzengardinen, die an den Fenstern hingen, selbst gehäkelt von einer der belastbarsten Bewohnerinnen des Heims, Martha Diaz.

Martha war eine zweiundsechzigjährige, auf Jamaika geborene Witwe mit weißem Haar und kräftiger Statur, die in diesem Moment die Laken eines Feldbetts abzog und sie in einen Plastikwäschekorb stopfte. Bis Mitte vierzig hatte sie als Wachfrau gearbeitet, doch dann hatten die immer wiederkehrenden depressiven Schübe, verschlimmert durch ihre Alkoholsucht, sie von einem Job zum nächsten getrieben. Drei Jahre lang war sie obdachlos und nur selten einmal nüchtern gewesen, bis sie ins North Capitol Center für Frauen kam, und innerhalb dieser Mauern hier hatte Martha ihr Verantwortungsbewusstsein wiedergefunden und war für viele der jungen Frauen zu einer Art Heimmutter geworden. Sie war eine leidenschaftliche Hausfrau, Gärtnerin und Dekorateurin, und als Martha vor acht Monaten um eine Nähmaschine bat, hatte Emma gleich drei gekauft und sich Vorwürfe gemacht, dass sie daran nicht schon früher gedacht hatte. Von Wal-Mart waren Stoffspenden gekommen, und Martha hatte anderen Bewohnerinnen gezeigt, wie man Vorhänge für die Klassenzimmer nähte. Ein paar Müttern hatte sie auch gleich beigebracht, Kleider für ihre Kinder zu nähen.

Jetzt ging Emma Martha zur Hand, ergriff das Ende eines sauberen Lakens und half ihr, es über die Matratze zu ziehen.

»Maria ist da«, sagte Emma.

Martha nickte. »Sie kann das Bett hier haben. Hat sie Christian mitgebracht?«

»Nein. Er ist bei ihrer Schwester.«

»Ist er da sicher?«, fragte Martha.

»Ich hoffe es.«

Sie ließen ein sauberes Decklaken über der Matratze flattern, dann zogen sie es glatt, und Emma versuchte, die Ecken ebenso akkurat zu falten wie die ältere Frau, doch es gelang ihr nicht.

»Wie sieht sie aus?«, erkundigte sich Martha.

Emma seufzte. »Schwer zu sagen, sie trägt lange Ärmel und Leggings. Aber sie hat ein blaues Auge und eine aufgesprungene Lippe. Ruth kümmert sich im Moment um sie.«

»Ein fieser Kerl, dieser Carlos.« Martha legte ein sauberes Kissen auf das Feldbett. »Glauben Sie, dass sie auch diesmal wieder zu ihm zurückgeht?«

»Ich weiß es nicht.«

Martha schüttelte den Kopf. »Ihr kleiner Junge hält das nicht mehr lange aus.«

»Sie ist stärker, als sie aussieht«, erwiderte Emma, auch wenn sie Martha insgeheim zustimmte. Marias Situation wurde immer schlimmer und folgte einem Muster, das Emma schon oft gesehen hatte: Die gewalttätigen Übergriffe häuften sich und wurden schwerwiegender, wenn der Mann alle Scham verlor und die Frau alle Hoffnung. Dies war Marias dritter Besuch im Heim und vermutlich ihre letzte Chance, zu entkommen.

»Wird Carlos hier auftauchen?«, fragte Martha.

»Wahrscheinlich.« Emma nickte. Es wäre nicht das erste Mal. Er gehörte zu den wenigen Männern, die sich vor dieses Gebäude stellten, lautstark ihre Reue bekundeten und ihre Ehefrauen anflehten, doch zurückzukommen. Carlos hatte Maria versprochen, ihr niemals wieder wehzutun, wenn sie nur bitte, bitte zu ihm zurückkäme.

An jenem Abend war Emma in ihrem neuen Heim noch in der Einarbeitungsphase gewesen und hatte Maria dummerweise in einem Raum zur Straße hinaus untergebracht. Es waren nur zwei Betten frei gewesen, als die junge Frau kam, und sie hatte keine andere Wahl gehabt. Diesen Fehler würde Emma nie wieder machen. Maria hörte die Beteuerungen ihres Ehemanns durch die geschlossenen Fenster, und sein Schluchzen erweichte ihr Herz.

»Glauben Sie ihm kein Wort«, warnten die anderen Frauen. »Denen tut es immer nur so lange leid, bis sie das nächste Mal betrunken sind.«

Als Maria nicht kam, hatte Carlos mit einem Stein ein Fenster im ersten Stock eingeworfen und war weggerannt. Am Morgen darauf war Emma zur Staatsanwaltschaft gegangen, um eine Klage gegen ihn einzureichen und eine einstweilige Verfügung auf Kontaktverbot zu erwirken. Doch als sie ins Heim zurückkam, hatte Maria ihre kleine Einkaufstasche mit Kleidern bereits gepackt und war nach Hause gegangen.

»Ist ihr Spind desinfiziert?«, fragte Emma. Wie die meisten Heime führte auch das North Capitol Center für Frauen einen nie endenden Krieg gegen Läuse und Bettwanzen.

»Ja«, sagte Martha.

»Und der für Christian auch, wenn er kommt?«

»Natürlich.«

»Sie sind ein Engel.« Emma schloss Martha in die Arme und trat dann einen Schritt zurück, überrascht, dass die Frau errötete.

»Was wollen Sie tun, wenn Carlos auftaucht?«, fragte Martha.

»Sergeant Rodriguez hat gesagt, dass er die Nacht hier verbringt«, erwiderte Emma. »Er weiß, was zu tun ist.«

Martha lächelte. »Sergeant Rodriguez ist Ihr spezieller Freund, stimmt's?«

Jetzt war es an Emma, zu erröten.

»Das ist ein guter Mensch, der Polizist, den Sie da haben.« Martha sprach, ohne den Blick von den Handtüchern zu heben, die sie zusammenlegte.

»Ja«, sagte Emma. Junot Rodriguez war ein sehr guter Mensch.

15

Als Emma in ihr Büro zurückkam, saßen Ruth und Maria auf dem Sofa und aßen Kürbiskuchen.

»Maria würde gern eine der Nähmaschinen benutzen«, sagte Ruth, »und einen Schlafanzug für Christian nähen.«

»Gute Idee.« Emma nickte. »Martha wird Ihnen helfen.«

Sie warf einen Blick auf ihre Armbanduhr: halb sechs. Noch zwei Stunden, bis Junot Feierabend hatte und ihr ein Take-away vom Thailänder brachte. Nicht mehr genug Zeit, um mit der Metro nach Hause zu fahren und ausgiebig zu duschen und zu entspannen, ehe sie zurückkommen musste, aber noch genug, um sich auf dem Sofa auszustrecken, die Augen zu schließen und ein paarmal tief durchzuatmen.

»Wenn Sie Maria in Zimmer 209 hinaufbringen«, sagte sie zu Ruth, »stecke ich mein Telefon aus und lege mich hin. Sollte ich um sieben noch nicht wieder ans Telefon gehen, kommen Sie mich bitte wecken.«

Als sie das Licht ausgeschaltet hatte und nur noch die Abendsonne durch die Fenster hereinfiel, holte Emma zwei Decken und ein Kissen aus ihrem Wandschrank und drapierte sie auf dem Sofa. Dann zog sie ihre grauen Stiefeletten aus, setzte ihre rote Lesebrille ab, die sie, ins Haar hochgeschoben, fast vergessen hätte, legte sich hin und starrte an die Decke. Hellbraune Blumenkohlröschen breiteten sich darauf aus, die wie jede gesunde Vegetation bei üppigem Regen aufblühten und sie an den Fleck auf dem Flurläufer in ihrem Haus am Wade's Creek erinnerten. Sie rollte sich auf die Seite und versuchte, sich das Herbstlaub in Jackson vorzustellen:

die Ahornbäume, deren rote, orangefarbene und grüne Blätter so intensiv leuchteten wie das Wassereis der Kinder im Sommer, die karminroten Blätter des Hartriegels, die herabfielen wie … nein, sie würde nicht an Blutstropfen denken … nur wie herabfallende Blätter eben.

Emma schloss die Augen und zwang sich, die Farben Grün, Blau und Braun heraufzubeschwören, die Farben des Lebens, der Gesundheit und des Wachstums, bis ihre Gedanken bei Junot Rodriguez' schöner dunkler Haut ankamen, die einen so starken Kontrast bildete zu ihren porzellanweißen Armen mit den vielen Sommersprossen. Aber auch damit konnte sie der Vergangenheit nicht entkommen, weil Junots Teint sich nach und nach vermischte mit dem sonnengebräunten Gesicht von Jacob Stewart, als er sterbend in ihrem Schoß lag. Und sie wusste noch, wie sie dort in ihrem Flur hockte und dachte, dass in diesem Moment irgendwo dort draußen, und ihr völlig unbekannt, eine Mutter mit dunklen Augen einen sehr schönen Sohn verlor.

Es war sinnlos, sich der Vergangenheit zu verweigern. Maggies E-Mail hatte ihr alle Beteiligten von vor neun Jahren wieder ins Gedächtnis gerufen. Nach weiteren fünf Minuten der scheiternden Versuche, das alles zu vergessen, gab Emma auf und beschloss, ganz genau hinzusehen.

Zuerst dachte sie an den Deputy mit den sanften Augen, dem sie den Spitznamen Märchenprinz gegeben hatte – weil auf seinem Namensschild »Prinze« stand. Er hatte Maggie in eine Decke gewickelt, sobald Emma mit ihr das Haus erreicht hatte, und eine Kanne Kaffee gekocht. Eine Stunde später, als Rob dann zu Hause war und auf Maggie aufpassen konnte, hatte der Märchenprinz Emma auf die Wache des Sheriffs gefahren, wo sie ihre offizielle Aussage machen sollte. Emmas Anwalt, Jed Christianson, wartete schon bei der Bezirkspolizei auf sie und riet ihr, nachdem sie ihm in groben Zügen geschildert hatte, was passiert war, nicht zu schweigen. Seiner Einschätzung nach, sagte er, handele es sich in ihrem Fall um einen gerechtfertigten Totschlag, um den legitimen Akt einer gesetzestreuen Mutter, die ihr Kind vor betrunkenen Eindringlingen schützen wollte.

»Vor dem Gesetz ist Ihr Haus Ihre Trutzburg«, hatte Jed erklärt. »Es ist der Ort, wo Sie als Privatperson am angreifbarsten sind und wo Sie das Recht haben, sich selbst zu verteidigen. Der Sheriff weiß, dass Sie jemanden getötet haben, aber er hat Sie nicht über Ihre Rechte belehrt. Er behandelt diesen Fall also nicht als Verbrechen. Sollten die Fragen, die man Ihnen stellt, an irgendeinem Punkt darauf schließen lassen, dass man in Ihnen eine Tatverdächtige sieht, werde ich die Befragung abbrechen.«

Während der Stunde, die Emma auf der Wache verbrachte, waren der Sheriff und seine Deputys überraschend galant gewesen, vermutlich weil sie die einzige Frau in einem Gebäude voller Männer war und noch dazu in so akkuraten Professorensätzen sprach, dass ihre Aussage wohl die eloquenteste Prosa war, die sie je getippt hatten. Im Nachhinein fragte sie sich allerdings, ob das nicht doch nur vorgetäuscht gewesen war, ob Sheriff King sie auf diese Weise hatte überzeugen wollen, dass er ein durch und durch sympathischer Mensch sei. War das eine übliche Methode, um Frauen zum Reden zu bringen?

Als Emma mit ihrer Geschichte fertig war, hörte sie eine vertraute hohe Stimme auf dem Korridor – den unablässigen Wortschwall, der die Dekanin des Holford Colleges Jodie Maus stets umgab. Emma mochte Jodie. Sie schätzte ihre unbändige Energie, ihre forsche Kompetenz, die gut zu ihrem braunen Bubikopf und ihrer zierlichen Gestalt passte, neben der sogar Emma groß wirkte. Einige der älteren Professoren hatten ihr den Spitznamen »das mächtige Mäuschen« verpasst und machten Witze darüber, wie flink sie doch durch die Labyrinthe der Verwaltung flitzte. Aber Emma lachte nicht mit, sondern fragte sich nur, welche subtilen Verunglimpfungen sie hinter *ihrem* Rücken flüstern mochten.

Jodie, die normalerweise immer tadellos gekleidet war und sich ihre Garderobe weit weg vom provinziellen Jackson kaufte, trug Tennisschuhe und eine Trainingshose unter ihrer knielangen Kamelhaarjacke. »Emma?«, sagte sie, als Deputy Prinze sie in den Raum führte. »Was machen Sie denn hier?«

»Es ist bei mir zu Hause passiert«, erwiderte Emma.

Jodie runzelte die Stirn. »Warum hat Jacob Stewart nachts bei Ihnen zu Hause Baseball gespielt?«

Emma starrte in ihre Handflächen. »Es war kein Spiel.«

Jed stand von seinem Stuhl auf. »Ich hole mir einen koffeinfreien Kaffee. Möchten Sie beide auch einen?«

Emma nickte. »Danke.«

»Für mich mit Koffein«, sagte Jodie.

»Emma«, flüsterte Jed ihr ins Ohr, bevor er ging. »Sie können Jodie gern alle grundlegenden Fakten schildern, die Sie der Polizei genannt haben. Aber falls irgendetwas anderes aufkommt – irgendetwas Neues, an das Sie sich auf einmal erinnern –, sollten Sie zuerst mit mir sprechen, okay?«

Als die beiden Frauen allein waren, setzte Jodie sich neben Emma. »Ich komme gerade aus dem Krankenhaus. Jacob wurde schon mit dem Hubschrauber in die Uniklinik in Charlottesville geflogen. Sie sagen, dass sein Zustand kritisch ist und er die Nacht womöglich nicht überleben wird. Seine Mutter fliegt von Philadelphia hierher. Sie ist Witwe und Jacob ist ihr einziges Kind, das wird also ganz besonders hart werden für sie. Ich werde ihr genau erklären müssen, was passiert ist.«

Emma spürte, dass diese Befragung sehr viel schwieriger werden würde als die der Polizei. Jodie war Mutterglucke von dreitausend Studenten, von denen Emma einen angegriffen hatte, und das katapultierte sie aus der Schutzzone des Holford Colleges hinaus.

»Jacob tauchte um halb elf herum im Garten hinter meinem Haus auf, zusammen mit Kyle Caldwell und einer Studentin, die ich letztes Semester im Seminar hatte, aber an deren Namen ich mich nicht erinnern kann. Sie tranken

Bier.« Langsam wiederholte Emma die Fakten, die sie schon der Polizei erzählt hatte: wie sich ein freundliches Gespräch in eine Konfrontation verwandelt und wie sie gedroht hatte, Kyle wegen Diebstahls vom College werfen zu lassen. Dann beschrieb sie die Kraft, mit der Jacob seine Schulter gegen die Tür drückte und schließlich in ihr Haus hereindrängte, wie er mit den Fingern ihr Haar berührte, das Schwingen des Baseballschlägers und das Bild seines Kopfes auf ihrem Schoß.

Jodie unterbrach sie nur an der Stelle der Geschichte, als Emma erklärte, dass sie die Studenten gebeten hatte, zu gehen.

»Und die drei hatten Alkohol getrunken?«

»Kyle hielt ein Bier in der Hand«, bestätigte Emma. »Und das junge Mädchen schien beschwipst zu sein. Ich vermute, sie kamen von der Party bei Hillyer.«

»Und Sie haben ihnen gesagt, sie sollen nach Hause fahren?«

Emma hielt kurz inne, da sie merkte, worauf Jodie hinauswollte. Eine Professorin hatte betrunkene Studenten, die bei ihrem Haus aufgekreuzt waren, aufgefordert, mit dem Auto zu fahren.

»Ich habe ihnen nur gesagt, dass sie gehen sollen. Es war spät, und ich wollte sie von meinem Grundstück herunter haben.«

»Aber Sie haben ihnen nicht angeboten, sie selbst zu fahren oder einen HOTS-Van zu rufen?« HOTS stand für den Holford Transport Service, der alles bereitstellte von Kleinbussen für behinderte Studenten bis hin zu Nottransporten für gestrandete Jugendliche, deren Autos eine Panne hatten oder die – was häufiger vorkam – zu betrunken waren, um selbst zu fahren. Die Studenten nannten sie die Schnaps-Vans oder Party-Busse.

»Daran habe ich nicht gedacht. Es war ja nicht so, dass ich ihnen den Alkohol angeboten oder sie zu mir nach Hause eingeladen hatte.«

»In Ordnung«, sagte Jodie. »Aber den Teil der Geschichte

würde ich nicht allzu stark betonen. Erzählen Sie mir noch einmal, was mit Jacob geschah – wie es dazu kam, dass Sie ihn schlugen.«

»Es war ein Reflex. Das Ganze dauerte nicht länger als zehn Sekunden. Er griff nach mir, und ich schlug ihn zweimal, so hart ich konnte.« Tränen traten Emma in die Augen, und auf einmal fühlte sie sich furchtbar erschöpft. Ihr Körper schmerzte, als hätten die Ereignisse ihn völlig zerrüttet. Sie erwähnte Jodie gegenüber nicht, dass Jacob nach dem ersten Schlag einknickte. Emma wollte nicht, dass die Dekanin sich vorstellte, wie ein Student auf den Knien die Hände nach seiner Professorin ausstreckte, bevor diese ihm einen zweiten Schlag versetzte.

»Ach du meine Güte.« Jodie seufzte, legte Emma eine Hand aufs Bein und tätschelte es zweimal, während sie laut dachte. »Es wird schwierig werden, das seiner Mutter zu erklären. Ich werde Don wecken müssen. Er wird wahrscheinlich mit mir in die Uniklinik fahren wollen, um zu zeigen, wie betroffen das ganze College ist.«

Don Kresgey war der Präsident von Holford, einem College, das klein genug war, um sich in seinen Werbebroschüren als eine Familie anzupreisen. Er musste natürlich verständigt werden, wenn ein Student schwer verletzt war. Doch der kalte Pragmatismus in Jodies Ton, dem jedes Mitleid oder Zögern fehlte, überraschte Emma. Sie wusste, dass Jodie schon Dutzende von studentischen Tragödien miterlebt hatte – Selbstmorde, Autounfälle und Alkoholvergiftungen, schwangere Mädchen und drogensüchtige Jungen, College-Verweise und Suspendierungen. Aber dieses Ereignis hielt seinen ganz eigenen Horror bereit, und sie konnte sehen, wie Jodie bereits taktische Überlegungen anstellte. Eine Professorin hatte einen Studenten angegriffen, womöglich sogar getötet, und jetzt war dessen Mutter auf dem Weg hierher. Welche Gerichtsprozesse würde das nach sich ziehen? Welche albtraumartige Publicity? Der Präsident und die Dekanin mussten Mrs Stewart in einer geeinten Front von Sympathie und Kompetenz entgegentreten.

»Haben Sie schon mit Journalisten gesprochen?«, fragte Jodie.

»Nein, und das habe ich auch nicht vor.«

»Richtig. Je weniger Publicity, desto besser.« Jodie neigte den Kopf und musterte Emma. »Geht es Ihnen gut?« Erst jetzt schien ihr aufzufallen, dass es in diesem Fall mehr als nur ein Opfer gab.

»Körperlich, ja.«

»Möchten Sie mit einem unserer Psychologen sprechen? Paula Harding ist wunderbar.«

»Ich glaube, das ist nicht nötig.«

»Sie haben ein Trauma erlitten, es könnte sein, dass Sie professionelle Hilfe brauchen.«

Kyle Caldwells Worte »verrückte Schlampe« dröhnten in Emmas Ohren, und sie wurde wütend. »Ich brauche keine professionelle Hilfe.«

Jodie zögerte, als wollte sie noch mehr dazu sagen, doch stattdessen wechselte sie das Thema. »Geht es Maggie gut?«

Emma senkte den Blick. »Sie hat alles mit angesehen.«

»Oje.« Jodie schüttelte den Kopf. »Das tut mir sehr leid, Emma.« Sie biss sich in die Innenseite ihrer linken Wange, eine nervöse Angewohnheit, die sie auch auf Komiteesitzungen an den Tag legte, wenn sie über ein schwieriges Problem nachdachte. »Das Ganze ist kaum zu glauben. Ich meine, Jacob Stewart ist so ein guter Student. Er ist Mitglied der Studentenvertretung und der Fußballmannschaft. Ich kann einfach nicht glauben, dass er so etwas tut.«

Diese Worte hörte Emma in den kommenden Monaten wieder und wieder – *Es ist kaum zu glauben! Ich kann es nicht glauben! Absolut unglaublich!* –, und jedes Mal schwang darin eine Anklage mit, die Andeutung, dass *sie* nicht glaubwürdig war.

Jodie griff nach ihrer Handtasche. »Ich muss noch ein

paar Telefonate führen und mich dann auf den Weg in die Uniklinik machen.«

»Schadensbegrenzung«, murmelte Emma.

»Ja.« Jodie nickte. »Schadensbegrenzung.«

Nachts um halb drei fuhr Jed Emma nach Hause und sagte ihr, sie solle sich keine Sorgen machen, er glaube nicht, dass der Sheriff Strafanzeige erstatten werde. Albert King ging in dieselbe Kirche wie er, und der Anwalt drückte es so aus: »Al und die meisten seiner Deputys haben Ehefrauen, die in diesem Augenblick auch allein zu Hause sind, einige von ihnen sogar mit kleinen Kindern. Wenn ein Betrunkener an ihre Haustür käme und versuchte, sich gewaltsam Zutritt zu verschaffen, würden diese Polizisten wollen, dass ihre Frauen genau das tun, was Sie getan haben. Jede Wette.«

Jed fuhr Emmas Auffahrt hinauf, wo immer noch ein Streifenwagen stand, und sie sah einen Deputy aus dem Küchenfenster spähen. Rob kam aus dem Gästehaus und legte Emma noch auf der Auffahrt einen Arm um die Schulter, während Emma das gelbe Polizeiband anstarrte, mit dem die Verandastufen des Wohnhauses abgesperrt waren.

»Keine Sorge«, sagte Jed. »Das ist reine Routine. Morgen Abend können Sie schon wieder in Ihren eigenen Betten schlafen.«

»Ich habe den Sheriff überredet, uns für den Moment im Gästehaus wohnen zu lassen«, sagte Rob.

Jed lächelte. »Die Regeln der Kleinstadt.«

»Wie meinen Sie das?«, fragte Rob.

»In einer Großstadt«, erklärte Jed, »würde die Polizei nach einem Totschlag niemals jemanden auf dem Grundstück wohnen lassen, auf dem sich die Tat ereignet hat. Aber Al King hält sich an die Regeln der Kleinstadt.« Jed wandte sich an Emma. »Dass er Sie das Gästehaus benutzen lässt, zeigt, dass er Ihnen vertraut.«

Rob dankte ihm und führte Emma hinein. »Ich mache dir einen Kamillentee.« In der winzigen Küche des Gästehauses gab es einen kleinen Herd mit zwei Kochplatten, auf dem er Wasser zum Kochen brachte, während Emma die Bücherregale im Wohnzimmer betrachtete und dachte, dass die gerahmten Familienfotos seltsam angeordnet waren.

»Sie haben sich hier umgesehen, bevor sie mich hereinließen«, erklärte Rob, »und so gut wie jeden Gegenstand in der Hand gehabt.«

Emma griff nach einem Foto und versuchte, sich zu erinnern, wo es hingehörte. *Alles ist so falsch jetzt.*

»Wie geht es Maggie?«, fragte sie und drehte sich zur Tür des Schlafzimmers um.

»Sie ist vor einer Stunde eingeschlafen. Hat nicht ein Wort gesagt über das, was passiert ist.« Rob gab Emma einen Becher Tee und zog einen Stuhl neben ihren an den kleinen runden Tisch. »Ich verstehe es selbst nicht richtig.«

Und so erzählte Emma zum fünften Mal in dieser Nacht die vollständige Geschichte, einschließlich aller Einzelheiten ihrer Suche nach Maggie und wie sie ihre Tochter mit dem Nachthemd über die Knie gezogen im Wald gefunden hatte. Das Wiedererzählen schien zu Emmas Fegefeuer geworden zu sein; sie war Coleridges »alter Matrose«, der Mörder eines lebenden Geschöpfs, der dazu verdammt war, seine Geschichte ewig zu wiederholen. Nur eines tröstete sie, nämlich dass Rob nie sagte: »Ich kann es nicht glauben.« Er glaubte alles nur zu bereitwillig, denn er stammte aus einer Arbeiterfamilie und hatte schon immer Vorurteile gegen die Studenten von Holford gehegt. In seinen Augen waren sie reich und überheblich und nur allzu geneigt, einen Professor herauszufordern, der ihren privilegierten Lebensstil in Frage stellte.

»Diese miese Brut«, murmelte Rob vor sich hin, als Emma von den beiden die Treppe herunterkommenden Studenten erzählte, und hielt erst inne, als sie die plötzliche Wut beschrieb, die sie antrieb, mit dem Baseballschläger auf Jacob Stewart einzuschlagen, zuerst auf seine Knie, dann auf seinen

Kopf. Als Emma merkte, wie ihr Mann sie mit zusammengekniffenen Augen musterte, senkte sie ihren Blick und fragte sich, welche hässlichen Erinnerungen ihm wohl gerade durch den Kopf gingen. »Was du getan hast, war richtig«, versicherte er ihr nach einem Augenblick. »Dieser Mistkerl hat es verdient.«

Emma wusste nicht, was Jacob Stewart verdiente. Er hatte es ganz sicher nicht verdient, dass sein Leben im Alter von zweiundzwanzig am seidenen Faden hing, dachte sie. Doch die Ereignisse waren ihrer Kontrolle so weit entglitten, dass Wörter wie »verdient« jede Bedeutung verloren hatten. Das Leben war eine Aneinanderreihung zufälliger Ereignisse und nicht eine Welt, in der Menschen ihre gerechte Strafe bekamen. War es das, was sie verdiente, gefangen zu sein in einem Strudel von Schuldgefühlen und Scham?

»Du bist erschöpft«, sagte Rob. »Versuch zu schlafen.«

Sie versuchte es und legte sich angezogen neben Maggie ins Bett des Gästehauses. Schlaflos starrte sie an die Zimmerdecke, bis um sechs Uhr morgens die Sonne vor lavendelblauem Himmel ihre pfirsichgelben Strahlen über das Blue-Ridge-Gebirge sandte. Emma konnte noch sehen wie die tiefen Stellen im Bach draußen vor dem Fenster sich zu einem mäandernden pastellfarbenen Faden verbanden, ehe ihre Augen sich endlich schlossen.

Drei Stunden später klopfte es an der Tür. »Sie schläft«, hörte Emma Rob im Wohnzimmer gereizt antworten. »Kann das nicht warten?«

»Wer ist da?«, rief sie aus ihren Kissen.

»Der Sheriff«, sagte Rob und streckte den Kopf durch die Schlafzimmertür.

»Wir müssen noch ein paar Dinge klären«, rief Albert King von der Haustür her. Seine Stimme klang längst nicht mehr so mitfühlend wie in der Nacht. »Haben Sie etwas dagegen, wenn ich hereinkomme?«

»Aber nein. Ich bin in einer Minute bei Ihnen«, rief Emma zurück. »Was ist das Problem?«

»Das ist nur Teil der Ermittlungen.« Von »Ermittlungen« war bislang nicht die Rede gewesen. Sein Verhalten hatte tröstend, ja beinahe väterlich gewirkt, doch jetzt, bei Tageslicht, war der Ton des Sheriffs strikt professionell.

Emma band sich die Haare zu einem Knoten zusammen, während Maggie sich im Bett aufsetzte und ihr schweigend zusah. Der Blick des Kindes schien sich auf die Knie der Jeanshose ihrer Mutter zu konzentrieren, und Emma sah an sich hinab und entdeckte einen Blutfleck. Sie ging ins Bad, rieb den Fleck mit warmen Wasser und Handseife heraus und fragte sich, ob der Sheriff ihre Hose wohl als Beweisstück haben wollte.

Als sie wieder herauskam, starrte Maggie den nassen Fleck an. »Versuch, noch ein bisschen zu schlafen«, sagte Emma und schloss die Schlafzimmertür hinter sich.

Emma setzte sich mit dem Sheriff an den Tisch in der Küche, und Rob setzte Kaffee auf, während Albert King erklärte, dass Sandra McCluskeys Geschichte nicht mit ihrer zusammenpasste.

»Das verstehe ich nicht«, sagte Emma. »Wer ist Sandra McCluskey?«

»Das Mädchen, das gestern Nacht hier war.«

Ach ja. Sandy. Das unsichtbare Mädchen, das im Seminar mit den sie umgebenden Wänden fast verschmolzen war. Emma hätte sich an ihren Namen erinnern sollen, weil sie schon mitten im Semester gedacht hatte, dass »Sandy« zum Farbton der Haare des jungen Mädchens passte – es war nicht der des weichen weißen Sandes der Karibik oder des vulkanischen schwarzen Sandes in manchen Teilen von Hawaii, sondern der des aschgelben Sandes im Sandkasten von Maggies Vorschule, der mit einem Laster aus einer Schottergrube in der Gegend herangekarrt wurde.

Sheriff King hatte bläuliche Ringe unter den Augen und

machte sich Notizen in einem kleinen schwarzen Notizbuch. »Sie sagten, die Studenten waren in Ihrem Haus, richtig?«

»Ja.« Emma nickte.

»Und Sie sagten, dass sie an Ihrem Bach Alkohol getrunken haben?«

»Kyle hatte ein Bier in der Hand.« Erst jetzt fiel Emma auf, dass sie Sandra nicht hatte trinken sehen, und Jacob schien bei klarem Verstand gewesen zu sein. »Bei den anderen beiden bin ich mir nicht sicher.«

Der Sheriff sah ihr in die Augen und vermerkte bestimmt, vermutete Emma, diesen ersten Bruch in ihrer Geschichte.

»Sind Sie sicher, dass sie in Ihrem Haus waren? In welchen Zimmern sind sie gewesen?«

»Kyle und Sandra sind ins Haus gegangen, um die Toilette unten zu benutzen. Aber als ich mit Jacob hineinging, kamen sie gerade die Treppe herunter.«

»Dann könnten sie dort oben also überall gewesen sein?«

»Ja. Was ist das Problem?«

»Nur eine Diskrepanz in den Geschichten.« Der Sheriff schrieb noch etwas auf. »Sandra McCluskey behauptet, dass sie und Kyle Ihr Haus nie betreten hätten und auch nicht unten an Ihrem Bach gewesen wären. Ihr zufolge hielten die drei hier nur an, um nach dem Weg zu fragen, und Jacob ist hineingegangen. Sie selbst und Kyle würden den Grund für Ihre Auseinandersetzung gar nicht kennen.«

Emma saß in fassungslosem Schweigen da. Sie hatte nicht eine Minute lang daran gedacht, dass die Studenten lügen könnten. Die Wahrheit war schlimm genug. Was mussten die beiden schon anderes sagen, als dass Professor Emma Greene einen Baseballschläger geschwungen und ihrem Freund den Schädel eingeschlagen hatte? Über das Armband oder die Polly-Pocket-Puppen wollte Kyle allerdings ganz sicher nicht reden, und auch nicht über ihre Drohung, ihn vom College werfen zu lassen. Er würde nie zugeben, dass seine Kleptomanie diese ganze Tragödie ausgelöst hatte. Wenn das

Armband nicht gewesen wäre, hätten die Studenten einfach wieder wegfahren können.

Kyle hatte allen Grund zu lügen. Aber warum Sandy? Warum musste sie Emmas Verbrechen alle strafmildernden Faktoren nehmen? Emma hatte Sandy als stilles Groupie sehen wollen, dessen einzige Schuld in der Wahl ihrer Freunde lag. Aber vielleicht hatte Rob doch recht, was den Egoismus der Studenten betraf – sie benutzten sie einfach als Sündenbock, um ihre eigene Haut zu retten.

»Sie lügt«, sagte Emma leise. »Sandy lügt.«

»Kyle erzählt dieselbe Geschichte«, sagte Sheriff King, »aber wir haben Gründe, ihm zu misstrauen. Nun, das Ganze sollte sich schnell aufklären lassen. Unser Mann von der Spurensicherung kommt gleich noch mal her und wird nach Fingerabdrücken suchen, wenn Sie nichts dagegen haben.« Während er noch sprach, kam schon ein Auto die Auffahrt herauf.

»Natürlich«, sagte Emma. »Kyle hat das Geländer berührt, als er die Treppe herunterkam, und Sandys Fingerabdrücke müssen überall in der Toilette sein ... Können Sie die Studenten zwingen, Fingerabdrücke abzugeben?«

»Wenn wir sie nett darum bitten, kooperieren die meisten Leute. Es macht sich nicht gut, wenn jemand sich weigert, seine Fingerabdrücke abzugeben. Aber wir können auch eine gerichtliche Anordnung erwirken, sollten die beiden sich querstellen. Wir brauchen sowieso eine für Jacob Stewarts Fingerabdrücke, weil er seine Zustimmung nicht geben kann.«

Emma nickte, erleichtert, dass die Studenten so leicht widerlegt werden konnten. Wie dumm von Sandra, so eine unglaubwürdige Lüge zu erzählen. Da steckte bestimmt Kyle dahinter, er musste das Mädchen unter Druck gesetzt haben. Aber obwohl Emma wusste, dass die Fingerabdrücke sie entlasten würden, spürte sie doch, wie die Lüge sich um ihren Leib schlang, so als wäre diese unwahre Geschichte eine Zwangsjacke, die die jungen Leute der verrückten Professorin überstülpen wollten. *Bringt sie weg, dieses hysterische Weib. Sperrt sie in eine Einzelzelle, wo sie niemandem schaden kann.*

Rob kam mit Maggie aus dem Schlafzimmer. Das Mädchen hielt die Arme fest um den Hals des Vaters geschlungen und die Wange auf seine Schulter gelegt, während sie die Szene am Tisch in der Küche betrachtete.

»Oh, hallo.« Sheriff King lächelte, als die beiden ins Zimmer traten. Doch Maggie erwiderte das Lächeln nicht.

»Wir müssen heute auch noch einmal mit Maggie reden«, flüsterte der Sheriff Emma zu.

»Warum?«, unterbrach Rob ihn.

»Nur um ein paar Dinge zu verifizieren.«

»Nicht ohne unseren Anwalt.« Rob versuchte gar nicht erst, seine Feindseligkeit zu verhehlen, und obwohl Emma den Verstand ihres Mannes schätzte, schämte sie sich für sein Benehmen. Schwierige Zeiten brachten Robs körperlich aggressive Seite zum Ausdruck, während sie, die Tochter einer Geschichtsprofessorin und eines Anwalts, die beide schon vor Jahren gestorben waren, die Gabe zu reden geerbt hatte, mit der sie die meisten Krisen bewältigte. Warum hatte diese Gabe sie gestern Nacht verlassen?

»Jed würde es sicher lieber sehen, wenn Maggie und ich uns beide mit ihm beraten«, sagte sie zu dem Sheriff.

»Natürlich. Rufen Sie ihn an.« Sheriff King stand vom Tisch auf. Er hatte die ganze Nacht nicht geschlafen und keine Lust, sich mit einem Vater auf eine Machtprobe einzulassen, der nur sein Kind zu schützen versuchte.

Emma stand ebenfalls auf und streckte die Arme aus, um Rob Maggie abzunehmen. Doch das Mädchen drehte das Gesicht weg und vergrub es im Flanellhemd des Vaters. Emma wurde rot, weil der Sheriff zusah, und zwang sich, mit lockerer, fröhlicher Stimme zu sprechen. »Möchtest du Pfannkuchen mit Schokoblättchen machen?« Maggie nickte, aber ohne sich zu ihrer Mutter umzudrehen.

»Kann ich einige Zutaten und eine Pfanne aus der Küche holen?«, fragte Emma den Sheriff.

Er nickte. »Ich begleite Sie.«

Zehn Minuten später waren sie wieder im Gästehaus, und der Sheriff machte sich am Küchentisch Notizen, während Maggie Emma half, Mehl und Milch abzumessen und in eine Schüssel zu geben. Schweigend schlug Maggie die Eier auf und rührte den Teig; schweigend goss sie ihn in die gefettete Bratpfanne, wobei Emma ihr die Hand führte; und schweigend ordnete sie in dem hellen, dickflüssigen Kreis zehn Schokoblättchen zu einem Gesicht mit leicht gezwungenem Lächeln an. Doch bei all dem vergaß Maggie nie, dass sie durchs Fenster der kleinen Küche draußen einen großen Fremden sehen konnte, der mit einem Pinsel wie dem von ihrer Mutter fürs Rouge eine Schicht feinen Staubs auf die vordere Veranda des Hauses strich. Weiße Wölkchen stoben bei jedem Schritt auf, während die hin- und herwedelnde Hand des Fremden sich langsam das Verandageländer hinaufarbeitete.

Dann klopfte es an der Tür des Gästehauses. Deputy Prinze, der den ganzen Vormittag über noch nicht zu sehen gewesen war, stand draußen.

»Ich suche Sheriff King«, sagte er, als Rob ihm geöffnet hatte, und weil er King am Tisch noch Notizen machen sah, hielt er mit einer behandschuhten Hand eine Dose Budweiser hoch. »Die habe ich unten am Bach gefunden.«

Albert King stand auf und folgte Prinze nach draußen.

Das Telefon des Gästehauses klingelte, und Rob nahm ab. »Es ist Jodie. Willst du sie sprechen?«

»Klar.« Emma nahm das Telefon mit ins Schlafzimmer.

»Ich bin im Krankenhaus.« Jodies Stimme klang angespannt. »Jacob ist vor ein paar Minuten gestorben.«

Emma sackte aufs Bett und schloss die Augen, überrascht von dem Schauer, der sie am ganzen Körper überlief. Sie hatte schlechte Nachrichten erwartet und schon gespürt, dass

Jacobs Leben davonglitt, als sein Kopf in ihrem Schoß lag. Doch ein Teil in ihr – der emotionale, spirituelle, verzweifelt hoffende Teil – hatte sich an die Illusion geklammert, dass alles irgendwie doch noch gut werden könnte. Die Ärzte würden das, was sie angerichtet hatte, wieder in Ordnung bringen, Jacob würde genesen und zu einem gesunden Erwachsenen heranwachsen und alle Erinnerung an die Gewalt würde verblassen. Sie würde wieder zurückkehren zu den regelmäßigen, vorhersehbaren Abläufen der akademischen Welt, und die letzte Nacht wäre nur noch eine schmerzhafte Anomalie in einem ansonsten ganz von Normalität geprägten Leben. Doch nun, da Jacob gestorben war, konnte nichts mehr in Ordnung gebracht werden. Die Endgültigkeit des Todes hatte eine Wand zwischen der Vergangenheit und der Gegenwart aufgerichtet.

»Und es gibt noch ein Problem«, fuhr Jodie fort. »Jacobs Mutter hat mit Kyle Caldwell gesprochen, und er hat ihr anscheinend erzählt, dass Sie Jacob angegriffen hätten, ohne provoziert worden zu sein. Ihm zufolge hat Jacob sich nicht in Ihr Haus hineingedrängt, und er hat auch keine Auseinandersetzung wegen eines Diebstahls erwähnt. Soweit Mrs Stewart weiß, haben die Studenten bei Ihrem Haus nur angehalten, um nach dem Weg zu fragen, und Sie sind mit Jacob in irgendeinen Streit geraten.«

Emma seufzte. »Das ist gelogen, Jodie. Kyle und Sandra lügen beide. Der Sheriff ist hier und hat mir das alles schon erzählt. Er hat einen Mann kommen lassen, der gerade Fingerabdrücke nimmt, die beweisen werden, dass Kyle und Sandra überall im Haus gewesen sind. Diese Geschichte werden die beiden nicht lange aufrechterhalten können.«

»Das ist gut. Je schneller es sich klärt, desto besser. Aber ich muss Sie warnen, Jacobs Mutter gehört nicht zu den still Leidenden. Stewart muss ihr Ehename sein, denn sie ist irgendwie griechischer oder armenischer Abstammung. Sie können sich gar nicht vorstellen, wie aufgebracht und rachsüchtig sie ist. Ein Reporter vom ›Daily Progress‹ aus Charlottesville treibt sich hier herum, und Mrs Stewart hat Kyles Geschichte ein ums andere Mal wiederholt, als wäre sie ein Evangelium. Sie fordert quasi Ihren Kopf, auf einem Pfahl aufgespießt.«

»Wie hat die Presse so schnell davon erfahren?«, fragte Emma.

»Schnell ist was anderes. Es ist über zehn Stunden her, seit ich den ersten Anruf aus dem Büro des Sheriffs bekommen habe. Zeit genug für die Studenten, es all ihren Freunden und Familien zu mailen. Mittlerweile steht es wahrscheinlich unter der Rubrik Campusklatsch auf jeder College-Webseite im Land. Sogar AP hat vor einer halben Stunde einen Bericht von zwei Absätzen Länge gebracht.«

Emma konnte hören, dass Rob draußen brüllte: »Runter von unserem Rasen, verdammt noch mal!« Als sie aus dem Fenster spähte, sah sie den Übertragungswagen einer News-Sendung mit einer Satellitenschüssel auf dem Dach von ihrem grünen Grundstück zurücksetzen, während Rob wild mit den Armen fuchtelte.

»Die Presse ist auch schon hier. Sieht aus wie ein Fernsehsender aus Roanoke.«

»Als Nächstes kommt sicher die ›Washington Post‹«, sagte Jodie. »Don wird eine offizielle Presseerklärung abgeben müssen.«

»Erzählen Sie ihnen, was passiert ist.« Emmas Ton klang beinahe flehend. »Die Polizei hat gerade eine Bierdose in meinem Garten gefunden – ich weiß, dass sie von gestern Nacht ist. Erzählen Sie ihnen, dass die Studenten unbefugt das Grundstück einer Professorin betreten haben und dass Jacob sich mit Gewalt in mein Haus gedrängt hat.«

Langes und tiefes Schweigen am anderen Ende der Leitung. »In solchen Fällen können wir nicht in die Details gehen. Don wird vermutlich nur bestätigen, dass ein Student nach einem Vorfall in Ihrem Haus gestorben ist.«

»Dann werde ich der Presse eben die ganze Geschichte erzählen«, beharrte Emma.

»Ich weiß nicht, ob das klug ist.« Jodie zögerte. »Fragen Sie Jed, was er dazu meint. Reporter haben so eine Art, alles zu verdrehen und Fakten völlig falsch darzustellen, was immer Sie auch sagen. Solange die Möglichkeit eines rechtlichen Nachspiels nicht ausgeschlossen werden kann, ist es meist besser, bei ›Kein Kommentar‹ zu bleiben. Ich muss jetzt noch ein paar Telefonate machen – das Ganze wächst sich zu einem Albtraum mitten in der Abschlusszeit aus. Aber in zwei Stunden bin ich wieder in Jackson. Kommen Sie doch bei mir vorbei, ja?«

Emma legte auf und ging ans Fenster. Eine Reporterin versuchte gerade, Sheriff King zu befragen, der sich das Gelände um den Bach herum ansah. Ein Kameramann, der einen Schwenk über das Haus gemacht hatte, richtete seine Linse plötzlich auf Emmas Fenster. Erschrocken wich sie von der Scheibe zurück und konnte nur hoffen, dass er sie nicht auf Film gebannt hatte – die schuldbewusste Frau, die sich verbarg.

Als Emma in die Küche zurückkam, aß Maggie gerade im Zeitlupentempo ein Schokoblättchen nach dem anderen und beraubte den Pfannkuchen so allmählich seines Lächelns. »Möchtest du noch ein Glas Milch?«, fragte Emma. Maggie schüttelte wortlos den Kopf.

Rob kam von draußen wieder herein, mit leuchtend roten Ohren. »Ich glaube, wir sollten Maggie von all dem hier fernhalten. Kann sie nicht den Tag bei einer Freundin verbringen?«

»Möchtest du mit Kate spielen?«, fragte Emma ihre Tochter, und das Mädchen nickte. »Sie wird noch hierbleiben müssen, bis Jed kommt, um mit dem Sheriff zu reden«, sagte Emma zu Rob. »Aber ich rufe Sarah an und frage, ob Maggie danach zu ihr kommen kann.«

Sarah McConnell war Emmas beste Freundin, eine Kollegin am Institut für Englische Philologie. Die beiden Frauen gingen zusammen mittagessen, tranken Kaffee miteinander und tauschten sich über College-Neuigkeiten und über die Untiefen der Mutterschaft aus.

»Mein Gott, Emma, wie furchtbar«, sagte Sarah, als Emma sie anrief. »Natürlich kann Maggie zu uns kommen. Ich hole sie ab, so schnell ich kann ... Nein, du musst nicht in die Stadt kommen ... Kann ich dir irgendwas mitbringen?«

Eine halbe Stunde später kam ein silberner Volvo die Auffahrt herauf. Die Frau, die ausstieg, hatte einige graue Strähnen in ihrem dunklen, schulterlangen Haar, und in ihren Augenwinkeln bildeten sich kleine Krähenfüße, als sie mit kritischem Blick das gelbe Polizeiband rund ums Haus betrachtete. Doch ihre Kleidung war jugendlich – schmale Jeans, eine lange Seidenbluse, ein breiter Gürtel um die Hüften, über den Schultern ein großer Schal mit Perlen an den Fransen und die Fingernägel karminrot lackiert. Reporter strömten auf sie zu, sobald sie ein paar Schritte gegangen war. Kannte sie Emma Greene oder Jacob Stewart? Wollte sie irgendetwas zu diesem Todesfall sagen? Mit einer anmutigen Geste nahm Sarah die Sonnenbrille ab und ging auf das Gästehaus zu, ganz so, als wäre niemand außer ihr da. Als Rob die Tür öffnete, lächelte sie grimmig, gab ihm einen Kuss auf die Wange und murmelte: »Verdammte Aasgeier.«

Emma kam aus dem Schlafzimmer, und Sarah breitete die Arme aus. »Oh meine Liebe, es tut mir so leid.« Erschöpft und übermüdet ließ Emma zu, dass die ersten Tränen des Tages an der Schulter ihrer Freundin flossen. Die beiden setzten sich aufs Sofa, und Rob ging mit Maggie nach draußen, um im Sandkasten zu spielen. Eine Weile saßen die Frauen schweigend da, Sarah mit einem Arm um Emmas Schultern. Immer wieder musste sich Emma mit einem Taschentuch die Augen abtupfen. Sarah war die Ruhe selbst und strahlte wie stets eine stille Distanziertheit aus, die ihre Wirkung auf ihre jüngere Freundin nie verfehlte.

»Du wirkst immer so gelassen«, hatte Emma vor zwei Jahren einmal gesagt, als Sarah auf ihre Festanstellung als Professorin hinarbeitete.

»Du hättest mich mal sehen sollen, als mein Mann starb«, hatte Sarah erwidert. »Da bin ich völlig durchgedreht ... Dagegen ist der College-Stress ein Klacks.«

Sarah stellte keine Fragen, sondern ließ Emma die Geschichte in ihrem eigenen Tempo und auf ihre eigene Weise erzählen. *Wiederholung Nummer sechs,* dachte Emma, als sie die wichtigsten Details schilderte. Mit jeder Wiederholung wurde der Wald dunkler und Jacobs Blut roter. Ihr ganzes Leben schien sich auf eine einzige tragische Nacht zu reduzieren, und sie fragte sich, wie viele Leute dieses Phänomen der Zuspitzung schon erlebt hatten – ein einzelner Vorfall wurde zum Kristallisationspunkt ihrer Welt, löschte alles Vorangegangene aus und verzerrte alles, was noch kam. Als sie fertig war, hatte Emma sich in einem Gewirr von Entschuldigungen verfangen. Es tat ihr leid, dass Jacob tot war, dass sie die Dinge nicht besser hatte handhaben können, dass sie so vielen Menschen so große Schwierigkeiten bereitete.

»Oh nein«, schnitt Sarah ihr das Wort ab. »Bitte fang nicht an, dich zu entschuldigen. Sieh mich an, Emma.« Sarah ergriff die Hände ihrer Freundin und sah ihr fest in die Augen. »Es war nicht *deine* Schuld. Das muss in deinen Kopf hinein – nichts von all dem war deine Schuld. Ich weiß, am Holford College wird gern so getan, als wären die Studenten ein Haufen Kinder und als müssten wir alle *in loco parentis* handeln. Aber diese jungen Leute sind *keine* Kinder, und es ist nicht unsere Aufgabe, auf sie aufzupassen. Jacob Stewart war ein zweiundzwanzigjähriger junger Mann, der spätabends vor deinem Haus auf dem Land aufkreuzte und sich hineindrängen wollte, obwohl du ihn deutlich aufgefordert hast zu gehen. Dein Handeln war absolut gerechtfertigt. Ich hätte das Gleiche getan.«

Sie hielt kurz inne und sah aus dem Fenster. »Erinnerst

du dich noch, wie ich dir erzählt habe, dass ich einen der Professoren kannte, der bei dem Amoklauf an der Virginia Tech starb? Nun, er starb bei dem Versuch, eine Tür so lange vor Seung-Hui Cho zuzuhalten, bis seine Studenten aus den Fenstern geklettert waren. Und als du eben deinen Versuch beschrieben hast, die Tür vor Jacob zuzuhalten, musste ich daran denken – dass mein Freund den Mörder zwar draußen hielt, dieser ihn dann aber durch die Tür erschoss.«

Die beiden Frauen lehnten sich aneinander, während Sarah fortfuhr. »Erst vor zwei Wochen ist an einem College in Nebraska ein Student mit einem Gewehr aufgetaucht, weil ihm seine Note in Mathe nicht passte. Und in den letzten drei Jahren hat es mindestens drei Fälle gegeben, in denen College-Studenten Kommilitonen getötet haben. Es ist, als hätten wir es mit einer Generation junger Leute zu tun, die entweder depressiv sind oder überehrgeizig und gestresst, und sie sind zudem überfüttert mit Gewaltszenen aus dem Fernsehen und dem Internet. Die meisten entwickeln sich gut, aber man weiß nie, wozu die Schlimmsten von ihnen fähig sind. Denk nicht mal daran, dich zu entschuldigen für das, was du getan hast – und schon gar nicht vor der Polizei oder Jodie Maus. Das könnte als ein Schuldeingeständnis gegen dich verwendet werden, und du bist *nicht* schuldig.«

Bebend atmete Emma einmal tief durch. Sarah legte ihr wieder den Arm um die Schultern und fügte hinzu: »Wir werden das überstehen.«

»Ich mache mir Sorgen um Maggie«, sagte Emma leise. »Sie redet nicht.«

»Das ist verständlich«, meinte Sarah. »Vielleicht öffnet sie sich, wenn sie mit Kate spielt.«

»Wo ist Kate im Moment?«

»Bei meiner Freundin Margaret. Maggie kann den ganzen Tag bei uns bleiben, das weißt du, und auch übernachten, wenn du willst. Pack doch einfach eine Tasche für sie, nur für den Fall.«

»Das wäre prima.«

»Und was ist mit dir?«, fragte Sarah. »Hast du vor, hier in Deckung zu gehen, bis der Sturm vorüber ist?«

»Ich soll später noch zu Jodie in die Stadt kommen, und ich will auch raus aus diesem Gästehaus. Es ist viel zu klein. Das einzige Problem ist die Reportermeute da draußen.«

Sarah dachte einen Augenblick nach. »Ich habe eine Idee.«

Zehn Minuten später ging sie hinaus und blieb zögernd in der Tür stehen, als die Presseleute auf sie zustürmten. Sie nahm ihren großen blauen Schal von den Schultern und wickelte ihn sich um Kopf und Hals wie eine Muslimin ihr Kopftuch. Die Reporter bestürmten sie mit Fragen: Würde Professor Greene herauskommen und eine Erklärung abgeben? Wusste sie, dass Jacob Stewart tot war? Sarah setzte ihre Sonnenbrille auf, ging schweigend zu ihrem Auto und holte ein Buch heraus, das sie sich vors Gesicht hielt, als sie wieder auf dem Weg zum Gästehaus war, die Reporter immer noch im Schlepptau.

Eine Frau von ›Channel 10 News‹ rief mit nasaler Stimme: »Wussten Sie, dass Professor Greene früher schon mal als psychisch labil eingestuft wurde?«

Bei dieser Bemerkung blieb Sarah abrupt stehen, senkte das Buch, schob sich den Schal aus der Stirn und setzte ihre Sonnenbrille ab. »Ich bin Professor Sarah McConnell«, sagte sie direkt in die nächste Kamera hinein, »und ich kann Ihnen mit absoluter Gewissheit versichern, dass Emma Greene die liebenswürdigste und vernünftigste Professorin am Holford College ist und dass sie völlig gerechtfertigt in einem Akt der Notwehr gehandelt hat.«

Dann setzte sie die Sonnenbrille mit einer demonstrativen Geste wieder auf und ging weiter. Doch ehe sie das Gästehaus betrat, drehte Sarah sich noch einmal um. »Emma Greene wird heute nicht herauskommen, Sie können also genauso gut gehen.«

Eine Viertelstunde später sahen die Presseleute die Tür erneut aufgehen, doch es war nur Sarah, die sich wieder das Buch vors Gesicht hielt, den Schal immer noch um den Kopf gewickelt und die Augen von der Sonnenbrille verdeckt. Sie eilte unbehelligt zu ihrem Auto und fuhr davon. Niemand bemerkte, dass sie fünf Zentimeter kleiner geworden war und dass das unter dem Schal hervorblitzende Haar auf einmal einen kupferfarbenen Schimmer hatte.

Auch in der Stadt fuhr Emma mit Schal und Sonnenbrille weiter, in der Hoffnung, so lange wie möglich unerkannt zu bleiben. Als sie bei einem Park am Shannon River anhielt, sah sie dort zwei Angler in Plastikgartenstühlen ihre Ruten einholen und auswerfen und immer mal wieder einen Schluck Bier aus Dosen nehmen, die in kleinen braunen Papiertüten steckten. Ein Jogger lief rechts an ihr vorbei, aber sonst war der Park leer, was Emma Gelegenheit bot, ein paar Minuten lang ihre Gedanken zu sammeln.

Sie stieg aus Sarahs Auto aus und ging zu der alten roten Eisenbahnbrücke, die über den Fluss führte und Teil einer historischen Schienenstrecke war, die Richtung Süden dem Shannon folgend aus Jackson hinausführte, dreiundzwanzig Meilen weit durch Wiesen und Wälder und an zwei weiteren Kleinstädten vorbei. In der Mitte der Brücke blieb sie stehen, beugte sich über das Geländer und sah in die Strömung hinab, wo eine Forelle dicht unter der Wasseroberfläche dahinschnellte und in den Schatten eines dunklen Felsens verschwand, weit weg von den Ködern der Angler. Es war beruhigend, dachte Emma, wie blind die Natur war gegen menschliche Tragödien und wie unbedeutend vor ihr alles wurde, sogar der unnatürliche Tod eines zweiundzwanzig Jahre alten Studenten. Jacob Stewart bedeutete diesem Fluss gar nichts, und auch den Felsen und Bäumen und Fischen nicht, und sie selbst spielte eine ebenso nichtige Rolle, war nur ein weiterer Schatten, der über eine Wasseroberfläche huschte.

Sie spürte den Blick des einen Anglers auf sich ruhen, und gleich fragte sie sich, ob er wohl von dem Todesfall wusste. Aus dem Radio neben ihm tönte Country-Musik, keine Nachrichten. Vermutlich machte er sich nur Sogen, dass sie die Fische vertreiben könnte, oder war erstaunt über ihre Kopfbedeckung. Mit einer raschen Handbewegung zog Emma sich den Schal vom Kopf und befreite ihr Haar, das in der Sonne leuchtete wie eine rote Flagge des Trotzes. *Ich habe nichts zu verbergen,* sagte sie sich und nickte den beiden Anglern ohne ein Lächeln zu, als sie wieder zu Sarahs Auto ging. Dann fuhr sie weiter zum College. Jodies Ehemann Will machte ihr die Tür auf und begrüßte sie mit den Worten: »Ah, Emma – was für eine furchtbare Geschichte.« Er zeigte den Flur entlang. »Jodie ist im Arbeitszimmer.«

Emma kannte den Weg. Sie war schon oft in diesem Haus gewesen, zu den Cocktailpartys der Fakultät und den großen Festen zu Weihnachten, und wann immer die Räume überquollen, hatte es sie in das Arbeitszimmer gezogen, da ihr die Stille der Bücher stets lieber war als der Lärm der Gäste. Kierkegaard, Nietzsche und Hannah Arendt warteten verlässlich in den oberen Reihen der Bücherregale, die von Wills früherer Karriere als Philosophieprofessor zeugten. In den letzten Jahren hatte Jodies Gehalt es ihrem Mann jedoch ermöglicht, seine Lehrtätigkeit zu reduzieren und seiner eigentlichen Leidenschaft mehr Zeit zu widmen: der Kunst des Gärtnerns. Offenbar beantwortete eine heranwachsende und schließlich aufblühende Tulpe zufriedenstellend alle Fragen zum Wesen der Wirklichkeit. Jodie hatte zu den Büchern in den Regalen kaum etwas anderes beigesteuert als ein Dutzend Bände über das Selbstwertgefühl Heranwachsender, Lernschwierigkeiten und Drogenmissbrauch. Ihrer eigenen, etwas zu oft wiederholten Einschätzung nach war Jodie »ein geselliger Mensch, kein Büchermensch«, so als würde sich beides gegenseitig ausschließen und als wollte sie unterstellen, dass all die Fakultätsbücherwürmer wie der, den sie geheiratet hatte, ein verkümmertes Sozialverhalten aufwiesen. Ihr Job war es, zwischen den schwierigen Professoren und deren umgänglicheren Studenten zu vermitteln.

Als Emma das Arbeitszimmer betrat, stand Jodie von ihrem Schreibtisch auf. Sie warf kurz einen Blick auf Emmas Bluse, die ihr fast bis zu den Knien hing, bevor sie sie zu dem Ledersofa führte. »Was für ein Albtraum.« Jodie ließ sich erschöpft nieder. »Ich habe in den letzten drei Stunden über zweihundert E-Mails bekommen.«

»Von wem?«

»Eltern, Studenten und einigen hartnäckigen Reportern. Ich leite sie alle an Brent in der Presseabteilung weiter. Er hat heute Vormittag eine Erklärung herausgegeben, in der es heißt, dass ein Student gestorben ist, nachdem er bei einem Vorfall in einem Privathaus am Kopf verletzt wurde. Mehr haben wir nicht gesagt, aber die Gerüchte im Internet sind schon ziemlich übel. Es wird wild darüber spekuliert, was zwischen Ihnen und Jacob vorgefallen ist, als Sie beide allein im Haus waren.«

»Wir waren nie allein«, entgegnete Emma. »Kyle und Sandy waren im Haus, als Jacob es zum ersten Mal betrat, und als er sich später mit Gewalt wieder hereindrängte, standen sie hinter ihm auf der Veranda.«

»Nun, das Internet ist nicht gerade für seine Faktentreue bekannt. Dem Gerede der Studenten nach waren Sie und Jacob allein, als das Unglück geschah.«

»Meine Version der Geschichte wird von der Polizei bestätigt werden«, versicherte Emma. »Sie haben heute Vormittag Fingerabdrücke genommen.«

»Sehr gut. Wie schnell werden die Ergebnisse vorliegen?«

»Es wird ungefähr acht Tage dauern.«

»Acht Tage!« Jodie schnappte nach Luft. »Kann man das denn nicht sofort erledigen?«

»Nicht in dieser Stadt. Die Polizei musste alles ins kriminaltechnische Labor nach Richmond schicken, und dort gibt es Wartezeiten, weil so viel zu tun ist. Priorität haben die Fälle, in denen ein Verbrecher noch auf freiem Fuß ist. In diesem Fall besteht für niemanden Gefahr.«

»Es besteht *große* Gefahr für Ihr Ansehen. Acht Tage sind eine Ewigkeit im Cyberspace. Bis dahin kann die Sache völlig außer Kontrolle geraten sein.«

Emma zuckte die Achseln. »Den Leuten in Richmond dürfte mein Ansehen egal sein. Und ich kann nicht kontrollieren, was die Studenten im Web verbreiten. Ich glaube, es gibt genug Studenten, die mich gut kennen – die sollten in der Lage sein, die Dinge ins rechte Licht zu rücken.«

Jodie schüttelte den Kopf und sah Emma an, als wäre sie ein naives Kind. »Sie sollten wissen«, die Dekanin senkte die Stimme, »dass einige Mitglieder aus Kyles und Jacobs Studentenvereinigung hässliche Gerüchte verbreiten. Sie sagen, dass Sie eine radikale Feministin seien, die Männer nicht mag.«

»Ich *bin* Feministin. Na und? Das erzähle ich meinen Studenten immer wieder, nur um ihnen zu zeigen, wie normal Feministinnen sind. Das heißt nicht, dass ich Männer hasse. Alle wissen, dass ich verheiratet bin und viele männliche Freunde habe.«

»Ich verstehe das«, sagte Jodie. »Aber ein paar Studenten behaupten, dass Ihre Benotung immer zugunsten der Frauen ausfällt.«

Emma starrte sie an. »Hat Kyle damit angefangen? Er hatte verdammtes Glück, in meinem Seminar noch ein B bekommen zu haben, er hätte eigentlich ein C verdient gehabt. Ich dürfte, was die Noten betrifft, an unserem Institut eine der Großzügigsten sein.«

»Und sie sagen auch, dass Jacob mit seiner Note nicht zufrieden war«, fuhr Jodie fort. »Sie glauben, dass Sie beide sich darüber gestritten haben, als Sie allein im Haus waren.«

»Ich war nie allein mit Jacob in meinem Haus!« Emmas Gedanken rasten. »Und ich erinnere mich nicht einmal an seine Note. Ich glaube, er hat ein B+ bekommen. Soll das etwa heißen, dass er ein A haben wollte? Alle glauben, dass sie ein A verdienen.«

»Und Sie glauben nicht, dass Sie die Frauen bevorzugen?«

»Herrgott, Jodie. Sie wissen doch, wie die Notenvergabe an unserem College funktioniert. Wenn Sie meine Unterlagen ansehen, schneiden die Frauen im Durchschnitt sicher besser ab, ja, aber das gilt, glaube ich, für alle Seminare in den Geisteswissenschaften in Holford und auch in vielen anderen Colleges. Die Frauen bekommen bessere Noten, weil sie sich sehr viel mehr anstrengen und weil die Männer sich zu stark von anderen Dingen ablenken lassen. Das hat nichts mit Diskriminierung zu tun.«

»Die Studenten behaupten außerdem, dass die Inhalte Ihrer Seminare feministisch sind.«

Emma verdrehte die Augen. »Wenn ›Ein eigenes Zimmer‹ von Virginia Woolf feministisch ist und Zora Neal Hurstons Roman ›Und ihre Augen schauten Gott‹ auch, dann können Sie meine Seminare sicher als feministisch bezeichnen. Sie kennen meinen Unterrichtsstoff, Jodie. Daran ist nichts Radikales – es sind alles Texte des Literaturkanons. Meine Seminare sind geradezu konservativ im Vergleich mit den Angeboten zur Frauenforschung an anderen Colleges.«

»Und die Studenten beschweren sich auch darüber, wie Sie das Seminar über die Bibel geleitet haben.«

Emma warf entnervt die Arme in die Luft. »Das war vor vier Jahren! Hört das denn nie auf?« In ihrem zweiten Jahr an der geisteswissenschaftlichen Fakultät hatte ein älterer Kollege in den Weihnachtsferien einen Herzinfarkt erlitten, und in letzter Minute wurde beschlossen, dass einige der jüngeren Professoren seine Seminare im Frühjahr übernehmen sollten. Emma war das Seminar »Die Bibel damals und heute« aufgehalst worden, ein Thema, mit dem sie sich überhaupt nicht auskannte, und sie hatte sich dem Buch der Bücher mit denselben methodischen Fragen zu Geschlechterrollen und

Machtverteilung genähert, mit denen sie allen Texten begegnete.

Sie hatte allerdings nicht geahnt, dass die meisten Studenten, die sich für dieses Seminar einschrieben, direkt aus Bibelgruppen oder von YoungLife-Camps kamen und dass der Professor, den sie vertrat, in seinem Unterricht immer die Wissenschaft mit der Religiosität auszutarieren versucht hatte. Er hatte nichts gegen Studenten, die ihre Essays nutzten, um ihrer Begeisterung für Christus Ausdruck zu verleihen. Aber Emma brachte für so etwas keine Geduld auf. Bei der ersten Rückgabe der Essays hatte sie sich höchst großmütig gefühlt, fast wie eine Heilige, als sie die Hälfte ohne Note zurückgab und die Studenten aufforderte, ihre Essays noch einmal zu schreiben, wenn sie nicht riskieren wollten durchzufallen. Sie hatte Dankbarkeit von ihnen erwartet, doch stattdessen hatte allseitige Empörung sämtliche weiteren Seminardiskussionen des Semesters geprägt. Sie war angeblich das Problem, und nicht diese Studenten. Sie war die Heidin in ihrer Mitte, die einen feministischen Agnostizismus predigte. Eltern hatten E-Mails an die Dekanin der Fakultät gesandt und behauptet, dass Emma Vorurteile gegen christliche Studenten habe und die Bibel mit Respektlosigkeit behandele. Die Noten der Studenten am Ende des Semesters waren vernichtend ausgefallen.

Emma seufzte, als sie an diese Streitereien zurückdachte. »Ich weiß immer noch nicht, wie man über Adam und Eva reden kann, ohne über die Rolle der Geschlechter zu diskutieren.«

»Einige Studenten behaupten, dass Sie begeistert waren, weil im Alten Testament eine Frau einen Mann tötet?«

»Ach ja, die Geschichte der Judith«, sagte Emma. »Aber den Studenten gefiel sie doch auch … Wenn sie mich mit Judith vergleichen, so nehme ich das als Kompliment.«

»Und Sie sollen auch andere Bücher besprochen haben, in denen Frauen Männer töten.«

Das ist doch lächerlich, dachte Emma und merkte, wie ihre Schultern sich verkrampften. Ihre Wut manifestierte sich immer als eine Art Leichenstarre. *Lass los,* dachte sie. *Lass einfach alles los.* »Das bezieht sich wohl auf ›Tess von den d'Urbervilles‹. Aber ich glaube, die meisten Leser finden, dass Alec es verdient hat.«

»Glauben Sie bitte nicht, dass ich irgendeiner dieser Behauptungen zustimme.« Jodie beobachtete Emma aufmerksam, ihr war der harte Zug um deren Mund und die Gereiztheit in der Stimme nicht entgangen. »Ich habe das Programm zur Frauenforschung hundertprozentig unterstützt. Ich fand nur, Sie sollten gewarnt sein, damit Sie wissen, welche wilden Anschuldigungen da draußen kursieren. Sie sagen, Sie haben Ihren Studenten erzählt, dass Sie Feministin sind. Nun, für die Hälfte der Studenten auf diesem Campus ist Feminismus ein erschreckendes Wort. Unsere jungen Frauen wollen zwar alle den gleichen Zugang zu Bildung und Jobs und das gleiche Gehalt für die gleiche Arbeit, aber die meisten würden sich selbst nie als Feministin bezeichnen. Es braucht nur ein paar Leute, die Gerüchte streuen und Sie einen jähzornigen Femi-Nazi nennen, und schon verbreitet sich überall im Web eine bösartige Lüge. Es ist schwierig, sich dagegen zur Wehr zu setzen.«

»Heißt das, dass ich ein Opfer von Cyber-Mobbing bin?«

»Ich sage, dass das alles bereits hässliche Züge annimmt.«

»Wie geht Don damit um?« Emma stellte sich Don Kresgey schon belagert vor in seiner Burg fünfzig Meter den Hügel hinauf, jenseits des grünen Golfplatzes, der gestutzten Buchsbäume und der Bleiglasfenster, von Reportern an der Haustür zur Rede gestellt und von einer Flut von Anrufen und E-Mails überschwemmt, in denen ihr Name bis zum Überdruss wiederholt wurde: die Feministin Emma, die Femme fatale.

»Er gibt keine öffentlichen Erklärungen ab«, sagte Jodie. »Und er ergreift nicht Partei. Don sagt, wir werden die Ermittlungen abwarten, bevor das College einen detaillierten Kommentar dazu abgibt.«

Aha, dachte Emma. Dann musste sie sich also allein gegen eine von Studenten initiierte Rufmordkampagne wehren. »Ich nehme an, dass ich die Abschlussfeiern in der nächsten Woche wohl meiden soll?«

Jodie beschloss, Emmas sarkastischen Ton zu ignorieren. »Ihr Erscheinen könnte sich kontraproduktiv auswirken. Das Ganze trübt bereits jetzt die Stimmung der Feierlichkeiten. Jacob hatte eine Menge Freunde.«

Emma biss die Zähne zusammen. »Tut mir leid, dass ich allen solche Unannehmlichkeiten bereite.«

Jodie seufzte. »Sie stecken in einer lausigen Situation, und die nächsten Wochen werden hart sein. Aber wenn die Studenten erst mal in die Sommerferien fahren, sollte die Lage sich wieder etwas entspannen, denke ich. Dann werden alle mit ihrem eigenen Leben beschäftigt sein, und ein Vorfall an irgendeinem College wird auch die Presse nicht allzu lange interessieren. Und bis dahin haben Sie ja das Glück, Sarah als PR-Frau zu haben.«

Emma hob die Augenbrauen, und Jodie zeigte auf einen Flachbildfernseher in der Ecke, wo unter dem Gesicht einer Moderatorin lautlos CNN-Schlagzeilen liefen. »Sarahs Worte, dass Sie liebenswürdig und vernünftig sind und in einem Akt der Notwehr gehandelt haben, laufen auf allen Nachrichtenkanälen. So eine Stellungnahme wirkt nachhaltig. Falls die Fingerabdrücke Sie entlasten, sollte alles okay sein.«

Emma registrierte die Konjunktion in Jodies Satz. Nicht »sobald«, sondern »falls«. Sie stand vom Sofa auf. »Ich gehe jetzt besser.«

Jodie begleitete sie an die Haustür. »Ich halte Sie über alle Entwicklungen auf dem Laufenden. Sie können sich erst mal eine Weile zurückziehen.«

Als Emma die Stufen vor dem Haus hinabging, kam ein dunkelgrüner Mercedes die Auffahrt heraufgefahren, und ein älterer Mann in einem gut geschnittenen dunklen Jackett mit Krawatte, der den Wagen gefahren hatte, stieg aus und öffnete die Fondtür für zwei Frauen. Die erste, blass und blond und mit Perlen und Goldohrringen geschmückt, trug ein marineblaues Kostüm, das zum Jackett des Fahrers zu passen schien. Seine Ehefrau vermutlich, dachte Emma, als sie sah, wie er sie mit einer Höflichkeit am Ellbogen hielt, die von Liebe zeugte. Die zweite Frau, die aus dem Wagen stieg, war ein ganz anderer Typ – ihre schwarzen Haare waren zu einem festen Knoten zurückgebunden, die Augen stark mit Eyeliner umrandet, und ihre Lippen leuchteten blutrot. Emma nahm an, dass sie schon älter war, denn sie bewegte sich ungelenk, so als wäre jeder Schritt schmerzhaft, und obwohl die Temperatur jetzt Mitte Mai schon dreißig Grad erreicht hatte, zitterte die Frau. Die Blonde hatte einen Arm um sie gelegt und half ihr den Gehweg entlang, während der Mann mit zwei Schritten Abstand folgte und gelegentlich einen zerstreuten Blick auf die Bäume um sich herum warf. Emma trat zur Seite, um dem Trio Platz zu machen, und als die dunkelhaarige Frau an ihr vorbeiging, verweilten ihre Augen, die rot und verquollen waren, kurz auf Emma.

Emma überlief es kalt. Das war Jacobs Mutter. Sie hatten sich an dem Eltern-Wochenende im Oktober kennengelernt, als Mrs Stewart sich einen Vortrag Emmas angehört hatte. Die Frau hatte ihr danach die Hand geschüttelt, und Emma erinnerte sich noch an die Augenbrauen der Mutter, die in einem viel zu hohen Bogen nachgezogen waren, sodass ihr ständig ein fragender Ausdruck im Gesicht stand.

Die Frage, die diese Augen in diesem Moment zu stellen schienen, lautete: »Warum?« Emma erstarrte, unsicher, ob sie, wenn auch peinlich berührt, ihr Mitgefühl ausdrücken sollte. Im Gesicht der Mutter spiegelte sich zunächst Überraschung, dann verhärtete sich der Zug um ihren Mund. Emma wandte sich wortlos ab und lief auf Sarahs Auto zu, als hinter ihr ein langgezogenes, fauchendes »Siiie« erklang, das plötzlich umkippte in den kurzen Ausruf »Das ist sie!«, gefolgt von schnellen Schritten.

Emma blieb kaum Zeit genug, sich umzudrehen, da packte Mrs Stewart sie auch schon am Haar, zerrte ihren Kopf hin und her und grub die spitzen Fingernägel ihrer rechten Hand in Emmas Oberarm, bis diese schließlich rückwärts taumelnd auf den Rasen fiel. Emma hielt sich schützend die Arme vors Gesicht, als Mrs Stewart sich auf sie stürzte und ihr mit ihren roten Fingernägeln die Unterarme zerkratzte. Die blonde Frau stand vor Entsetzen erstarrt da, doch ihr Mann reagierte sofort, griff beherzt zu und zog die rasende Hyäne weg von Emma. »Nein, nein! Kommen Sie mit«, rief er und hielt Mrs Stewarts Arme fest, sodass sie Emma zu guter Letzt nur noch einmal anspucken konnte. *Eine Löwenmutter,* dachte Emma und erkannte, als sie dem grauhaarigen Mann jetzt direkt ins Gesicht sah, dass er Mason Caldwell sein musste, Kyles superreicher Vater.

In diesem Moment kam Jodie aus dem Haus gelaufen. Emma dachte, dass ihre Kollegin ihr zu Hilfe eilen wollte; doch als Jodie die kleine Ansammlung erreicht hatte, kniete sie sich nicht ins Gras, um ihr aufzuhelfen. Stattdessen blieb sie bei den Caldwells stehen, während Emma sich mit dem letzten Rest an Würde, den sie aufbringen konnte, allein vom Rasen aufrappelte, sich das Haar aus dem Gesicht strich und sich dann so hoch aufrichtete, wie ihre zierliche Statur es im Beisein all dieser großgewachsenen Eltern zuließ. Und ihr entging auch das kurze Aufblitzen in Mason Caldwells Augen nicht, der sie ansah, als wäre er erstaunt, wie klein und unbedrohlich die Mörderin war.

Emma drehte sich um und ging davon. Ihre Beine zitterten noch, als sie schließlich die Autotür öffnete. Hinter sich hörte sie einen Laut, der binnen kürzester Zeit anschwoll, als Mrs Stewart mit einem langen, klagenden Aufschrei der Verzweiflung in Mr Caldwells Arme sank und vor Trauer und Wut weinte.

Erschüttert und voller Scham zog Emma die Autotür zu und verließ die Auffahrt mit einem letzten Blick in den Rückspiegel auf das Tableau des Schmerzes auf Jodies Rasen. Sie fuhr eine Meile, ehe sie am Bordstein einer ruhigen Wohnstraße anhielt, die Stirn auf das Lenkrad legte und zu schluchzen begann. Warum war sie die Schuldige? Sie, die bestohlen, bedroht und beinahe angegriffen worden war, war jetzt als Ausgestoßene gebrandmarkt und keines Mitgefühls mehr würdig.

Emma gestand sich fünf Minuten des Selbstmitleids zu, und als sie wieder ruhiger atmen konnte, fuhr sie zu Sarahs kleinem Haus am Rande der Stadt, wo Emmas weißer Toyota in der Auffahrt wartete.

»Herrje, was ist passiert?« Sarah schnappte nach Luft, als sie Emma die Tür aufmachte.

Emma sah auf die Grasflecken auf Sarahs Bluse und die blutigen Kratzer an ihren Armen. »Ich bin vor Jodies Haus Jacobs Mutter begegnet.«

»Komm herein.« Sarah hielt die Tür auf, und Emma trat zögernd ein, so als erwartete sie noch einen Hinterhalt.

»Ist Maggie nicht hier?« Emma sah sich nach den Kindern um.

»Noch nicht.« Sarah führte sie ins Wohnzimmer. »Der Sheriff hat immer noch mit ihr gesprochen, als ich ging, obwohl sie nicht ein Wort gesagt hat, soweit ich es beurteilen kann. Rob bringt sie her, wenn sie fertig sind, und meine Freundin Margaret bringt dann auch Kate nach Hause.«

»Ich wünschte, der Sheriff würde Maggie in Ruhe lassen.« Emma seufzte.

»Sie ist eine Zeugin. Wenn sie reden würde, könnte sie deine Geschichte, dass die Studenten im Haus waren, bestätigen.«

Emma nickte, auch wenn sie sich fragte, was Maggie wohl sagen würde, wenn sie denn redete. Würde sie der Polizei erzählen, dass ihre Mutter eine Mörderin war? Dass sie den Baseballschläger einem jungen Mann an den Kopf geschlagen hatte, der schon in die Knie gegangen war? Wie viel Maggie gehört oder gesehen hatte, wusste Emma nicht, aber das Kind konnte nicht verstanden haben, was es mit dem Armband oder dem Ehrenkomitee des Colleges auf sich hatte oder was die Drohung, Kyle vom College werfen zu lassen, für ihn und Jacob bedeutet hätte. Maggie würde nur wissen, dass ihre Mutter eine abscheuliche Gewalttat begangen hatte.

»Bist du problemlos weggekommen?«, fragte Emma.

Sarah lachte. »Oh ja. Die Reporter mussten glatt zweimal hinsehen, als ich eine halbe Stunde, nachdem ich abgefahren war, noch einmal aus dem Haus kam.«

»Glaubst du, dass dir jemand gefolgt ist?«

»Ich habe einen Umweg gemacht und bin zudem noch in einen Supermarkt gefahren, aber es war mir keiner auf den Fersen. Ich wette, sie suchen in deinem Büro nach dir.«

Emma gab Sarah den Schal, die Sonnenbrille und den Autoschlüssel zurück. »Jodie sagt, dass einige Studenten eine Schmutzkampagne gegen mich gestartet haben.«

Sarah senkte den Blick. »Ich weiß.«

»Ist es schlimm?«

Sarah seufzte. »Jeder, der dich kennt, wird wissen, dass das alles nur ein Haufen bösartiger Mist ist. Aber ja, es schwirren eine Menge fieser E-Mails herum. Willst du eine Stellungnahme abgeben?«

»Ich habe Jed angerufen auf dem Weg hierher, und er meint, ich soll mich bedeckt halten. Die Medien könnten alles, was ich erzähle, verdrehen. Aber Jodie sagt, dein Vertrauensvotum ist sogar auf CNN gelaufen.«

Sarah lächelte grimmig. »Ich habe daran gedacht, eine E-Mail an die Mitglieder unserer Fakultät und an alle unsere engsten Freunde in der Stadt zu schicken – damit sie die ganze Geschichte erfahren. Wenn ich etwa dreißig Leute in Jackson und einige Kollegen, die wir an anderen Colleges in Virginia kennen, erreiche, sollte die Wahrheit langsam Fuß fassen können. Was immer ich tue, kann natürlich nicht mit dem Internethype der Studenten mithalten, aber es sollte dir so ein wenig leichter fallen, in Jackson den Kopf oben zu behalten. Bist du damit einverstanden?«

»Ja, klar. Vielen Dank.«

»Gibt es noch irgendetwas, das ich über die letzte Nacht wissen sollte? Irgendwelche Fakten?«

»Du meinst, ob ich etwas verheimliche?«

»Nein«, erwiderte Sarah. »Das meine ich nicht.«

Ein Auto kam die Auffahrt herauf, und als Sarah die Wohnzimmergardine zur Seite schob, sah sie Rob mit Maggie aufs Haus zukommen.

»Hallo, ihr beiden.« Sarah lächelte, als sie die Tür öffnete. »Ich habe selbst gemachte Bananenmuffins, Maggie. Möchtest du einen?«

Das Mädchen nickte wortlos, und Rob warf Sarah einen dankbaren Blick zu, als sie Maggie bei der Hand nahm und mit ihr in die Küche ging. Er trat ins Wohnzimmer und sank neben Emma aufs Sofa.

»Was für ein Albtraum.«

»Hat Maggie irgendetwas zum Sheriff gesagt?«

»Nicht ein Wort.« Rob schüttelte den Kopf. »Jed sagt, sie ist so still wie ein Mäuschen, und er respektiert das.«

»Ich kann mir nicht vorstellen, was in ihrem Kopf vor sich geht«, murmelte Emma.

Aus der Küche hörten sie Maggies Stimme herüberklingen, die zögernd mit Sarah sprach. »Ja, bitte«, »danke« und »ich mag Bananen«.

»Sarah ist so wunderbar«, sagte Rob. »Es wird Maggie guttun, hier bei Kate zu bleiben, weg von unserem Haus.« Unbeholfen legte er Emma eine Hand aufs Knie. »Es tut mir so leid, dass ich gestern Nacht nicht da war. Ich hätte dich und Maggie nicht allein lassen sollen.«

»Das ist doch lächerlich.« Emma wandte den Blick ab und sah aus dem Fenster. »Niemand konnte ahnen, dass so etwas passieren würde.«

»Aber wenn ich zu Hause gewesen wäre, hätte ich die Sache handhaben können.«

Das entscheidende Wort ließ Rob weg, doch Emma vervollständigte den Satz in Gedanken: *Ich hätte die Sache besser handhaben können.* Für Rob war der Baseballschläger nur ein Requisit, keine Waffe. Er hätte die Studenten ohne Gewalt davongejagt.

»Du findest, dass ich zu weit gegangen bin.«

»Überhaupt nicht.« Rob schüttelte den Kopf. »Es war richtig, was du getan hast. Ich ärgere mich nur über mich selbst. Ich hätte gestern Abend um acht zu Hause sein können. Es wäre nicht nötig gewesen, über Nacht wegzubleiben.«

Der Gedanke war Emma auch schon durch den Kopf gegangen. Inmitten ihrer vielen Selbstvorwürfe hatte sie auch Rob verdammt für all die Nächte, die er sie und Maggie allein gelassen hatte – das Arbeiten bis spät in den Abend hinein, die nicht unbedingt notwendigen Geschäftsreisen, die häufigen Besuche bei seiner Mutter.

»Es ist sinnlos, uns selbst Vorwürfe zu machen«, sagte sie. »Davon sollten wir nicht einmal reden.«

Rob schwieg, denn in ihrer Ehe war es Emma, die die Gesprächsregeln bestimmte und entschied, welche Themen einer Diskussion wert waren und welche fruchtlos. Ein Berg unausgesprochener Gedanken ragte bedrohlich zwischen ihnen auf, mit Jacob Stewarts Tod als krönendem Gewicht auf der bröckelnden Spitze. Behutsam nahm Rob seine Hand wieder von Emmas Knie, und schweigend saßen sie nebeneinander, jeder allein mit seinen eigenen Schuldgefühlen.

16

Ein Klopfen an der Tür riss Emma aus dem Tiefschlaf, und als sie die Augen öffnete, sah sie Ruth den Kopf in ihr Büro hereinstecken.

»Ich sollte um sieben nachsehen, ob Sie wach sind.«

»Danke.« Emma setzte sich auf und versuchte, sich zu orientieren.

Junot konnte jeden Moment kommen, und so tastete sie in ihrer Handtasche nach Bürste und Lippenstift und wankte dann noch schlaftrunken in die kleine Toilette, die sich an ihr Büro anschloss. In dem Neonlicht schimmerte ihr Gesicht gelblich. Seufzend kniff sie sich in die Wangen, bürstete ihr Haar auf und bedauerte, dass die Falten um ihre Augen und über der Nasenwurzel sich schon so tief eingegraben hatten. In zwei Wochen würde sie fünfundvierzig werden, und auch wenn sie die gelegentlich aufblitzenden grauen Haare noch einzeln herausreißen konnte, warnte deren an Stahlwolle erinnernde Beschaffenheit sie doch, dass das Alter nichts Anmutiges haben würde. Es würde sich in brüchigen, melancholisch verfärbten Strähnen zeigen.

In Junot Rodriguez' schwarzem Haar hatte sie noch nie graue Sprenkel entdeckt. Er war ihr jüngerer Geliebter, ihr Trophäenmann – als hätte sie je in ihrem Leben etwas getan, wofür sie einen Preis verdiente. Sie wunderte sich oft, dass er schon so lange mit ihr zusammen war.

»Findest du nicht, dass du zu alt für ihn bist?«, hatte Maggie letztes Jahr in einer ihrer streitlustigen Stimmungen gesagt.

»Junot mag mich«, hatte sie erwidert. »Und er fühlt sich wegen etwas schuldig, das einer anderen Frau vor über einem Jahr passiert ist.«

Und Emma hatte Maggie die Geschichte erzählt, wie sie Junot eines Tages nach dem Abendessen im Haus einer Freundin in Cleveland Park kennengelernt hatte.

»Cleveland Park ist eine sehr noble Gegend, deshalb war ich überrascht, als ich nebenan einen Mann und eine Frau lautstark streiten hörte. Reiche Leute streiten genauso oft wie arme Leute, aber normalerweise tun sie es leiser und versuchen, den Schein zu wahren. Meine Freundin Michelle erzählte mir, dass es in der Beziehung dieses Ehepaares immer weiter bergab ging, seit der Mann seinen Job verloren hatte.«

»Also musstest du dich drum kümmern.« Maggie verdrehte die Augen.

Emmas Miene spannte sich an. Ihre Tochter verdrehte die Augen in letzter Zeit etwas zu häufig. »Häusliche Gewalt ignoriert man nicht einfach so. Wir hatten ein Geräusch gehört, so als ob Glas splitterte, und deshalb sagte ich zu Michelle, sie solle den Notruf wählen, und ich selbst ging hinüber, um nachbarschaftliche Hilfe anzubieten.«

»Und der Mann hat dich reingelassen?«

»Ich habe nicht auf eine Einladung gewartet.«

Emma erinnerte sich noch an die Szene: an den blonden, trügerisch schönen Mann, der aussah, als wäre er soeben einem Ralph-Lauren-Katalog entstiegen, und an das so kalte, makellose Wohnzimmer – weiße Wände, weiße Sofas und Kissen und ein weißer Kamin, an dem eine Frau mit dem Rücken zu ihr stand.

»Geht es Ihnen gut?« Emma war unter dem Arm des Mannes hindurchgeschlüpft und zu der Frau geeilt, ehe der Mann sie aufhalten konnte.

Die Frau versuchte, mit den Händen ihre Nase an ihrem Platz zu halten und das Blut aufzufangen, das schon einige dunkle Flecken auf dem schneeweißen Teppich hinterlassen hatte. Als sie sich zu Emma umdrehte, senkte sie die Finger weit genug, dass die eingedrückte Nase sichtbar wurde, und darunter ein dicker roter Bart auf der Oberlippe. Langsam streckte die Frau Emma ihre flachen Hände entgegen, so als wollte sie dieser seltsamen Fremden in ihrem Haus das Blut anbieten, und Emma sah in diesen tropfenden Händen ihre eigenen blutigen Hände, mit denen sie dem sanften Deputy die ruinierten Geschirrhandtücher hingehalten hatte.

»Die Polizei ist auf dem Weg.« Michelle stand in der Tür und starrte auf die übel zugerichtete Nase ihrer Nachbarin.

»Komm und hilf mir, das Blut ein wenig wegzuwischen.« Emma winkte Michelle heran.

»Das geht Sie alles gar nichts an«, brüllte der Mann. »Verlassen Sie beide sofort mein Haus.« In diesem Moment sah Emma den Jungen, der oben am Treppenabsatz saß und schweigend zusah. Elf Jahre alt vielleicht, dachte sie. Oder auch zwölf.

»Sie sollten besser den Mund halten.« Emma sprach über ihre Schulter hinweg mit dem Mann, während sie und Michelle die Nachbarin zum Badezimmer führten. »Sie haben bereits Ihren Sohn aufgeweckt.«

Emma hatte erwartet, dass der Mann schweigen würde. Die meisten Väter konnten sich in der Gegenwart von Nachbarn und kleinen Kindern zusammenreißen. Doch obwohl dieser Mann einen kurzen Blick auf die Treppe warf, senkte er die Stimme kein bisschen.

»Mein Sohn geht Sie gar nichts an.«

Was hatte dieser Kerl intus? Kokain? Amphetamine? Emma konnte Alkohol riechen, aber es musste noch etwas Stärkeres sein, das ihn derart gereizt machte.

»Verschwinden Sie verdammt noch mal aus meinem Haus«, schrie er und fügte noch hinzu: »Schlampe.«

Da war es wieder, dachte Emma. Das harsche Wort, das die bittersten Augenblicke ihres Lebens untermalt hatte wie ein Stakkato: verrückte Schlampe, blöde Schlampe. Das Wort war zu einer Alarmglocke geworden, die in ihrem Kopf widerhallte, deren hässlichem Klang man nicht entrinnen konnte, omnipräsent im Fernsehen, in Kinofilmen und im Internet, manchmal nannten auch die Frauen im Wohnheim einander so, als wäre »Schlampe« gleichbedeutend mit »Frau«, aber das war es nicht.

Emma drehte sich langsam zu dem Mann um und setzte ihr kältestes Lächeln auf. »Oooohh«, raunte sie ihm mit verführerisch gesenkter Stimme zu, »jetzt flirten Sie also mit mir?« Sie stieß ein helles Lachen aus, als sie näher auf ihn zutrat. »Was für ein beeindruckender Mann Sie doch sind. So ein guter Ehemann und Vater. So rücksichtsvoll und so eloquent. Ihr Sohn«, mit einem Kopfnicken wies sie zur Treppe, »muss sehr stolz auf Sie sein.«

Sie war auf seine Faust gefasst gewesen, oder vielleicht auch seine flache Hand, und dachte, dass es nun wohl so weit wäre, einmal auszuprobieren, was sie in fünf Jahren Karate-Unterricht gelernt hatte und ob ein schwarzer Gürtel einer zierlichen Frau mittleren Alters tatsächlich etwas nützte. Emma war regelmäßig zum Training ins Dojo am Ende der Straße gegangen, in der sie wohnte, seit ein großer Mann sie einmal einen Block von Kelly's House entfernt auf dem Gehweg zu Boden gestoßen hatte. Er hatte ihr weder die Handtasche gestohlen noch sie sonst irgendwie angegriffen, sondern war weitergegangen, als wäre nichts passiert – er hatte einfach eine kleine blöde Frau aus dem Weg geräumt. Emma wäre ein ganz gewöhnlicher Straßenraub lieber gewesen, etwas mit materiellen Beweggründen, das nicht so sehr an die Rempeleien zwischen Jugendlichen erinnerte. Zweimal in ihrem Leben war sie zu Boden gestoßen worden, und es war nicht die äußerliche Verletzung gewesen (ein paar blaue Flecken an Armen und Knien), sondern die innere Empörung, die sie zwei Tage danach zu dem Sensei gehen ließ. Seitdem hatte sie das Karatezentrum so regelmäßig aufgesucht wie andere Frauen die Kirche.

Versuch's doch, hatte Emma gedacht und den aufgeputschten Mann angestarrt. *Versuch doch, mich niederzuschlagen.*

»Immer bringst du dich in solche Situationen!«, hatte Maggie sie unterbrochen, als Emma die Geschichte erzählte. »Ich bin die Einzige in der Schule, deren Mom dauernd blaue Flecken hat.«

»Ich bringe mich nicht selbst in Gefahr«, hatte Emma erwidert. »So etwas passiert einfach ... Na ja, Junot hat dann jedenfalls die Situation gerettet.«

Sie konnte sich noch lebhaft erinnern, wie ein dunkelhaariger Sergeant mit dem Namensschild RODRIGUEZ durch die Tür dieses kalten weißen Hauses getreten war und gerufen hatte: »Halt, Leute, immer mit der Ruhe!«

Es hatte Emma überrascht, dass die Polizei so schnell eintraf; sie war eher daran gewöhnt, dass sie gar nicht auftauchte oder erst nach einer halben Stunde. Aber das hier war eben Cleveland Park, Wohnort millionenschwerer Anwälte und zukünftiger Senatoren, wo Steuerzahler eine umgehende Beachtung ihrer noch so belanglosen Beschwerden erwarteten.

»Gibt es ein Problem, Ma'am?« Der Sergeant sah Emmas Gesicht und Arme an, offensichtlich auf der Suche nach Verletzungen, weil er annahm, sie wäre die geschlagene Ehefrau.

»Gehen Sie ins Badezimmer und sehen Sie sich das Gesicht seiner Ehefrau an«, sagte Emma. »Dann wissen Sie, ob es ein Problem gibt.« Sergeant Rodriguez wies seinen Kollegen, der gerade das Zimmer betrat, an nachzusehen.

»Und wer sind Sie?« Er konzentrierte sich weiter auf Emma.

»Emma Greene. Ich war bei einer Freundin nebenan zum Abendessen, als wir den Streit hier drüben hörten und die Polizei riefen.«

»Officer.« Die Stimme des Mannes war plötzlich ruhig – ganz der höfliche Ton eines Investmentbankers, der in diesem

Moment genauso gut die Gewinnaussichten des Aktienfonds eines kleineren Unternehmens hätte diskutieren können. »Diese Frau und ihre Freundin sind einfach in mein Haus eingedrungen.«

»Wir gehen schon.« Emma warf dem Mann noch einen letzten verächtlichen Blick zu. Dann wandte sie ihre ganze Aufmerksamkeit Sergeant Rodriguez' Augen zu und staunte, als sie in diesen dunkelbraunen Tiefen den gleichen sanften Ausdruck sah wie bei dem Deputy in Jackson, fast als wären die beiden Männer Brüder. Obwohl er in der Großstadt arbeitete, sprach dieser Sergeant weder in dem ungeduldigen Ton der Abgestumpftheit mit Emma, noch setzte er dieses leicht amüsierte Lächeln auf, das sie schon zu oft auf den Lippen großer Männer gesehen hatte, wenn sie kleinen, wütenden Frauen gegenübertraten, so als würde die geringe Größe einer Frau ihre Wut erklären und sie sei nichts weiter als ein ausgeflipptes Spielzeug.

Vermutlich beruhte ihr instinktives Vertrauen zu diesem Sergeant nur auf ihrer Vorliebe für dunkle Männer, dachte sie. Vierundvierzig Jahre als Rothaarige mit Sommersprossen hatten Emmas Neid auf alle Hautfarben der Starbucks-Palette geweckt – Schattierungen von Cappuccino, Mokka oder heißer Schokolade –, satte Farben, die sich nicht nach einer Stunde in der Sonne in leuchtendes Rosarot verwandelten. Und was die Augenfarbe anging, da wurde sie misstrauisch bei einem zu hellen Blau; je intensiver die Iris, desto intensiver das Gefühl, meinte sie.

Welche Nation, fragte sie sich, als sie diesen unbekannten Polizisten ansah, brachte solch schöne braune Augen hervor? Während sie seinen ernsten Blick erwiderte, überlegte Emma, wie sie die Dringlichkeit der Situation vermitteln könnte, ohne dass sie direkt darüber sprach. »Ich lege die Sache in Ihre Hände.«

Gemeinsam waren Michelle und sie dann wieder nach nebenan gegangen und hatten auf der Veranda gewartet, zusammen mit zwei weiteren Nachbarn, die von dem Krankenwagen angelockt worden waren, der gleich nach der Polizei mit Sirenengeheul eingetroffen war. Als Emma den dunkeläugigen Sergeant und seinen Kollegen wenig später ohne den Ehemann aus dem Haus kommen sah, lief sie zu ihm.

»Sie gehen?«

»Die Frau behauptet, sie sei gegen eine Tür gerannt.«

»Das ist doch Schwachsinn, und das wissen Sie auch. Wir alle haben den Streit gehört.«

»Aber haben Sie etwas gesehen? Hat irgendwer irgendetwas gesehen?«

»Sie haben ihr Gesicht gesehen. Reicht das nicht?«

»Wenn niemand sehen konnte, wie er sie geschlagen hat, und sie darauf beharrt, dass sie gegen eine Tür gerannt ist, dann können wir nichts machen.«

»Sie müssen sie überreden.« Emma wusste, dass ihr »müssen« zu fordernd und professoral klang, und sie versuchte, sich zurückzunehmen. »Vielleicht können Sie ihr gut zureden, ihr die Ängste nehmen. Sagen Sie ihr, sie soll an ihr Kind denken.«

Der Sergeant schüttelte den Kopf. »Diese Frau weigert sich sogar, ins Krankenhaus zu gehen. Die Sanitäter haben ihre Nase notdürftig versorgt und ihr Schmerzmittel gegeben. Sie sagt, dass sie morgen ihren Hausarzt aufsucht. Aber heute Abend will sie nirgends mehr hin.«

»Hören Sie.« Emma setzte auf eine letzte Strategie. »Ich leite ein Heim für misshandelte Frauen. Ich sehe so etwas jeden Tag, und es ist überdeutlich, dass diese Frau in ernster Gefahr schwebt. Normalerweise schlägt ein Ehemann aus einem so gehobenen Wohnviertel seine Frau nicht ins Gesicht; er will nicht, dass man die Verletzungen sehen kann. Aber das kümmert diesen Kerl nicht mehr – er hat bereits eine Hemmschwelle überschritten. Es ist ihm scheißegal, was die Nachbarn denken oder was sein Sohn zu sehen bekommt, und das ist ein ernstes Warnzeichen. Die meisten Männer dieser Schicht wären entsetzt, wenn sie ihrer Frau die Nase gebrochen hätten. Sie wären zerknirscht und würden um Verzeihung bitten, aber dieser Kerl zeigt keine Reue – so als hätte er sowieso nichts mehr zu verlieren.«

»Was sollen wir da tun, wenn die Frau nicht kooperiert?«

»Was ist mit einer Anklage wegen Drogenbesitzes? Er hat eindeutig irgendetwas intus.«

»Es gibt keine konkreten Hinweise auf Drogenkonsum, und wir haben keinen Durchsuchungsbefehl.«

»Die Frau«, Emma zeigte auf das Haus, »schwebt in unmittelbarer Gefahr.« Aber an der Miene des Sergeants konnte sie ablesen, dass er keine Gefahr sah in Cleveland Park. Gefahr herrschte in Anacostica oder in der South Capital Street, in Stadtvierteln ohne Gartenpavillons und gedüngten Rasen.

»Ich werde morgen früh noch einmal vorbeischauen«, versuchte der Sergeant Emma zu beschwichtigen. »Jetzt müssen sich erst einmal alle beruhigen und etwas Schlaf kriegen.«

Als der Polizeiwagen davongefahren war, sah Emma, wie in dem Haus nebenan die Vorhänge zugezogen wurden.

Zurück zu Hause in Dupont Circle konnte sie kaum schlafen, immer wieder sah sie die blutigen Handflächen der Frau, ausgestreckt wie die Hände Christi. Um halb sechs kam der Anruf, den sie schon erwartet hatte. Michelle war am Apparat, von Panik erfasst, nachdem sie von Pistolenschüssen im Haus nebenan geweckt worden war. Michelle hatte die Polizei gerufen, aber offenbar war sie nicht die Erste gewesen. Es war bereits Sirenengeheul zu vernehmen, und hier und dort in der Straße traten Nachbarn in Bademänteln aus ihren Häusern.

»War die Frau tot?«, hatte Maggie gefragt, als Emma mitten in der Geschichte innehielt.

»Ich hatte erwartet, dass alle tot sind – die ganze Familie«, sagte Emma. Aber laut Michelles Nachbarn, und das wurde später von der ›Washington Post‹ bestätigt, hatte der zwölfjährige Sohn, der nicht schlafen konnte, seinen Vater um fünf Uhr morgens ins Arbeitszimmer gehen sehen. Durch einen Türspalt beobachtete der Junge, wie sein Vater ein Holzkästchen aus der untersten Schreibtischschublade holte und es mit einem kleinen Schlüssel aufschloss. In dem Kasten lagen zwei Pistolen, die der Junge schon einmal gesehen hatte – an seinem zehnten Geburtstag hatte sein Vater ihm beigebracht, wie man sie lud und entlud, sauber machte und überprüfte, ob der Sicherungshebel gedrückt war. Nachdem sein Vater eine herausgenommen und mit ein paar Kugeln geladen hatte und danach gegangen war, ohne den Kasten abzuschließen, schlich der Junge ins Arbeitszimmer und tat genau das Gleiche wie sein Vater, bevor er sich auf die Suche nach ihm machte. Er fand seinen Vater schließlich im Schlafzimmer, wo er neben seiner schlafenden Frau stand, und als der Mann die Pistole heben wollte, schoss der Junge auf ihn – einmal in die Schulter, und als sein Vater sich nach ihm umdrehte, noch einmal in die Brust und in den Magen. Der Junge war der Erste gewesen, der den Notruf gewählt hatte. Später erzählte er der Polizei, dass er nicht wusste, ob sein Vater seine Frau oder sich selbst erschießen wollte, eine Frage, die den Jungen sein Leben lang quälen wird, dachte Emma.

Emmas Interesse an der Geschichte hätte hier geendet, wenn es nicht zwei Tage später, als sie über einen weiteren der vielen Förderanträge gebeugt an ihrem Schreibtisch saß, an ihrer Bürotür geklopft und Sergeant Rodriguez in Jeans und Freizeithemd vor ihr gestanden hätte. »Darf ich hereinkommen?«, hatte er gefragt.

Emma stand von ihrem Stuhl auf und deutete auf ihr brandneues blaues Sofa. »Bitte.«

Er war gekommen, um sich zu entschuldigen – um ihr zu sagen, wie leid es ihm tat, dass er ihren Rat nicht ernster genommen hatte. Er hätte die Mutter und den Sohn aus dem Haus schaffen müssen.

Emma schüttelte den Kopf. »Sie wären schnell wieder dort

gelandet, wenn die Mutter nicht bereit war, sich von ihrem Mann zu trennen.«

»Aber es hätte die angespannte Situation für diese Nacht entschärft«, sagte der Sergeant.

»Und die Eskalation auf eine andere Nacht verschoben«, erwiderte Emma.

Der Mann schwieg eine Weile und betrachtete Emmas Wände. Sie drängte ihn nicht. Zeugen brauchten nach traumatischen Ereignissen oft Zeit, um Worte zu finden. »Als ich am nächsten Morgen in das Haus kam«, begann Sergeant Rodriguez, »und den Jungen mit seiner Mutter auf dem Sofa sitzen sah, dachte ich, dass ich das hätte tun sollen, was er getan hat – auch wenn ich den Mann nicht getötet hätte, nur gestoppt. Ich habe den Jungen meine Arbeit machen lassen, und jetzt muss er damit leben, dass er seinen Vater ermordet hat.«

»Er wird aber auch wissen, dass er seine Mutter beschützt hat«, sagte Emma.

Sergeant Rodriguez erwiderte nichts darauf. Er schüttelte nur den Kopf und sagte: »Ich habe den Mann für nicht so gefährlich gehalten. Er schien sich beruhigt zu haben, als ich ging.«

Und da verlor Emma plötzlich die Geduld mit diesem Polizisten. Er verschwendete nur ihre Zeit. Das hatte sie alles schon zu oft gehört – die Reue von Familienmitgliedern, die es nie kommen sahen, von Freunden, die blaue Flecken bemerkt und Streit mit angehört hatten, sich das Schlimmste aber nie vorstellen konnten. Etwas Nachgiebiges und Hoffnungsvolles in der menschlichen Natur machte sie blind für die drohende Tragödie, sie sahen nur die Möglichkeit einer Besserung. Es war Emma, die immer mit dem Schlimmsten rechnete, die den Tod in jeder Ecke lauern sah und seinen Pessimismus tiefe Furchen in ihre Seele ziehen ließ. Und so hätte sie auch jetzt am liebsten die Naivität aus diesem Mann herausgeschüttelt oder zumindest die Achseln gezuckt und gesagt: »Einer weniger.«

Dennoch bat sie ihn nicht, zu gehen, denn es war höchst ungewöhnlich, einen Polizisten sein Bedauern ausdrücken zu hören. Emma erwartete von einem Großstadtpolizisten, dass die unerfreulichen Seiten seines Jobs ihn hart gemacht hatten, aber irgendetwas in diesem Haus in Cleveland Park musste ihn irritiert haben. Sie fragte sich, welche Details die Zeitungen ausgespart hatten – ob der sterbende Mann noch ein paar eindringliche Worte gesprochen hatte oder ob etwas an der Gewalttätigkeit des Jungen und der hilflosen Ergebenheit der Mutter auf Familienstrukturen hingedeutet hatte, die sich immer wiederholten. Emma sah in Sergeant Rodriguez' aufgewühltem Blick eine Fähigkeit zu leiden, die in starkem Kontrast zu der offensichtlichen körperlichen Stärke dieses Mannes Ende dreißig stand, und dachte bei sich: *Na dann, willkommen in meiner Welt.* Doch laut fragte sie einfach nur: »Wie heißen Sie mit Vornamen?«

»Junot«, erwiderte er.

»Wie die römische Göttin?«

»Nein – wie der Schriftsteller, Junot Diaz. Der, der den Pulitzer-Preis bekommen hat.« Emma lächelte über ihre eigenen Vorurteile. Sie hatte nicht erwartet, dass ein Polizist irgendeinen Pulitzer-Preisträger kannte.

»Also gut, Junot Rodriguez, haben Sie Lust, einen Kaffee mit mir trinken zu gehen?«

Damals hatte sie nicht nur einen Geliebten gefunden, sondern auch einen Bodyguard. Nachdem Junot sich einen Eindruck von ihrer Arbeit gemacht hatte, bestand er darauf, dass das Heim einen starken Mann brauchte, der über öffentliche Autorität verfügte. Er kam, wenn Nächte schwierig zu werden drohten, brachte Matte und Schlafsack mit und kampierte auf dem Boden ihres Büros wie ein gewissenhafter Pfadfinder. Emma verstand seine Beweggründe, das gleiche Verhalten hatte sie schon bei ihrem Exmann beobachtet. Weil Junot der Frau in Cleveland Park keine Sicherheit hatte gewährleisten können, hatte er beschlossen, für die Sicherheit von Emma Greene zu sorgen. Es war eine berührende Geste, auch wenn Emma bezweifelte, dass Schuldgefühle eine solide Grundlage für eine langlebige Beziehung sein konnten.

Ruth klopfte noch einmal an Emmas Tür.

»Sergeant Rodriguez ist da.«

Emma zog ihre Bluse über die Hüften und versuchte, die Falten, wenn schon nicht aus ihrem Gesicht, so doch aus ihrer Kleidung zu streichen. »Schicken Sie ihn herein.«

Ein Geruch von Kokosnuss und Kreuzkümmel umwehte Junot, und er stellte zwei weiße Papiertüten auf ihren Sofatisch.

»Ich habe dein Lieblingsgericht mitgebracht, gelbes Curry.«

Als sie ihm einen Kuss auf die Wange gab, atmete Emma tief ein. Sie wusste, dass Junot ein ganzes Geruchsbüfett bereithielt, Anklänge an feuchtes Leder und stark gewürztes Essen, stets wechselnde Shampoos und leicht süße Eau de Colognes. Heute roch er nach Kiefern, Kardamom und Chilipfeffer.

»Rechnest du mit einer schlimmen Nacht?«, fragte er, als er die Schachteln öffnete.

»Carlos Cortez«, erwiderte Emma und holte Pappteller und Plastikbesteck aus ihrem Wandschrank. »Ich habe dir schon mal von ihm erzählt.«

»Ich dachte, du hättest eine einstweilige Verfügung auf Kontaktverbot erwirkt.«

»Das wird ihn nicht aufhalten. Er war noch nie im Gefängnis, und das eine Mal, als er verhaftet wurde, hat Maria nicht mit dem Staatsanwalt kooperiert und Carlos war nach einem halben Tag wieder draußen. Er hält das Rechtssystem für einen Witz.«

»Ich bin nicht unvorbereitet gekommen.« Junot hielt seine Jacke auf, und Emma dachte, er wolle ihr die Waffe zeigen, die er den ganzen Tag über trug. Doch stattdessen griff er in seine Innentasche und zog ein Paar Handschellen hervor. »Das ist meine Vorstellung von einer einstweiligen Verfügung.«

Emmas Blick wanderte zu der Pistole an Junots Hüfte. Als sie vor einem Kino zum ersten Mal die Arme um ihn gelegt hatte, war sie überrascht gewesen, das harte Metall zu spüren.

»Trägst du die immer?«

»Die Macht der Gewohnheit.« Er nickte. »Ohne fühle ich mich zu leicht. Ich brauche das Gewicht.«

Er nannte die Pistole seinen *camerado*, und Emma war es peinlich gewesen, wie aufregend sie den Anblick fand, da sie sich doch über solch niedrige Gefühle erhaben glaubte. Pistolen waren üble, primitive Utensilien von Verbrechern, reaktionären Provinzlern und Männern, die sich ohne eine Waffe nicht als Mann fühlten. War sie jetzt etwa mit einem solchen Mann zusammen? Erlag sie dem Machismo, den sie stets so verachtete hatte?

»Hast du schon mal auf jemanden geschossen?«, hatte sie Junot bei einer ihrer ersten Verabredungen gefragt.

»Einmal, in den Arm.«

»Dann bin also ich der einzige Mörder in dieser Beziehung?«

Junot hatte nicht gelächelt. »Ich sehe hier keine Mörder.«

Das war über ein Jahr her. Jetzt waren die Pistole, die Handschellen und das Polizeiabzeichen so normal für sie wie BlackBerrys, iPhones und Notebooks, mit denen Emmas frühere Liebhaber hantiert hatten. Jeder Mann trug die Werkzeuge seines Berufs mit sich herum, und Emma fürchtete schon, dass sie dabei war, ihre liberalen Neigungen aufzugeben, weil sie die Nähe einer Waffe so beruhigend fand.

Junot und sie aßen schweigend, während über den alten Backsteingebäuden draußen vor ihrem Fenster der Mond aufging.

»Ich muss unsere Verabredung dieses Wochenende absagen«, erklärte Emma schließlich, ehe sie herzhaft in eine Frühlingsrolle hineinbiss.

Junot ließ einen Moment von seinen Satay-Spießchen ab. »Aber wir haben die Tickets schon seit Wochen, du wolltest doch unbedingt hin.«

»Ich weiß – du solltest trotzdem hingehen und einen Freund mitnehmen.«

»Meine Freunde gehen nicht in Musicals.«

»Tut mir leid, aber ich habe heute Nachmittag eine E-Mail von Maggie bekommen. Sie hat so eine Art Krise.«

»Teenager-Probleme?«

Emma schüttelte den Kopf. »Mommy-Probleme … Erinnerst du dich noch an den Namen Sandra McCluskey?«

»Klar. Das ist die Studentin, die damals in deinem Haus war.«

Emma bewunderte, dass Junot nie einen Namen vergaß, vor allem die nicht, die mit einem Verbrechen zusammenhingen.

»Offenbar ist Sandy nach Jackson zurückgekehrt und jetzt Maggies Mathelehrerin.«

Junot hob die Augenbrauen. »Sieht die Schule darin kein Problem?«

»Ich glaube, die wissen gar nichts davon. Ihr Ehename ist Murdock, und Rob hat sie auf dem Einführungsabend nicht mal erkannt. Maggie sitzt seit Wochen in einem Klassenzimmer mit dieser Frau und hat erst jetzt herausgefunden, wer sie ist. Offenbar hat sie kürzlich ein Gespräch mit Maggie geführt und ihr ein paar neue Informationen über Jacob Stewart erzählt. Maggie will, dass ich an diesem Wochenende nach Jackson komme und mir Sandys Geschichte anhöre. Ich glaube, die Frau will sich entschuldigen.«

Junot sah Emma in die Augen. »Glaubst du, dass eine Entschuldigung noch irgendeinen Wert für dich hat?«

»Nein, inzwischen nicht mehr. Aber es scheint Maggie wichtig zu sein, deshalb muss ich hinfahren.«

»Soll ich dich begleiten?«

Emma schüttelte den Kopf. Sie hatte schon seit Monaten versprochen, Junot einmal nach Jackson mitzunehmen, damit er Sarah und Kate kennenlernte und zum Wandern in die Berge gehen konnte. Aber nicht an diesem Wochenende, nicht unter diesen Umständen.

»Habe ich dir eigentlich schon mal von der Modenschau des Heims erzählt?« Lächelnd wechselte Emma das Thema. »Du weißt doch, dass wir all diese Kleider-, Spielzeug- und Bücherspenden kriegen, und ich habe dir auch erzählt, dass manche Leute uns ganz schreckliches, wertloses Zeug geben – getragene Unterwäsche und kaputte Spielsachen, so als müssten Heimbewohnerinnen auch für Lumpen dankbar sein. Die besonders geschmacklosen Exemplare bewahren wir immer auf, und am nächsten Dienstagabend werden einige Bewohnerinnen und ehrenamtliche Helferinnen unsere Models sein und eine Modenschau veranstalten. Jedes Jahr statten wir die alte Turnhalle mit einem Laufsteg und bunten Scheinwerfern aus, und wir haben sogar einen Ansager. Es ist richtig lustig, wenn auch etwas grotesk – aber die Kinder lieben es. Ich bin auch eins der Models.«

Emma stand vom Sofa auf. »Hier, das ist mein Lieblingskleid. Ich bewahre es schon seit Juni auf.« Sie öffnete ihren Wandschrank, griff in einen großen Pappkarton und zog ein Brautkleid mit ausladendem Reifrock hervor.

»Wie findest du es?« Sie hielt sich das Kleid vor den Körper, ein üppiges Baiser aus glänzendem weißem Satin mit bauschigen Puffärmeln und einem Oberteil, das mit Dutzenden unechter kleiner Perlen in Herzform bestickt war und das von der Brust bis zur Taille ein enormer gelbbrauner Fleck zierte – ein von Hunderten Klecksen umgebender Fleck.

Junot lächelte. »Sieht aus, als wäre Cinderella auf dem Ball übel geworden.«

Emma sah an sich herab. »Oder aber ein sturzbetrunkener Bräutigam hat seine Braut vollgekotzt. So oder so lässt es nichts Gutes ahnen für die Ehe.« Sie stopfte das Kleid wieder in den Karton. »Ich kann ja verstehen, dass eine Frau den Beweis vernichten will. Aber warum gibt man ein derart ruiniertes Brautkleid einem Heim für misshandelte Frauen, falls es nicht sarkastisch gemeint sein soll?« Sie setzte sich wieder aufs Sofa und nahm sich eine weitere Frühlingsrolle. »Martha macht den Saum noch zehn Zentimeter kürzer, damit ich es tragen kann, ohne hinzufallen, und nach der Modenschau näht sie Kissenbezüge aus dem Teil, der sauber ist ... Möchtest du zur Modenschau kommen?«

Junot nickte. »Klar! Das wird das Highlight meines Jahres werden.«

Und dann saßen sie, ohne zu merken, wie die Zeit verging, in Emmas Büro, aßen, unterhielten sich und spielten Rommé. Sie erzählte ihm von den letzten Etatkürzungen im Sozialbereich und von den Hoffnungen, die sie auf einen Bundeszuschuss setzte, während Junot ihr erklärte, warum die Polizei nur so langsam Fortschritte machte in einem Mordfall, bei dem ein Arzt im Müllcontainer einer Klinik gefunden worden war, in der er Abtreibungen vornahm.

»In wirtschaftlich schlechten Zeiten nimmt die Gewalt immer zu«, sagte Junot.

»Das sehe ich jeden Tag«, erwiderte Emma.

Um zehn Uhr hatten sie eine Luftmatratze für Junot aufgepumpt und zogen gerade ein Laken darüber, als sie draußen jemanden rufen hörten: »Maria!«

Zweimal noch brüllte der Mann den Namen, ehe er die Silben dehnte, als würde ein Vater nach einem Kind rufen, das meilenweit entfernt war. »Mariiiia! Mariiiia!«

»Klingt wie ›West Side Story‹.« Junot lächelte matt.

Emma schüttelte den Kopf. »Mehr wie Marlon Brando in ›Endstation Sehnsucht‹, wenn er nach Stella ruft, nachdem er sie geschlagen hat.«

»Das ist die Literaturprofessorin in dir.« Junot nahm seine Jacke vom Haken an der Tür. »Es geht los.«

Als die beiden in die Eingangshalle kamen, sah Emma schon ein paar Frauen in der Nähe des Haupteingangs stehen.

»Ich kenne den Mann«, sagte sie mit einem Winken. »Gehen Sie in Ihre Zimmer zurück und sagen Sie allen, dass sie versuchen sollen zu schlafen. Sergeant Rodriguez und ich kümmern uns um ihn.«

Draußen warf der Mond sein Licht auf den betonierten Weg des Heims. Carlos war nicht zu sehen, doch Emma hörte ihn links von sich zu einem der oberen Fenster an der Westseite des Gebäudes hinaufrufen: »Maria, wo bist du? Ich liebe dich, Maria. Te amo. Kannst du mich hören?«

»Maria ist an der Rückseite der Schule untergebracht, im zweiten Stock«, murmelte Emma Junot zu. »Und ich hoffe, sie schläft.«

Carlos kam an die Vorderseite des Heims zurück und rief immer noch: »Maria! Me puede oir?« Weil er keine Antwort erhielt, wandte er sich an Emma: »Ich will meine Frau wiederhaben.«

Als Carlos das letzte Mal zum Heim kam, hatte er sich von seiner besten Seite gezeigt und im Gespräch mit Emma eine Maske zuckersüßer Höflichkeit aufgesetzt, bis er begriff, dass sie ihm dieses Verhalten nicht abkaufte.

»Das Heim hat eine einstweilige Verfügung gegen Sie erwirkt«, erwiderte Emma. »Wenn Sie nicht sofort gehen, werden Sie verhaftet.«

Carlos ignorierte sie und rief wieder zum zweiten Stock hinauf: »Maria! Esta alli?«

»Das ist meine letzte Warnung, Mr Cortez«, sagte Emma routiniert, so als spräche sie den Satz hundertmal jeden Tag aus.

Carlos, der etwa drei Meter vor einem Fenster stand, drehte sich zu Emma um und sah sie mit verächtlichem Blick an. »Halt's Maul, du Schlampe.«

Junot trat einen Schritt vor, doch Emma hielt ihn mit ausgestrecktem Arm auf. »Das ist mein Job«, sagte sie. »Gib mir nur Rückendeckung.«

Sie neigte den Kopf und starrte Carlos direkt in die Augen, ohne auch nur zu blinzeln. Dann näherte sie sich ihm mit einem irgendwo zwischen Verführung und Wahnsinn angesiedelten Lächeln. Als sie ihm nahe genug war, um zu riechen, wie sehr seine Haare und seine Kleidung nach Zigaretten stanken, hob Emma zu einem fauchenden Flüstern an, das nur Carlos hören konnte.

»Ihnen gefällt es, uns Frauen zu beleidigen, nicht wahr, Carlos? Ihnen gefällt es, Frauen zu schlagen, zu verbrennen und in die Schranken zu weisen? Diese blöden, neunmalklugen Schlampen, die verdienen es doch, fertiggemacht zu werden. Ich wette, Sie wollen jetzt auch mich schlagen, was? Das gibt Ihnen das Gefühl, ein starker Mann zu sein, stimmt's? Aber ich weiß, was Sie in Wirklichkeit sind, Carlos. Sie sind nichts als ein kleiner Scheißkerl mit noch kleinerem Schwanz.« Bei diesen Worten senkte sie den Blick zu seinem Schritt und lachte laut auf. Emma duckte sich nicht, als Carlos die Hand hob. Sie schloss weder die Augen noch zuckte sie zurück oder drehte das Gesicht weg, als er zuschlug. Beide Beine fest auf den Boden gepflanzt ließ sie seine Faust direkt auf ihre linke Wange prallen und war nur überrascht von der Wucht, die sie zu Boden warf.

Verdammt!, dachte sie, als sie dort lag. *So ein Arschloch.* Emma hasste es, niedergeschlagen zu werden. Es gab nichts Demütigenderes. Sie erinnerte sich nur allzu gut an Mrs Stewarts Hände, die sie zu Boden stießen, und den plötzlichen Stoß des fremden Mannes auf der Straße, der nicht einmal stehen geblieben war, um sich nach ihr umzudrehen.

Junot hatte sich in dem Augenblick in Bewegung gesetzt, als Carlos den Arm hob, konnte den Schlag aber nicht mehr verhindern. Jetzt sprang er über sie hinweg, packte den Mann an den Haaren und warf ihn mit dem Gesicht voran zu Boden, drückte ihm dann ein Knie zwischen die Schulterblätter und presste sein linkes Ohr auf den Beton. »Sie sind verhaftet«, sagte er. »Sie haben das Recht zu schweigen …«

»Lassen Sie mich los!«, stieß Carlos hervor, als Junot ihn über seine Rechte belehrte, dann wieder auf die Beine zerrte und mit Handschellen an den Flaggenmast kettete. Per Handy rief Junot einen Streifenwagen herbei und lief schließlich zu Emma hinüber, die sich aufgesetzt hatte und den Kopf hin und her wiegte, um den Schmerz zu lindern.

»Herrje, Emma«, sagte er, als er sich hinkniete und ihr mit verwirrter Miene zärtlich übers Gesicht strich. »Was hast du zu ihm gesagt?«

Sie antwortete nur mit einem Lächeln und ließ eine blutige Lücke sehen, dort, wo ihr linker Schneidezahn hätte sein sollen.

»Du siehst aus wie eine Hockeyspielerin«, sagte Junot. »Komm, wir gehen rein und legen einen Eisbeutel auf deine Wange.«

»Nein.« Sie weigerte sich. »Ich will, dass sie so stark wie möglich angeschwollen ist, wenn Carlos dem Haftrichter vorgeführt wird.«

Junot musterte vorsichtig die linke Seite ihres Gesichts. »Das hast du absichtlich gemacht.«

Emma zuckte die Achseln. »Maria wird Carlos vielleicht nie anzeigen, aber ich werde es ganz bestimmt tun. Sein Angriff auf sie, der Verstoß gegen die einstweilige Verfügung und jetzt diese Körperverletzung, das zusammen sollte ihn für mindestens ein halbes Jahr hinter Gitter bringen. Zeit genug für Maria, vielleicht endlich auf die Füße zu kommen.«

Junot seufzte. »Du bist wirklich eine wild entschlossene kleine Frau.« Er hielt sie am Arm fest, als sie aufstand. »Aber es gibt bessere Methoden, das zu erreichen, weißt du.«

»Nein«, erwiderte Emma und schluckte etwas Blut hinunter. »Gibt es nicht.«

17

Früh am nächsten Morgen wachte Emma mit einer pochenden Wange auf. Sie tastete auf ihrem Nachttisch nach dem Aspirin und der Wasserflasche, mit deren Hilfe sie die Nacht überstanden hatte. Neben ihr lag Junot in tiefem Schlaf, und als sie die Schmerztabletten schluckte, empfand Emma eine fast betäubende Dankbarkeit für diesen Mann in ihrem Bett. Sie hatte die Entwicklung ihrer Beziehung genossen, vom Kaffeetrinken über gemeinsame Mittagspausen bis hin zu Abendessen, dann lange Spaziergänge durch den Rock Creek Park und Besuche neuer Ausstellungen im Corcoran-Museum und schließlich die Sonntagmorgen, an denen sie lange eng umschlungen im Bett liegen blieben. Wie Emma war auch Junot Rodriguez geschieden und der Liebe gegenüber skeptisch. Mit dem anderen zusammenziehen wollte vorerst keiner von ihnen, dafür schätzten sie ihre eigenen Wohnungen zu sehr, er seine aufgeräumte und sie ihre unordentliche. Sie luden einander nur dann über Nacht ein, wenn ihnen der Sinn danach stand.

Emma hatte nie gedacht, dass sie mal mit einem Mann ohne College-Abschluss zusammen sein würde. In der Vergangenheit hatte sie das übliche Vorurteil der Professoren gepflegt, das nicht auf der Hautfarbe, sondern auf dem Intellekt basierte. Intellektueller Snobismus war des Fachidioten beste Verteidigung, ein Überbleibsel aus Privatschultagen, als sie für die beliebten Jungs, die sich mit den klugen Mädchen nicht abgaben, nichts als Verachtung übrig hatte und sie ihrerseits als hirnlose Sportler oder reaktionäre Provinzler beschimpfte. Wie hätte sie Junot abgestempelt, wenn sie ihn als Teenager gekannt hätte? Wahrscheinlich hätte sie ihn unter dem dehnbaren Begriff »Migrant« einsortiert, egal wie lange seine Familie schon in Amerika lebte, und keinen Unterschied zwischen mexikanischer, guatemaltekischer oder, in Junots Fall, chilenischer Herkunft gemacht.

Das Abstempeln war während ihres ganzen akademischen Lebens weitergegangen. Hatte man einen Doktortitel oder einen Master-Abschluss? War man Dozent, Honorar- oder festangestellter Professor? Oder hatte man das College abgebrochen und war, wie Junot, lieber auf die Polizeiakademie gegangen als in Universitätshörsäle? Erst nachdem sie bei ihrem ersten Besuch in seiner Wohnung die Bücherstapel auf seinem Nachttisch gesehen hatte, erkannte Emma, wie tief ihre Vorurteile saßen.

Wenn das Schicksal sich nicht dagegenstellte, könnte sie ihn vermutlich heiraten, auch wenn ihr die meisten Ehen heutzutage wie schlechte Kompromisse vorkamen, die in Naivität eingegangen wurden und in Langeweile endeten. Die letzten beiden Jahre ihrer Ehe waren furchtbar gewesen, geprägt vom Widerhall von Jacobs Tod. Als Emma die Augen schloss und versuchte, noch eine Stunde zu schlafen, zogen Szenen aus der Vergangenheit durch ihre Gedanken, und sie sah sich selbst durch ihre alte Küche in den belasteten Hausflur gehen, wo der stets pragmatische und kompetente Rob wartete.

Rob hatte vom ersten Tag an gesagt, dass das Interesse der Medien an ihrem Haus nur von kurzer Dauer sein würde. Wenn sie erst mal ihre Filmaufnahmen von Veranda, Haustür und Bach gemacht und begriffen hatten, dass Emma nicht mit ihnen redete, würden die Reporter sich mit Archivmaterial von ihr zufriedengeben, das auf der Webseite des Instituts für Englische Philologie zur Verfügung stand. Und Rob hatte recht gehabt. Emma war erleichtert gewesen, als nach drei Tagen die Telefone endlich nicht mehr ganz so häufig klingelten und die Interviewanfragen per E-Mail etwas nachließen. Es war ein wahres Glück gewesen, an diesen Maitagen morgens in einem stillen Haus aufzuwachen, ohne Beobachter draußen außer den Rehen, die in der Morgendämmerung unter dem Holzapfelbaum standen. Wenn sie auf die Veranda trat, hoben die Tiere schweigend die Köpfe und musterten sie in regloser Stille, ehe sie ihre Nasen wieder in das taufeuchte Gras tauchten. In diesen frühen Morgenstunden waren die Bäume voll Roter Kardinale und Spottdrosseln, und ihre Laute waren die einzigen, die Emma hören wollte, im Gegensatz zum Auf und Ab von Maggies leisen Gesprächen mit Rob, oben im Bett des Mädchens.

Maggie wollte Emma nicht mehr in ihrem Bett haben. Zwei Abende zuvor hatte Emma gespürt, wie Maggies Körper ganz steif wurde, als sie sich neben ihre Fünfjährige kuschelte, um ihr eine Gutenachtgeschichte vorzulesen – die Geschichte des einbeinigen standhaften Zinnsoldaten. Emma hatte gehofft, dass dieses Beispiel treuer Liebe in ihrer Tochter Wurzeln schlagen würde. Doch mittlerweile hatte sie Rob die kostbaren Abend- und Morgenstunden überlassen, in denen ihr Kind ganz liebevoll vor Schlaftrunkenheit war. Jetzt war Rob derjenige, der Maggie am Anfang und am Ende jeden Tages küsste. Er führte ernste Gespräche in der Morgendämmerung mit ihr, während Emma draußen stand, außerhalb des Heims der Familie, und durchs kalte Gras watete, um ein paar Zweige von dem Zwergflieder neben der Veranda zu pflücken.

Als Emma sich, vier Tage nach Jacobs Tod, morgens wieder einmal über diesen Flieder beugte und bewunderte, wie jede einzelne winzige Blüte sich mit Hunderten anderer zu einer Handvoll Lavendelblau vereinte, hatte sie an Walt Whitmans Elegie auf Abraham Lincoln ›Als jüngst der Flieder blühte im Garten vorm Haus‹ denken müssen: *Ewige Wiederkehr des Frühlings, du bringst mir Dreiheit gewiss.* Sie sah den Sarg des Präsidenten vor sich, wie er mit dem Zug von Washington nach Illinois gefahren wurde, und als sie den Duft des Flieders einsog, dachte sie an Jacob Stewarts Sarg, der in seiner eigenen langsamen Prozession von Virginia nach Philadelphia befördert worden war, in Begleitung seiner Mutter. An diesem Morgen fand Jacobs Beerdigung statt, und sie sah vor sich, wie Mrs Stewart nach einer schlaflosen Nacht in einem stillen Haus aus dem Bett aufstand und dasselbe schwarz-weiße Kleid anzog, das sie getragen hatte, als sie Emma angriff, das einzige Kleid, in dem Emma sich Mrs Stewart vorstellen konnte, mit langen weißen Ärmeln, die sich an den Handgelenken wie Blüten öffneten.

In diesem Augenblick hatte Emma gedankenverloren den Blick von den Fliederbüschen gehoben und gesehen, wie ein dunkelblauer Ford Explorer am Straßenrand hielt. Darin saß ein kahlköpfiger Mann, der eine Brille mit Metallgestell trug und sie betrachtete – ein Reporter, dachte Emma. Doch er näherte sich nicht, um Fragen zu stellen. Stattdessen taxierte er das Haus, den Bach, den Flieder und ihr Gesicht mit einem so dreisten Blick, als würde er Inventur machen. Instinktiv zog Emma ihren Bademantel über der Brust fester zusammen. Der Mann lächelte, neigte leicht den Kopf und fuhr dann einfach wieder davon.

Ich habe einen Stalker, dachte Emma, denn sie erinnerte sich, dass sie den Mann gestern schon einmal langsam am Haus vorbeifahren gesehen hatte. Vermutlich jemand, der sich für Verbrechen begeisterte, ein Krimiliebhaber, der mal den Tatort eines echten Mordes sehen wollte. Würde er jeden Tag kommen? Würde er aus dem Auto steigen, wenn sie nicht da war, und durch die Fenster hineinspähen oder sich auf der Veranda herumtreiben und mit der Hand über das Geländer streichen? Sie könnte Maggie nie wieder alleine draußen spielen lassen, wenn so ein Mann hier herumschlich.

Am nächsten Tag rief Jodie an, um ein weiteres Treffen zu vereinbaren.

»Aber nicht in Ihrem Haus«, sagte Emma.

»Nein«, stimmte Jodie zu. »Wir sollten uns überhaupt nicht auf dem Campus treffen. Morgen Vormittag ist die Zeugnisübergabe, und alle Familien kommen in die Stadt.«

»Kommen Sie doch zu mir«, schlug Emma vor. »Hier draußen ist es ruhig.«

Sie nahm ein kurzes Zögern in Jodies Stimme wahr, einen Widerwillen, das unselige Haus aufzusuchen.

»Okay. Ich bin in einer halben Stunde da.«

Emma verbrachte die Zeit damit, Geschirr abzuwaschen und eine Karaffe Eistee zu machen, mit Minze, die an ihrem Bach wuchs. Sie beschloss, Jodie an ihrem Auto zu begrüßen und sie über die verglaste Veranda an der Rückseite des Hauses hineinzuführen. Dann müsste die Dekanin nicht über dieselbe Türschwelle treten wie Jacob, bekäme den Flur ohne den Läufer nicht zu sehen und würde zwischen den polierten Kieferndielen, die Rob zwei Stunden lang gescheuert hatte, keine unsichtbaren Spuren von Blut vermuten. Alle Details jener Nacht waren in der Stadt herumgetratscht worden, sei es bei Begegnungen im Supermarkt oder in Gesprächen im Buchclub, und sowohl Emmas als auch Kyles Version wurde gleichermaßen Glauben geschenkt. Emma wusste, dass es Jodie unangenehm wäre, fünf Meter vom Haus entfernt zu stehen und die verfluchte Haustür zu sehen, die Veranda, auf der die Studenten gestanden hatten, und hinten im ersten Stock das Fenster, aus dem Maggie herausgeklettert war.

Als Jodie ankam, blieb sie kurz sitzen und starrte das Haus an, ehe sie aus dem Auto stieg, und Emma beeilte sich, ihr entgegenzugehen. Emma hatte nicht mit Jodies Überraschung darüber gerechnet, wie harmlos das Haus aussah und wie hübsch mit den Pfingstrosen, die den Weg bis zu den Stufen säumten, mit den hängenden Körben voll Petunien und dem weißen Verandageländer. Mit jeder Blüte verkündete das Haus seine Unschuld, so als könnte in einem so einladenden Gebäude gar nichts Schlimmes geschehen sein.

Emma führte Jodie zur hinteren Veranda, wo sie in weißen Schaukelstühlen aus Korb saßen und Wolkenschatten über die Berge hinwegziehen sahen. Die Gebirgsausläufer blitzten in einem lebendig funkelnden Smaragdgrün auf, wo immer die Sonne durchbrach, während dunkle trübe Schatten wie dünne Stoffbahnen über die Baumwipfel dahinzogen.

»Es ist so friedlich hier draußen«, sagte Jodie, und Emma nickte.

»Man findet nie Frieden, wenn man auf dem Campus wohnt«, fuhr Jodie fort. »Die Leute meinen, mein Haus ist nur ein weiteres Büro, und sie kommen sogar am Wochenende, um die banalsten Dinge zu besprechen, so als hätten Will und ich kein Leben außerhalb des Colleges.« Sie hielt kurz inne, ehe sie hinzufügte: »Ich hatte wirklich keine Ahnung, dass die Caldwells mit Mrs Stewart genau zu der Zeit vorbeikommen würden, als Sie mich aufgesucht haben. Offenbar hatte Don ihnen erzählt, dass ich zu Hause bin.«

»Es ist nicht Ihre Schuld«, sagte Emma.

Jodie seufzte. »Das Ganze ist eine so schreckliche Geschichte. Wussten Sie, dass ein Privatdetektiv sich den Fall ansieht? Er tauchte heute Vormittag bei mir zu Hause auf – weil er mich im Büro nicht antraf, ist er einfach vorbeigekommen, ohne vorher anzurufen. War er bei Ihnen auch schon? So ein kahlköpfiger Mann, um die fünfzig, trägt eine Brille mit Metallgestell?«

Der Stalker, schoss es Emma durch den Kopf. »Ich habe ihn am Haus vorbeifahren sehen, aber ich wusste nicht, wer er ist.«

»Er heißt John Rivers und wurde von Mason Caldwell angeheuert.«

Emma versuchte gar nicht erst, ihre Verwirrung zu verbergen. »Ich verstehe nicht ganz.«

»Kyle behauptet offenbar immer noch, dass Sie Jacob angegriffen haben, ohne provoziert worden zu sein, und Mr Caldwell will der Sache auf den Grund gehen. Ich glaube, er traut dem Sheriff nicht zu, die Sache richtig zu handhaben.«

Emma blickte schweigend auf die Berge, während Jodie fortfuhr.

»Mr Caldwell hegt wahrscheinlich selbst Zweifel daran, ob Kyle die Wahrheit sagt. Mein Eindruck in den letzten vier Jahren war immer, dass Mr Caldwell nicht allzu viel von seinem Sohn hält. Er weiß, dass Sie Kyle des Diebstahls bezichtigt haben, und er will vielleicht irgendwelche schmutzigen Geschichten über Sie ausgraben – um Ihre Glaubwürdigkeit zu erschüttern, falls Sie Kyle vors Ehrengericht des Colleges bringen wollen. Das alles begann doch mit Ihrem gestohlenen Armband, stimmt's?«

Emma sah Jodie in die Augen. »Nach allem, was geschehen ist, hatte ich das schon ganz vergessen.«

»Es wäre wohl das Beste, wenn Sie kein Verfahren vor dem Ehrengericht mehr anstrengen. Die Abschlussfeier ist bereits in zwei Tagen, und auch vor dem Hintergrund dieses Traumas wäre es schwierig, noch eine faire Untersuchung durchzuführen, ehe Kyle das College verlässt.«

»Könnte man seinen College-Abschluss nicht aussetzen?«

»Das haben wir mal versucht, vor ungefähr acht Jahren, als ein Student einen Kommilitonen ein paar Tage vor der Abschlussfeier tätlich angegriffen hat. Doch die Eltern erwirkten eine gerichtliche Verfügung und sagten, wir dürften ihm den Abschluss nicht vorenthalten. Wir konnten nur verhindern, dass er bei der Zeugnisübergabe aufs Podium kommt und Don die Hand schüttelt.« Jodie hielt kurz inne. »Aber ich glaube ohnehin nicht, dass dieser Privatdetektiv allein Mason Caldwells Idee war. Meiner Meinung nach drängt Mrs Stewart die Caldwells, irgendwie das Ansehen ihres Sohnes zu rehabilitieren. Einen Privatdetektiv könnte sie sich gar nicht leisten – Jacob war auf finanzielle Mittel aus dem Studentenjob-Programm angewiesen. Sie muss die Caldwells gebeten haben, die Rechnung zu bezahlen.«

»Die Fingerabdrücke werden mich entlasten«, sagte Emma.

»Hoffen wir es. Aber wissen Sie, dass Mrs Stewart damit droht, eine Zivilklage wegen fahrlässiger Tötung gegen Sie einzureichen?«

Emma blickte wieder auf die Berge hinaus. »Kann sie das denn?«

»Ich habe mit unseren Anwälten gesprochen, und die sagen, dass Mrs Stewart einen solchen Zivilprozess zumindest kaum gewinnen könnte, wenn die Polizei schon nicht genug Beweise findet, um Strafanzeige gegen Sie zu erstatten. Auch im Zivilprozess müssen die Beweise, dass es keine Notwehr war, überwiegen, und aus dem Grund schnüffelt wohl dieser Privatdetektiv hier herum. Um herauszufinden, ob die Polizei irgendetwas übersieht.«

»Ich habe nichts zu verbergen«, murmelte Emma.

»Kein Anwalt mit Prinzipien würde den Fall übernehmen«, fügte Jodie hinzu. »Das Problem ist nur, dass die Anwälte eines so superreichen Klienten wie Mason Caldwell tun werden, was immer er ihnen sagt, ohne Rücksicht darauf, ob die Fakten die Anschuldigungen stützen. Caldwell kann jede Menge Geld zum Fenster hinauswerfen, und er ist vermutlich zu jeder Geste bereit, um Mrs Stewart zu beruhigen. Aber ich glaube, er wird es nicht allzu weit treiben.«

»Warum nicht?«

Jodie senkte die Stimme. »Ich erzähle Ihnen jetzt etwas im Vertrauen. Sie dürfen es niemandem sagen.« Sie nahm noch einen Schluck Eistee. »Vor zwei Jahren wurde Kyle in der Stadt beim Ladendiebstahl geschnappt, in Sophie Millers Laden. Sie sah, wie er eine Kette einsteckte, und rief die Polizei. Die kam, als er gerade den Laden verlassen hatte, und er wurde einen Block weiter aufgegriffen, mit der Kette in der Tasche. Ich weiß das alles, weil die Polizei mich meistens kontaktiert, wenn ein Student festgenommen wird. Der Polizist meinte, ich solle die Caldwells anrufen und ihnen sagen, dass ihr Sohn im Gefängnis sitzt, weil Kyle sie nicht angerufen hatte. Zuerst weigerte ich mich. Ich fand, das wäre Kyles eigene Angelegenheit. Aber dann sprach ich mit Don darüber, und schließlich redete er mit den Caldwells, weil er sie persönlich kennt.

Kyles Mutter kam im Privatjet angeflogen, und am nächsten Morgen ließ Sophie Miller die Anzeige fallen und sagte, das Ganze sei bloß ein Missverständnis. Später hörte ich, dass Mrs Caldwell mit Sophie von Mutter zu Mutter ein Gespräch über die Schwierigkeiten bei Kyles Erziehung geführt und ihr versichert hatte, dass er tief in seinem Inneren trotzdem ein guter Junge sei. Und sie hatte ihr angeboten, zum Ausgleich für den Diebstahl richtig groß in Sophies Laden einzukaufen. Es geht das Gerücht, dass Mrs Caldwell für zwölftausend Dollar Schmuck und Kleider gekauft hat, was Sophie half, die Rezession zu überstehen. Sie hätte das Bestechungsgeld wohl nicht genommen, wenn die wirtschaftliche Lage nicht so schlecht gewesen wäre.

Aber wie auch immer, es stützt das, was Sie über Kyle und das Armband erzählt haben. Seine Eltern wissen, dass er ein Problem hat, und Sheriff King muss es auch wissen, denn Kyle saß einen Tag lang im Gefängnis. Vielleicht hat Kyle auch noch weitere Anzeigen wegen Diebstahls in seiner Akte, und das sind Informationen, die auch in einem Zivilprozess wegen fahrlässiger Tötung zur Sprache kämen.«

Emma schüttelte den Kopf. »Das würde Mrs Stewart nicht davon abhalten, mich vor Gericht zu bringen. Mason Caldwell würde vielleicht die Rechnungen nicht mehr bezahlen, wenn der gute Ruf seines Sohnes beschädigt werden könnte, aber Jacobs Mutter will Rache. Sie hätten sehen sollen, wie sie mich vor Ihrem Haus angestarrt hat. Sie will mich genauso schwer verletzen, wie ich sie verletzt habe, und das kann ich ihr nicht einmal vorwerfen. Ich weiß nicht, wie ich reagieren würde, wenn einer von Maggies Lehrern sie töten würde.«

Jodie sah einen Moment lang zu, wie die Wolken über die

Berge zogen. »Mrs Stewart ist seit dem Vorfall jeden Tag in meinem Büro gewesen. Sie fordert, dass das College in irgendeiner Weise handelt. Das ist ein Grund, weshalb ich den Campus meide – sie ist wie eine dieser rasenden Furien und setzt Don und mir wirklich zu. Gestern hatte ich eine Verschnaufpause, weil sie zusammen mit den Caldwells nach Philadelphia geflogen ist zu Jacobs Beerdigung. Aber ich erwarte sie heute Nachmittag zurück. Und Sie sollten wissen, dass sie außerdem droht, das College zu verklagen. Sie behauptet, wir hätten fahrlässig gehandelt, als wir Sie eingestellt haben – dass Sie nicht geeignet seien, als Professorin zu arbeiten.«

»Warum das denn?«

»Diesem Privatdetektiv zufolge gab es da wohl mal eine Drogengeschichte, als Sie jünger waren?«

Emma wurde rot. »Das war in der Highschool. Die Spinde aller Schüler wurden gefilzt, und in meinem fand man einen Joint. Nur einen einzigen. Vierzehn von uns wurden verhaftet, und weil ich drei Wochen zuvor achtzehn geworden war und sie an uns älteren Schülern ein Exempel statuieren wollten, wurde es als ein Vergehen in meine Polizeiakte aufgenommen ... Aber ich bitte Sie, Jodie, einige unserer Fakultätsmitglieder rauchen jeden Tag, und die Studenten konsumieren sehr viel härtere Drogen als Marihuana. Ich habe nichts Illegales mehr getan, seit ich auf der Highschool war.«

»Das Marihuana ist eigentlich gar nicht das Problem. Dieser Privatdetektiv sagt, Sie wurden mal wegen einer Tätlichkeit angeklagt, als Sie in Berkeley waren.«

»Ich habe niemanden angerührt«, protestierte Emma.

»Was ist da passiert?«

»Ich habe Blut verspritzt.«

»Blut?«

Emma seufzte. »Ich war Mitglied im Tierschutzverband, und wir haben vor einem Labor außerhalb von San Francisco demonstriert. Mit den Affen dort wurden schreckliche Versuche angestellt, also haben wir Blut verspritzt, als die Vorstandsmitglieder zu einem Besuch kamen. Ich habe das Blut noch nicht mal richtig verspritzt. Ich habe es ihnen nur vor die Füße geschüttet, in einem symbolischen Akt, damit sie durch Blut waten mussten. Ein paar andere Mitglieder der Gruppe haben es den Leuten direkt auf die Anzüge und ins Haar gespritzt, und einem Mann auch ins Gesicht. Ich würde nie einen Menschen so direkt angreifen.«

»Woher hatten Sie denn das Blut?«

»Herrje, was weiß ich. Unser Vorsitzender hatte es irgendwo gekauft.«

»Und Sie waren im Gefängnis?«

»Zwei Wochen lang«, sagte Emma. »Hätten wir mit dem Blut die Wissenschaftler bespritzt, hätten wir wahrscheinlich einen Klaps auf die Hand bekommen. Aber in dem Vorstand waren lauter reiche Anwälte, und die zeigten uns an wegen eines Komplotts zu gemeinschaftlicher Tätlichkeit. Unser Vorsitzender saß zwei Monate.«

»Angeblich hat dieser Tierschutzverband in Los Angeles ein Labor in die Luft gesprengt.«

Emma zögerte. »Zu dem Zeitpunkt, als das passierte, war ich schon kein Mitglied mehr. Aber stimmt – sie haben die Stromanlage hinter einem Labor von Dow Pharmaceuticals in die Luft gesprengt. Es wurde niemand verletzt. Die Idee war, die Stromzufuhr zu kappen.«

Jodie nahm einen großen Schluck von ihrem Eistee. »Mrs Stewart behauptet, dass wir unsere Angestellten kriminalpolizeilich überprüfen lassen müssten, als Bestandteil der Kandidatenauswahl. Sie sagt, in diesem Punkt hätte das College fahrlässig gehandelt.«

»Welche Art der Überprüfung machen Sie denn?«

»Fast gar keine. Wir schauen uns Lebensläufe und Empfehlungsschreiben an, und nicht Polizeiakten. Das Auswahlgremium prüft normalerweise die Referenzen des Kandidaten, und ich bin mir ziemlich sicher, dass das Institut für Englische Philologie auch über Sie die übliche Recherche angestellt hat. Aber von all diesen Vorfällen habe ich noch nie etwas gehört.«

»Das ist alles vor meiner Ehe passiert«, sagte Emma. »Das Institut hätte unter meinem Mädchennamen suchen müssen.«

»Und dieser Privatdetektiv behauptet auch, Sie wären schon einmal als psychisch labil eingestuft worden. Sie hätten Psychopharmaka genommen. Stimmt das?«

»Woher weiß er das denn?«

Jodie warf die Hände in die Luft. »Woher haben solche Privatdetektive überhaupt ihr Wissen? Ich vermute, diese Daten liegen alle irgendwo als Computerdateien vor – Ihre Krankenakten, die Ihnen verschriebenen Medikamente, Ihre Versicherungsansprüche. Oder vielleicht hat er mit Leuten in der Stadt gesprochen, die etwas über Ihre Vergangenheit wissen? Ich habe keine Ahnung.«

Emma sah auf die Berge hinaus. Wie sollte sie Jodie, der kinderlosen, karrieregetriebenen Dekanin von den Monaten ihrer postnatalen Depression erzählen – von der lähmenden Furcht, die sie befiel, wenn sie die neugeborene Maggie im Arm hielt, weil sie wusste, dass weder ihre Bücher noch ihre Intelligenz ihr da hindurchhelfen würden. Diese Aufgabe konnte sie nicht perfekt und mit Spitzennote erfüllen. Sie konnte zum ersten Mal in ihrem Leben scheitern, schrecklich, schmerzlich, scheitern, hilflos in der grundlegendsten Rolle aller Frauen.

Sie zuckte die Achseln und versuchte, ganz beiläufig zu klingen. »Es war sowieso nie ein großes Geheimnis. Ich hatte nach Maggies Geburt eine postnatale Depression, deshalb wurde mir Zoloft verschrieben, und etwa ein halbes Jahr lang war ich bei einem Psychologen an der Uniklinik in Charlottesville in Therapie. Ich fand die Sitzungen aber nicht sehr hilfreich und habe mich schließlich selbst durchgekämpft.«

Einen Augenblick lang schwiegen sie, während ein blauer Fischreiher über das Gras beim Bach stakste. Dann sah Emma Jodie wieder an. »Glauben Sie, dass Mrs Stewart Holford wirklich verklagen wird?«

»Wenn man bedenkt, wie wütend sie zurzeit ist, scheint alles möglich. Und ehrlich gesagt, wenn sie es darauf anlegen sollte, wird das College vermutlich einen Vergleich mit ihr schließen. Selbst wenn sie nichts Konkretes in der Hand hätte, wird man ihr dann ein paar Millionen Dollar geben, nur damit es ein Ende hat – vor allem wegen ihrer Verbindungen zu Mason Caldwell. Er ist das Ass in ihrem Ärmel. Wir setzen auf ihn, er spendet dem College jedes Jahr eine Million Dollar, und für den Bau von Caldwell Hall hat er uns zwanzig Millionen gestiftet. Jetzt fürchtet der Finanzausschuss bereits, dass diese ganze Affäre bei ihm einen schalen Beigeschmack hinterlassen könnte. Deshalb hat es oberste Priorität, Caldwell zufriedenzustellen und ihm zu zeigen, dass das College das Ganze auf professionelle, diskrete Weise handhabt. Wenn das College mit Mrs Stewart einen Vergleich schließt, kommt das Geld dafür letzten Endes ja sowieso von Mason Caldwells Konto.«

Es hat oberste Priorität, Caldwell zufriedenzustellen. Emma lächelte bitter. Priorität hatte natürlich weder die Gerechtigkeit noch die Sicherheit der Fakultätsmitglieder. Und auch nicht die Bestrafung der Studenten, die aus den Büros der Professoren Sachen stahlen, unbefugt private Grundstücke betraten und Frauen mit dem Tod bedrohten. Priorität hatte für das College der stetige Geldfluss, die Höhe des Spendenaufkommens, der Bau neuer Gebäude.

Sie blickte Jodie in die Augen und sah die Frau und die Verwaltungsexpertin im Konflikt miteinander, das instinktive Mitgefühl zurückgehalten von den Pflichten des Amtes. Jodie senkte den Blick, und bei dieser Geste kam Emma plötzlich eine Erkenntnis, die so gewiss war wie der Tod: *Sie würde keine Festanstellung am College bekommen.* Jetzt nicht mehr.

Sie hatte keine Chance. Das Komitee zu ihrer Begutachtung würde im kommenden Winter zusammentreten, und selbst wenn sie ihr eine Empfehlung aussprächen, würde die Verwaltung sie niemals bestätigen. Nicht, wenn ein Prozess anhängig war, und nicht, wenn sie öffentlich als Joints rauchende, Blut verspritzende, radikale Spinnerin verhöhnt wurde.

Sie fragte sich, ob Mrs Stewart ihre, Emmas, prekäre Situation kannte – dass jeder Schritt während ihrer Laufbahn darauf ausgerichtet sein musste, ob er dem College gefiel. Nach einem Leben voller Prüfungen, von der Grundschule bis zum College-Abschluss und weiter zur Promotion nach dem Graduiertenstudium, war die Festanstellung als Professorin die letzte Hürde, und Mrs Stewart würde sicherstellen, dass Emma diese nicht nahm.

Ihre Aussichten auf Festanstellung waren immer unsicher gewesen. Sie hatte die alte Garde des Instituts für Englische Philologie schon am Ende ihres ersten Probejahres irritiert, als sie im Frühling bekannt gab, dass sie schwanger war. Es war ein äußerst schlechtes Timing gewesen, nach einem Jahr bereits für das folgende Semester Mutterschutz zu beantragen. Die Einschreibungen für den Herbst hatten schon Wochen zuvor stattgefunden, und sie konnte geradezu sehen, wie die Gedanken ihres Institutsleiters zu rasen begannen, als sie ihm die Neuigkeit mitteilte – er würde jemanden einstellen müssen, der ihre drei Seminare übernahm, und es war sehr schwierig, jemanden für nur ein Semester zu finden, vor allem so spät im Frühling.

Die Schwangerschaft hatte Emma genauso überrascht wie ihre Kollegen. Ihre Frauenärztin hatte ziemlich betreten herumgedruckst, als sie ihr erklärte, dass Emmas Spirale sich irgendwie verschoben habe. Emma und Rob hatten Kinder gewollt, aber nicht so früh, nicht auf diese Weise, nicht ehe sich ihre Laufbahn gefestigt hatte.

»Uni-Institute müssen sich dauernd mit Schwangerschaften auseinandersetzen«, hatte Sarah ihr versichert. »Das ist keine große Sache.« Doch Emma hatte gespürt, wie der Blick der älteren Kollegen sich auf ihren Bauch konzentrierte, je weiter Maggie heranwuchs. Sie hatte zwar Trotz empfunden, sich aber auch in die Defensive gedrängt gefühlt – paradoxe Impulse, die das dringende Bedürfnis in ihr weckten, sich selbst zu beweisen. Und so hatte sie die Monate vor Maggies Geburt damit zugebracht, zwei Kapitel ihrer Doktorarbeit zu Aufsätzen umzuarbeiten, die im Jahr darauf in Zeitschriften erschienen. Seitdem war noch ein weiterer Aufsatz von ihr erschienen, aber jetzt wusste Emma, dass das nicht reichen würde. Wenn sie der aufgehende neue Star des Instituts für Englische Philologie gewesen wäre, die junge Professorin mit dem von der Kritik gefeierten Buch, dem Aufsatz in der wichtigsten Zeitschrift ihres Fachs oder die Stipendiatin einer hochangesehenen Stiftung, hätte ihre Leuchtkraft die dunklen Wolken eines Prozesses wohl überstrahlt. Aber sie hatte keinen Vertrag zur Veröffentlichung eines Buches, den sie als Rüstung anlegen konnte, und keinen Aufsatz, der beeindruckend genug war, um ihn als Schwert zu schwingen. Ihre Leistungen waren guter Durchschnitt: Vorträge auf Konferenzen, die keine feurigen Debatten auslösten, Aufsätze in angesehenen Zeitschriften, die von einer Handvoll Experten gelesen wurden. Zusammen mit ihrem Lehrangebot hätte es unter normalen Umständen für eine Festanstellung gereicht, aber nicht mit diesem um sie herum wütenden Feuersturm.

Emma sah auf ihre Hände hinab und bemerkte, wie verkrampft sie gewesen waren; in ihrer rechten Handfläche zeichneten sich dort, wo der Diamant ihres Eherings ins Fleisch gedrückt hatte, zahlreiche Einkerbungen ab. Sie musste endlich lernen, ihre Anspannung nicht so offen zu zeigen. Ihre Hände verrieten stets all ihre Gefühle, und in diesem Augenblick drückten Emmas Hände Verzweiflung aus. Elf Jahre mühevoller Arbeit im Graduiertenstudium und am Holford College rannen ihr gerade durch diese ängstlichen

Finger, und sie wusste bereits, dass sie in den kommenden Monaten nicht in der Lage sein würde, die Scherben wieder zusammenzufügen.

»Ich muss jetzt gehen«, sagte Jodie und erhob sich.

Emma stand auch auf und brachte die Dekanin zu ihrem Auto.

Als sie eingestiegen war, ließ Jodie ihr Seitenfenster herunter und drehte sich noch einmal zu Emma um, offenbar um ein letztes tröstendes Wort zu sagen. »Auch das vergeht«, war alles, was sie zustande brachte.

Emma lächelte traurig. Lieber schweigen, dachte sie, als sich in Klischees zu ergehen. Natürlich würde es vergehen. Alles verging. Jahre vergingen, Menschen vergingen. Jugend und Glück und Hoffnung vergingen. Die Frage war nicht, ob es wieder verging, sondern was bleiben würde.

GERECHTIGKEIT

18

Um sechs Uhr morgens, als Emma eine Aspirintablette schluckte und wieder einzuschlafen versuchte, lag Grace Murdock hellwach da und sah zu, wie die Morgendämmerung langsam durch das Fenster ihres Elternhauses sickerte. Auf dem Kissen neben ihr lag kein Geliebter, kein Mann, mit dem sie die Probleme der Woche besprechen konnte. Wenn sie sich auf die Seite drehte, lag sie Gesicht an Gesicht mit der vier Jahre alten Lily, in deren Atem eine Haarsträhne, die ihr auf die Wange gefallen war, leicht flatterte. *Nichts Schöneres auf Erden als ein schlafendes Kind,* dachte Grace, und das war auch der Grund, warum sie es Lily erlaubte, zu ihr ins Bett zu kriechen, wann immer sie wollte. Es hatte Grace nach der Scheidung getröstet, zu spüren, wie der Körper ihrer Tochter die andere Hälfte des Lakens wärmte, selbst wenn Lily im Schlaf rotierte wie die Zeiger einer Uhr, und auch jetzt lag ihr Kopf auf ein Uhr und ihre Beine auf neun. Manchmal baute Grace Kissen zwischen ihnen beiden auf, um sich vor den kleinen tretenden Füßen zu schützen. Doch normalerweise ließ sie Lily gewähren, denn sie wusste, dass diese gemeinsame Zeit im Bett nur eine vorübergehende Freude war.

Maggie Greene hatte vermutlich schon seit Jahren nicht mehr neben ihrer Mutter geschlafen – das jedenfalls sagte Grace sich, als sie ihre Tochter jetzt betrachtete und sich fragte, wann sie endlich aufhören würde, die beiden Mädchen unwillkürlich miteinander zu vergleichen. Grace stand auf und griff nach dem Morgenmantel, der an der Innenseite der Tür hing. Vor zwei Tagen hatte sie ihre offizielle Buße begonnen, nachdem sie Maggie in Officer Pettys Büro das gelbe Blatt Papier mit ihrer Notiz auf den Tisch gelegt hatte. Binnen einer Stunde hatte Maggie ihr eine SMS geschickt und sich mit ihr um 17 Uhr in der Stadtbibliothek verabredet. Ort und Zeit waren Grace passend erschienen. Maggie hatte einen Treffpunkt gewählt, an dem sie nicht allein wären, aber so kurz vor Ende der Öffnungszeit wohl auch nicht belauscht werden würden. Die Bibliothek war eine sichere, unpersönliche Aufbewahrungsstätte für Geschichten, wo Grace ihre eigene schmerzvolle Geschichte erzählen konnte.

Zur vereinbarten Zeit hatte sie Maggie in einer Nische im hinteren Teil gefunden, in einem von zwei Ledersesseln zwischen den Regalen mit den Kriminalromanen und Biografien. Und dort, in der Gesellschaft Tausender von Geschichten, hatte Grace versucht, Maggie die Wahrheit zu erzählen. Sie hatte ihre Bekenntnisse geflüstert, als wäre das Mädchen ein Priester und könnte ihr Absolution erteilen. Doch Graces Worte hatten nicht sosehr ihre eigenen Sünden als vielmehr die Jacob Stewarts beschrieben. Mit leiser, monotoner Stimme erklärte Grace, wie sie Jacob als Kyles besten Freund kennengelernt hatte und wie sie sofort gefangen genommen gewesen war von seinem hübschen Gesicht und seinem einschmeichelnden Wesen. Sie erzählte Maggie von Jacobs falschen Freundschaften mit Männern und von seinen routinierten Komplimenten jungen Frauen gegenüber, die zu ordinären Kommentaren wurden, wenn sie nicht dabei waren. Sie beschrieb, wie er Essays abschrieb, Bücher aus der Bibliothek stahl und Bierflaschen aus dem Autofenster warf, wenn er über Land fuhr, und, ganz begeistert vom Geklirr der Glasscherben, Kyle aufforderte, es ihm nachzutun.

Maggie wurde ungeduldig. »Sie haben gesagt, dass es richtig war, dass meine Mom ihn getötet hat. Aber nichts von all dem ist so furchtbar schrecklich.« Das stimmte, aber Grace wusste noch schlimmere Dinge, viel schlimmere. Im letzten

College-Jahr war das Gerücht herumgegangen, dass Jacob eine Studentin verprügelt hatte, und Grace glaubte es. Auch sie hatte mal gedacht, er würde sie gleich schlagen, nämlich als sie, Kyle und Jacob von einer Studentenparty zu Fuß nach Hause gingen. Sie waren alle ein wenig angetrunken, und Jacob stolperte über die Wurzeln eines Baumes und fiel auf die Knie. »Wie galant«, hatte sie gelacht. Nachdem er sich langsam wieder aufgerappelt hatte, ging Jacob auf sie zu und hob die Hand, und sie wusste, dass er sie geschlagen hätte, wenn Kyle nicht dabei gewesen wäre.

»Aber er hat Sie nicht geschlagen«, sagte Maggie. »Er hat Sie nie geschlagen?«

»Das stimmt.« Grace nickte. »Aber er hat etwas anderes getan.« Etwas Unverzeihliches.

In den Hohlräumen unter den Veranden der alten Studentenwohnheime hausten streunende Katzen, die von wohlmeinenden Studenten mit Essensresten ernährt wurden. Zu Graces College-Zeit gab es unter Kyles Wohnheim fast jedes Jahr einen Wurf, und die Studenten versprachen den Mädchen oft, ihnen die Kätzchen zu zeigen, wenn sie mit zu ihnen kämen. Eines Abends war Grace bei Kyle, als Jacob sagte, dass er mal einen Blick auf den neuen Wurf werfen wolle. Eine rotbraun getigerte Katze hatte auf einer zerrissenen Plane unter der Veranda vier Junge geworfen, und so holte Kyle eine Taschenlampe, und sie alle gingen hinaus.

Die Veranda war sehr hoch, sodass darunter ausreichend Stauraum für Fahrräder und Rasenmäher blieb, der von einem Gitter umschlossen und durch eine Holztür zu betreten war. Als Grace, Jacob und Kyle unter die Veranda traten, konnten sie anfangs noch aufrecht stehen. Doch der Erdboden wurde höher, je näher man dem Haus kam, und die Katzenmutter wachte direkt an der Hauswand über ihre Kätzchen, wo nur noch ein guter halber Meter an Höhe gegeben war. Kyle bückte sich und leuchtete die Kätzchen mit der Taschenlampe an, die blinzelten und mit den ruckartigen steifen Bewegungen ganz junger Tiere herumwuselten, während ihre Mutter auf die Seite hingestreckt dalag, die Zitzen den tretenden kleinen Pfoten ausgesetzt, und zu erhitzt und erschöpft wirkte, um wegen irgendwelcher Studenten aufzuschrecken.

Jacob wollte unbedingt eins der Kätzchen in die Hand nehmen, obwohl Grace ihn bat, es nicht zu tun – sie waren noch viel zu jung, und es würde die Katzenmutter aufbringen. Aber er kroch so nahe heran wie möglich, legte sich dann auf den Bauch und streckte eine Hand aus. Die Mutter sprang auf, machte einen Buckel und fauchte kreischend, als Jacob nach einem der Kätzchen griff und es zu Kyle und Grace hinübertrug, die ein gutes Stück hinter ihm standen. Es war das kleinste Kätzchen, das Grace je gesehen hatte, grau und flaumig, und es stieß ein schrilles Miauen aus, in das seine Brüder und Schwestern einstimmten, während die Katzenmutter grollend knurrte. Jacob stellte das Kätzchen mit den Hinterbeinen auf den Boden, hielt es an den Vorderpfoten hoch und wirbelte es herum, als würde es Breakdance machen, was Kyle wahnsinnig komisch fand. Dann hob Jacob es am Nacken auf und hielte es sich vor den Mund, sodass er dem Kätzchen in die Nase pusten und zusehen konnte, wie es die Augen zusammendrückte und sich das Gesicht mit den Pfötchen rieb.

»Pass auf, sonst lässt du es fallen!«, rief Grace, und Jacob grinste sie an.

»Was?«, erwiderte er und ließ das Kätzchen los.

Grace schrie, als es Jacob aus der Hand fiel, doch er streckte die andere aus und fing das Tier auf, ehe es auf den Boden schlug. Während Kyle immer weiterlachte, bestand Grace darauf, dass er das arme Ding zurückbringen solle. Mittlerweile gelangweilt ging Jacob wieder auf die Knie und kroch dann auf dem Bauch voran, um das Kätzchen an seinen Platz zurückzubringen. Doch als er die Hand ausstreckte, um es zu den anderen zu legen, schlug die fauchende Mutter aus.

Erschrocken fuhr Jacob hoch, stieß mit dem Kopf gegen die Holzbohlen und krabbelte unter wüstem Geschimpfe rückwärts unter der Veranda hervor.

»Leuchte mal auf meinen Arm«, sagte er zu Kyle, der die Taschenlampe hielt. Drei blutende Kratzstriemen zogen sich von seinem Ellbogen bis fast zum Handgelenk.

»Das verdammte Katzenvieh hat bestimmt Tollwut.« Jacob nahm Kyle die Taschenlampe aus der Hand und leuchtete auf den Wurf, genau in die Augen der fauchenden rotbraunen Katzenmutter.

»Du willst was von mir? Hey, *du* willst was von *mir*?«

Anfangs erschien es lustig, wie Jacob mit italienischem Akzent einen Mafioso imitierte. Doch dann begann er sich der Katze ganz langsam wieder zu nähern, die Taschenlampe in der linken Hand und dem Tier in die Augen leuchtend. Und als er die rechte vorstreckte, raunte er mit leiser, süßer Stimme: »Hier, Mieze. Hab ich dich etwa erschreckt? Ich tu dir nicht weh. Oh nein, keine Angst. Ich tu dir nicht weh.« Die Katze peitschte mit dem Schwanz, während das Licht sich näherte. »Ich will dich nur streicheln. Lass mich dich nur mal streicheln.«

Und plötzlich stieß Jacob vor und packte die Katze beim Schwanz. Sie fauchte und versuchte, ihn zu beißen. Doch er riss sie weg von dem Wurf, dass ihre Klauen über den Boden kratzten, und rannte dann an Kyle und Grace vorbei durch die Holztür hinaus in den leeren Garten. Die Katze hing, am Schwanz gepackt, in der Luft und versuchte, den Körper so zu drehen, dass sie Jacob in die Hand beißen konnte. Doch er lachte nur. »Na, jetzt bist du nicht mehr so stark, was?«

»Seht her«, rief Jacob und begann, die Katze über seinem Kopf kreisen zu lassen wie die Blätter eines Hubschraubers. Bei jeder Umdrehung zählte er laut mit: »Eins ... zwei ... drei!« Und auf einmal streckte er den Arm nach links aus und schlug den Kopf der Katze gegen den Stamm einer Eiche.

Es geschah so plötzlich, dass Grace nicht einmal Zeit blieb, die Augen zu schließen. Sie hörte das Krachen des Tierschädels und sah den Körper schlaff aus Jacobs Hand gleiten – noch nicht ganz tot, aber fast. Ein Auge war aus der Höhle getreten, und aus Maul und Nase rann Blut. Jacob griff nach einem Stock und stocherte auf dem hervorgetretenen Auge herum, während Grace so stark zu schluchzen begann, dass sie kaum noch Luft bekam.

»Zum Teufel noch mal«, rief Kyle. »Jacob! Lass das.«

Jacob zuckte die Achseln, bückte sich und hob die Katze ein letztes Mal am Schwanz hoch. Zu dem Zeitpunkt war das Tier bereits tot, und Jacob schwang es noch einmal über seinen Kopf, ließ los, und der Kadaver flog hinter das Gebüsch rechts vom Haus. Mittlerweile konnten sie die Kätzchen unter der Veranda verzweifelt nach ihrer Mutter schreien hören, die nicht wiederkommen würde.

Jacob starrte die schluchzende Grace finster an. »Kannst du nicht dafür sorgen, dass sie aufhört?«, schnauzte er, und Kyle brachte sie nach Hause in ihr Studentenapartment.

Kyle kam am nächsten Vormittag zu ihr, doch Grace sagte ihm, dass sie sich krank fühle und keinen Besuch wolle. Am Nachmittag hörte sie, wie erzählt wurde, dass die Katzenmutter ihren Wurf verlassen habe. Ein paar der Studenten waren unter die Veranda gekrochen und hatten zwei der Kätzchen schon tot aufgefunden. Jetzt versuchten sie, die beiden anderen zu retten, indem sie sie mit warmer Milch aus einer Pipette fütterten. Immer wenn Grace später an dem Haus vorbeiging, musste sie an die Katze denken, die dort tot im Gebüsch lag und langsam verrottete. Selbst als sie nach neun Jahren zum ersten Mal nach Jackson zurückkam, hatte Grace in Gedanken das Skelett noch hinter dem Gebüsch liegen sehen, unentdeckt und begraben unter der Erde fast eines ganzen Jahrzehnts, immer noch wartend.

Das alles hatte Grace Maggie erzählt, und sie sah, wie das Mädchen zusammenzuckte, als der Kopf der Katze gegen den

Baum schlug. Doch ein Detail beichtete sie nicht – als Emma Greenes Baseballschläger gegen Jacobs Kopf krachte, war Graces erster Gedanke gewesen, dass nun die Katze gerächt sei. So entsetzlich die Szene in dem Hausflur auch gewesen war, sie schien etwas mit Karma zu tun zu haben.

Sie hätte sofort nach dem Tod der Katze mit Kyle Schluss machen müssen. Der Frühlingsball war längst vorbei, das College-Jahr ging zu Ende, und Kyle und Jacob sollten wenig später zum Strandhaus von Kyles Eltern aufbrechen. Aber es war so praktisch gewesen, den College-Abschluss noch vollends abzuwarten. Sie mussten nicht mal offiziell Schluss machen, brauchten nur einfach tschüss sagen und in entgegengesetzte Richtungen davonfahren.

Es war leicht, jetzt, nach so vielen Jahren, die eigenen Fehler zu erkennen und die eigene Feigheit zu bereuen. Damals hatte Grace lediglich beschlossen, Jacob in den wenigen verbleibenden Wochen des College-Jahres aus dem Weg zu gehen. Weshalb sie sich auch, als Kyle fragte, ob sie zur Party auf Hillyers Farm gehen wolle, versichert hatte, dass Jacob nicht mit ihnen fahren würde. Natürlich würde er auf der Party sein, aber unter Hunderten von anderen würde sie ihn schon meiden können.

Kyle wollte mit dem dunkelgrünen Range Rover seines Vaters auf die Party fahren, und Grace kam mit einem Schlafsack und einem Kissen zu ihm, weil sie unter freiem Himmel schlafen wollten. Ihre gute Laune sank jedoch gleich, als sie Kyle mit Jacob auf einem Sofa sitzen sah. Jacobs Mitfahrgelegenheit hatte sich offenbar zerschlagen. Nun würde er doch mit ihnen fahren, und Kyle und er hatten bereits ihre eigene Party gestartet und tranken billiges Budweiser aus der Dose. Sie hatten einen Zwölferpack hinten im Range Rover verstaut, zusammen mit ihren Schlafsäcken, und obwohl Grace kurz daran dachte, sich mit einer Ausrede wieder auf den Weg nach Hause zu machen, klang die Party doch zu verlockend, um sie zu verpassen. Sie bot an zu fahren, weil sie noch nichts getrunken hatte. Doch Jacob behauptete, er sei nüchtern genug, und kutschierte sie mit offenen Fenstern und voll aufgedrehter Stereoanlage hinaus aufs Land und sang dabei die ganze Zeit mit. Grace hatte ihn noch nie so glücklich gesehen. Mit der Aussicht auf den Urlaub im Strandhaus von Kyles Eltern und auf den Job in New York hatte sich für ihn alles bestens entwickelt. Sie erinnerte sich noch, wie er einmal »Treffer!« schrie, als er eine halb volle Bierdose aus dem Fenster warf und einen Briefkasten eindellte.

Das einzige Problem war, dass Jacob den Weg zu Hillyer nicht genau kannte. Er kannte die grobe Richtung, und in der Gegend gab es nicht allzu viele Straßen. Doch im Dunkeln sahen die Wiesen und Wälder ohne Straßenbeleuchtung alle irgendwie gleich aus, und so hatten sie schon zwanzig Minuten gesucht, als Jacob plötzlich Professor Greenes Haus wiedererkannte. Offenbar war er mal mit einer gewissen Lauren zusammen gewesen, die als Studentin mit Hauptfach englische Literatur einst zu einem Institutspicknick dort war und es ihm gezeigt hatte. Er wusste, dass es zu Hillyers Farm auf dieser Straße weiterging. Aber Jacob musste pinkeln, und er sagte, da könne er doch auch gleich auf die Wiese der Professorin pinkeln, zumal sie ihm sowieso nicht die Note gegeben hatte, die er haben wollte. Und so gingen sie alle hinunter zum Bach.

Jacob und Kyle redeten und lachten, und Grace wusste, dass sie irgendwen im Haus aufwecken würden, und es überraschte sie nicht, als Professor Greene auftauchte. Sie war sehr nett, in Anbetracht der Umstände, und alles wäre bestens gewesen, wenn die Studenten sofort gegangen wären. Aber Grace machte den Fehler, nach der Toilette zu fragen, was Kyle Gelegenheit gab, mit ins Haus hineinzugehen und sich auf die Jagd nach einem Souvenir zu machen.

Emma Greene war die Erste, soweit Grace wusste, die Kyle je beim Diebstahl erwischt hatte, und die Professorin war unglaublich wütend geworden – Grace hatte noch nie eine Frau so wütend werden sehen. Im Seminar war Professor Greene die Ruhe selbst und verlor ihren Humor auch dann nicht, wenn die Studenten ihre Texte nicht gelesen oder die Klausur nicht bestanden hatten. Doch als sie die Puppen sah, die Kyle stehlen wollte, und all die winzigen Kleidungsstücke, die er sich in die Taschen gestopft hatte, raste sie geradezu vor Wut.

Den nächsten Teil der Geschichte hatte Grace Maggie nicht zu erzählen brauchen, das Mädchen hatte alles miterlebt – das Geschrei, die Beschimpfungen, die Eskalation hin zur Gewalt.

»Warum haben Sie von all dem der Polizei nichts erzählt?«, fragte Maggie.

»Ich hatte Angst und schämte mich.«

»Aber Sie haben andere Dinge erzählt«, sagte Maggie. »Dinge, die nicht stimmten.«

»Ja«, erwiderte Grace. »Und das ist durch nichts zu entschuldigen.«

Grace und Kyle waren vom Ort des Geschehens geflohen, während Jacob blutend in Emmas Schoß lag, und zurück zum Range Rover gerannt, wo der Schlüssel noch im Zündschloss steckte. Kyle raste die Landstraßen entlang und bog einfach in irgendeine Richtung ab, wann immer eine Straße endete. Mit fünf Bier intus schleuderte er regelrecht durch die sich windenden Kurven, und Grace schrie auf und bettelte, er möge langsamer fahren, bis er schließlich in einer ruhigen Gegend mit nur einem Haus auf einem entfernten Hügel am Straßenrand anhielt. Kyle stieg aus und begann hin und her zu laufen, murmelte immerzu, wie total verrückt diese Professor Greene doch sei und dass sie sich einen Plan ausdenken müssten.

Die Polizei würde unweigerlich eine Suche nach ihnen starten, sobald sie Professor Greenes Haus erreicht hatte. Sie würde die Geschichte der beiden Studenten hören wollen, und Kyle musste schnellstens wieder nüchtern werden. Er holte den Zwölferpack Budweiser aus dem Auto und versteckte ihn hinter einem Baum im Wald. Den könne er sich ja irgendwann mal wieder holen, sagte er, doch jetzt dürfe er erst mal kein Bier im Auto haben.

Als Nächstes erklärte Kyle Grace, dass sie beide hier warten müssten, bis aller Alkohol aus seinem System heraus sei. Er war in der Vergangenheit offenbar schon mehrmals bei Alkoholkontrollen aufgefallen und hatte wegen Fahrens unter Alkoholeinfluss Probleme bekommen. Die beiden suchten sich einen großen Felsen etwas abseits der Straße und saßen ziemlich lange dort, während Grace sich die kunstvollsten Lügen ihres Lebens ausdachte und eine Geschichte für die Polizei fabrizierte. Sie hatten nichts Schlimmes getan – zumindest nichts, was Professor Greene das Recht gegeben hätte, Jacob anzugreifen. Aber es würde schlecht aussehen, wenn die Polizei wüsste, dass sie Alkohol getrunken hatten, unbefugt auf ein Privatgrundstück vorgedrungen waren und Kyle versucht hatte, einen Diebstahl zu begehen.

Grace und Kyle einigten sich darauf, allen zu erzählen, dass sie zu dritt auf dem Weg zur Party bei Hillyer waren und sich dabei in der ländlichen Gegend verfahren hatten. Sie würden zugeben, dass Kyle und Jacob ein Bier getrunken hatten, bevor sie zu Hause weggefahren waren – das hatten andere Studenten gesehen –, aber sie würden betonen, dass sie unterwegs dann nichts weiter getrunken hätten. Denn das wäre ja schließlich der Grund gewesen, warum sie zur Party bei Hillyer fuhren – um Freibier zu trinken. Sie würden sagen, dass Jacob Professor Greenes Haus erkannt und beschlossen hätte, sie nach dem Weg zu fragen. Kyle und Grace hätten im Auto gewartet, als Jacob zur Haustür ging und klopfte. Sie hätten gesehen, wie Professor Greene ihn hereinließ, aber sie hätten nicht gesehen, was zwischen den beiden vorfiel. Jacob wäre etwa zehn Minuten im Haus gewesen, als sie beide auf einmal Geschrei hörten. Daraufhin wären sie aus dem Auto gestiegen und hätten durch die Fliegengittertür ins Haus hineingesehen, wo Professor Greene mit einem Baseballschläger in der Hand dastand und Jacob mit unnatürlich zur Seite verdrehtem Kopf auf dem Flurboden lag und Blut aus seinem linken Ohr sickerte. In Panik wären sie weggelaufen und hätten sich dann, völlig traumatisiert, im Dunkeln auf den Landstraßen verfahren, weshalb sie auch einige Stunden gebraucht hätten, bis sie nach Jackson zurückgefunden hätten.

Das war Graces Geschichte, ein fragwürdiges Produkt der Panik und Angst, voller offensichtlicher Löcher. Ihre Gabe zu lügen ließ sie unter Druck im Stich. Sie bestand darauf, dass Kyle diese Version ein paarmal mit ihr übte, damit alles stimmig war, wenn die Polizei ihnen Fragen stellte. Als sie sich die Geschichte beide gemerkt hatten, stiegen sie wieder in den Range Rover und fuhren eine Weile, bis Kyle schließlich wusste, wo er war. Im 7-Eleven südlich von Jackson kauften sie sich jeder einen schwarzen Kaffee, und als sie bei Kyle zu Hause ankamen, war es schon fast zwei Uhr früh. Einer von Kyles Mitbewohnern, Nolan, sah im Wohnzimmer noch fern und sagte, dass schon zweimal Leute des Sheriffs da gewesen seien und nach Kyle gesucht hätten – und da brach Kyle zusammen. Grace hatte ihn noch nie zuvor weinen sehen, und sie legte ihm einen Arm um die Schulter und bat Nolan, ihnen noch einen Kaffee zu holen.

Als sie alle gemeinsam auf dem Sofa saßen, erzählte Kyle seinem Mitbewohner die Geschichte genau so, wie Grace und er es geübt hatten, nur dass er sie noch etwas ausschmückte und hinzufügte, er halte diese Emma Greene für eine total verrückte Feministin, die Männer hasste – eine Bemerkung, bei der Grace zusammenzuckte. Es stimmte, Professor Greene war Feministin; sie behandelte in ihren Seminaren auch die feministische Literaturtheorie, ohne sich groß dafür zu rechtfertigen. Aber Grace hätte schwören können, dass Kyle und Nolan alle Feministinnen für einen Haufen wütender Lesben hielten. Und im Laufe der nächsten vierundzwanzig Stunden würden sich die Studenten im Wohnheim sicher alle auf dieses Klischee stürzen und auf dem Campus das

Gerücht verbreiten, dass Professor Emma Greene eine hitzköpfige Männerhasserin war, die ein Mitglied der Studentenvereinigung ermordet hatte.

Nach einer Weile war Grace in ihr eigenes Apartment zurückgekehrt, wo binnen einer halben Stunde zwei Deputys vor der Tür standen. Sie erzählte ihnen dieselbe Geschichte, die Kyle aufgesagt hatte, nur ohne den feministischen Part; aber sie hätte schwören können, dass sie ihr nicht glaubten. Sie stellten immer weitere Fragen. Wo stand sie, als sie Jacob daliegen sah? Und warum hatte sie nicht die Polizei gerufen? Damit hatten die beiden Deputys das größte Problem – Jacob lag blutend im Hausflur der Frau, die ihn angegriffen hatte, und sie und Kyle hätten ihn einfach zurückgelassen?

Jacob sei tot gewesen, erwiderte Grace, und Professor Greene habe den Baseballschläger noch immer in der Hand gehabt, deshalb seien Kyle und sie um ihr Leben gerannt. Erst da erfuhr Grace, dass Jacob noch nicht tot war – er lag im Koma, und das Krankenhaus von Jackson hatte ihn per Hubschrauber in die Universitätsklinik in Charlottesville verlegen lassen. Die Deputys meinten, sie könnten schon verstehen, warum Grace und Kyle weggefahren seien, aber ohne die Polizei zu rufen? Emma Greene hätte sie mit ihrem Baseballschläger ja nun nicht gerade die Straße hinuntergejagt. Warum hatten sie nicht versucht, ihrem Freund zu helfen? »So weit draußen auf dem Land kriegt man kein Netz«, erklärte Grace ihnen, was stimmte, und es wäre eine großartige Entschuldigung gewesen, wenn sie ihr früher eingefallen wäre. Aber zu dem Zeitpunkt hatte sie schon so viele andere Erklärungen vor sich hin gemurmelt, dass der Schaden bereits angerichtet war.

»Den Rest kennst du, glaube ich«, hatte Grace zu Maggie in der Bibliothek gesagt, und das Mädchen hatte genickt. Maggie kannte all die bedrückenden Folgen, die einer Professorin drohten, die beschuldigt wurde, einen ihrer Studenten getötet zu haben.

»Es tut mir besonders leid«, hatte Grace noch hinzugefügt, »weil deine Mutter immer nett zu mir war.« Als Grace Professor Greene einmal in ihrem Büro aufsuchte und um Hilfe bei einem Essay bat, hatte sie ihr gestanden, dass sie Dichtung eigentlich nicht mochte. Professor Greene hatte nur gelächelt, ein Buch aus ihrem Bücherregal gezogen und es auf einer mit einem Eselsohr markierten Seite aufgeschlagen. »Lesen Sie das«, hatte sie gesagt und Grace das Buch gereicht.

Selbst jetzt, als sie hier im Bett saß, konnte Grace sich noch an die Worte erinnern. Sie hatte sie am Ende des Semesters für die von Professor Greene gestellte Rezitationsaufgabe auswendig gelernt:

Dichtung
Ich mag sie auch nicht: So manches, was von Belang ist, liegt abseits von diesem Mumpitz. Liest man sie aber voller Geringschätzung durch, so entdeckt man, dass da trotz allem Raum ist für Echtes.

Professor Greene hatte ihr alles über Marianne Moore erzählt – dass die Dichterin gern die Silben in jedem ihrer Verse zählte und ihre Strophen Silbenmustern folgend baute. Emma wusste, dass Grace im Hauptfach Mathematik studierte und sich für alles interessierte, das man zählen, errechnen und beweisen konnte, und so zeigte sie Grace, dass Dichtung traditionell auf rhythmischen Strukturen basierte, die den mathematischen Grundlagen der Musik ähnlich waren, und sie sprach über Numerologie und die Muster, die einige Dichter der Renaissance in ihr Werk eingebaut hatten.

»Deine Mutter war eine richtig gute Lehrerin, und ich habe ihr nie gedankt.«

Maggie waren Tränen in die Augen gestiegen, und Grace meinte zu wissen, warum – die Schande, die Professor Greene ertragen musste, die Scheidung der Eltern, die Jahre der Trennung von Mutter und Tochter.

Aber Maggie dachte an nichts dergleichen. Ihr hatte noch nie jemand gesagt, dass ihre Mutter eine gute Lehrerin war, und sie fragte sich, warum sie das nie für möglich gehalten hatte. Warum hatte sie nie bedacht, dass manche Studenten ihre Mutter gemocht haben könnten – dass ihre Mutter vielleicht sogar jemandes Lieblingsprofessorin gewesen war?

Mrs Murdock redete immer noch. »Ich hätte mich nie mit solchen Jungs einlassen dürfen. Hoffentlich tut meine Tochter so etwas nie.«

Einen Augenblick lang dachte Maggie an Mike Hodges und fragte sich, über welche bösen Dinge sie bereit wäre hinwegzusehen, nur um mit jemandem wie ihm zusammen zu sein. Was würde sie tun, wenn sie die Knochen einer sezierten Katze unter seinen wissenschaftlichen Experimenten finden würde?

»Ich wünschte, ich könnte es wiedergutmachen.«

Graces letzte Worte klangen gekünstelt, und Maggie fragte sich, wie diese Frau irgendetwas wiedergutmachen könnte für sie.

»Es gibt eine Sache, die Sie tun könnten«, sagte sie.

»Was denn?«

Maggie drehte sich zu ihrer Lehrerin um und sah ihr zum ersten Mal an diesem Nachmittag in die Augen. »Ich möchte«, Maggie wählte ihre Worte mit Bedacht, »dass Sie meiner Mom Ihre Geschichte erzählen. Ich möchte, dass sie sie von Ihnen hört. Sie wohnt in Washington, aber sie kommt jeden Monat einmal nach Jackson und wohnt dann bei den McConnells. Kennen Sie Kate McConnell? Sie ist auch in der Neunten.«

Grace schüttelte den Kopf.

»Kate ist eine Freundin von mir, und ihre Mutter war eine Kollegin meiner Mutter.«

»Professor Sarah McConnell aus dem Institut für Englische Philologie?«

»Genau.« Maggie nickte. »Seit meine Eltern geschieden

sind, wohnt meine Mom immer bei Mrs McConnell, wenn sie hier ist. Sie hat vor, zu Thanksgiving zu kommen. Wenn ich ihr eine Mail schicke, kommt sie aber bestimmt gleich nächstes Wochenende.«

»Deine Mutter wird mich nicht treffen wollen.« Grace seufzte.

»Doch, wenn sie versteht, was Sie zu sagen haben, schon. Denn …« Maggie zögerte, »ich glaube, in all den Jahren hat meine Mom nie gewusst, ob sie richtig gehandelt hat. Professoren sollten ihre Studenten unterstützen und nicht angreifen, und sie hat mir mal erzählt, dass sie Jacob eigentlich mochte, bis zu dem Augenblick, als er sie bedrängte. Es herrscht immer noch viel Verwirrung über diese Nacht, bei ihr und bei den meisten Leuten hier. Und Ihre Geschichte könnte ihr eine Art Frieden geben.«

Grace schüttelte den Kopf. Maggie wusste nicht, worum sie da bat. Professor Greene würde keinen Wert auf Graces Erklärungen legen; eine Richtigstellung neun Jahre nach dem Geschehen wäre völlig nutzlos. Außerdem hatte Grace sich darauf eingestellt, ihre Seele einer sensiblen Fünfzehnjährigen offenzulegen, einem Mädchen, mit dem sie so reden konnte wie eine Mutter mit einem Kind, denn es war nichts Einschüchterndes an Maggie Greene. Bei einem Treffen mit Emma Greene würde Grace sich fühlen wie die Studentin der Professorin gegenüber, der sie Unrecht angetan hatte, einer Frau, die klüger und souveräner war als sie selbst. Was konnte Grace anderes sagen als »Hallo, Professor Greene, tut mir leid, dass ich Ihr Leben versaut habe«?

Doch als sie jetzt das helle Sonnenlicht auf den mit Eheringen gemusterten Quilt fallen sah, erkannte Grace, dass es doch etwas gab, was sie Professor Greene sagen konnte. Etwas, das sie Maggie nicht erzählt hatte – ein letztes, noch nicht offenbartes Fragment der Wahrheit.

Grace beugte sich zu der offenen Schublade ihres Nachttisches hinüber, griff tief hinein und zog einen kleinen Samtbeutel hervor. Seit neun Jahren bewahrte sie ihn schon auf, immer versteckt hinter Seidenstrümpfen oder Halstüchern, nie geöffnet, aber auch nie vergessen. Und jetzt leerte sie ihn hier im Bett zum ersten Mal aus und ließ den Inhalt auf die Decke fallen – Professor Greenes Bettelarmband.

Sie berührte die winzigen Ballettschuhe, das silberne Hufeisen und das auf einer Seite aufgeschlagene Zinnbuch, in das drei Buchstaben eingraviert waren: EMP. Als Grace mit den Fingern über die Initialen strich, musste sie an Tolkien denken – die Macht des fluchbeladenen Schmuckstücks, die die Seele des Trägers verformte. Es war wohl an der Zeit, dachte sie, dieses gestohlene Armband seiner Besitzerin zurückzugeben, auch wenn es für sie eine ungeheuerliche Demütigung bedeutete.

Also gut. Buße war nie einfach. Buße war nichts, das man an einem Nachmittag erledigen konnte. Natürlich würde es viele Proben geben, jede einzelne schwerer als die vorangehende, genauso wie für Peter und Paul und all die frühen Christen mit ihren Bergen an Sünden, die sie zu büßen hatten, einen qualvollen Schritt nach dem anderen.

»In Ordnung«, hatte Grace zu Maggie gesagt, bevor sie die Bibliothek verließ. »Sag mir einfach, wann.«

19

»Neun Jahre lang habe ich mich gefragt, ob meine Mom eine Mörderin ist.«

Maggie saß auf Dr. Rileys Sofa, vorgebeugt, die Ellbogen auf die Knie gestützt und die Hände ineinander verkrampft. Sie löste die Finger und lehnte sich zurück, den Blick auf das dunkle Haar auf dem linken Unterarm des Arztes gerichtet. Er hatte schon fünf Minuten nach ihrem Kommen die Ärmel aufgekrempelt, was Maggie als einen persönlichen Triumph betrachtete. Es gefiel ihr, Dr. Riley aufgeregt zu sehen.

Sie hatte am Abend zuvor nach ihrem Treffen mit Mrs Murdock in der Bibliothek bei dem Arzt zu Hause angerufen und gefragt, ob sie ihn sehen könne, je früher, desto besser. Und natürlich hatte der gute Doktor Zeit gefunden, denn Maggie hatte noch nie um eine Sitzung gebeten; sie hatten immer nur stattgefunden, weil ihr Vater darauf bestand. Binnen zwanzig Minuten hatte Maggie ihm dann alles erzählt – dass sie in Mrs Murdock plötzlich Sandra McCluskey wiedererkannt hatte, die Notiz auf dem gelben Blatt Papier, das Treffen in der Bibliothek und alle Verbrechen Jacob Stewarts.

»Und das hat deine Gefühle für deine Mutter verändert?«, fragte Dr. Riley.

»Ich weiß nicht. Es ist alles so verwirrend.«

Dr. Riley sah ihr abwartend in die Augen.

»Ich kann ja nicht mal sicher sein, ob Mrs Murdock jetzt die Wahrheit sagt«, fuhr Maggie fort. »Sie hat bis jetzt dermaßen gelogen. Ich meine, alles, was sie mir erzählt hat, klingt wahr. Aber ich weiß nicht, ob das nur daran liegt, dass ich glauben will, dass Jacob Stewart wirklich fies war und es richtig war, dass meine Mom ihn getötet hat.«

»Warum hast du daran gezweifelt, dass es richtig war?«

Maggie zögerte und dachte zurück an jene Nacht vor neun Jahren, als sie begann, ihre Mom zu verurteilen. In dem Augenblick damals wusste sie nur, was ihre Augen gesehen hatten – dass sich ein großer College-Student mit dunklem Haar in ihr Haus hereingedrängt hatte und ihre Mutter ihm mit einem Baseballschläger auf das rechte Bein schlug, sodass er auf die Knie fiel und die schlimmsten Flüche ausstieß, die Maggie je gehört hatte. Und dann hatte ihre Mutter mit einer einzigen fatalen Bewegung, so gleichmäßig wie das Zurückschwingen eines Pendels, den Baseballschläger gegen den Schädel des Studenten geschlagen, was ein Knacken verursachte, so als wäre ein Holzscheit ins Kaminfeuer gefallen.

Das Ganze hatte vermutlich nicht länger als fünf Sekunden gedauert, auch wenn es sich in Maggies Erinnerung wieder und wieder im Zeitlupentempo abspielte – ihre Mom mit dem Baseballschläger in beiden Händen, die ihn seitlich gegen das rechte Knie des Studenten schlugen und so einen Rückhandschlag ausführten, den sie in dreiundzwanzig Jahren Tennisspiel perfektioniert hatte. Und dann kniete der Student vor ihr, sein Schädel ein hüfthohes Ziel, das, so pervers es auch klingen mochte, Maggie an Kinderbaseball erinnerte: das runde, auf einem Stock balancierende Objekt und der Batter, der voll ausholte und den Ball so zu schlagen versuchte, dass ihm ein Home Run gelang.

Als Nächstes kam der Schrei, oft wiederholt in Maggies Träumen, ein Laut, den sie zuerst sich selbst zuschrieb – der Schrei einer Vorschülerin angesichts der Menge an Blut, die aus dem Ohr eines Menschen dringen konnte. Oder war es der Schrei ihrer Mutter, die begriff, was sie getan hatte? Bis gestern war Maggie nie sicher gewesen. Doch als sie in der Bibliothek saß und Mrs Murdock flüsternd ihre Geheimnisse preisgab, erfuhr sie, dass der Schrei von dem Mädchen gekommen war, das auf der Veranda stand und Jacobs Tod aus nächster Nähe mit ansah.

Maggie wusste es, weil sie sich gestern in diesem Bibliothekssessel plötzlich wieder an das keuchende »Oh Gott! Oh Gott!« einer Frauenstimme erinnern konnte, die weder ihre eigene noch die ihrer Mutter war. Und sie erinnerte sich auch, in jener Nacht durch das Treppengeländer hinuntergeschaut und gesehen zu haben, dass ihre Mom keinen Laut von sich gab. Emma Greenes Mund war zusammengepresst zu einer unbewegten, starren Linie, als sie auf ihr Werk blickte.

Maggie sah zu Dr. Riley auf. »Wollen Sie wissen, warum ich mit Ihnen in den ersten Monaten der Therapie nicht über Jacobs Tod geredet habe? Und warum ich nicht mit der Polizei geredet habe?«

»Wenn du es mir erzählen möchtest«, erwiderte der Arzt.

»Ich habe nicht geredet, weil ich zu viel wusste, und ich hatte Angst, dass ich meine Mom in Schwierigkeiten bringen könnte.«

Als sie den harten, stummen Blick sah, mit dem ihre Mutter Jacob musterte, hatte Maggie beschlossen, ebenso zu schweigen. Leise hatte sie die Tür ihres Zimmers geschlossen und ohne ein einziges Flüstern die Strickleiter unter ihrem Bett hervorgeholt. Schweigen war dringend geboten gewesen. Es war das einzige Geschenk, das sie ihrer Mutter machen konnte, als Emma sie eine halbe Stunde später im Wald fand. Was hätte sie auch zu ihrer Mom sagen sollen? *Warum hast du diesen Menschen getötet? Musst du jetzt ins Gefängnis?* Und die wichtigste Frage von allen: *Würdest du das auch mir antun?*

Maggie hatte nichts gesagt, als ihre Mutter sie weinend auf den Arm genommen hatte. Sie hatte nichts zur Polizei gesagt, deren Blaulichter grell flackerten, als sie und ihre Mutter aus dem Wald traten; und auch nichts zu dem Sheriff, der auf dem Sofa im Spielzimmer neben Maggie saß und ihr Fragen stellte, während ein Deputy ihre Mutter in einem anderen Zimmer festhielt. Der Sheriff hatte alles Mögliche über Polly-Pocket-Puppen, Baseballschläger und Armbänder wissen wollen, und ob ihre Mutter manchmal Wutanfälle kriegte? Ob sie oft sehr ärgerlich war? Und ob ihre Mommy in dieser Nacht wütend geworden war?

Die fünfjährige Maggie sagte nie »Mommy«, und sie fand, dass es albern klang aus dem Mund eines erwachsenen Mannes. Als Erwiderung hatte sie einen Satz über ihr Recht zu schweigen geäußert, an den sie sich aus dem Fernsehen erinnern konnte, und dann all ihre Aufmerksamkeit Sophie zugewandt, die völlig verstört war. Maggie konnte ihre Mutter im Nebenzimmer aufgebracht rufen hören: »Ich will meine Tochter sehen – Sie dürfen sie gar nicht von mir fernhalten!«, und schließlich war ihr Dad hereingestürmt, hatte Maggie vom Sofa genommen und den Sheriff angebrüllt: »Was zum Teufel erlauben Sie sich eigentlich?«

In den folgenden Tagen hatte sich immer Jed Christianson, der Anwalt ihrer Mutter, zu ihr aufs Sofa gesetzt und ihr das Knie getätschelt, wenn der Sheriff oder seine Deputys wiederkamen, um mit Maggie zu sprechen. Ihm gefiel Maggies Schweigen der Polizei gegenüber, vor allem, weil sie auch mit ihm nicht gesprochen hatte. »Sag nichts«, hatte er ihr geraten, »solange du es nicht zuerst mir erzählt hast.« Doch ihr Schweigen hatte sich auch auf ihren Vater und ihre Mutter erstreckt. Sie antwortete auf Fragen nach Spielzeug, Büchern und ihren Lieblingsflocken zum Frühstück, aber wenn sie sich dem Thema näherten, was sie im Flur gesehen hatte, verstummte Maggie. Was ihren Vater schließlich veranlasste, Dr. Riley anzurufen.

Emma hatte sich entschieden dagegen ausgesprochen. »Maggie wird reden, wenn sie so weit ist.«

»Und wann wird das sein?«, hatte Rob erwidert. »Wenn sie sechzehn ist und selbstmordgefährdet? Du weißt, dass sie nicht schläft und kaum Appetit hat. Sie braucht Hilfe.«

Der Widerwille ihrer Mutter hatte Maggie nur bestätigt in ihrem Schweigegelübde, und monatelang hatte auch Dr. Riley nicht mehr Erfolg gehabt als die Polizei. Maggie fand, dass sie das Reden ganz ihrer Mutter überlassen sollte, denn Emma benutzte Worte wie »Selbstverteidigung« und »zum Schutz meines Kindes«, die vernünftiger klangen als alles, was Maggie bieten konnte. Maggie hatte nach dem Ereignis jahrelang versucht, sich selbst von der Vernünftigkeit ihrer Mutter zu überzeugen und die Adjektive auszublenden, die sie in Gesprächen von Eltern anderer Vorschüler gehört hatte: *impulsiv, temperamentvoll, unberechenbar, labil.* Sie verstand all diese Begriffe nicht, als sie fünf war, nur ein einziges Wort, *verrückt*, das eine Angestellte im Supermarkt sagte, die errötete und wegsah, als Maggie ihr in die Augen starrte.

Ihre Mutter war also eine Verrückte – darüber schien in der Stadt Einigkeit zu herrschen –, und ein Teil in Maggie fürchtete, dass die Gerüchte wahr sein könnten. Hatte ihre Mutter denn nicht oft gesagt, dass sie bei all ihrer Arbeit noch verrückt werde oder dass Maggie sie ganz wahnsinnig mache? Maggie wusste, dass ihre Mutter jähzornig war und zu Wutanfällen neigte, und sie hatte Angst, sie könnte im Gespräch mit der Polizei die Wahrheit verraten – dass ihre Mom früher schon getötet hatte.

Angefangen hatte es mit kleinen Vorkommnissen wie dem Tod des Plastikbrontosaurus, den ihre Mom mit dem Rasenmäher zerschnitten hatte. Die vierjährige Maggie hatte es knirschen hören und gesehen, wie der Rasenmäher das lila Wesen zwei Meter weit über den Rasen spuckte. Als sie hinrannte und es aufhob, hatte es keinen Kopf mehr.

Ihre Mutter hatte sich weder entschuldigt noch Bedauern gezeigt. »Ich habe dir oft genug gesagt, dass du dein Spielzeug vom Rasen holen sollst. Du weißt, dass ich die Dinger nicht sehen kann, wenn das Gras hoch ist.«

Dann kam die Nacht, in der Maggie aus einem Albtraum aufwachte und laut nach ihren Eltern rief. Sie hörte die Tür des Schlafzimmers aufgehen, gefolgt von langsamen Schritten und dann ein Schimpfen ihrer Mutter: »Au! Verdammt noch mal!« Maggie hatte ihre Eltern vorher noch nie fluchen gehört, und sie erschrak, wie harsch und furchteinflößend die Wörter klangen. Ihre Mutter musste auf die über den Flur verstreuten Puppen und Plastikmöbel getreten sein, die Maggie liegen gelassen hatte. Emma kam humpelnd in ihr Zimmer. »Ich habe dir doch gesagt, du sollst dein Spielzeug vor dem Zubettgehen aufräumen.«

Als Maggie am nächsten Morgen ihre Flurmenagerie durchsah, fehlte eine ihrer Puppen.

»Wo ist meine türkise Polly?«

»Die habe ich in den Mülleimer im Bad geworfen, nachdem ich gestern Nacht daraufgetreten bin.« Es lag keine Reue in der Stimme ihrer Mutter.

Maggie rannte ins Badezimmer, doch der Eimer war schon ausgeleert worden. »Dein Dad hat den Müll heute Morgen wohl schon zum Container gebracht«, erklärte ihre Mom. »Tut mir leid.«

Die Entschuldigung hatte mechanisch geklungen, nicht ernsthaft. *Tut mir leid, dass du dein Spielzeug nicht aufgeräumt hast. Tut mir leid, dass die Plastikfinger deiner Puppe so scharf sind. Tut mir leid, dass ich ein Kind geboren habe, das auf dem Teppich Sachen liegen lässt, die sich nachts um drei als Landminen erweisen.*

Dann kam der Tod eines lebenden Wesens, zwei Wochen bevor die College-Studenten auftauchten. Maggie und ihre Mutter waren am Morgen auf dem Weg zur Vorschule zehn Minuten zu spät dran und rasten die Kurven entlang, als Maggie ein Eichhörnchen über die Straße laufen sah.

»Ein Eichhörnchen! Da vorne!«

Ihre Mom fuhr nicht langsamer. Das Eichhörnchen huschte auf das Gras am rechten Straßenrand zu, doch in typischer Eichhörnchenmanier erstarrte es plötzlich und flitzte dann in die entgegengesetzte Richtung zurück mitten auf die Straße. Obwohl ihre Mutter das Lenkrad noch nach links riss, konnte Maggie doch den leichten, abscheulich dumpfen Schlag spüren.

»Du hast es überfahren!«

»Es war ein Unfall, es ist mir direkt vors Auto gerannt.«

»Kehr um! Vielleicht lebt es noch!«

»Es lebt nicht mehr, und selbst dann könnten wir ihm nicht helfen.«

»Wir können die Tierpolizisten anrufen.« Maggie hatte eine Sendung im Fernsehen gesehen, in der ein Team von Männern ein Reh gerettet hatte, das in einem Sumpf stecken geblieben war.

»Die retten keine Eichhörnchen, die schon fast tot sind«, erwiderte ihre Mutter.

»Wenn es tot ist, sollten wir es begraben oder es wenigstens von der Straße nehmen.« Inzwischen schluchzte Maggie.

»Liebling, tut mir leid. Ich wollte es nicht überfahren. Aber Eichhörnchen laufen dauernd vor Autos, und wir können nicht umkehren. Ich muss dich in die Vorschule bringen und mein Seminar vorbereiten, bevor die Studenten kommen.«

»Ich hasse dich.« Maggie hatte ihre Tränen unterdrückt. »Ich hasse dich ganz doll.«

Neun Jahre später sah Maggie ihre Reaktionen auf diese Tode als das an, was sie waren – kindliche Proteste gegen die Grausamkeit der Welt und die Emotionslosigkeit der Erwachsenen, die nicht verstanden, dass Spielzeug und Eichhörnchen vielschichtige Gefühle hatten. Seitdem hatte sie Dutzende von toten Tieren gesehen – Eichhörnchen, Murmeltiere, Kaninchen und Opossums. Ihr Vater hatte einmal ein Reh angefahren, das an seine rechte Stoßstange prallte und dann in den Wald floh, wo vermutlich ein langsamer und schmerzvoller Tod auf es wartete. Und ein andermal hatte er ein Stinktier totgefahren, nach dessen versprühtem Sekret das Auto noch wochenlang gestunken hatte, doch das hatte Maggie ihm nicht vorwerfen können.

Vielleicht wäre es vor all den Jahren hilfreich gewesen,

wenn sie dem Sheriff erzählt hätte, dass ihre Mutter ein Eichhörnchen und ein paar Plastikspielsachen getötet hatte. Es hätte gezeigt, wie harmlos Emma Greene war, diese Frau, deren größtes Verbrechen es war, ein Nagetier mit dem Auto überfahren zu haben. Der Sheriff und die meisten seiner Deputys waren vermutlich Jäger – Männer, die Eichhörnchen aus Spaß erschossen, genauso wie Vögel und Kaninchen –, solche, die zum Messer greifen und ohne mit der Wimper zu zucken einem Hirsch das Geweih aus der Stirn schnitten oder verstümmelte Kadaver neben den Müllcontainern ablegten, wo Kinder wie Maggie sie dann fanden.

Doch Maggie redete nicht mit dem Sheriff, aus Angst vor dem, was sie sonst noch alles ausplaudern könnte. Aus ihrer Sicht war ihre Mutter schuldig, nicht weil sie ein Eichhörnchen oder einen Studenten getötet hatte, sondern weil sie nie langsamer machte. Das war der sie belastende Umstand in beiden Todesfällen. Im Fall des Eichhörnchens hätte ihre Mutter schon beim ersten Anblick des Tieres bremsen sollen. Es war das heranbrausende Auto gewesen, was das arme Ding verwirrte, das friedlich die Straße überquert und den schönen Morgen genossen hatte, bis es vom Geräusch eines Motors aufgeschreckt wurde. Wo war es in Sicherheit? Wo war es geborgen? Das Eichhörnchen hatte den Tod kommen hören und war in panischer Angst hin- und hergeflitzt, bis sein Schädel zertrümmert wurde.

Und das galt auch für den dunkelhaarigen Studenten in ihrem Flur, ein weiteres Opfer von Emmas Hast. Als er sich ins Haus hereingedrängt hatte, forderte sie ihn nicht zuerst auf, hinauszugehen. Sie reagierte noch in der Sekunde, in der er durch die Tür trat, und als er auf die Knie fiel, hielt sie immer noch nicht inne. Ihr zweiter Schlag war sofort erfolgt, wie das Metronom auf Maggies Klavier, das unerbittlich nach rechts und links ausschlug.

Hätte ihre Mutter den Baseballschläger nicht loslassen können, als der Student kniete? Hätte sie nicht die Tür vor den anderen verschließen und die Polizei rufen können? Der Sheriff hätte diese Fragen vielleicht gestellt, wenn Maggie sich ihm geöffnet hätte, als sie klein war. Und er hätte vielleicht auch die belastendste Frage von allen gestellt. Schlägt deine Mutter je Menschen, wenn sie wütend ist?

Und was hätte Maggie dann gesagt?

Ja, ja, ja.

Drei Monate zuvor hatte Emma Maggie allein oben spielen lassen, während sie das Erdgeschoss für eine Dinnerparty putzte, staubsaugte und wischte, Glastüren und Tische polierte, Bücher und Socken, Schuhe und Bonbonpapier wegräumte, die Spülmaschine ausräumte und wieder belud und die Küche und die Toilette unten schrubbte. Zwei Stunden lang hatte ihre Mutter stetig gearbeitet, nur unterbrochen von Maggie, die alle Viertelstunde kam und sagte: »Ich male ein Bild. Schau doch mal.«

»Das tu ich, wenn ich fertig bin, Liebling. Mal nur schön, und bring dein Zimmer nicht durcheinander.«

Und so hatte Maggie weitergemalt – Tiere und Flüsse und Bäume mit Blättern wie Weinranken, es war das schönste Bild, das sie je gemalt hatte, mit allen Farben aus ihrer Filzstiftsammlung –, bis sie hörte, wie der Staubsauger in den Wandschrank gerollt wurde, und sie noch ein letztes Mal zu ihrer Mom hinunterrief: »Schau dir doch mein Bild an!«

Mit müden Schritten war ihre Mutter die Treppe heraufgekommen. Ihr blieb noch eine halbe Stunde zum Umziehen, bis die Gäste kamen.

Als sie die oberste Stufe erreicht hatte, wandte Emma sich zum Flur, wo Maggie lächelnd stand und auf das Lob ihrer Mutter wartete. Bis zum heutigen Tag erinnerte Maggie sich daran, wie ihre Mutter die Augen aufriss und den Mund öffnete, ehe ein schriller Schrei aus ihrer Kehle drang. »Was ist *das* denn! Was hast du dir bloß gedacht!«

Maggie hatte ein Wandgemälde erschaffen, genau so eins

wie in der Kinderabteilung der Stadtbibliothek, einen ganzen Regenwald mit Affen und Papageien und Schlangen.

»Du weißt doch, dass du die Wände nicht bemalen darfst!« Emma sah auf den Boden, wo dicke Filzstifte ohne Kappe dalagen, sodass die Leuchtfarbe in den weißen Berberteppich sickerte. Sie sammelte sie ein und starrte den lila-grünen Rorschachtest auf ihrem Teppich an.

»Tut mir leid«, murmelte Maggie.

Ihre Mutter packte Maggie mit einer solchen Kraft beim Arm, dass das Mädchen dachte, sie würde ihn ausreißen. Emma hob ihre Tochter vom Boden auf, zerrte sie in ihr Zimmer und schrie: »Ich versuche hier, das Haus sauber zu machen, und du hast nichts Besseres zu tun als das!«

Plötzlich hatte sie ausgeholt und mit der flachen Hand Maggie den ersten Schlag ihres Lebens versetzt, einen Klaps, der auf ihren Hintern zielte, sie aber am nackten Oberschenkel mit einer Wucht traf, die nicht nur schmerzhaft, sondern vor allem demütigend war. Maggie reagierte mit heulendem Geschrei, während Emma ins Badezimmer rannte und nach dem Teppichreiniger suchte. Und als ihre Mutter schließlich mit einem gelben Schwamm auf dem Teppich herumschrubbte und die bunten Farben zu einem großen Schmierfleck zusammenflossen, heulte auch sie.

Als Rob zehn Minuten später nach Hause kam, saßen seine Frau und seine Tochter jede in ihrem Zimmer und weinten.

»Ich kann die Wand morgen gleich streichen«, versicherte er seiner Frau. »Die braucht sowieso mal wieder einen neuen Anstrich.«

»Aber den Teppich kannst du nicht neu streichen«, sagte Emma. »Der Fleck geht nicht mehr raus. Und unsere Gäste kommen in einer Viertelstunde.«

»Unsere Freunde haben auch Kinder – die kennen so was. Im Grunde ist es doch eine lustige Geschichte.«

Seine Nonchalance hatte Emma erst recht auf die Palme gebracht. Rob hatte eine Art an sich, so zu tun, als wäre immer sie das Problem. Sie machte ein Aufhebens um nichts und wieder nichts. »Du hast gesagt, du kommst heute früher nach Hause, um mir zu helfen. Du wolltest schon vor zwei Stunden hier sein. Wenn du hier gewesen wärst, hättest du auf Maggie aufpassen können.«

»Ich bin in der Arbeit von lauter Last-Minute-Problemen aufgehalten worden – alle scheinen immer um fünf Uhr die Krise zu kriegen.«

»Du hast nicht mal angerufen und Bescheid gesagt, dass du dich verspätest, und ich habe es dreimal auf deinem Handy probiert. Du weißt, dass das jede Woche vorkommt – ich stecke hier fest mit Maggie und muss mich um alles kümmern, während du nirgends aufzutreiben bist ... Zieh dich um ... die Gäste kommen gleich. Und zieh bloß nicht dieses grüne Hemd an – das ist scheußlich.«

Als die ersten Gäste in die Auffahrt fuhren, schluchzte Maggie immer noch in ihrem Zimmer. Ihre Mutter kam herein und flüsterte: »Herrgott, sei still.« Hinter ihr sah Maggie ihren Dad, der einen Finger an den Mund legte und ihr zuzwinkerte, und so schluckte sie ihre Tränen herunter.

»Wasch dir das Gesicht, dann darf du herunterkommen«, hatte Emma hinzugefügt. »Die Petersons bringen ihre Mädchen mit.«

Ihre Mom hatte recht gehabt, was den Teppich betraf. Nach der Dinnerparty hatte Rob ihn noch mal zwanzig Minuten mit einem Bleichmittel geschrubbt, doch der Schaden war nicht mehr zu beheben. Und von dem Tag an hatte der graue Geist dieses Nachmittags sie aus den Teppichfasern angestarrt, wann immer sie über den Flur lief, eine stete Erinnerung an die Wut ihrer Mutter und an ihre eigene Schuld.

»All diese kleinen Ereignisse«, erklärte Maggie Dr. Riley, »der Dinosaurier, das Eichhörnchen und der Schlag, all das ließ mich glauben, dass meine Mutter ein schlechter Mensch ist – dass sie Dingen wehtut und Menschen wehtut.«

»Bringst du deiner Mutter jetzt andere Gefühle entgegen?«, fragte der Arzt.

»Wollen Sie wissen, ob ich meine Mom liebe?«

»Nein, das habe ich nicht gefragt.«

Maggie sah ihr linkes Handgelenk an, an dem ein Armband aus indigoblauen Perlen hing, das als kleiner weltlicher Rosenkranz diente. Das Armband hatte ihre Mutter ihr vor zwei Jahren geschenkt, und Maggie trug es seitdem ständig und wünschte sich immer etwas, wenn sie mit den Fingern über die Perlen fuhr.

»Es ist schwer, einen Menschen zu lieben, wenn man sich vor ihm fürchtet«, murmelte sie.

Während ihrer Grundschulzeit war das vorherrschende Gefühl, das Maggie ihrer Mutter entgegenbrachte, Scham gewesen. Scham über die Wut und die mangelnde Beherrschung ihrer Mutter. Und Scham über die Schande, die sie über die Familie gebracht hatte. Scham darüber, als Tochter der verrückten Professorin, der wahnsinnigen, Baseballschläger schwingenden Rothaarigen bekannt zu sein. Alle anderen Mütter wirkten freundlich und ruhig, backten Brownies für Schulspendenaktionen und leiteten Elternvereine, doch nach Jacobs Tod hielten diese Frauen Emma auf Armeslänge Abstand und musterten sie mit einer Mischung aus Mitleid und Angst. Und Maggie hatte ihre Furcht geteilt und sich gefragt, ob sie irgendwann auch Ziel der Wut ihrer Mutter werden würde. Die Fernsehnachrichten brachten Berichte über Mütter, die ihre Kinder getötet hatten – erstickt, ertränkt oder zu Tode geprügelt. Was würde ihre Mutter tun, wenn Maggie mal etwas richtig, richtig Schlimmes ausgefressen hatte?

Als Emma nach Washington zog, hatte Maggie begonnen, so zu tun, als ob ihre Mutter tot wäre – es war ihre Mom, die in jener dunklen Nacht getötet wurde, nicht Jacob Stewart. Manchmal fühlte es sich für Maggie genauso an – als hätte sie ihre Mom in jener Nacht für immer verloren. Danach war nichts mehr gewesen wie zuvor. Als ihre Mutter ausgezogen war, hatte Maggie jahrelang ein Foto von ihr unter dem Kissen liegen; das hatte sie ein Mädchen in einem Film tun sehen, deren Mutter an Krebs gestorben war. Es war eine Art zu trauern, und Trauer war ein weniger kompliziertes Gefühl als Scham oder Furcht. Es hatte fast etwas Tröstliches, das Gesicht ihrer Mutter anzuschauen und den Elternteil zu betrauern, den sie verloren hatte. Die allmonatlichen Besuche ihrer Mutter brachten sie nie vollständig zurück ins Leben.

Erst in den letzten beiden Jahren hatten Maggies Gefühle sich allmählich verändert. Als Heranwachsende hatte sie Verständnis für die Wut ihrer Mutter entwickelt. Sie hatte Truman Capote gelesen und wusste, dass das Leben gefährlich sein konnte. Doch noch viel wichtiger als die seltene Gefahr durch gewalttätige Fremde waren die vielen alltäglichen Gründe, aus denen ein Mensch wütend werden konnte, und Wut war kein Vorrecht der Männer. Die Welt brauchte mehr Unwillen, mehr Empörung über politische und moralische Korruption, mehr intelligenten Protest gegen die allgemeine Dummheit. Es war lächerlich gewesen, ihre Mutter zu fürchten – die Frau, die nie ihre Hand gegen ihr Kind erhoben hatte, abgesehen von diesem einen einzigen Schlag auf Maggies Oberschenkel. Und nach Jacobs Tod war das Verhalten ihrer Mom gedämpfter gewesen. Seit jener Nacht waren ihre Gefühle für Maggie ganz und gar beschützender Natur gewesen, während ihre Frustrationen sich auf Rob richteten.

»Hast du deinem Dad erzählt, wer Mrs Murdock ist?«, fragte Dr. Riley.

»Meine Mom ist mir zuvorgekommen. Sie hat ihn gestern angerufen, gleich nachdem ich ihr gemailt hatte.«

»Dann weiß deine Mom also von all dem?«

»Nicht alles. Ich habe bloß gesagt, dass meine Mathelehrerin Sandra McCluskey ist und sie mir eine Menge über die Vergangenheit erzählt hat. Ich habe meine Mom gebeten, dieses Wochenende herzukommen, damit ich ihr alles erklären kann … Mrs Murdock sagt, es war richtig, dass meine Mom Jacob getötet hat. Jacob war böse.«

»Ist böse das richtige Wort?«, fragte der Arzt.

Maggie zuckte die Achseln, ohne zu antworten. Sie wollte Jacob Stewart ein Etikett anheften, vorgeben, das Leben sei schwarzweiß. »Ich glaube, ich war ziemlich hart zu meiner Mom. Und das möchte ich wiedergutmachen. Deshalb habe ich sie zum Wochenende hierher eingeladen. Ich habe Mrs Murdock gebeten, sich mit uns zu treffen.«

Dr. Rileys Augenbrauen hoben sich kaum merklich. »Was hoffst du damit zu erreichen, dass du Mrs Murdock und deine Mutter zusammenbringst?«

»Ich weiß nicht … Vielleicht reinen Tisch machen, Missverständnisse aus dem Weg räumen. Finden Sie die Idee doof?«

»Ist es deiner Mutter recht?«

Maggie hielt kurz inne. »Ich weiß nicht, ob es ihr *recht* ist, aber sie hat geschrieben, dass sie kommt.« Sie sah aus dem Fenster auf die nickenden Bäume und fand, dass es an der Zeit war, das Thema zu wechseln. »In den letzten drei Nächten hatte ich keinen einzigen Albtraum. Ist das ein gutes Zeichen?«

»Offen über alles zu reden, das sollte helfen«, erwiderte Dr. Riley.

Ein Ahornblatt wehte gegen das Fenster, und Maggie sah, dass es sich kurz wie eine orangefarbene Qualle zu bewegen schien.

»Es wäre schön …«, murmelte sie.

»Was?«, fragte der Arzt.

Maggie sah ihn an. »Es wäre schön, wenn die Träume aufhören würden.«

20

Am Freitagnachmittag vor der Geometriestunde blieb Maggie inmitten der an ihr vorbeidrängenden Flut von Schülern auf dem Korridor vor Mrs Murdocks Klassenzimmer stehen. Sie hatte gedacht, dass es ihr nach dem Treffen in der Bibliothek leichter fallen würde, im Geometriekurs zu sitzen, Mrs Murdocks Haarknoten mit den Dutzenden kreuz und quer steckender Haarklammern anzusehen und im Geiste wieder mal Mikado damit zu spielen. Da sie es sich nicht leisten konnte, im Stoff noch weiter zurückzufallen, hatte Maggie am Mittwoch und Donnerstag versucht, am Unterricht teilzunehmen, und dabei bemerkt, dass es Mrs Murdock hin und wieder sogar gelang, ihr in die Augen zu sehen, wenn auch nicht lange – die Lehrerin ließ den Blick schon nach wenigen Momenten wieder sinken.

Doch es war lange genug gewesen für Maggie, um zu merken, dass es sich falsch anfühlte. Sie fürchtete sich jetzt nicht mehr vor Mrs Murdock, aber sie respektierte sie auch nicht. Sie sah in der Art, wie die Lehrerin mit Kreide etwas an die Tafel schrieb, nichts als die Geste einer Heuchlerin, und sie konnte nicht fünfzig Minuten lang dasitzen und sich Erläuterungen über Parallelogramme anhören, als ob alles okay wäre. Wenn Mrs Murdock ihr von der Vergangenheit erzählte und den beiden College-Studenten, die für sie so lange nur als verschwommene Schatten existiert hatten, Gesichter, Farbe und Gestalt gab, konnte Maggie ihr zuhören. Aber sie konnte nicht so tun, als wäre es ganz normal, dass Mrs Murdock in Jackson war.

Als es zur siebten Stunde klingelte, blieb Maggie auf dem Korridor stehen, weit genug von Mrs Murdocks Tür weg, dass man sie nicht sehen konnte. Sie wollte sich eben umdrehen und gehen, als eine Stimme hinter ihr sie aufhielt.

»Maggie Greene, ich möchte mit dir reden.«

Officer Petty ragte in seiner blauen Uniform vor ihr auf und gab Maggie mit einem Wink zu verstehen, dass sie ihm folgen sollte. Sie gehorchte und schwieg, während sie gemeinsam an offenen Klassenzimmertüren vorbeigingen, Treppen hinunterliefen und durch einen weiteren Korridor, bis sie schließlich »Carvers Klassenzimmer« erreichten. Heute roch der Raum nach frittiertem Hähnchen. Oder waren es Pommes frites oder Fischstäbchen? Maggie konnte die feinen Unterschiede des Fettgeruchs nicht auseinanderhalten.

Carver setzte sich an den Tisch neben Maggie. Er hatte viel über dieses Mädchen nachgedacht, seit er sie im Wald gefunden hatte. Dem Direktor hatte er noch nichts von Mrs Murdocks wahrer Identität erzählt – er wollte erst einmal ein paar Tage abwarten, um zu sehen, was sich daraus entwickelte. Er hatte ein wachsames Auge auf Maggie gehabt in der Zwischenzeit. Doch jetzt, als das Mädchen in ihrer üblichen defensiven Haltung mit vor der Brust verschränkten Armen und in den Stuhl hingelümmelt dasaß, fragte er sich, was Mrs Murdock alias Sandra McCluskey wohl auf das gelbe Blatt Papier geschrieben haben mochte, das dieses zähe Mädchen in Tränen ausbrechen ließ.

»Ich habe dich vor Mrs Murdocks Klassenzimmer stehen sehen. Und es wirkte nicht gerade so, als wärst du erpicht darauf gewesen, hineinzugehen.«

Maggie erwiderte nichts.

»Du weißt vielleicht nicht«, fuhr Carver fort, »dass ich Polizist in Jackson war, als damals diese ganze Sache mit deiner Mutter passierte. Es war wirklich furchtbar, all die Schläge unter die Gürtellinie, die sie einstecken musste.«

Maggie lümmelte sich noch etwas tiefer in den Stuhl.

Dann wusste Officer Petty also von der verrückten Professorin, der Joints rauchenden Femi-Nazi, der fanatischen Tierschutz-Aktivistin, die Affen liebte, aber Männer hasste. Mit fünf war Maggie zu jung gewesen, um den Wirbelsturm der Gerüchte in jenem ersten grauenhaften Sommer wahrzunehmen. Aber die Überbleibsel waren noch jahrelang fester Bestandteil des Stadtklatsches in Jackson gewesen und wurden oft wiederholt auf Webseiten, in Tischgesprächen beim Abendessen und in Zeitungsartikeln, die lang zurückliegende Ereignisse wieder aufgriffen. In einer Stadt mit achttausend Einwohnern war Emma berühmt-berüchtigt, eine Art Lizzie Borden des neuen Jahrtausends, die einen Baseballschläger schwang statt einer Axt. Ihr Leben bot bessere Unterhaltung als das örtliche Autokino – mit echter Gewalt, echten Bullen und einer weiblichen Hauptperson, deren Haar zu rot und deren Augen zu grün waren, als dass sie gänzlich unschuldig sein konnte. Maggie verstand, warum ihre Mutter wegziehen, das Goldfischglas hier verlassen und einen Ort finden musste, an dem sie anonym war. Und wäre sie nicht an Maggie gebunden gewesen, wäre sie wahrscheinlich noch weiter weg gegangen – an die Westküste oder nach Europa, irgendwohin, wo Jackson so unbedeutend war, dass niemand es kannte.

»Du musst wissen«, fuhr Carver fort, »dass der Sheriff die Geschichte deiner Mutter vom ersten Tag an geglaubt hat. Polizisten wissen meist ganz genau, ob jemand lügt, und deine Mom kam als eine aufrichtige Frau mit gutem Herzen rüber. Ich weiß das, weil ich mit einigen Deputys befreundet war, und unser Polizeichef hier in Jackson, Chief Chris Miller, hat gleich am Tag nach Jacob Stewarts Tod mit Sheriff King geredet, um ihm Hintergrundinformationen zu geben für den Fall, dass King sich irgendwie täuschen sollte, was diese Studenten anging. Er hat ihm erzählt, dass Kyle Caldwell ein Jahr zuvor von einer Ladenbesitzerin in Jackson des Diebstahls bezichtigt worden war, auch wenn sie die Anzeige dann später wieder zurückgezogen hat, weil seine Eltern die Bestohlene mit Geld beschwichtigten.«

Maggie nickte. Das alles wusste sie bereits, da sie kurz nach Jacob Stewarts Tod ein Gespräch ihrer Mom mit Jodie Maus mit angehört hatte. Sie mochte in jenen Tagen zwar nicht geredet haben, aber sie hatte zugehört und jedes Fitzelchen an Information aufgeschnappt, das durchs Haus flog – jeden Streit, jede Konfrontation ihrer Eltern, jeden Weinkrampf ihre Mutter, auch wenn sie alles erst später richtig begreifen konnte.

»Der Chief konnte dem Sheriff noch etwas anderes mitteilen, etwas, von dem deine Mom sicher nie erfahren hat.«

Carver hielt inne und fragte sich, wie viel er diesem Mädchen erzählen sollte. »Du kennst doch bestimmt die zweistöckigen Mietshäuser am Ende der Preston Avenue, die so knallbunt angestrichen sind?«

Maggie nickte wortlos.

»Und kennst du auch das rosarote?«

Maggie nickte noch einmal. »Sie meinen das ›Bordell‹.«

»Ja.« Carver lächelte. »Ich wusste gar nicht, dass ihr Teenager diese Bezeichnung auch kennt.« In den letzten fünfzehn Jahren war das Haus stets an Wohngemeinschaften von Studentinnen vermietet worden, weshalb es von den Polizisten der Stadt bloß »Bordell«, »Freudenhaus« oder auch »Rotlichtbezirk« genannt wurde.

»Vor zehn Jahren bin ich wegen eines Notrufs dorthin gefahren.« Wieder hielt Carver inne und versuchte, seine Worte abzuwägen. Der Vorfall, an den er dachte, war zwar vertraulich, hatte aber keine Ermittlungen nach sich gezogen. Er war schon fast ein Jahrzehnt her, und ein paar kleine Enthüllungen konnten keinen Schaden mehr anrichten. Die Szenen, die ihm jetzt durch den Kopf gingen, waren allerdings nicht jugendfrei, und Carver fiel es oft schwer, einzuschätzen, wie viele Informationen eine Neuntklässlerin verkraften konnte. Er war so sehr an die abgestumpftesten Teenager gewöhnt, dass er nicht wusste, welchen Grad an Unschuld ein Mädchen wie Maggie Greene sich bewahrt haben mochte.

»Am besten zeige ich dir mal etwas.«

Carver stand auf und ging an seinen Aktenschrank. »Als du vor kurzem bei mir warst, gab Mrs Murdock dir ein Blatt Papier. Nun, dieses hier solltest du auch lesen.« Er blätterte einige Ordner durch und zog schließlich ein weißes Blatt hervor, das an den Ecken bereits ganz abgestoßen war. »Das hier hebe ich schon seit Jahren auf. Nur für die Akten.«

Er legte es vor Maggie auf den Tisch, und als sie den Blick senkte, sah sie die Kopie eines handgeschriebenen Briefs vor sich – drei Absätze und eine Unterschrift, die sie nicht kannte.

»Wer ist Lauren Cross?«, fragte sie.

»Sie war Jacob Stewarts Freundin.«

Maggie erwiderte nichts, sondern las den Brief, und als sie begriff, was darin stand, wurde sie rot. Noch mehr Enthüllungen, noch mehr Geheimnisse, noch mehr Schatten aus der Welt der Erwachsenen.

»Ich glaube, den solltest du deiner Mom zeigen«, sagte Carver. »Aber niemandem sonst, okay?«

»Ja«, willigte Maggie ein. Niemandem sonst.

»Versprichst du, ihn mir zurückzubringen?«

»Ja.« Sie schob den Brief, ohne ihn zu falten, in die Seitentasche ihres Ordners. Heute Abend würde sie ihre Mutter sehen.

Carver holte tief Luft. »Du willst vermutlich nicht mehr zurück in deinen Geometriekurs …«

Nein, dachte Maggie. *Bitte nicht.*

»Ich habe nichts dagegen, wenn du hierbleibst und schon mal anfängst, deine Hausaufgaben zu machen. Und ich könnte doch zu Dairy Queen fahren und dir einen Blizzard-Eisbecher mitbringen.«

»Danke.« Maggie lächelte. »Aber kann ich lieber einen Oreo haben?«

21

Als Emma am Freitagnachmittag ihre letzten Büroarbeiten der Woche erledigte, machte sie zwischendurch eine Pause, um Maggie eine E-Mail zu schicken:

Ich komme gegen sechs Uhr in Jackson an. Sarah macht ein Abendessen für uns alle, sei also bitte um halb sieben mit Kate dort.

Sie sah auf die Uhr: halb zwei. Wenn sie es bis zwei auf den Highway 66 schaffte, würde sie vielleicht der Rushhour des Freitagnachmittags entgehen. Jahrelange Erfahrung mit der Fahrt von Washington nach Jackson hatte sie gelehrt, die Stadt spätestens um halb drei zu verlassen, denn sonst könnte sie gleich bis nach dem Abendessen warten. Sogar so früh am Tag würde der Verkehr von Fairfax bis Manasses nur im Schneckentempo vorwärtskommen.

Emma stand auf und ging in die Toilette neben ihrem Büro. Sie sah in den Spiegel und drehte das Gesicht nach rechts, sodass das grelle Neonlicht auf den grünlich blauvioletten Fleck auf ihrer linken Wange fiel. Emma griff zu dem Make-up-Pinsel, der auf der Ablage lag, tupfte ihn zum dritten Mal an diesem Tag in eine Puderdose und bedeckte ihre Wange mit einer Schicht hautfarbener Grundierung, genauso wie sie es die Heimbewohnerinnen seit Jahren machen sah. *Jetzt passe ich hier richtig her*, dachte sie, und war es so nicht immer im gemeinnützigen Sektor? Die Leiter und ehrenamtlichen Helfer brauchten genauso viel Fürsorge wie ihre Klienten; sie übten den Job aufgrund eigener Narben aus, auf der Suche nach gemeinsamer Heilung.

Emma musterte ihr gepudertes Gesicht und hoffte, dass sie Maggie nicht erschrecken würde. Maggie hatte ihre Mutter früher schon mit blauen Flecken gesehen – an den Knien und in der rechten Handfläche, als der Fremde sie zu Boden gestoßen hatte, oder an den Unterarmen, wenn es im Karate-Unterricht richtig zur Sache ging. Aber Emma war noch nie ins Gesicht geschlagen worden. Sie entblößte die Zähne vorm Spiegel und zog mit Daumen und Zeigefinger den falschen Schneidezahn heraus, der an einem rosa Plastikabguss ihres Gaumens hing. »Das Beste, was wir so kurzfristig hinkriegen können«, hatte ihr Zahnarzt am Morgen gesagt und ihr ein Modell des dreiteiligen Stiftzahns zum Hineinschrauben gezeigt, den sie irgendwann bekommen würde. Das Teil aus Plastik und Draht, das Emma jetzt in der Hand hielt, erinnerte sie an Maggies Zahnspange vor einem Jahr, und einen Augenblick lang dachte sie, dass sie es ihrer Tochter als Kuriosität zeigen sollte. Aber als sie wieder in den Spiegel schaute und die Lücke in ihrem lächelnden Mund sah, ähnelte sie einem fratzenhaften Wasserspeier. Lieber gar nicht erwähnen, dachte sie und drückte das Plastik wieder an ihren Gaumen.

Emma ging an ihren Schreibtisch zurück, fuhr den Computer herunter und nahm den Stapel Unterlagen des Förderantrags zur Hand, mit dem sie wochenlang gekämpft hatte. Dann griff sie nach ihrem Mantel und der Reisetasche, die auf dem Sofa lagen, und eilte zur Tür.

»Ruth«, sagte sie, als sie durchs Büro ihrer Assistentin ging, »sorgen Sie bitte dafür, dass das hier heute noch mit FedEx rausgeht. Die Online-Unterlagen habe ich bereits eingereicht.«

»In Ordnung«, erwiderte Ruth lächelnd. »Eine schöne Zeit mit Maggie.«

Emma hatte ihr den Zweck ihrer Reise nicht genannt – nur Junot und Rob wussten davon, dass Sandra wieder aufgetaucht war. Für den Rest der Welt ging es um ein weiteres der Mutter-Tochter-Treffen, die viel zu selten stattfanden in diesem arbeitsreichen Herbst.

Als sie aus dem Haus trat, sah Emma kurz noch einmal Carlos Cortez auf dem Gehweg liegen, mit Junots Knie im Rücken. Carlos saß jetzt im Gefängnis. Ein mitleidloser Richter, der schon mit vielen Fällen häuslicher Gewalt befasst gewesen war, hatte eine beträchtliche Kaution angesetzt, die aufzubringen für Carlos unmöglich war. Im Laufe der nächsten Wochen würde Maria lernen müssen, sich selbst und Christian ohne Carlos' Einkommen zu versorgen. Aber sie schien entschlossen dazu, nicht zuletzt durch den Anblick von Emmas geschwollener Wange so schockiert, dass sie endlich einen ernsthaften Anlauf nehmen wollte. Sie hatte sich immer als Carlos' einziges Opfer gesehen und gemeint, seine Wut resultierte aus ihren eigenen Fehlern. Doch jetzt nach seinen Drohungen gegen Christian und der Brutalität gegen Emma hatte sie sich geschworen, die Scheidung einzureichen, ihre Putzjobs zu verdoppeln und bei der Suche nach einer neuen Wohnung die Hilfe ihrer Schwester anzunehmen. Emma hoffte, dass Maria all das wirklich tun würde und ihr Entschluss auch Bestand hatte, wenn Carlos wieder entlassen war. »Sehen Sie mein Gesicht an«, hatte sie zu Maria gesagt, kurz bevor Christina kam, um ihre Schwester abzuholen. »Wenn Sie Carlos wieder nach Hause kommen lassen, wird er genau das Ihrem Sohn antun. Das dürfen Sie niemals zulassen.«

Als Emma jetzt die Constitution Avenue hinunterfuhr, an der National Gallery links und den National Archives rechts vorbei, hatte sie das Gefühl, dass ihr Leben in Washington in der richtigen Richtung lief. Maria hatte einen entscheidenden Schritt getan, der Förderantrag war fertig und würde wahrscheinlich auch bewilligt werden, und Junot hatte angekündigt, sie am Sonntagabend um sieben mit einem Abendessen in ihrer Wohnung zu erwarten.

Vor einer Ampel am Washington Monument, an der sie

halten musste, sah Emma, dass der Himmel voller riesiger Drachen, langschwänziger Fische und geometrischer Wunderwerke war, die sich kräuselnd und kreiselnd zum alljährlichen Drachen-Festival versammelt hatten. Der Wind hatte längst alle Anzeichen der Schwüle vertrieben, die sich an warmen Tagen über die Stadt legte, und als Emma den Potomac überquerte und die Wolkenkratzer hinter ihr immer kleiner wurden, dachte sie, was für ein Glück sie doch hatte, in dieser Stadt zu wohnen mit einem gut aussehenden Polizisten als Freund, der nur zu ihrem Vergnügen Tickets für ›Billy Elliot‹ kaufte, obwohl er selbst Musicals nicht mochte.

Als sie an den Ausfahrten nach Falls Church, Fairfax und dann Vienna vorbeifuhr, stiegen Erinnerungen in ihr hoch. Die Fahrt zurück nach Jackson war immer eine Reise in die Vergangenheit, eine Zeitmaschine, die fortwährend auf einen einzigen Frühling und Sommer eingestellt war. Und als sie den offenen Highway östlich von Manasses erreichte und die Vorstädte sich langsam in einer hügeligen, bewaldeten Landschaft verloren, war sie wieder zurück im Haus am Wade's Creek und dachte über den Ehemann nach, den sie verlassen hatte.

Sie fragte sich oft, ob Rob und sie zusammengeblieben wären, wenn Jacob Stewarts Tod nicht gewesen wäre. Es hatte schon seit Jahren Probleme in ihrer Ehe gegeben, auch wenn sie beide um Maggies willen vielleicht tapfer immer weitergemacht hätten. Doch die Belastungen, die Jacobs Tod nach sich zog, hatten die Ehe dermaßen überstrapaziert, dass sie schließlich zerbrach.

Anfangs waren es die Streitereien über Maggies Therapie gewesen, auf die Rob bestand, genauso wie er nach Maggies Geburt auf die psychologische Beratung für Emma bestanden hatte. Rob hatte im jahrelangen Umgang mit seiner Mutter und seinen Schwestern die Überzeugung gewonnen, dass Frauen sich ständig mit anderen über ihre Gefühle austauschen mussten. Schweigsame Frauen oder einzelgängerische

Frauen, so etwas gab es für ihn nicht. Zurückhaltung und Einsamkeit waren Eigenschaften grübelnder Männer. Frauen sollten reden.

»Nicht alle Menschen, die schweigen, sind depressiv«, hatte Emma nach Maggies Geburt gesagt, als Rob sie zu einer Therapie wegen postnataler Depression drängte.

»Aber mit dem Stillen hast du Probleme«, hatte er erwidert.

Emma hasste es, wenn Männer über das Stillen so redeten, als würde die Lektüre einiger Kapitel eines Schwangerschaftsratgebers sie zu Experten machen. Ja, ihre Brustwarzen waren rissig und hatten geblutet, sodass Maggie manchmal wie ein kleiner Vampir aussah, wenn ihr nach dem Stillen ein paar Tropfen Blut übers Kinn liefen. Und wenn Emma nachts auf das Fläschchen zurückgriff, weil sie wusste, dass eine gut gesättigte Maggie länger schlief, hatte Rob sie vor »Saugverwirrung« gewarnt und noch andere pompöse, aus Büchern gelernte Begriffe benutzt, während Emma sich auf die schmerzreiche Erfahrung ihres Körpers verließ.

Diese ersten Risse in Emmas Ehe waren entstanden, lange bevor sie Jacob Stewart überhaupt kennenlernte. Jedes Mal, wenn sie ein Fläschchen warm machte, hatte Rob sie mit kritischem Blick beobachtet, und es wäre ihr am liebsten gewesen, wenn er einfach verschwunden wäre. Doch das sagte sie niemals laut. Sie begann sich nach den Stunden zu sehnen, in denen er im Büro war, und zuckte zusammen, wenn sie sein Auto die Auffahrt heraufkommen hörte, weil sie sein Urteil darüber schon kannte, dass sie den ganzen Tag im Bademantel herumgelaufen war, die schmutzige Wäsche aus dem Wäschekorb herausquoll und verräterische Fläschchen in der Küchenspüle standen.

Letztlich hatte Emma sich auf einige Monate postnataler Therapie eingelassen, nur um Robs gutem Zureden ein Ende zu machen, die Sitzungen aber als nichts weiter denn teure Plauderstunden abgetan. Weshalb Emma, als Rob auf eine

Therapie für Maggie bestand, denselben inneren Widerwillen empfunden hatte, dieselbe Wut, dass er ihre Tochter zwang, sich einem Fremden zu öffnen, wenn sie doch schweigen wollte.

»Lass das Mädchen in Ruhe«, hätte Emma gern gesagt. »Lass uns beide in Ruhe.«

Dennoch hatte sie Maggie hingehen lassen, da sie spürte, dass sie ihre Autorität als Elternteil in dem Moment verloren hatte, als sie Jacob erschlug. Rob war der verantwortungsbewusste Erwachsene in ihrem Haushalt – der vernünftige, ruhige, schuldlose Mann –, während sie die irrationale Frau war, die jeden Augenblick aus der Haut fahren konnte.

Rob hatte auch darauf bestanden, dass sie das Haus verkauften – ein weiterer Streit, den Emma schlussendlich verlor. Sie liebte das Haus am Wade's Creek, sogar mit den schlimmen Erinnerungen. Aber Rob sagte, dass es zu einsam liege und deshalb gefährlich sei; er könne nie wieder auf eine Reise gehen oder bis spätabends im Büro arbeiten, ohne sich große Sorgen um Emma und Maggie zu machen. Er wollte sie eingebettet in eine sichere und freundliche Wohngegend wissen, wo Kinder auf verkehrsberuhigten Straßen Fahrrad fuhren und Väter auf der Veranda grillten – und Mütter im Haus ihren Kopf in den Ofen steckten, dachte Emma. Aber sie sagte es nicht laut. Niemals laut. Ihrer Ansicht nach waren Robs Sorgen geprägt von dem Wunsch, sich selbst weniger schuldig zu fühlen. Sie erzählte ihm, dass in belebten Wohngegenden mehr Verbrechen geschahen als in entlegenen Landstrichen. In der Stadt gab es mehr Diebstähle, mehr betrunkene Studenten, mehr Anlässe für Fremde, nachts einfach vor der Haustür aufzutauchen. Vor allem aber fürchtete Emma die Nähe zu Nachbarn, die hinter ihrem Rücken flüstern, ihr Verhalten auf Anzeichen von Gewalt hin beobachten und Emmas Kontakt mit ihren Kindern fürchten würden. Sie brauchte die Abschottung von den tratschenden Städtern, und nicht das Eintauchen in ihre Welt.

Aber jedes Mal, wenn Maggie durch den Flur im Erdgeschoss ging oder aus ihrem Zimmerfenster auf die dunklen Bäume hinaussah, machte sie sich Sorgen um ihre Tochter. Könnte Maggie je wieder fröhlich in diesem Wald spielen? Könnte sie in unschuldiger Selbstvergessenheit am Bach knien und mit einem Küchensieb Jagd auf die kleinen Fische machen, wenn sie doch wusste, dass die Studenten an dieser Stelle Bier getrunken hatten? War nicht jeder Flecken ihres Grundstücks verseucht?

Und Emma entging auch nicht, dass mit jedem weiteren Tag am Wade's Creek Maggies Schüchternheit weiter zunahm. So willigte sie schließlich ein, das Haus zu kaufen, das Rob wollte: ein kleines gelbes Gebäude mit Dachgiebeln in einer gemütlichen innerstädtischen Wohngegend mit alten Bäumen – Walnuss, Kiefer und Blüten-Hartriegel – und einem Gehweg, der immer geradeaus direkt zu Maggies nur vier Blocks weit entfernter Grundschule führte. Was konnte schöner sein als ein pastellfarbenes Bilderbuchhaus mit frisch gestrichenen weißen Rahmen und elfenbeinfarbenem Berberteppich ohne Flecken?

Der saubere Teppich beeindruckte Emma. Drei Tage lang hatte sie nach Jacobs Tod versucht, das Blut aus ihrem Perserläufer herauszuschrubben, ehe sie den Teppich schließlich wegwarf. Doch in dem hellgelben Haus waren alle Zimmer makellos, fast bis zur Auslöschung rein, so als wären die dunklen, satten Farben des menschlichen Daseins bis hin zu ihren blassesten Nuancen ausgebleicht worden.

Als sie, während der Immobilienmakler die Sauberkeit eines Gaskamins pries, im Wohnzimmer dieses gelben Hauses stand, hatte Emma aus dem offenen Fenster gesehen, über einen einige Meter breiten, von Azaleen gesäumten Rasen hinweg in das Wohnzimmer ihrer Nachbarn hinein, wo ein Kind Klavier spielte. Sie konnte eine zerhackte Version von ›Für Elise‹ hören, begleitet von dem Kläffen eines Schoßhündchens und den Rufen eines Teenagers, der nach der Aufmerksamkeit seiner Mutter verlangte. Als draußen scheppernd ein Müllwagen vorbeiratterte, wusste sie, dass sie die Fenster und Rollläden geschlossen halten musste, wenn sie in diesem Haus etwas Ruhe genießen wollte. Und so wohnte Emma die nächsten zwei Jahre in einer stark gedämmten und mit einer Klimaanlage ausgestatteten makellosen Sterilität.

Ihr einziger Trost war gewesen, dass Sarah ganz in der Nähe wohnte, nicht einmal eine Meile entfernt. Sarah hatte Robs Bedürfnis nach einem neuen Haus begrüßt und auch sein Beharren auf eine Therapie für Maggie. Sie war meistens einer Meinung mit Rob.

»Glaub mir, ich verstehe den Wunsch, allein zu sein«, hatte sie Emma versichert. »Als ich meinen Mann verlor, versuchte ich monatelang, mich abzuschotten. Aber ich musste mich schließlich losreißen, sonst hätte es mich verrückt gemacht. Ich habe mein schönes altes viktorianisches Haus verkauft, das viel zu groß für mich und Kate war und viel zu beladen mit Erinnerungen.«

Inmitten ihres traumatischen Sommers wurde der Umzug zu einer weiteren Last auf Emmas Schultern, und Tag um Tag verbrachte sie damit, ihr früheres Leben in Pappkartons zu verpacken. Das Haus am Wade's Creek hatten sie natürlich nicht verkaufen können – in den ersten drei Monaten hatten sie es nicht einmal versucht. Wer wollte schon ein Haus, in dem ein Mord geschehen war? Und als ihr Immobilienmakler im September dann die erste Besichtigung durchführte, waren die Leute eher auf das Verbrechen als auf die Küche gespannt. Sie wollten den Boden sehen, auf den Jacob gestürzt war, nicht die neu eingebaute Küche. Sie wollten die Haustür öffnen und sich vorstellen, dass der Baseballschläger immer noch an der Garderobe lehnte.

Es kam Emma entgegen, dass sich das Haus nicht sofort verkaufen ließ. So manches Mal in diesem ersten Herbst war sie an den Wade's Creek zurückgekehrt und auf dem Grundstück spazieren gegangen, angeblich, weil sie den Zwergflieder zurückschneiden und die Wiese mähen musste, und jedes Mal hatte Maggie gefragt, ob sie mitkommen durfte. Als im Oktober die Äpfel reif waren, fuhren sie wieder hin und pflückten fast zwei Zentner, und Anfang November kehrten sie das Laub im Garten vorne zu Haufen zusammen, die so riesig waren, dass Maggie hineinspringen und darin verschwinden konnte. Mitte Dezember schneite es zum ersten Mal, und weil Maggie fand, dass es in Jackson keine so schönen Schlittenhügel gab wie auf ihrem Grundstück am Wade's Creek, fuhr Emma sie mitsamt dem Schlitten hinaus, und zusammen waren sie von der Kuppe hinter dem Haus bis hinunter an den Bach gefahren.

Als sie den Schlitten wieder den Hügel hinaufzogen, hatte Maggie die leere Veranda und die dunklen Fenster betrachtet. »Unser Haus sieht einsam aus.«

»Ja«, bestätigte Emma, »aber bald wird eine andere Familie einziehen, und sie werden es wieder mit Leben füllen.«

Diese Familie tauchte schließlich tatsächlich auf, aber nicht rechtzeitig genug, um Emmas und Robs Ehe zu retten. Sie zerbröckelte in der Folgezeit unter der Belastung zweier Hypotheken, was sich noch dadurch verschärfte, dass Emmas Festanstellung immer unsicherer wurde.

Als sie durch das Blue-Ridge-Gebirge fuhr und Richtung Süden in das Shenandoah Valley, dachte Emma daran, wie seltsam ihr letztes Jahr in Holford verlaufen war. Sie hatte ihren Job verloren, aber nicht so, wie sie es erwartet hatte – nicht durch ein Komitee, das ihre magere Anzahl an Veröffentlichungen als Begründung vorschob, ihr die Festanstellung zu verweigern. Unmittelbar nach Jacobs Tod hatte Emmas Institutsleiter, Joe Williams, bestimmt, dass die Entscheidung über Emmas Festanstellung verschoben werden sollte, und Emma war dankbar gewesen über diesen Aufschub, weil jeder Monat neue Aufregungen brachte.

Zuerst war ein Artikel im ›Chronicle of Higher Education‹

erschienen, von Janice Lee, einer alten Freundin von Sarah. Zwei Wochen nach Jacobs Tod hatte Sarah Janice überredet, einen Hintergrundbericht über Emmas Version dessen zu schreiben, was bereits »der Holford-Mord« genannt wurde. Janice war die einzige Journalistin, mit der Emma sprach, und ihr Artikel nutzte den Fall als Ausgangspunkt für eine breitere Diskussion der Sicherheit von Professoren an Colleges und zählte eine Reihe von an Professoren verübten Gewalttaten auf, von denen Emma noch nie gehört hatte – ein Chemiker in Chicago hatte schwere Brandwunden erlitten bei einer Explosion im Labor, die ein verärgerter Student inszeniert hatte; ein Mathematikprofessor in Neveada war von einem Studenten im zweiten College-Jahr in den Kopf geschossen worden, weil er in Analysis durchgefallen war; ein Englisch-Dozent in New York war einen Monat lang von einer zornigen Mutter per E-Mail mit Todesdrohungen bombardiert worden, die behauptete, seine unfaire Note hätte ihre Tochter das Stipendium gekostet.

Und zwischen all diesen Geschichten hatte die von Emma gestanden: eine Professorin, die zurückschlug. Es war günstig gewesen, dass sie eine Frau und ihr Angreifer ein Mann war. Das gab Janice Gelegenheit, den Artikel mit einem feministischen Touch zu versehen. Janice rechnete ab mit allen Vorwürfen, dass Emma eine liberale Verrückte sei. Sicher, Professor Emma Greene hatte den Tierschutz radikal unterstützt; aber ihr Wunsch, misshandelte Tiere zu befreien, war nur ein erster Vorbote ihres unbedingten Willens, ihre Tochter zu schützen.

Sarah hatte der Artikel so gut gefallen, dass sie ihn Emma an ihrem Küchentisch vorlas. Doch Emma erschrak, vor allem als sie Janices Angriffe auf das Holford College hörte, die darin gipfelten, dass die Verwaltung weiblichen Professoren gegenüber eine chauvinistische Haltung pflege und Emma den Löwen zum Fraß vorwerfe. *Das wird meine Chance auf Festanstellung kaum verbessern*, hatte Emma gedacht, als sie an ihrem Kaffee nippend der Begeisterung in Sarahs Stimme lauschte. An Don Kresgeys Stelle hätte sie die Situation wahrscheinlich genauso gehandhabt. Er hatte den Vorfall nicht miterlebt und durfte in seiner Position nicht Partei ergreifen.

Janice porträtierte Emma als eine Art feministische Rächerin, aber Emma sah nichts Heldenhaftes in ihrer Tat. Als Jacob Stewart sich in ihr Haus hereindrängte, hatte ihn ein Malstrom von Wut erfasst, die nichts mit ihm zu tun hatte. Die Wahrheit war, es hatte gutgetan, jemanden zu schlagen, und gutgetan, Jacob fallen zu sehen. Emma hatte gegen die Welt angewütet, als dieser Baseballschläger auf seinen Kopf niederging, und sie hatte weitergewütet in den letzten neun Jahren, gegen ihren Mann, gegen Carlos Cortez, gegen die alltäglichen Sorgen und Nöte des Lebens. Sie kannte das Ausmaß ihrer Schuld ganz genau, und Heroisierung war kaum besser als Dämonisierung.

Und doch schien der Artikel einen Nerv weit über Jackson hinaus zu treffen. Binnen drei Tagen hatte der ›Chronicle‹ über zweihundert E-Mails und Briefe von Professoren erhalten, die ihre Geschichten mitteilten: eingeschlagene Autofenster, gehässige Graffiti an Bürotüren und von rachsüchtigen Hackern infiltrierte Computer. Ein paar Professoren hatten ihren Job aufgegeben, um der Kultur der allgegenwärtigen Schikane zu entgehen – und das waren keine Jobs an Colleges in sozialen Brennpunkten von Großstädten gewesen, wo man mit raubeinigeren Studenten rechnete. Oft waren an den elitärsten, privilegiertesten Universitäten die feindseligsten Studenten und Eltern anzutreffen – junge Leute, die auf ihr Recht auf gute Noten bestanden, oder Eltern, die sich über Professoren ereiferten, die die Brillanz ihrer Kinder nicht erkannten. Janices Worte wurden zum Schlachtruf von Professoren, die schwerwiegende Strafen für Studenten forderten, die Drohmails schrieben oder absichtlich das Eigentum von Professoren beschädigten. Die Campus-Verhaltensregeln sollten harte Sanktionen gegen Studenten beinhalten, die auf schlechte Noten hin eine Rufmordkampagne gegen Professoren starteten, und alle rechtlichen Maßnahmen eines Professors zu seiner Verteidigung sollten aus der Universitätsschatulle gezahlt werden.

Gerade als das Interesse der Medien an Jacob Stewarts Tod allmählich abflaute, sorgte Janices Artikel dafür, dass Emmas Telefon wieder alle fünf Minuten klingelte. Sarah ermutigte sie, auf die Interviewanfrage des ›National Public Radio‹ einzugehen und die Chance wahrzunehmen, ihre Geschichte einem breiteren, gebildeten Publikum bekannt zu machen. Doch Emma bot stattdessen lieber der ›New York Times‹ einen Gastbeitrag an. Auf diese Weise würde sie ihre Geschichte am besten kontrollieren können, hoffte sie, und der Chefredakteur der ›Times‹ versprach ihr, dass er ihren Text nicht kürzen würde, wenn er eine bestimmte Länge nicht überschritt. Und sollte er doch irgendwelche Sätze ändern müssen, könnte Emma die Endversion noch einmal gegenlesen. Unter diesen Umständen hatte sie den ersten Absatz geschrieben:

Mein Leben hat sich unwiderruflich verändert in einer Nacht im letzten Mai, als drei Studenten uneingeladen bei meinem Haus auftauchten. Ich wohne in einer ländlichen Gegend in Virginia, acht Meilen von der nächsten Stadt entfernt, wo die Häuser von weitläufigen Wiesen und Wäldern umgeben sind und zu den Nachbarn kein Sichtkontakt besteht. In dieser Nacht im Mai war mein Ehemann nicht zu Hause, und so musste ich mich und meine fünf Jahre alte Tochter allein schützen gegen etwaige Schwierigkeiten, die diese Studenten machen könnten. Und die Schwierigkeiten ließen nicht lange auf sich warten.

Dann war Emma in ihrer Schilderung der Spur von Kyles Fingerabdrücken gefolgt: von der in ihren Garten geworfenen Bierdose bis zum Treppengeländer, als er in die Privaträume ihres Hauses vordrang, zu ihrer Schlafzimmerkommode, ihrer Spieldose, ihrem Kissen, ihrer Bettdecke. Am abscheulichsten aber waren die Fingerabdrücke auf Maggies Kommode gewesen, die das gespenstische Bild eines betrunkenen Studenten heraufbeschworen, der sich heimlich in das Zimmer eines kleinen Mädchens schlich.

Jeder Satz zeugte von Übergriffen und Vergehen, die schließlich in dem Bild von Emmas Armband am Handgelenk von Kyles Freundin kulminierten. Emma erklärte, dass sie schon Wochen zuvor den Sprecher des Ehrenkomitees der Holford-Studenten angerufen hatte, um sich über Kyles Diebstähle zu beschweren, und dass sie beim Anblick ihres Armbands damit gedroht hatte, Kyle vom College werfen zu lassen. Im Rückblick war es wohl der Tag, an dem Emmas Beitrag erschien, der ihr Schicksal am Holford-College besiegelte: der Tag, an dem sie in der ›New York Times‹ kundtat, dass Mason Caldwells Sohn ein Dieb und ein Lügner war.

Die Reaktionen auf ihren Artikel kamen rasch. Hatte der Artikel im ›Chronicle‹ Professoren zu Leserbriefen angeregt, so schrieben jetzt Highschool-Lehrer und klagten über die Atmosphäre im Klassenzimmer, die sie immer häufiger als bedrohlich erlebten. Die steigenden Leistungsanforderungen einerseits und die immer unbarmherzigeren Aufnahmekriterien der Colleges andererseits hatten Schüler und Eltern hervorgebracht, die auf schlechte Noten nicht mit mehr Fleiß reagierten, sondern Lehrer angriffen und forderten, dass diese degradiert oder gefeuert – oder, in extremen Fällen, getötet – werden sollten. Und das Problem war nicht allein mangelnder Respekt vor Lehrern – es gab auch Feindseligkeiten gegen Ärzte, die nicht die geforderten Medikamente verschreiben wollten, Drohungen gegen Finanzberater, wenn der Aktienmarkt fiel, Gewalt gegen Polizisten und Politiker, so als meinten die Amerikaner, sie hätten ein Anrecht auf ein ideales Leben und sie könnten für jeden Rückschlag jemand anderen verantwortlich machen.

Emma bekam Interviewanfragen von der ›Today Show‹, von ›Good Morning America‹ und von ›Fox News‹, aber sie lehnte alles ab. Die Einladung des überregionalen Verbands der Professorinnen, der sie bat, auf seiner Frühjahrskonferenz die Eröffnungsrede zu halten, war die erste, die sie annahm. Sarah meinte, das könnte ihre Chance auf Festanstellung erhöhen.

Während sie zwischen weiten Maisfeldern hindurchfuhr, musste Emma traurig lächeln über Sarahs Fehleinschätzung. Eine unkonventionellere Hochschule wie Berkeley oder Bennington hätte vielleicht eine neue Ikone des Feminismus auf ihrem Campus willkommen geheißen, doch das ehrwürdige Holford College schätzte den ganzen Wirbel nicht. Dort wollte man, dass die Professoren für englische Literatur für ihre Bücher über Shakespeare berühmt wurden und nicht für Aufwiegelung.

Sie erinnerte sich noch an den Vormittag, an dem ihr Institutsleiter sie in sein Büro bat. Es war kurz nach ihrer Rede auf einer Konferenz im April, dem fünften Vortrag, den sie in diesem Frühling gehalten hatte. Noch trunken vom Applaus, den zweitausend Frauen ihr gespendet hatten, nahm Emma an, dass Joe Williams ihr gratulieren würde. Sie hatte bereits drei weitere Veranstaltungen zugesagt, zum Teil auch wegen des Geldes – eine einzige Rede verdoppelte ihr monatliches Gehalt vom Holford College. Aber sie schätzte auch die vielen E-Mails von Frauen aus dem ganzen Land, die es richtig fanden, wie sie zum Schutz ihrer Tochter gehandelt hatte.

Joe Williams war nicht beeindruckt gewesen. »Ich wollte mal hören, wie Sie mit der Arbeit über Charlotte Brontë vorankommen?«

Er hatte sie noch nie nach ihrer Forschungsarbeit gefragt, und Emma brachte nur ein paar verblüffte Sätze über neue kritische Ansätze zu ›Villette‹ hervor, ehe ihr dämmerte, dass das keine Frage war, sondern vielmehr eine Warnung.

»Ihre Festanstellung ist für das kommende College-Jahr geplant«, fuhr Joe fort, »aber es macht den Eindruck, als wären Sie vom Weg abgekommen. Sie sollten sich stärker auf

Ihre Forschungsarbeit und Ihre Lehrverpflichtungen konzentrieren.«

Emma errötete, schämte sich dann deshalb, und errötete darüber nur umso tiefer. Joe spielte offenbar auf die klägliche Zahl der Einschreibungen in ihre Seminare in den letzten Semestern an. In den Jahren zuvor waren sie immer voll gewesen, aber als nach Jacobs Tod die Einschreibung für den Herbst begann, waren die Studenten, die sich für ihre Seminare bereits hatten vormerken lassen, scharenweise wieder abgesprungen. Die wenigen verbliebenen waren vor allem treue Studentinnen im dritten und vierten College-Jahr gewesen, die sie gut genug kannten, um an ihre Version des Vorfalls zu glauben. Das Institut hatte im Herbst sogar ihr Überblicksseminar zur britischen Literatur gestrichen, das von ursprünglich siebenundzwanzig nur noch sechs Studenten belegen wollten. Das Seminar über Virginia Woolf, für das nur fünf von fünfzehn Studenten übrig geblieben waren, hatte man dagegen nicht gestrichen, und sie war für den Einführungskurs für die neuen Studenten eingeteilt worden – was prompt zu einer Flut an Anrufen von Eltern geführt hatte, die ihre Kinder nicht bei Emma sehen wollten.

Anfangs hatte Emma sich über die wenigen Einschreibungen gefreut. Kleine Seminare bedeuteten, weniger Essays zu benoten und weniger Fragen zu erdulden. Aber die Flaute bei ihr bedeutete auch mehr Arbeit für ihre Kollegen, die eine Überzahl an Studenten in ihre Seminare aufnehmen mussten. Und Emma hatte erkennen müssen, dass unter den wenigen jungen Männern, die ihr Seminar dann doch besuchten, einige reine Gaffer waren, weniger am Thema interessiert als daran, jede Woche ein paar Stunden in Gegenwart einer ortsbekannten Berühmtheit zu verbringen. Aber vielleicht war sie auch zur Fallstudie für Studenten mit Hauptfach Psychologie geworden, argwöhnte Emma.

Im Frühjahrssemester stiegen die Teilnehmerzahlen ihrer Seminare wieder leicht an, und sie hoffte, dass nun die Einschreibungen von Semester zu Semester weiter zunehmen würden, da alle Studenten, die Jacob gekannt hatten, ihren Abschluss machten und wegzogen. Unterdessen hatte Joe ihr in diesem Frühjahr zusätzliche Komitee-Arbeit übertragen, um dem Eindruck entgegenzuwirken, sie sei nicht mit vollem Einsatz dabei. Aber sie langweilte oder ärgerte sich nur auf den Sitzungen.

All diese Gedanken waren ihr durch den Kopf geschwirrt, als sie im April in Joes Büro saß, über ›Villette‹ redete und ihre trüben Aussichten auf Festanstellung bedachte. Sie war mit einem Gefühl der Läuterung hinausgegangen und eine Zeit lang entschlossen gewesen, einen weiteren Aufsatz aus ihrer Doktorarbeit herauszuquetschen. Doch in den nächsten Monaten stellte sie fest, dass sie sich nicht auf Brontë konzentrieren konnte und sich alle Texte, die sie schrieb, stattdessen um das Thema »Sicherheit auf dem Campus« drehten. Mitten im Sommer hatte sie dann alle Hoffnung auf Festanstellung aufgegeben und informierte Joe Williams darüber, dass sie nach dem kommenden College-Jahr gehen werde. Sie sagte, sie wolle sich einen neuen Job an einem neuen College in einer neuen Stadt suchen, und hoffte insgeheim auf ein liberaleres Klima, wo »Feministin« kein Schimpfwort war und der Tierschutzverband als eine normale Organisation galt.

Rob, dem sein Job am Holford College gefiel, war nicht begeistert gewesen. Er bewahrte eisernes Schweigen am Frühstückstisch, als sie im Oktober anfing, Stellenanzeigen zu lesen. Der Markt war düster. In ganz Amerika entsprachen noch nicht einmal zehn Jobs Emmas Forschungsgebiet, und sie bewarb sich auf alle, sogar an einem kleinen College im Mittleren Westen, von dem sie noch nie gehört hatte. Nur ein Job schien ideal. Das Zentrum für Frauenforschung am New Yorker Barnard College suchte eine neue Leiterin, eine Professorin mit Erfahrung in Frauenthemen, die die Verwaltung des Zentrums übernehmen und stundenweise an der geisteswissenschaftlichen Fakultät unterrichten könnte. Die jetzige Leiterin, Laurie Copeland, war eine Bekannte von Emma; sie waren während der Frühjahrskonferenz des Verbands der Professorinnen mehrmals gemeinsam abendessen gegangen und korrespondierten seitdem sporadisch miteinander. Nachdem Emma ihre Bewerbung samt Lebenslauf beim Barnard College eingereicht hatte, schrieb sie Laurie eine nette E-Mail und ließ sie wissen, dass sie ihren Hut in den Ring geworfen hatte.

Sie war überrascht, als sie auch nach zwei Wochen noch keine Antwort bekommen hatte, weder von Laurie noch vom Auswahlkomitee des Barnard Colleges. Schließlich schluckte Emma ihren Stolz hinunter und rief ihre Bekannte unter dem Vorwand eines anstehenden Besuchs in Manhattan an. Als sie nach dem Stand der Dinge fragte und ob sie Aussicht auf den ausgeschriebenen Job habe, war die Verlegenheit in Lauries Stimme für sie schmerzlich gewesen.

»Ich finde, Sie wären ideal für diesen Job, Emma. Aber Sie müssen verstehen – das Barnard College kann unter keinen Umständen eine Professorin einstellen, die einen Studenten getötet hat, egal ob es sich um einen Akt der Notwehr gehandelt hat oder nicht. Unsere Eltern beunruhigt es schon genug, ihre Kinder in eine Großstadt wie New York zu schicken, auf ein College so nah an Harlem. Sicherheit ist ihre Hauptsorge, und wir müssen ihnen zeigen, dass wir alle Vorsichtsmaßnahmen ergreifen. Eine Professorin, die in irgendeiner Weise gewalttätig gegen Studenten war, kann einfach kein Vorstellungsgespräch bekommen.«

Emma hatte fast den Telefonhörer fallen lassen, so groß war ihr Schock. Sie hatte den Job am Barnard College als Ehrenrettung betrachtet, als eine Stufe die akademische Leiter hinauf, von der aus sie winkend auf Joe Williams hinabschauen könnte. Es war ihr nie in den Sinn gekommen, dass sie nicht einmal zum Vorstellungsgespräch eingeladen werden würde. Aber jetzt verstand sie, warum keins der

Colleges, an denen sie sich beworben hatte, sie um Arbeitsproben oder Referenzen gebeten hatte. Nun denn, es war noch Zeit, sie hatte gerade erst zu suchen begonnen, vielleicht würde sich etwas ergeben. Doch dann, als Emma die Bedeutung von Lauries Worten ganz erfasst hatte, begriff sie, dass sie nie wieder einen Job als Professorin bekommen würde, ganz egal wie unbedeutend das College auch war. Sie war eine Aussätzige in der akademischen Welt.

Laurie schien das Schweigen irgendwie brechen zu wollen. »Wir suchen eine Rednerin für die Konferenz zur Geschichte der Frauen im März. Würden Sie das machen wollen?« Emma hätte gern nein gesagt, aber wenn sie in acht Monaten arbeitslos war, brauchte sie alles Geld, das sie kriegen konnte. Es war doch die reinste Ironie, dass dieselben Colleges, die ihr fünftausend Dollar für Vorträge auf Konferenzen zahlten, sie nicht an ihren Fakultäten aufnehmen wollten.

Dieser Winter war der schlimmste in Emmas Leben, als ein Ablehnungsschreiben nach dem anderen eintraf. Sie kam sich vor wie auf Studentenstatus zurückgestuft und betete um das unwahrscheinliche Vorstellungsgespräch in allerletzter Minute. Sie fühlte sich gedemütigt von ihrem Scheitern. Sie war aus dem Elfenbeinturm verbannt, und die Vorstellung, ohne Job am Holford College in Jackson zu bleiben, war die ultimative Kränkung.

Der Job in Kelly's House war ihr wie ein Gottesgeschenk erschienen. Im März hatte Laurie Copeland sie angerufen und Emma erzählt, dass Washingtons bekanntestes Heim für misshandelte Frauen eine neue stellvertretende Leiterin suche, die Erfahrung mit dem Schreiben von Förderanträgen habe. Laurie wusste, dass Emma sich als ehrenamtliche Helferin der Hotline des Frauenheims in Jackson betätigt und dort auch im Vorstand mitgearbeitet hatte. »Es ist keine Professur«, sagte Laurie, »aber es ist eine wichtige Arbeit, und Sie könnten nach ein paar Jahren zur Heimleiterin aufsteigen.«

In Kelly's House war Emmas traurige Berühmtheit kein Ausschlusskriterium – im Gegenteil. Im Vorstellungsgespräch mit dem Trägervorstand wurde deutlich, dass ihre Erfahrung durchaus willkommen war. Hier war eine Frau, die berühmt war dafür, sich durch eigenes Handeln aktiv gegen einen gewalttätigen Angriff geschützt zu haben. Sie unterstützten ihre Bewerbung nicht nur, sie sprachen ihr auch Anerkennung aus.

»Die amerikanische Gesellschaft hat zu große Angst vor der Wut der Frauen«, hatte die Heimleiterin zu ihr gesagt, als sie mit Emma zum Lunch ging. »Die meisten Leute meinen, dass Frauen liebenswürdig und hilfsbereit sein sollen. Sie sollen Geduld haben mit der Wut der Männer und ihre eigene unterdrücken. *Wir* wollen, dass die Frauen in der Lage sind, ihre Empörung auszudrücken und auf konstruktive Weise zur Grundlage ihrer Handlungen zu machen, wenn sie das Heim verlassen. Manchmal richten misshandelte Frauen ihre Wut gegen ihre Kinder oder auch gegen sich selbst, anstatt sie zu nutzen, um aktiv Schritte in die Unabhängigkeit zu tun – rechtliche Schritte, berufliche Schritte, Schritte weg von dem Mann, der sie misshandelt. Selbst gewalttätige Schritte sind im Namen der Selbstverteidigung manchmal notwendig.«

»Emma«, hatte sie hinzugefügt, »wenn Sie diesen Job wollen, dann haben Sie ihn.«

Emma hatte keinen Freudensprung gemacht. Aus ihren Jahren an der Hotline in Jackson wusste sie, wie einsam man durch die Arbeit in einem Heim werden konnte, denn man erfuhr die schrecklichen Geheimnisse der Menschen in der eigenen Stadt. Es schuf eine Distanz zu den anderen, wenn man die Stimme einer Bekannten in der Hotline erkannte und dann auf einer Sitzung der Fakultät einem Kollegen zuhören musste und dabei dachte: *Ich weiß, was Sie Ihrer Frau gestern Nacht angetan haben.* Aber in einer Großstadt würden die Arbeits- und Lebenskreise wohl nicht so stark miteinander verzahnt sein; sie würde nicht mitten unter den prügelnden Ehemännern leben und im Supermarkt in der Schlange hinter ihnen stehen müssen, angewidert von ihrer Fähigkeit zu nichtssagendem Geplauder.

Als sie schließlich beschlossen hatte, den Job anzunehmen, lehnte Rob es rundheraus ab, nach Washington zu ziehen. Emma hatte ihn gebeten, mitzukommen; es würde in Washington jede Menge Arbeitsmöglichkeiten für einen Computerprogrammierer geben. Doch Rob hatte nie in einer Großstadt wohnen wollen, und es schien der natürliche Schlusspunkt einer lange schon angespannten Beziehung zu sein.

Sarah hatte Emma gedrängt, um ihre Ehe zu kämpfen. »Rob ist ein wunderbarer Kerl. Erst wenn man jemanden verloren hat, weiß man ihn zu schätzen ... Denk darüber nach, was das Beste für Maggie ist.«

Aber sogar Sarah musste zugeben, dass Jackson keine Zukunft für Emma bereithielt. Nachdem sie ausgezogen war, lernte Emma aus dem Abstand von drei Autostunden heraus Rob wieder neu schätzen. Sie konnte die Güte seines Charakters und seine Liebe für ihre gemeinsame Tochter erkennen. Aber sie wusste auch, dass er nicht ihr Seelenverwandter war. Sie zweifelte, ob so etwas überhaupt existierte.

Doch selbst als sie jetzt die alte Trauer um ihre Ehe empfand, die sie gelegentlich wie ein dumpfer Schmerz in der Brust überfiel, entlockte ihr der Gedanke an Junot Rodriguez, der am Sonntag ein Abendessen für sie kochen und mit Kerzen, Wein und einem mitfühlenden Herzen auf sie warten würde, ein Lächeln. Die Welt hielt vielleicht immer noch Liebe bereit, wenn sie nur mit offenen Augen Ausschau danach hielt.

22

Um fünf Uhr rief Emma Sarah an, um Bescheid zu geben, dass sie in einer halben Stunde in Jackson sei. Sie erwartete, ihre Freundin in der Küche anzutreffen, wo sie sich, wie am Freitagnachmittag üblich, bei einem Glas Chardonnay entspannte. Doch als Emma die Auffahrt hinauffuhr, saß Sarah in der Verandaschaukel und trank mit Kate und Maggie, die in Korbsesseln neben ihr lümmelten, Limonade. *Maggie hat's ihnen erzählt,* dachte Emma. Auch gut.

Das wachsam abwartende Trio verlieh Emmas Ankunft eine Bedeutungsschwere, als wäre sie zu einem riskanten medizinischen Eingriff angereist.

Sarah lief über den Rasen, um Emma in die Arme zu schließen. »Was hast du mit deiner Wange gemacht?«

»Ein Unfall beim Karate. Ich erzähl's dir später.«

Sarah nahm es hin als Code für »nicht vor den Mädchen«, die ein paar Schritte entfernt stehen geblieben waren.

»Hi, Mrs Greene«, rief Kate und winkte ihr zu, während Maggie verlegen schweigend von einem Fuß auf den anderen trat, wie immer, wenn ihre Mutter zu Besuch kam. Emma hob ihre Reisetasche über die Schulter, schloss die Autotür ab und wollte eben auf ihre widerwillige Tochter zugehen. Doch da kam Maggie plötzlich auf sie zu und schlang die Arme so fest um sie, dass Emma wie vom Donner gerührt dastand und nur langsam die Arme hob, um ihre zarte Tochter zu halten. Sarah und Emma tauschten über Maggies Schulter hinweg einen Blick aus, ehe Emma einen Schritt zurücktrat, um ihrem Kind in die Augen zu sehen.

»Du bist bestimmt schon wieder drei Zentimeter gewachsen, seit ich dich das letzte Mal gesehen habe.«

»Ich bin jetzt größer als du«, erwiderte Maggie.

»Oh nein, das müssen deine Schuhe sein.«

»Ist ja nicht schwierig, größer zu sein als du, Mom.«

Im Haus drinnen verschwand Kate in die Küche, um ihrer Mutter beim Abendessen zu helfen, ein seltenes Ereignis, das eindeutig dazu diente, Maggie und Emma etwas Zeit zu zweit zu geben.

»Wir treffen uns morgen mit Mrs Murdock«, erzählte Maggie, als Emma ihre Tasche ins Gästezimmer trug. »Um zehn Uhr im Café. Ich schlafe heute Nacht hier, dann können wir beide morgen zusammen hingehen.«

Emma setzte sich auf die Bettkante. »Ich kann sie mir nicht als Mrs Murdock vorstellen. Ich kenne nur Sandra McCluskey.«

Maggie setzte sich neben sie und zog ein zusammengefaltetes gelbes Blatt Papier aus ihrer vorderen Jeanstasche.

»Das ist der Zettel, den sie mir letzte Woche gegeben hat.«

Emma las die zehn Wörter und seufzte.

»Und heute habe ich noch etwas bekommen«, sagte Maggie. Sie beugte sich zum Nachttisch hinüber, auf dem ihr Ringordner lag. »Von Officer Petty.« Sie zog den Brief heraus und reichte ihn Emma.

»Carver Petty? Der schwarze Polizist, der an deiner Schule arbeitet?«

»Stimmt.«

Emma starrte auf die fremde Handschrift.

10. August 2003

Liebe Mrs Stewart,

wir haben uns im letzten Oktober auf dem Eltern-Wochenende kennengelernt. Sie haben Jacob und mich damals zu einem sehr schönen Abendessen eingeladen. Ich

habe von Jacobs Tod gehört und möchte Ihnen mein Beileid aussprechen für den Schmerz, den Sie erleiden müssen. Und ich habe auch gehört, dass Sie einen Zivilprozess wegen fahrlässiger Tötung gegen Professor Greene führen wollen, und aus diesem Grund schreibe ich Ihnen.
Ich bin sicher, dass Sie Ihren Sohn lieben, aber Sie müssen begreifen, dass Professor Greene die Wahrheit sagt, wenn sie ihre Tat gegen ihn als Notwehr schildert. Ich weiß es, weil Jacob im letzten Dezember auch mich angegriffen hat, als ich mit ihm Schluss machen wollte. Jacob schlug mich, vergewaltigte mich und brach mir zwei Rippen. Ich bin nie mehr ans Holford College zurückgekehrt, und ich habe keine Anzeige gegen ihn erstattet, weil ich zu jener Zeit einfach nur nach Hause wollte und so tun, als wäre das alles nicht passiert. Jetzt bedauere ich das.
Ich weiß, dass es ein Schock für Sie sein muss, dies zu lesen, aber was ich schreibe, ist wahr. Meine Verletzungen können meine Mitbewohnerin, Officer Carver Petty, meine Eltern und das Krankenhauspersonal in Jackson bezeugen. Wenn Sie die Zivilklage gegen Professor Greene nicht fallen lassen, werde ich in diesem Zivilprozess zu ihren Gunsten aussagen und allen erzählen, was Jacob getan hat. Ich würde es lieber nicht tun; und es schmerzt mich sogar, es hier aufzuschreiben. Aber Sie tun Professor Greene unrecht, und es wird Zeit, dass es ein Ende hat.

Mit freundlichen Grüßen
Lauren Cross

»Das verstehe ich nicht«, sagte Emma. »Woher hat Carver Petty das?«

»Er war der Polizist, der nach der Vergewaltigung als Erster mit Lauren Cross sprach. Und als er hörte, dass Mrs Stewart einen Zivilprozess wegen fahrlässiger Tötung anstrengt, bat er Lauren, ihr einen Brief zu schreiben und zu versuchen, sie davon abzubringen. Lauren hat ihm diese Kopie geschickt.«

Maggie hatte erwartet, dass diese Enthüllung ihre Mutter von einigen ihrer Schuldgefühle befreien würde – ihr klar machen würde, dass Jacob verdient hatte, was ihm widerfahren war –, doch Emma wirkte nur müde.

»Ich dachte, du würdest dich besser fühlen, wenn du weißt, wie schlimm Jacob war.«

Emma seufzte. »Ich habe mich immer gefragt, warum Mrs Stewart die Zivilklage fallen gelassen hat. Ich dachte, Mason Caldwell hätte aufgehört, die Rechnungen zu bezahlen, oder vielleicht ihren Anwalt davon überzeugt, es aufzugeben. Aber ich kann mich einfach nicht freuen, wenn ich höre, dass Jacob jemanden angegriffen hat. Ich sehe in meinem Job so viele Vergewaltigungsopfer, dass es mir nur um das junge Mädchen leidtut.«

»Aber es zeigt, dass es richtig war, was du getan hast«, sagte Maggie.

»Nicht wirklich ...« Emma zögerte und fragte sich, wie sie einer Fünfzehnjährigen die Komplexität von Schuldgefühlen erklären sollte. »Was Jacob in der Vergangenheit getan hat und was ich in jener Nacht getan habe, sind zwei getrennte Dinge. Ich muss mit dem leben, was an meinem eigenen Handeln richtig und was falsch war.«

Emma beugte sich hinüber und drückte ihrer Tochter einen Kuss aufs Haar. »Aber danke, dass du es mir erzählt hast.«

Als sie sich wieder aufrichtete, bemerkte sie Maggies verwirrten Blick. »Was ist denn?«

Maggie zuckte die Achseln. »Es ist nur – diese Studentin hat mehr getan, um dir zu helfen, als ich jemals.«

»Du warst erst fünf Jahre alt. Was hättest du tun können?«

»Ich hätte reden können. Ich hätte allen erzählen können, dass ich die Stimmen der Studenten unten am Bach gehört habe und dass Kyle Caldwell in mein Zimmer kam und mich direkt angesehen hat. Ich hätte sagen können, dass ich gesehen habe, wie Jacob sich ins Haus hereingedrängt hat und nach dir griff. Wenn ich all das gesagt hätte, hätte es deine Geschichte gestützt.«

Emma schüttelte den Kopf. »Die Polizei hat nie an meiner Geschichte gezweifelt, und die Fingerabdrücke haben sie bewiesen.«

»Aber sie mussten sehr lange auf diese Fingerabdrücke warten. Ich weiß noch, dass du dich mit Dad beim Abendessen darüber unterhalten hast. Und die ganze Zeit haben die Leute so schreckliche Sachen erzählt.«

»Glaubst du wirklich, dass die Worte eines Kindes irgendwen davon abgehalten hätten, schlimme Sachen zu erzählen? Kyle Caldwell und Sandra McClusky hätten um jeden Preis gelogen, nur um ihre eigene Haut zu retten. Und als sich das alles wie ein Lauffeuer verbreitete, hättest du es gar nicht mehr stoppen können. Was immer du auch gesagt hättest, Mrs Stewart wäre es sowieso egal gewesen – sie war wild entschlossen, Rache zu üben, und es sieht so aus, als wäre Lauren Cross die Einzige gewesen, in deren Macht es stand, den Gang der Dinge noch aufzuhalten. Eine Aussage von dir wäre bedeutungslos gewesen.«

»Hätte es dir etwas bedeutet?«, fragte Maggie. »Zu wissen, dass ich dich unterstütze?«

Emma schwieg und fragte sich, welche ganz eigene Hölle Maggie in all den Jahren wohl durchgemacht haben mochte. Sie hatte stets den Schmerz und die Angst hinter dem anfänglichen Schweigen ihrer Tochter gespürt, aber von diesem Schuldgefühl hatte sie nichts geahnt – noch ein weiterer Schatten zwischen ihnen.

»Weißt du«, sagte sie nach einer Weile, »es ist leicht, als Teenager mit klarem Blick zurückzuschauen. Aber damals, als du fünf Jahre alt warst, hast du vermutlich gar nicht verstanden, was um dich herum geschah. Kleine Kinder wissen nicht wirklich, was ein College ist, oder Alkohol, oder dass es Menschen gibt, die zu schrecklichen Dingen fähig sind. Die meisten Fünfjährigen können noch nicht einmal Fantasie und Realität auseinanderhalten. Mit fünf hast du wahrscheinlich noch an den Weihnachtsmann geglaubt, der den Kamin herunterkommt, und an Wichtel, die am Nordpol Spielzeug machen. Und an die Zahnfee. Überleg mal, wie Kinder in dem Alter denken, wenn sie all das glauben. Ich bezweifle, dass du irgendeine klare Vorstellung von dem hattest, was du gesehen hast oder was es bedeutet hat. Du hast versucht, mir mit deinem Schweigen zu helfen, glaube ich.«

Maggie widersprach ihr nicht, auch wenn sie es insgeheim besser wusste. Das Problem war nicht nur ihr Schweigen vor neun Jahren, sondern ihre Furcht mit sechs, ihre Kälte mit acht und ihre Distanziertheit mit zwölf. Neun Jahre lang hatte sie ihre Mutter wie eine Ausgestoßene behandelt, und sie fragte sich, wie lange es dauern würde, diesen Schaden wiedergutzumachen.

Emma schob ein Kissen ans Kopfende des Bettes und lehnte sich zurück. »Reden wir von etwas anderem. Ich will alles über den Homecoming-Ball hören.«

Maggie kickte ihre Flip-Flops von den Füßen, kletterte auf das Bett und streckte ihre langen Beine neben den kürzeren ihrer Mutter aus.

Emma hätte gern einen Arm um ihre Tochter gelegt, doch sie konnte nicht einschätzen, ob Maggie das nicht peinlich wäre. Stattdessen tätschelte sie ihr das Knie. »Erzähl mir alles.«

23

Das Café lag mitten im historischen Zentrum der Stadt, wo die Backsteingebäude aus dem 19. Jahrhundert im Erdgeschoss große Ladenschaufenster hatten, die von grünen und blauen Markisen beschattet wurden. Als Emma eintrat, zuckte sie beim Geklingel der Glocke zusammen und wandte dem Raum instinktiv die rechte Seite ihres Gesichts zu, in der Hoffnung, ihren blauen Fleck so vor den Blicken der beiden Frauen mittleren Alters auf dem gestreiften Sofa rechts von sich verbergen zu können.

Normalerweise fand Emma diesen Raum mit seinen warmen aromatischen Kaffeegerüchen beruhigend, doch heute wirkte er zu hell und exponiert auf sie. Die meisten Leute in Jackson erinnerten sich noch an den Skandal, und welcher neue Klatsch würde durch die Stadt schwappen, wenn sie erkannten, dass hier Sandra McCluskey mit Maggie und ihr zusammensaß? Und doch hatte Emma nicht widersprechen wollen, als Maggie ihr den Ort des Treffens nannte. Diese Zusammenkunft fand um ihrer Tochter willen statt, die jetzt die Tür hinter sich schloss. Maggie sollte die Szene so inszenieren, wie sie es wünschte, sollte Schauplatz, Requisiten und Figuren auswählen, und Emma würde die ihr zugedachte Rolle spielen. Ihr einziger Beitrag war es, einen Tisch ganz hinten auszusuchen, weit weg vom Fenster, in einer Ecke, die zum Teil von einem Gummibaum verdeckt wurde. Sie hängte ihre Strickjacke über die Lehne eines Stuhls, der mit dem Rücken zu den anderen Tischen stand, und warf kurz einen Blick durch den Raum auf der Suche nach Sandra McCluskey, deren Anblick sie fürchtete. Als sie nur die Gesichter Fremder sah, die sich auf Zeitungen oder die Leute an ihren Tischen konzentrierten, ging sie zu Maggie, die schon am Tresen anstand und die mit oranger, blauer und lila Kreide auf eine Tafel geschriebenen Spezialitäten las.

»Was möchtest du haben?«, fragte Emma.

»Die Hausmischung.«

»Du trinkst Kaffee?« Emma hatte ihrer Tochter immer heiße Schokolade gemacht.

»Nein, Mom, würde ich doch nie wagen.« Maggie erschrak selbst über ihren automatischen Sarkasmus. »Tut mir leid.«

»Schon gut.« Emma kaufte noch einen Cranberry-Muffin, der hoffentlich ein wenig ansetzen würde an der knochigen Gestalt ihrer Tochter, und zusammen gingen sie in die Ecke und warteten schweigend, während Maggie Walnussstückchen aus dem Muffin pickte und eins nach dem anderen aß.

Durch das Fenster sah Emma Sandra die Straße entlangkommen und erkannte, dass sie sich wegen des Klatsches keine Sorgen hätte machen müssen. Niemand würde ihre ehemalige Studentin wiedererkennen, denn Rob hatte recht gehabt, was die Veränderungen der Frau anging – anderes Haar, etliche Kilo schwerer und, als sie hereinkam, das von Schlafmangel gezeichnete Gesicht einer alleinstehenden Mutter mit einem kleinen Kind. Dennoch erkannte Emma Sandra McCluskey sofort – das blasse Gesicht mit dem wenig ausgeprägten Kinn, die Augen ohne Feuer –, eine reifere Version der Studentin, die ihre Antworten auf Fragen im Seminar immer nur gemurmelt hatte. Aber trotz aller Anspannung und Verachtung für diese Frau erinnerte Emma sich auch noch an etwas anderes aus dem Semester. Einmal war Sandra zu ihr ins Büro gekommen und hatte sich danach inspiriert gefühlt, einen sehr guten Essay zu schreiben. Ja, genau, Emma erinnerte sich, dass sie kurz einen Zugang zu diesem jungen

Mädchen gefunden hatte – was Sandras Verrat an ihr nur umso schlimmer gemacht hatte.

Sandra kaufte sich keinen Kaffee. Sie kam an ihren Tisch und blieb hinter dem leeren Stuhl stehen, da sie sich ohne eine Einladung anscheinend nicht setzen wollte.

»Das ist Mrs Murdock«, sagte Maggie.

»Wir kennen uns«, erwiderte Emma. Sie konnte Sandras Blick auf ihre geschwollene Wange spüren und wandte ihr Gesicht mit einer Handbewegung zu dem leeren Stuhl leicht zur Seite. »Sie wollten mich treffen?«

»Maggie hat darum gebeten«, begann Sandra, als sie sich setzte.

»Sie wollten nicht kommen?«, forderte Emma sie heraus. »Dann sollten Sie vielleicht gehen.«

»Nein …« Sandra hielt inne. All ihre vorbereiteten Worte entschwanden beim ersten Anblick ihrer früheren Professorin. »Ich will schon seit Jahren mit Ihnen sprechen, aber es ist schwierig … Ich dachte wohl, wenn ich mich bei Maggie entschuldige, dann würde sie es Ihnen ausrichten, und ich müsste mich nicht mit Ihnen treffen.«

»Wäre Ihnen das lieber, Sandy? Mich nicht zu treffen?«

»Ich heiße nicht mehr Sandy. Ich benutze jetzt meinen zweiten Vornamen, Grace.«

Emma machte eine Handbewegung, als wollte sie eine Fliege verscheuchen.

Grace Murdock starrte auf ihre Hände und betrachtete grübelnd den weißen Streifen dort, wo früher ihr Ehering gesessen hatte. Sie wünschte, sie könnte Professor Greene davon überzeugen, dass neun Jahre eine Frau verändern konnten, besonders wenn diese Jahre Ehe, Mutterschaft und Scheidung umfassten.

Maggie sah den gesenkten Blick ihrer Lehrerin und den angespannten Zug um den Mund ihrer Mutter und wusste, das Mrs Murdock keine Chance hatte, wenn ihre Mutter zum Angriff überging. Vielleicht verdiente ihre Lehrerin das;

vielleicht sollte sie ihre Mutter auf diese Frau losgehen lassen. Aber Maggie hatte die beiden Frauen nicht zusammengebracht, um sie streiten zu sehen.

»Sie sollten meiner Mom die Geschichte über Jacob erzählen, die Sie mir erzählt haben«, sagte sie aufmunternd. »Deshalb sind wir hier.«

Grace schloss kurz die Augen – *Betete sie etwas?*, fragte Maggie sich – und begann dann langsam zu schildern, was sie über Jacobs Heuchelei, Jacobs Grausamkeit und Jacobs herzlose Tötung einer Katze wusste. »Wenn er ein Tier so behandeln konnte, hätte er auch einen Menschen so behandeln können, glaube ich.« Grace sah Emma einmal kurz in die Augen.

Ja, das konnte Emma sich vorstellen. Menschen, die Tiere quälten, würden wahrscheinlich auch Menschen misshandeln. Die Kinder im North Capitol Center erzählten oft furchtbare Geschichte über abgeschlachtete Welpen, einäugige Katzen und in Müllcontainer geworfene Kaninchen.

Grace erklärte, warum sie beim Haus der Greenes gewesen waren und wie Kyle und sie in Panik gerieten und sich eine falsche Geschichte zurechtlegten, nachdem sie weggelaufen waren. Sie gestand jedoch nicht, dass diese Geschichte größtenteils von ihr stammte, sondern gab die Lügen als gemeinsames Werk aus und überließ es Professor Greene, die Anteile der Schuld wie die Noten bei einem Gruppenprojekt zu bestimmen.

»Es tut mir so leid«, sagte Grace schließlich, »alles, was ich Ihnen angetan habe.«

»Was, glauben Sie denn, haben Sie mir angetan?«, fragte Emma.

»Meinetwegen haben Sie Ihren Job verloren.«

Emma sah zwei lachende Holford-Studentinnen mit ihren Rucksäcken über den Schultern am Ladenfenster vorbeigehen. Die akademische Welt zu verlassen war ein harter Schnitt gewesen, weil sie die Literatur liebte und die weitläufigen Diskussionen im Seminar, die Begeisterung der klügsten Studenten und die langen Sommermonate mit Schreiben und Lesen. Aber sie würde Grace gegenüber nicht zugeben, dass sie irgendetwas bedauerte.

»Ich habe meinen Job nicht Ihretwegen verloren, diese Veränderung hätte sowieso stattgefunden. Und der Job, den ich in Washington annahm, war viel passender.«

»Wenn Sie Ihren Job nicht meinetwegen verloren haben«, sagte Grace, »dann haben Sie anderes meinetwegen verloren – wie Ihr Haus. Wären Sie nicht am Wade's Creek geblieben, wenn es diese Nacht nicht gegeben hätte?«

Emma gefiel nicht, welche Richtung dieses Gespräch nahm – als hätte diese Studentin so viel Macht über ihr Leben gehabt. Stattdessen sah sie Maggie an, die in ihren Kaffee blies, dass er kleine Wellen schlug. »Hat es dir leidgetan, unser altes Haus zu verlassen?«

Maggie zuckte die Achseln. »Ist richtig praktisch jetzt, so nahe bei Kate zu wohnen, und dass wir alles in der Stadt zu Fuß erreichen können. Aber als ich klein war, habe ich den Bach und den Magnolienbaum vermisst, auf den ich immer geklettert bin. Bei unserem Haus gibt's keine richtig guten Kletterbäume.«

Emma blickte aus dem Fenster. Der Verlust ihres Hauses, der Verlust von Rob, der Verlust ihres Jobs am Holford College, nichts davon hatte für Emma so viel Gewicht wie das eine – das Wichtigste von allem – der Verlust des Vertrauens ihrer Tochter. Das Bild, wie Maggie langsam ihre Zimmertür zuzog, blitzte in Emmas Gedanken auf, zusammen mit hundert anderen Erinnerungen: Maggie, wie sie an Robs Schulter ihr Gesicht wegdrehte, wie sie einen Schritt zurücktrat, als Emma bei einem Schulpicknick auf sie zukam, wie sie eine enttäuschte Miene machte, wenn ihre Mutter sie nach der Schule abholte.

Weshalb die Umarmung gestern auch so etwas Besonderes gewesen war. Nach neun Jahren halbherziger Umarmungen bei Ferienbesuchen und mechanischen Küssen auf die Wange, ohne Freude, ohne Liebe, hatte Maggie ihre Mutter schließlich richtig in die Arme geschlossen, zum ersten Mal in ihrem Leben. Emma begriff plötzlich, was die Redewendung »in die Arme schließen« bedeutete – jemanden annehmen, unterstützen, aufrecht halten. Jahrelang hatte Emma sich gesagt, dass Maggie eines Tages die Vergangenheit verstehen würde, und vielleicht war diese Umarmung der Anfang.

Plötzlich spürte sie den dringenden Wunsch, Grace Murdock loszuwerden. »Haben Sie mir noch etwas anderes zu sagen?«

Grace zögerte, senkte den Blick. »Ja.« Sie griff in ihre Handtasche, und als sie ihre Hand wieder herauszog, hielt sie etwas fest umschlossen in der Faust. Langsam öffnete sie sie, Finger um Finger, und da lag, auf ihrer Handfläche, Emmas Bettelarmband.

Emma sah die silberne Eule, das Hufeisen und die winzigen Ballettschuhe an. Sie griff danach, hob das Armband hoch und musterte das kleine, auf einer Seite aufgeschlagene Zinnbuch, in das die Initialen ihres Mädchennamens eingraviert waren, EMP. Emma Margaret Patrick.

»Ich habe die Polizei angelogen«, erklärte Grace. »Ich habe gesagt, dass ich mein eigenes Bettelarmband trug in der Nacht damals. Ich bin an dem Morgen, als Jacob starb, sogar nach Charlottesville gefahren und habe ein silbernes Armband mit einer Menge Anhängern gekauft, das ich der Polizei zeigen konnte. Und am nächsten Tag haben sie tatsächlich gesagt, dass sie es sehen wollen. Aber sie haben nicht bemerkt, dass meins brandneu war. Vielleicht wäre es einer Polizistin aufgefallen, aber die Deputys waren alle Männer.«

»Das hat Kyle Ihnen gegeben«, murmelte Emma und hielt das Armband mit den Anhängern an ihr Handgelenk.

»Nein.« Grace errötete. »Darum geht es ja. Sie hatten recht damals, Kyle war ein Dieb – er hat jeden Tag gestohlen, auch Schmuck. Aber dieses Armband hat nicht er gestohlen, sondern ich.«

Emma starrte Grace an, gefangen zwischen Verwirrung und Schock.

»Als ich eines Tages in Ihr Büro kam, um einen Essay zu besprechen, stand Ihre Tür offen, und da sah ich das Armband. Und nachdem ich Kyle monatelang beim Stehlen zugesehen hatte, kam ich plötzlich auf die Idee, es mir einfach zu nehmen. Ich hab gar nicht darüber nachgedacht«

»Aber warum haben Sie es dann in jener Nacht bei meinem Haus getragen?«

»Ich hatte keine Ahnung, dass wir bei Ihrem Haus anhalten würden. Und ich habe nicht mal bemerkt, dass ich es trug, bis Sie nach meinem Handgelenk griffen.«

Emma betrachtete ihre Initialen – die beinahe das Wort EMPÖRT bildeten. Und plötzlich begann sie zu lachen. Ein dunkles Lachen, ein bitteres Lachen. Ein Lachen über die aberwitzige Ironie des Ganzen. Wegen dieses Armbands hatte sie gedroht, Kyle vom College werfen zu lassen. Sie hatte ihn des einen Diebstahls beschuldigt, den er nicht begangen hatte, und diese Anschuldigung hatte die Konfrontation mit Jacob ausgelöst. Kein Wunder, dass Kyle sie für verrückt erklärt hatte – er hatte wahrscheinlich nicht die leiseste Ahnung gehabt, warum sie nach Sandras Handgelenk griff und es so demonstrativ in die Höhe hielt.

Und letzten Endes war es verrückt gewesen von ihr, anzunehmen, dass die beiden Studenten die Schuldigen waren und das unsichtbare junge Mädchen nur eine schweigende Zuschauerin. Wie hatte sie so blind sein können, die Wahrheit zu ignorieren – dass Frauen genauso schuldig sein konnten wie Männer, genauso verschlagen und gewalttätig. Trotz all der Verbrechen, die Kyle und Jacob in der Vergangenheit begangen haben mochten, in jener Nacht vor neun Jahren waren Sandra und sie die Diebin und die Mörderin gewesen.

»Ich verstehe nicht, was daran so lustig sein soll.« Grace

hasste es, ausgelacht zu werden. »Ich wollte es wiedergutmachen. Schon seit Jahren wünsche ich mir, dass ich irgendetwas tun könnte.«

Emma hörte mechanische Entschuldigungen im Heim jeden Tag. Aber warum die unechte Reue dieser Frau nicht mal beim Wort nehmen?

»Sie könnten etwas tun.«

Emma sah ihrer einstigen Studentin in die Augen und sprach wohlüberlegt. »Schreiben Sie alles auf, was Sie mir erzählt haben – alle Details über Jacobs Gewalttätigkeit und Kyles Diebstähle und dass Sie mein Armband gestohlen haben. Erklären Sie in allen Einzelheiten, was vor neun Jahren bei meinem Haus geschah, von dem Moment an, als Sie ankamen, bis zu der Geschichte, die Sie der Polizei erzählt haben. Schreiben Sie alles auf und setzen Sie Ihren Namen darunter. Dann schicken Sie eine Kopie an den Chefredakteur der ›Jackson Gazette‹ und mailen es auch noch an Janice Lee beim ›Chronicle‹. Die Zeitung von Jackson wird Ihre Geschichte vermutlich als Leserbrief bringen, und Janice wird sie wahrscheinlich als Grundlage für einen rückblickenden Artikel nutzen. Sie wird Sie sicher um ein Interview bitten, und ich möchte, dass Sie es ihr geben. Ich möchte sogar, dass Sie alle Interviewanfragen annehmen, die kommen werden. Ich möchte eine Ehrenrettung«, fuhr Emma fort. »Vielleicht zucken die Leute in dieser Stadt dann bei meinem Anblick nicht mehr gleich zusammen.« Sie hielt kurz inne. »Erinnern Sie sich noch an das lange Gedicht von Coleridge, das wir im Seminar gelesen haben? ›Der alte Matrose‹?«

Grace nickte.

»Jetzt ist es an Ihnen, der Matrose zu sein.«

Grace sah wieder auf ihre Hände. Was ging da vor sich zwischen dieser Mutter und ihrer Tochter, die sie beide ständig aufforderten, ihre Geschichte wieder und wieder zu erzählen? Soweit sie sich an Coleridges Gedicht erinnern konnte, war der alte Matrose eine ziemlich mitleiderregende

Gestalt. Dennoch, er war auch ein erlöster Christ, der seine Sünde mit jeder Wiederholung minderte.

»Okay.« Sie zögerte. »Nur eins – lassen Sie mich bis zum Frühling warten, vielleicht im April. Wenn die Zeitung diesen Leserbrief veröffentlicht, wird jeder in der Stadt erfahren, wer ich bin und was ich getan habe, und ich werde meinen Job verlieren, den ich aber brauche, um meine Tochter zu ernähren. Geben Sie mir die Möglichkeit, das Schuljahr abzuschließen und mir einen Job irgendwo anders zu suchen.«

»Gut.« Emma zuckte die Achseln. »Dann also im April. Oder besser noch im Mai. Am 16. Mai. Sagen Sie den Zeitungen, dass Sie eine spezielle Geschichte zum zehnten Todestag von Jacob Stewart haben. Und hier.« Emma reichte ihr das Armband. »Behalten Sie es. Zeigen Sie jedem, der danach fragt, meine eingravierten Initialen. Es wird eine Mahnung an das sein, was Sie getan haben.«

Emma ließ das Armband vor Grace auf den Tisch fallen. Grace sah die Kette an, wollte sie aber nicht berühren. Sie würde sich daran verbrennen, das wusste sie.

Langsam öffnete sie ihre Handtasche, hob sie auf die Höhe der Tischplatte und schob das Armband mit einem Finger über die Kante, sodass es hineinfiel.

Grace sah Maggie an. »Ich kann dafür sorgen, dass du in Mrs Newels Geometriekurs wechseln darfst, ohne weitere Nachfragen.«

Maggie nickte.

»Nun.« Grace schob ihren Stuhl zurück. »Ich gehe dann jetzt.« Sie stand auf und hängte sich die Handtasche über die Schulter, ehe sie Emma noch ein letztes Mal ansah. »Es tut mir wirklich leid, ob Sie es glauben oder nicht.«

Emma schüttelte den Kopf. Sie hörte so viele falsche Entschuldigungen in ihrem Job, die Worte klangen rein mechanisch. Doch sie hob den Blick und sah das unsichtbare Mädchen noch ein letztes Mal an. »Wenn Sie das alles tun, wird es Ihnen nicht mehr leidtun müssen.«

24

Typisch, dachte Grace Murdock, als sie das Café verließ. Ihre Professorin für englische Literatur hatte ihr eine schriftliche Arbeit mit einem Abgabetermin aufgegeben. Sollte sie die auch wissenschaftlich korrekt mit Fußnoten und bibliografischen Angaben anfertigen? Sollte sie Professor Greene vielleicht ein Exposé einreichen und um Kommentare zu diesem ersten Entwurf bitten?

Warum nur war sie so bitter? Die zweite Runde im Café hatte ihre Schuldgefühle mindern, eine weitere Handvoll Erde auf ihre unbegrabene Vergangenheit werfen sollen. Doch wieder war der Prozess nicht abgeschlossen, und sie spürte ihr Gewissen auf ihren Schultern lasten, schwer wie ein Wintermantel, sodass sie sich jetzt, als sie an der Kooperative lokaler Künstler vorbeiging, an dem Schaufenster mit dem schimmernden Glaszierrat, den farbenfrohen Keramiken und Aquarellscheunen, fühlte wie der einzige Schandfleck inmitten des penetranten Charmes dieser Stadt, wie der einzige menschliche Makel in einer blitzblanken Gemeinde.

Bekenntnis war nicht gut für die Seele. Bekenntnis war ein endlos demütigendes Trauma, das den ursprünglichen Schmerz in all seiner Schärfe wiederaufleben ließ. Und wie arrogant von Professor Greene, ihr das Armband zu überlassen. Wie arrogant, ihr Anweisungen zu geben, einer erwachsenen Frau, so als wäre sie immer noch College-Studentin – ihr zu sagen, was sie tun und lassen, was sie Fremden gegenüber enthüllen sollte. Warum sollte sie dieses Symbol ihres Verbrechens behalten, wenn sie sich doch schon so sehr verändert hatte, so viel besser geworden war? Hatte Professor Greene ihre Transformation denn nicht gesehen?

Neben der Künstlerkooperative stand ein grüner metallener Mülleimer, der fast bis an den Rand mit Papiertüten, Plastikbechern und Kuchenresten von den Kunden des Cafés gefüllt war. Grace holte das Armband aus der Handtasche und hielt es über den Müll. Scheiß auf Professor Greene. Scheiß auf die ›Jackson Gazette‹. Scheiß auf diese ganze lächerliche Stadt. Sie ließ das Armband los und sah es auf den Deckel eines Kaffeebechers fallen, dessen Kaffeereste das silberne Hufeisen und das Zinnbuch schwarz färbten, während die Kette in die Ritzen einer zerknüllten weißen Papiertüte glitt.

Grace setzte ihren Weg fort, vorbei an der Buchhandlung und den Immobilienmaklern und auf das grüne Auto zu, das am Ende des Blocks geparkt war. Sie schuldete niemandem etwas. Nicht Maggie, nicht Emma, nicht den Leuten in dieser Stadt. Und dennoch, als sie an der Tür ihres Autos stand und ihren Schlüssel herausholte, dachte sie an das Kind, das dort auf der anderen Seite des Berges auf sie wartete. Ihrer Tochter schuldete sie alles, und frohen Herzens würde sie ihr alles geben. Wie sollte sie Lily gegenübertreten, wenn sie die Vergangenheit nicht beilegte? Wie konnte sie eine gute Mutter sein, wenn sie kein guter Mensch war?

Die Vorstellung des in einer Pfütze bitteren Kaffees liegenden Armbands erschien ihr plötzlich schrecklich, so wie Geschichten von in Mülleimer geworfenen Föten. Was, wenn Maggie und ihre Mutter aus dem Café kamen, an der Künstlerkooperative vorbeigingen und in dem Mülleimer das weggeworfene Armband sahen? Sie würden wissen, wie schnell sie versagt hatte, wie oberflächlich ihre Entschuldigung gewesen war.

Grace drehte sich um und war erleichtert, als sie in der Nähe des Mülleimers niemanden sah. Schnell lief sie zurück, griff mit spitzen Fingern hinein und zog das tropfende Armband vorsichtig heraus. Dann wischte sie es mit einem

Papiertaschentuch ab und steckte es wieder in die Handtasche. Sie würde tun, worum sie gebeten worden war. Sie würde die Leserbriefe schreiben und das Armband jedem zeigen, der einen Beweis brauchte. Aber sie würde die Briefe mit dem Namen Sandra McCluskey unterschreiben. Grace Murdock würde nichts damit zu tun haben. Und wenn keiner mehr Interviews wollte und das Aufsehen abflaute, und wenn sie in einer anderen Stadt mit einem anderen Job lebte, würde Sandra McCluskey Emma Greene das Armband zurückschicken, ohne Absenderadresse, als Beweis dafür, dass sie ihre Herkulesaufgabe erfüllt hatte. Diese Postsendung würde der letzte Akt in Sandra McCluskeys Leben sein, und vielleicht könnte Grace Murdock dann ihre Tochter mit einem reinen Gewissen erziehen. Vielleicht könnte Grace dann Hoffnung darauf haben, doch noch eine Frau mit Würde zu werden.

25

»Wow, Mom.« Maggie trank noch einen Schluck Kaffee. »Das war ziemlich heftig. Ich hätte keiner deiner Studenten sein wollen.«

»Ich war nie streng mit meinen Studenten«, erwiderte Emma. »Vielleicht hätte ich es sein sollen.«

»Nächsten Mai dürfte es hier ziemlich interessant werden.« Maggie lächelte. »Wenn sie erst mal diesen Leserbrief veröffentlicht hat.«

Emma zuckte die Achseln. »Ich bezweifle, dass sie es tun wird.«

Maggie machte große Augen. »Aber sie wirkte so voller Reue.«

»Natürlich«, sagte Emma. »Jetzt hier, mit uns, tut ihr das alles bestimmt sehr leid. Doch in sieben Monaten, wenn wir beide nicht mehr vor ihr sitzen und sie ihr Leben lebt, wird sie die Notwendigkeit nicht mehr empfinden. Sie wird sich einen anderen Job gesucht haben, und sie wird die Vergangenheit nicht noch einmal aufrühren wollen …« Emma hielt kurz inne. »Außerdem ist es mir eigentlich auch egal, ob sie es tut oder nicht. Ich glaube, es wäre gut für *sie* – sie erkennt es jetzt vielleicht noch nicht, aber es würde ihr eine schwere Last von den Schultern nehmen. Wenn sie den 16. Mai verstreichen lässt, ohne etwas zu sagen, wird sie das Wissen darum für den Rest ihres Lebens mit sich herumtragen.«

»Dann ist es so was wie ein Test?«, fragte Maggie.

»In gewisser Weise.«

»Und du hast das alles über die Ehrenrettung gar nicht so gemeint?«

Emma lächelte. Ehrenrettung war ein melodramatisches Wort, direkt aus ihren Seminaren über die Frauenrechtlerin Mary Wollstonecraft.

»Weißt du, Mom«, fuhr Maggie fort, »all die Jahre hatte ich immer ein bisschen Angst vor dir.«

Emma nickte. »Ich weiß.«

»Hm, ziemlich dumm.«

Emma schüttelte den Kopf. »Nein, nicht dumm. Das war nur natürlich. Manchmal habe ich Angst vor mir selbst.«

Es freute sie, Maggie lächeln zu sehen. Vielleicht würden sie und ihre Tochter eines Tages den gleichen ironischen Sinn für Humor haben. »Darf ich dich etwas fragen?«

»Klar«, sagte Maggie.

»Kannst du an deiner Highschool nur Mrs Murdock nicht ausstehen, oder ist es die ganze Schule?«

Maggie dachte nach. »Mrs Murdock ist am schlimmsten, aber die ganze Schule ist ziemlich lahm.«

Emma sah in ihren Kaffee. »Dein Dad und ich haben in den letzten Monaten schon öfter über eine Privatschule in Washington geredet, ganz in der Nähe meiner Wohnung. Sie soll wirklich gut sein, mit viel mehr Möglichkeiten im Lehrplan, guten Lehrern, engagierten Schülern und toller Ausstattung. Da gibt's sogar ein Schwimmbad. Wir finden, dass wir sie mal zusammen besichtigen sollten.«

»Besichtigen?«, fragte Maggie. »Wie in: vielleicht fürs nächste Jahr dort bewerben?«

»Nur wenn du willst.«

»Können wir uns eine Privatschule denn leisten?«

»Es würde etwas knapp werden«, erwiderte Emma. »Aber das Geld vom Haus meiner Eltern wurde für deine Ausbildung gespart, und es würde für ein paar Jahre an der Highschool und für die meisten am College reichen. Den Rest kriegen wir schon irgendwie hin.«

»Meinst du denn, Dad wäre damit einverstanden, dass ich wegziehe?«

»Er würde dich bestimmt sehr vermissen, und du müsstest erst mal mit ihm darüber reden. Aber er war es, der es zur Sprache gebracht hat. Er glaubt, dass die Schulbildung in Washington besser ist, und jetzt, da du langsam eine junge Frau wirst, finden wir beide, es ist vielleicht an der Zeit, dass du mal eine Weile bei mir wohnst.«

»Und was ist mit Kate?«

»Du könntest sie jeden Monat besuchen kommen«, sagte Emma, »wenn du zu deinem Dad fährst. Und sie ist immer willkommen in Washington. Außerdem könntest du die Sommer in Jackson verbringen, finden wir, denn in Washington wird es unerträglich heiß.«

Sie haben das alles schon geplant, dachte Maggie. Wie viel durfte sie da wirklich noch selbst entscheiden? Aber als sie sich fragte, wie sie selbst es denn fand, stellte sie fest, dass sie gar nichts dagegen hatte. Sie hatte Mike Hodges mal sagen hören, dass das Georgetown College in Washington an erster Stelle seiner Wunschliste stand. Vielleicht war das also ihre Chance, aus dieser Kleinstadt herauszukommen und an einem Ort voller Möglichkeiten zu wohnen. Es wäre sicher nicht schlecht, an eine bessere Schule in einer größeren Stadt mit vielen verschiedenen Leuten zu gehen, solange Kate nicht allein gelassen wurde.

Maggie bemerkte, dass ihre Mom wieder mal ihre Hände ineinander verkrampfte, was irgendwie liebenswert wirkte. Sie hüpfte nicht auf und ab vor Freude bei der Aussicht, mit ihrer Mutter zusammenzuwohnen, und sie wollte sich nicht auf mehr als ein Jahr an der neuen Schule einlassen, aber sie konnte sich vorstellen, mehr Zeit mit ihrer Mom zu verbringen, jetzt, da sie begannen, einander zu verstehen.

»Möchtest du dir die Webseite der Schule mal ansehen, wenn wir wieder bei Sarah sind?«, fragte Emma.

»Okay«, sagte Maggie. »Klar.«

26

Am Sonntagnachmittag auf dem Weg zurück nach Washington, als Jackson jenseits des Blue-Ridge-Gebirges immer weiter zurückwich, spürte Emma, dass auch die Vergangenheit zurückwich. Maggie hatte nichts versprochen, aber Emma glaubte, gute Chancen zu haben, dass sie in einem Jahr nicht mehr länger die Mutter im Exil sein würde, die Frau, die nur Stippvisiten bei ihrer Tochter machte. Ihre Tochter würde mit ihr in ihrer Washingtoner Wohnung wohnen, in einem eigenen Zimmer – einem Zimmer, das Maggie jetzt vielleicht dekorieren und für sich reklamieren würde, anstatt es wie ein drittklassiges Hotelzimmer zu behandeln.

Junot würde es sicher nichts ausmachen, wenn zu ihrem Leben plötzlich jeden Tag ein Mädchen im Teenageralter dazugehörte, dachte Emma. Mit seiner ruhigen Art könnte er ihr vielleicht sogar helfen, eine bessere Mutter zu sein.

Emma machte sich keine Illusionen über die Schwierigkeiten, einen Teenager zu erziehen, aber sie hatten schon so viel Zeit verloren, dass sie entschlossen war, geduldig auf alle pubertären Launen zu reagieren, kein böses Wort zu sagen und Wut nie mit Wut zu beantworten. Und wenn auf ihre Teenagertochter *Melancholie herniederfiel*, würde sie Keats' Rat befolgen und Maggies Hand halten und *sich tief, tief versenken in ihre unvergleichlichen Augen*. Es hatte zu viel Wut gegeben in ihrem Leben, sie brauchte sehr viel mehr Liebe.

Lass los, dachte Emma, während der Highway unter ihr dahinglitt. *Lass einfach alles los.*

Dank

Viele Leser haben mir geholfen, diesen Roman zu schreiben. Mein Dank geht an meine Mitstreiter auf der Taos Summer Writers' Conference – Ro Gunetilleke, Sarah Hedborn, Nancy Best, Nancy Dickeman und Kathleen Andersen-Wyman –, die alle wunderbare Schriftsteller und erfahrene Leser sind. Und ein besonderer Dank an unsere Lehrerin Jonis Agee, von der ich noch viel mehr zu lernen habe. Wir alle sind Sharon Oard Warner zu großem Dank verpflichtet für die Organisation der Konferenz und dafür, dass sie in den letzten zwölf Jahren in Taos eine Gemeinschaft von Schriftstellern aufgebaut hat.

Dankbar bin ich auch Professor Scott Sundby von der Washington and Lee University School of Law, der mir mit seinem juristischen Sachverstand geholfen hat, und Judy Casteele, der Leiterin des Project Horizon in Lexington, Virginia, für ihr Wissen über Heime und Sozialdienste für misshandelte Frauen. Der scharfe Blick von Beth Pryor Colocci, Susan Ullman und Arik Levinson hat mich vor einigen sachlichen Fehlern bewahrt, und Barbara Beachlers und David Brodies Rat und Unterstützung waren großartig.

Und nicht zuletzt geht mein Dank an meine Lektorin Jackie Cantor, meine Agentin Gail Hochman und meine Auslandsagentin Marianne Merola sowie an mein wunderbares Team in Deutschland, besonders meine Lektorin Kristina Arnold und meine Übersetzerin Britta Mümmler. All diese Frauen haben meine Arbeit mit ihrer Klugheit und ihrer unerschöpflichen Begeisterung unterstützt.